MARIO BEKESCHUS

Hinter Liebfrauen

NIEDERSACHSEN-KRIMI

GMEINER

Immer informiert

Spannung pur – mit unserem Newsletter informieren wir Sie regelmäßig über Wissenswertes aus unserer Bücherwelt.

Gefällt mir!

Facebook: @Gmeiner.Verlag
Instagram: @gmeinerverlag
Twitter: @GmeinerVerlag

MIX
Papier | Fördert gute Waldnutzung
FSC® C083411

Besuchen Sie uns im Internet:
www.gmeiner-verlag.de

Im Ehnried 5, 88605 Meßkirch
Telefon 07575/2095-0
info@gmeiner-verlag.de

1. Auflage 2023

Herstellung: Mirjam Hecht
Umschlaggestaltung: U.O.R.G. Lutz Eberle, Stuttgart
unter Verwendung eines Fotos von: © Friederike Fuchs
Druck: CPI books GmbH, Leck
Printed in Germany
ISBN 978-3-8392-0358-3

Personen und Handlung sind frei erfunden.
Ähnlichkeiten mit lebenden oder toten Personen
sind rein zufällig und nicht beabsichtigt.

Dieses Buch enthält Darstellungen
sexualisierter Gewalt.

Für all jene Frauen, die ein Leben führen, das sie sich nicht ausgesucht haben. Seid stark, steht auf und wagt einen Blick hinter eure Schutzmauern. Das Leben bietet so viel mehr.

PROLOG

Es war so dunkel, dass sie die eigene Hand vor Augen kaum erkennen konnte. Aber das war gut so, denn sie wollte nicht gesehen werden. Die Nacht sollte sie verschlucken, sie wollte verschwinden und unsichtbar sein. Niemand sollte mitbekommen, wie sie Abschied nahm. Endgültig. Abschied vom Leben.

Als sie auf ihrem Weg mit dem Oberteil an einem dornigen Gebüsch hängen blieb, kam sie ins Stolpern, strauchelte und stürzte fast zu Boden. Mit einer Hand stützte sie sich ab und stöhnte leise, kaum hörbar, auf, als sich der Schotter in ihren Handballen bohrte. Weiter, immer weiter. Sie folgte den Bahnschienen, die eine Schneise in das dichte Waldgebiet geschlagen hatten. Der Ruf eines Uhus durchdrang die Stille und ließ sie kurz zusammenzucken. Ihre Hand brannte wie Feuer, aber der Schmerz kümmerte sie nicht mehr. Kurz vor der Kurve hielt sie an und ließ sich erschöpft auf die Knie sinken. Noch einmal alle Kräfte sammeln, sich noch ein letztes Mal konzentrieren. Langsam beugte sie sich nach vorne, drückte das linke Ohr behutsam auf die Schienen und versuchte angestrengt, die Vibrationen wahrzunehmen. Nichts. Noch nichts. Nur die Rufe des Uhus und ihr eigener Atem drangen zu ihr durch. Ihr Atem, den sie noch einmal ganz bewusst spürte, bevor ihr Kontakt zur Welt da draußen endgültig abreißen sollte. Hier, genau an diesem Ort, dem perfekten Ort für Lethargie und Hoffnungslosigkeit.

Erschöpft ließ sie sich auf die Seite fallen und legte sich auf den Rücken. Über ihr die Sterne und ein abnehmender Mond. Dann schloss sie die Augen und zog den Stecker. Kapitulation.

1. KAPITEL

Skeptisch schaute Alena Bukowski in den ovalen Schminkspiegel, den sie auf der Mitte ihres weißen Schreibtisches platziert hatte. Die linke Augenbraue sah beim besten Willen nicht so aus wie die rechte. Vielleicht sollte sie doch auf Kimmy hören und sich in der Drogerie eine Augenbrauenschablone kaufen. Aber wie uncool wäre das denn bitte? Es musste doch möglich sein, freihändig zwei identische Halbbögen zu ziehen. Genervt legte sie den neuen Augenbrauenstift beiseite, stand von ihrem Drehstuhl auf und griff zu ihrem Smartphone, das sie nach der Schule zum Aufladen an die Steckdose angeschlossen hatte. Ob Kimmy gerade online war? Alena stand jetzt der Sinn nach einem Chat mit ihrer besten Freundin. Gespannt öffnete sie die App und griff nebenbei in die Glasschale mit frischem Popcorn, die ihre Mutter ihr vorhin auf die Fensterbank gestellt hatte. Ob ein »Bitte nicht stören«-Schild an der Zimmertür hing oder in China ein Sack Reis umfiel, ihre Mutter interessierte das reichlich wenig. Kurz anklopfen, gleich die Tür aufreißen und vorbei war es dann mit Alenas Privatsphäre. Immerhin schmeckte das Popcorn, Kimmy allerdings war offline. Enttäuscht wechselte Alena die App und schnappte sich ihre neuen Bluetooth-Headphones. Dann halt Musik. Ihre aktuelle Playlist war der Hammer, so viel stand fest. Vorsichtig setzte sie die Kopfhörer auf, schaltete ihren Sternenhimmel-Projektor ein und verlieh ihrem Zimmer eine stylische Atmosphäre. Zufrieden schloss sie die Augen und begann, sich zur Musik zu bewegen. Erst langsam und dann immer schneller und rhythmischer, um schließlich mit dem Sound zu verschmelzen. Alena sang laut mit und hüpfte durch den Raum. So musste sich Ekstase anfühlen, ganz eindeutig! Sie drehte sich im Kreis und ihre langen blonden Haare flogen ihr um den Kopf. Dann ein Scheppern. Vor lauter Übermut hatte Alena beim Tanzen die Schüssel von der Fensterbank gefegt. Das Popcorn lag verteilt vor dem Fenster und auf dem Schreibtisch, aber wenigstens war die Schüssel heil geblieben.

»So eine Scheiße!«, fluchte Alena und bückte sich, um das Popcornchaos aufzusammeln. Aber warum darüber ärgern? Wenn das Popcorn eh schon überall rumlag … oder wie Oma Renate jetzt sagen würde: »Wenn das Leben dir Zitronen schenkt, mach Limonade draus!« Eigentlich war das doch hier die perfekte neue Story für ihren Instagram-Account. Diesen hatte sie sich heimlich angelegt, Papa war absolut dagegen gewesen. Mittlerweile hatte »AlenasWorld_BS« schon 243 Follower und fast täglich wurden es mehr. Selfie-Time! Kimmy würde Augen machen. Alena baute das Smartphone auf ihrem Handyständer auf, nahm alle erforderlichen Einstellungen beim Selbstauslöser vor und hatte für ihr gestelltes Foto ab jetzt exakt 15 Sekunden Zeit. Schnell kniete sie sich vor ihr Fenster auf den flauschigen Lammfellteppich, nahm eine Handvoll Popcorn vom Boden auf, schmiss es in die Luft, schaute zur Zimmerdecke und ließ das Popcorn auf sich hinabregnen. Es verfing sich jedoch größtenteils in ihrem Haar, ein Krümel blieb auf ihrer rechten Wange und einer am Kopfhörer kleben. Alenas Selfie-Aktion endete in einem Lachanfall. Hey, aber egal! Hauptsache, das Foto war gut. Neugierig schnappte sie sich ihr Smartphone und überprüfte das Bild. Wow! Das war sofort was geworden, und dann noch der bunte Sternenhimmeleffekt. Wahnsinn! Glücklich griff Alena zu der Haarbürste, die neben ihrem Schminkspiegel auf dem Schreibtisch lag, um sich vorsichtig die klebrigen Krümel aus dem Haar zu bürsten. Sie stellte sich an ihr Zimmerfenster und schaute in die Richtung des Braunschweiger Hauptbahnhofs. Von hier oben hatte sie einen perfekten Ausblick. Wenn das Wetter schön war, nicht so verregnet und grau wie heute, dann konnte sie bis in den Harz zum Brocken sehen. Eigentlich mochte Alena den Sommer gerne, aber nicht, wenn es ständig regnete. Seit Tagen ging das so, und sie hoffte inständig, dass sich die Sonne mit Beginn der Sommerferien in drei Wochen endlich durchsetzen würde. Gedankenversunken beobachtete sie die Busse und Trambahnen, die in regelmäßigen Abständen unter dem großen gläsernen Vordach auf dem Bahnhofsvorplatz ankamen und weiterfuhren. Passanten, die die große Kreuzung am Berliner Platz überquerten, sahen von hier oben wie kleine Spielzeugfiguren aus. Die vielen bunten Regenschirme erinnerten Alena an Stecknadelköpfe, wie sie sie aus Omas Nähkorb kannte. Morgen früh würde sie auch wieder durch das Atrium-Bummel-Center gehen, Kimmy vor dem Eingang des Hotels einsammeln und in die Tram steigen, um zur Schule zu fahren. Hoffentlich dann ohne Regen, denn das konnte sie sich mit ihren Haaren nicht leisten. Wenn da auch nur ein Hauch Feuchtigkeit dran kam, bekam sie sofort eine Krause und sah mindestens so gruselig aus wie ihre eine Nachbarin, Frau … Wie hieß die doch gleich? Alena konnte sich den Namen einfach nicht merken und eigentlich war er ihr auch vollkommen Latte. Sie sah dann jedenfalls voll peinlich aus und das ging echt gar nicht. Noch zwei, drei Popcornkrümel und dieser eine widerspenstige Haarknoten und Alena hätte es endlich geschafft. Vorsichtig nahm sie eine verklebte Haarsträhne in die Hand und widmete sich der letzten Bürstenherausforderung für heute. Mit gekräuseltem Mund und zu den Klängen der Musik bewegte sie sich vor dem Fenster und schaute zu den Türmen des Einkaufszentrums BraWoPark auf der linken Seite des Bahnhofs. Alena mochte die neuen futuristischen Hochhäuser und träumte davon, ganz bald auch einmal in der angesagten Rooftop Bar ihren ersten Cocktail trinken zu dürfen. Irgendwas mit ganz viel Deko und mindestens zweifarbig sollte er sein.

Plötzlich durchkreuzte jedoch ein Schatten Alenas Ausblick und ihre Tagträumereien. Etwas war mit einer unbeschreiblichen Wucht an ihrer Fensterscheibe vorbeigeflogen. Was war das? Was hatte für den Hauch einer Sekunde gerade ihr Zimmer verdunkelt? Dann hörte sie einen dumpfen Knall. Oh mein Gott, was war da passiert? Neugierig und mit klopfendem Herzen legte Alena ihre Haarbürste beiseite, nahm sich einen kleinen Hocker und öffnete ihr Fenster. Seit sie ein kleines Kind war, hatten ihre Eltern ihr eingetrichtert, niemals allein das Fenster zu öffnen und sich schon gar nicht hinauszulehnen. Das war hier oben im neunten Stock einfach zu gefährlich. Aber natürlich war Alena jetzt nicht mehr klein und natürlich musste sie herausfinden, was da gerade an ihrem Fenster vorbeigeflogen war. Ein mulmiges Gefühl machte sich in ihr breit. Zitternd beugte sie sich vornüber und schaute hinaus. Als sie auf dem Vorplatz bei den Mülltonnen einen völlig verdrehten Körper erblickte, schnellte sie sofort wieder zurück und begann, wie am Spieß zu schreien. Der

Schädel war aufgeplatzt und selbst aus dieser Höhe war zu erkennen, dass eine blutige Masse gegen den blauen Altpapiercontainer gespritzt war.

2. KAPITEL

Wie ein dicker Marienkäfer nach einer Bruchlandung, so fühlte Wim Schneider sich, und er war überzeugt, dass er auch genauso aussah. Rücklings lag er auf einer hellblauen Yogamatte und starrte an die Decke, an der ein paar LED-Spots angeblich warmes Licht im Raum verteilen sollten. Wim runzelte die Stirn: LED und warmes Licht, das schloss sich eigentlich gegenseitig aus.

»Stelle die Füße nun mattenbreit vor dir auf und ziehe sie in Richtung deiner Sitzbeinhöcker. Ungefähr so weit, dass du mit den Fingerspitzen deine Fersen berühren kannst. Spann deinen Bauch fest an und hebe dein Becken langsam. So aktivierst du dein Wurzelchakra und findest deine innere Mitte. Deine Hände und Unterarme liegen neben dir, sind angespannt und geben dir Halt. Wenn du magst, schließe deine Augen, um eins zu werden mit deinem Atem und mit deinem Körper. Horche in dich hinein. Welche Geschichte erzählt dir dein Körper gerade?«

Wim verdrehte die Augen und schielte zu der Uhr, die über der Tür hing. Er wollte seine innere Mitte nicht finden und bei Sitzbeinhöckern dachte er unweigerlich an Kamele. Nur noch eine Viertelstunde musste er diesen esoterischen Quatsch über sich ergehen lassen. Länger hielt er es hier auch nicht mehr aus, denn seine Unterhose kniff nicht nur im Schritt, sondern hatte sich nun auch noch in seiner Poritze verfangen. Morgen würde er diesen Yogakurs ausfallen lassen oder wenigstens auf die Unterhose verzichten. Aber ging das überhaupt? Yoga nur in Jogginghose? Dann baumelte ja alles durch die Weltgeschichte. Nein, das ging definitiv nicht. Er brauchte einen gewissen Halt da unten und außerdem tröpfelte es manchmal immer noch nach.

Der unerträgliche Geruch eines penetranten Duftöls hatte sich dank eines Aroma-Diffusers mittlerweile so im Raum verteilt, dass Wim selbst in Rückenlage schon ganz kodderig war. Wie sollte man sich da entspannen? Draußen prasselte der Sommerregen gegen die große bodentiefe Fensterfront und trennte ihn und seine Leidensgenossen von der erlösenden frischen Harzer Höhenluft. Zwei warme Hände, die sich von hinten auf seine Schulter legten, rissen ihn aus seinen Gedanken. »Magst du versuchen, dein Becken noch ein bisschen mehr anzuheben? Nur noch ein Stück, das schaffst du sicher und dein Wurzelchakra wird es dir danken.«

Wim hasste es, von fremden Personen einfach so geduzt zu werden, aber das gehörte bei dieser Yogatante wie selbstverständlich zum Programm. Er deutete ein Lächeln an und versuchte, sein Gesäß wenigstens noch ein, zwei Zentimeter nach oben zu wuchten. Widerstand war zwecklos, auch das hatte er hier bereits gelernt.

Als es zur Musik von MC Yogi endlich in die Schlussentspannung überging, seufzte Wim erleichtert. Mit einem unüberhörbaren Rumms ließ er seinen Hintern wie einen nassen Sack auf die Matte plumpsen, streckte seine Beine aus und schloss erschöpft die Augen. Shavasana!

Biggi Höfgens stand auf dem überdachten Balkon ihrer Wohnung in der Hannoverschen List und gönnte sich einen tiefen Zug Nikotin. Die Zigarette glomm vor sich hin und der Regen hörte einfach nicht auf. Für Ende Juni war es viel zu kalt. Typisch Hannover. Biggi wohnte in der falschen Stadt, ach was, sie lebte im falschen Land! Was würde sie dafür geben, jetzt am Lago di Garda an der Hafenpromenade von Limone zu sitzen und sich die warme italienische Sonne ins Gesicht scheinen zu lassen. Dazu an einem Aperol Spritz schlürfen – perfetto! Stattdessen das hier. Aber ihr Rotwein aus dem Supermarkt auf der Lister Meile kam wenigstens aus Bardolino und war ein kleiner Trost. Genauso wie die italienische Sprache, die sie so sehr liebte und gerade mit Hilfe einer Handy-App zu lernen begonnen hatte. Parli italiano?

Seufzend lehnte sie sich an der rauverputzten Hauswand an, sah ihr Spiegelbild in der angelehnten Balkontür und fühlte sich zwangsläufig an einen Pandabären erinnert. Hatte sie wirklich so sehr geweint, dass ihre Wimperntusche vollständig den Geist aufgegeben hatte? Die verwischten Farbringe unter ihren geschminkten Augen ließen keinen anderen Schluss zu. Was war nur mit ihr los? Vielleicht waren es doch die Hormone? Mit

Anfang 50 steckte sie mitten im Klimakterium und hatte seit Neuestem vor allem mit Hitzewallungen und Stimmungsschwankungen zu kämpfen. Und jetzt zur Krönung diese Heulattacke. Es hatte sie einfach übermannt, sie war chancenlos gewesen. Wie ein Kloß, der sich aus ihrem Herzen seinen Weg über die Luftröhre bis in ihre Kehle gesucht und ihr die Luft abgeschnürt hatte, um sich dann in einer Flut von Tränen aufzulösen. Das Weinen hatte aber auch etwas Befreiendes gehabt, ein geöffnetes Ventil für ihre angestauten Emotionen. Die letzten drei Monate waren heftig gewesen und vielleicht zeigte ihre kleine Seele ihr nun auch deshalb die Rote Karte. Erst der mehr als außergewöhnliche Fall am Braunschweiger Gaußberg und dann natürlich Wim. »Routineeingriff«, hatten die Ärzte im Vorfeld seiner Blasenoperation gesagt, und schließlich hatte es doch Komplikationen gegeben. Eine innere Blutung und entzündetes Narbengewebe. Wim hatte nichts ausgelassen, um seine Schwester Sigrid und Biggi in Aufruhr zu versetzen. Da war seine anfängliche Inkontinenz nur eine Begleiterscheinung, mit der man umgehen konnte, auch wenn diese Wim sein letztes Stückchen Ehre genommen hatte, wie er immer zu betonen pflegte. Immerhin hatte es nun doch schneller als gedacht mit der Reha geklappt und der Harz war nicht zu weit weg. Da konnten sie ihn wenigstens besuchen, und genau das hatten Sigrid und Biggi für das kommende Wochenende geplant. Nach vorne schauen, nicht zurückblicken, das sagte Biggi sich seit Tagen immer wieder, aber es beschlich sie das ungute Gefühl, dass die Zukunft noch die eine oder andere böse Überraschung für sie parat halten würde.

»Sigrid, du kannst dir dieses Affentheater hier nicht vorstellen!«

»Meine Güte, Wim, jetzt beruhige dich mal! So schlimm kann es doch nun wirklich nicht sein.« Sigrid saß auf ihrer grünen Couch im Wohnzimmer und blätterte durch einen Harz-Reiseführer, während sie Wims Wuttirade am Telefon aushalten musste. Obwohl ihr mit Blick auf die Jahreszeit eigentlich der Sinn nach einem gekühlten Getränk stand, war es nun ein Pott heißer Ostfriesentee, der neben ihr auf dem kleinen Beistelltisch dampfte und die Kluntjes zum Knistern brachte. Das, was sich da draußen Sommer nannte, ließ ihr beim besten Willen keine andere Wahl.

»Nicht schlimm? Hast du schon mal Yoga gemacht? Ich bin weder eine Katze noch ein Baum und schon gar kein herabschauender Hund!«

»So heißen die Übungsabfolgen nun mal, Wim. Und Yoga ist hervorragend für dich. Du musst deinen Beckenboden trainieren, das weißt du ganz genau. Mal ganz davon abgesehen, dass dir ein bisschen mehr Bewegung und vor allem Entspannung auch nicht schaden würden. Ist doch eine ideale Kombination.«

»Aber muss ich mich dafür von irgend so einer dahergelaufenen Shakuntala vollsäuseln lassen? Und dann diese Duzerei. Es sagt sich immer leichter ›du Arschloch‹ als ›Sie Arschloch‹! Ich mag das nicht.«

»Shakuntala?« Sigrid stutzte. Das Wort hatte sie irgendwo schon mal gehört. Oder gelesen? Eventuell in einer Fernsehzeitung?

»Ja, du hast mich ganz richtig verstanden. S-h-a-k-u-n-t-a-l-a«, buchstabierte Wim mit aufgeregter Stimme. »So nennt sich die Yogalehrerin. Und soll ich dir mal den größten Witz erzählen? Ich habe mich beim Abendessen mit

Ludger schon darüber unterhalten. Shakuntala heißt übersetzt so etwas wie ›von einem Vogelpaar gehütet‹!«

»Ja, und wo ist da jetzt der Witz? Lass die Frau sich doch nennen, wie sie will. Das gehört vielleicht bei den Yogaleuten dazu.«

»Die Frau heißt Vogel mit Nachnamen, Sigrid! Vogel! Verstehst du das? Das ist doch lächerlich!«, regte sich Wim weiter auf.

»Shakuntala Vogel?«, Sigrid musste lachen. »Von einem Vogelpaar gehüteter Vogel also?«

»Nein, sie heißt eigentlich Veronika Vogel-Kumar, nennt sich aber Shakuntala, ohne Vogel und ohne Kumar.«

Sigrid hielt sich den Bauch vor Lachen. »Also ›Veronika Vogel‹ finde ich auch aus der Yogaperspektive betrachtet nicht so überzeugend wie ›Shakuntala‹. Egal ob sie noch Kumar hinten drangehängt hat oder nicht. Was ist denn das überhaupt für ein Name? Kumar?«

»Ludger meinte, dass sie – welche Überraschung – mit einem Inder verheiratet sein soll.«

»Na, das passt ja wirklich. Alle Klischees erfüllt. Und jenseits deiner Yogastunden? Was veranstalten sie denn sonst noch mit dir?«, erkundigte sich Sigrid neugierig.

»Ach, hör bloß auf! Gestern musste ich meine Hände in ein Sandbad tauchen. Hast du sonst noch irgendwelche Fragen?«, grummelte Wim.

Sigrid lachte erneut. »Ich habe Bilder im Kopf. Warum denn ein Sandbad?«

»Wegen meiner Arthrose im Daumensattelgelenk. Der Lack ist ab, Sigrid. Ich fühle mich hier wie eine Ganzkörperbaustelle.«

»Bedenke dein Alter, kleiner Bruder. Du wirst nicht jünger.«

»Nein, nur schöner! Haha! Aber mal im Ernst. So ganzheitlich hatte ich mir das hier in der Klinik nicht vorgestellt. Vormittags mache ich beim Nordic Walking mit, das ist eigentlich ganz schön, weil man hier rund um die Oberharzer Seen wunderbar spazieren gehen kann. Wenn es mal aufhören würde zu regnen, wäre es natürlich noch schöner, aber die jagen einen hier ja bei Wind und Wetter vor die Tür. Und nachmittags kann ich mich mit einem Seelenklempner unterhalten, wenn ich das möchte.«

»Ach, das mit den Seen klingt ja wirklich toll! Dann können wir am Wochenende auch spazieren gehen.«

»Wenn das Wetter denn mitspielt. Wie ist es bei dir in Helmstedt?«

Sigrid seufzte. »Hier ist es ähnlich. Regen, Regen und nochmals Regen. Aber die Wettervorhersage lässt ja hoffen. Es soll ein wenig besser werden.«

»Na ja, wenn du das sagst. Ist alles klar mit dem Hotel?«

»Ja, ist es. Biggi und ich treffen uns am Bahnhof in Goslar. Da hole ich sie mit dem Auto ab und dann fahren wir nach Clausthal-Zellerfeld ins Hotel. Von dort gibt es einen Bus, der bis zu deiner Klinik fährt.«

»Das klingt doch gut. Ich habe auch schon einen Restauranttipp von Ludger erhalten. Da war er mit seiner Frau zweimal essen, als sie ihn besucht hat.«

»Musst du nicht auch auf deine Linie achten? Du hast doch einen Ernährungsplan, oder?«, erkundigte sich Sigrid.

»Auch den habe ich, ja, verdammt!«, antwortete Wim genervt und Sigrid bereute es in der gleichen Sekunde, die Frage überhaupt gestellt zu haben. »Ich habe sogar eine persönliche Ernährungsberaterin und muss hier mein Essen in Punkte einteilen und die dann zählen. Und die

Ernährungstante ist streng. Ich sage dir, die steckt mit der Yogatante unter einer Decke!«

»Vielleicht solltest du dein Tantenproblem mal mit dem Seelenklempner diskutieren, bei dem du aber garantiert noch nicht warst, oder?«, erwiderte Sigrid und grinste von einem Ohr zum anderen.

Wim lachte auf. »Bin ich irre?«

3. KAPITEL

Rosalie Helmer hatte das blaue Carsharing-Auto in einer Parkbucht vor dem Nebeneingang des Braunschweiger Hauptfriedhofs abgestellt. Hier, am hinteren Teil der riesigen Friedhofsanlage, fand man in Richtung Brodweg leichter einen Parkplatz als weiter oben vor dem Hauptportal an der Helmstedter Straße. Außerdem war der Weg zum Grab von hier aus kürzer. Eigentlich war sie eine passionierte Fahrradfahrerin, aber bei so einem Sauwetter stieg auch sie mal auf ein Auto um und hatte sich kurzerhand einen Opel Adam geliehen. So konnte sie im Anschluss ein paar Einkäufe erledigen, bevor es zurück ins Büro ging.

Glücklicherweise saßen sie immer noch in der Münzstraße. Rosalie mochte das alte Kommissariat in der City und vor allem die kurzen Wege. Und weil sie gerüchteweise etwas von Schimmelbildung gehört hatte, standen die Chancen gut, dass es bis zur Rückkehr in die Friedrich-Voigtländer-Straße noch eine Weile dauern würde. In der Friedhofsgärtnerei neben der Wendeschleife der Tram erwischte sie gerade noch rechtzeitig vor Ladenschluss eine Mitarbeiterin und kaufte ein kleines Gesteck. Nach der Beerdigung war dies heute Rosalies erster Gang zum Grab ihres Kollegen. Zuerst musste sie an einer Fläche mit Kriegsgräbern vorbei, das hatte sie sich damals eingeprägt, und dann rechts einen langen Weg nehmen, der fast bis zum Ende des Geländes führte. Irgendwann kam dann eine große Kastanie und gleich dahinter lag Manfred Wiegand in einem Familiengrab und hatte hoffentlich seinen Frieden gefunden. Rosalie mochte Friedhöfe und die besondere Atmosphäre, die von ihnen ausging, und so genoss sie trotz der gemischten Gefühle, die sie begleiteten, den kleinen Spaziergang. Nach ein paar Metern erkannte sie in der Ferne nicht nur die Kastanie wieder, sondern registrierte auch eine Frau, die hinter einem großen Regenschirm versteckt auf sie zuging und ihr sehr bekannt vorkam. Rosalie zog sich ihre Kapuze zunächst tiefer in das Gesicht und ein Schwall Regenwasser lief ihr am Handrücken entlang, um vom Bündchen ihrer Regenjacke gerade noch rechtzeitig aufgehalten zu werden. Ausweichen war auf diesem Teil des Weges allerdings unmöglich, das hatte Rosalie blitzschnell erfasst. Also musste sie es wohl oder übel auf eine Konfrontation ankommen lassen und schob ihre Kapuze wieder aus dem Gesicht.

Polizeikommissaranwärter Mads Johannsen hatte es sich an seinem Schreibtisch gemütlich gemacht und war stolz, ganz allein im Büro die Stellung halten zu dürfen. Seit Kurzem absolvierte er seine erste studienpraktische Zeit bei der Polizeidirektion Braunschweig und eines stand fest: Braunschweig war im Vergleich zu Nienburg, wo er an der Polizeiakademie studierte, eine Weltstadt. Drei Monate hatte er nun die Gelegenheit, endlich in der Praxis umzusetzen, was er theoretisch gelernt hatte. Das bedeutete echte Einsätze mit erfahrenen Polizisten und Action auch mal nachts und am Wochenende. Heute Nachmittag hatte es einen vermeintlichen Selbstmord bei einem Hochhaus am Hauptbahnhof gegeben und seine Ausbilderin Rosalie hatte ihn mit zur Einsatzstelle genommen. Das Bild, das sich ihnen geboten hatte, war alles andere als ansehnlich gewesen, aber Mads war darauf vorbereitet, dass echte Leichen selten so perfekt hergerichtet aussahen, wie man es aus dem Fernsehen kannte. Dennoch hatte es ihm ganz schön zugesetzt, den zertrümmerten Körper auf dem Asphalt und vor allem den aufgeplatzten Schädel live und in Farbe in Augenschein nehmen zu müssen. Fetzen von Hirnmasse klebten noch immer an einem Müllcontainer und hatten dem Regen getrotzt. Trotz des völlig deformierten Schädels hatte man anhand eines Vollbartes eindeutig erkennen können, dass es sich bei dem Selbstmörder um einen Mann handelte. Da dieser Ausweispapiere bei sich getragen hatte, war die Identität bereits geklärt und es galt nun, sich auf die Ermittlung der genauen Todesumstände zu konzentrieren. Berthold Maschke war 47 Jahre alt und in der Mauernstraße gemeldet.

Mads hatte von Rosalie den Auftrag erhalten, die familiäre Situation zu recherchieren, um etwaige Angehörige möglichst schnell informieren zu können. Außerdem sollte er die ersten Zeugenaussagen protokollieren, die sie vor Ort bereits aufgenommen hatten. Alena Bukowski hatte ihm besonders leidgetan, denn an ihrem Zimmerfenster war der Mann im freien Fall vorbeigerauscht. Zumindest hatte die 13-Jährige dies unter Tränen berichtet und war auch diejenige gewesen, die den Toten zuerst entdeckt hatte. Alenas Mutter hatte sofort die Polizei verständigt. Der Schock saß tief bei dem Teenager und Mads mochte sich gar nicht ausmalen, wie lange Alena wohl brauchen würde, um das Erlebte zu verarbeiten. Ein Hochhaus war bei Ermittlungen immer eine große Herausforderung, im wahrsten Sinne des Wortes. Mehrere Hochhäuser nebeneinander erst recht. Unzählige Menschen konnten hier aus der Anonymität ihrer Wohnungen heraus etwas beobachtet haben und Mads ahnte, dass einiges an Arbeit auf sie zukommen würde. Nach dem Einsatz hatte Rosalie ihn allein mit dem Dienstwagen ins Büro zurückfahren lassen, um nach einem kleinen Umweg über den Hauptfriedhof und einen Supermarkt später nachzukommen. Mads fand dieses Verhalten ungewöhnlich, hatte sich aber nicht getraut nachzufragen, was dahintersteckte. Rosalie würde ihre Gründe haben, da war er sicher. Sie hatte den ganzen Tag über schon nachdenklich gewirkt und irgendetwas schien sie zu belasten.

Die beiden Frauen steuerten geradewegs aufeinander zu und Rosalie hob vorsichtig den Blick, um einen Zusammenprall rechtzeitig zu verhindern. Jetzt, wo sie nur noch wenige Meter voneinander trennten, war sie sicher, dass es Manfreds Witwe war. Sie fasste sich ein Herz und machte den ersten Schritt. »Hallo, Frau Wiegand!«

Roswitha Wiegand schien erleichtert, als Rosalie sie grüßte. Vermutlich hatte sie gehofft, dass Rosalie sie zuerst ansprechen würde. »Frau Helmer, ach, das ist ja eine Überraschung!«

»Finden Sie?«, erwiderte Rosalie. »Heute ist doch Manfreds Geburtstag.«

Roswitha kämpfte mit den Tränen und zog den Schirm wieder ein bisschen tiefer, um sich nichts anmerken zu lassen. »Ja, das ist es. Wie schön, dass Sie an ihn denken.«

»Das ist doch selbstverständlich! Ich denke oft an Manfred, das können Sie mir glauben. Er fehlt mir als Kollege.« Rosalie war über ihre eigene Offenheit überrascht, behielt sie ihre wahren Empfindungen ansonsten eher für sich. Aber hier stand nicht irgendjemand vor ihr, sondern eine Frau, die ihren Ehemann verloren hatte, und das berührte Rosalie sehr.

»Dass Sie das sagen, Frau Helmer, das bedeutet mir eine Menge. Ich vermisse Manfred sehr, trotz allem, was zwischen uns war, und trotz …«, begann Roswitha Wiegand zu erwidern, bevor ihr die Stimme wegbrach und sie sich mehrfach räuspern musste.

Rosalie legte eine Hand auf Roswithas zitternde Schulter und lächelte sie sanftmütig an. »Das glaube ich Ihnen. Das glaube ich Ihnen wirklich. Ich kann nur erahnen, wie es wirklich hinter Ihrer tapferen Fassade ausschaut. Und wenn Ihnen das hilft, dann kann ich Ihnen versichern, dass Wim Schneider und Birgit Höfgens bestimmt meiner Meinung sind und mit Ihnen fühlen.«

»Das ist schön zu hören. Ach, wissen Sie, ich wollte mich die ganze Zeit mal bei Wim melden und ihm gute Besserung wünschen, aber selbst zum Schreiben einer lapidaren Genesungskarte fehlen mir Mut und Kraft. Wie geht es ihm denn? Hat er seine Operation gut überstanden?«

Rosalie dachte kurz nach. Würden Birgit Höfgens und sie den Kontakt nicht aufrechterhalten, dann hätte sie ein Vierteljahr nach dem gemeinsamen Fall am Gaußberg wohl keinen blassen Schimmer, wie es Wim Schneider heute ging. Sie hatte ihm über Biggi regelmäßig Genesungswünsche ausrichten lassen, aber er hatte sich nie bei ihr bedankt, geschweige denn sich gemeldet. Wenn sie ganz ehrlich zu sich selbst war, hatte Rosalie auch Angst vor einer Begegnung mit ihm. Bis heute machte sie sich Vorwürfe, bei den Ermittlungen unprofessionell agiert zu haben. Leichtsinnig hatte sie sich selbst in Gefahr gebracht. Sie haderte mit sich und ihrem fatalen Alleingang und kam darüber immer wieder ins Grübeln.

»Frau Helmer?« Roswitha Wiegand riss Rosalie aus ihren Gedanken.

»Entschuldigung, ich war kurz abwesend. Wo waren wir? Ach so, Wim Schneider befindet sich gerade zur Kur im Harz. Er ist noch nicht dienstfähig. Aber ich habe gehört, dass es bald wieder losgehen soll mit dem Dream-Team Schneider und Höfgens. Ein kleiner Neustart sozusagen.«

»Das klingt doch gut. Grüßen Sie ihn bitte von mir und richten Sie ihm weiterhin gute Besserung aus, ja?!«, erwiderte Roswitha Wiegand fast flehend.

»Das mache ich gerne.«

Neu anzufangen war auch Rosalie nicht fremd, denn ihr Umzug von Düsseldorf nach Braunschweig war noch kein Jahr her.

»Ich muss nun leider weiter, Frau Wiegand. Es hat mich sehr gefreut. Passen Sie auf sich auf.« Rosalie hatte ihre

Pflicht und Schuldigkeit getan und wollte die unangenehme Gesprächssituation nun schnellstmöglich auflösen. Sie spürte, dass ihr die Konfrontation mit der Vergangenheit nicht guttat.

»Danke, Frau Helmer, das werde ich. Ach, aber was ich Ihnen noch berichten kann. Ganz exklusiv sozusagen: Es gibt Neuigkeiten von der Villa am Gaußberg!«, sagte Roswitha Wiegand und hinderte Rosalie am Weitergehen.

Rosalie lächelte gequält. Ihr wurde gerade alles zu viel. »Ach was? Das müssen Sie mir bei Gelegenheit mal berichten, aber bitte seien Sie mir nicht böse, ich habe es eilig.«

Roswitha Wiegand nickte. »Ich halte mich auch kurz: Ein Ärztepaar aus Vechelde hat den Kasten gekauft.«

Rosalie überkam ein kalter Schauer, als erneut die Szenen auf dem Villengrundstück vor ihrem inneren Auge aufblitzten. Sie konnte die Erinnerungen nur schwer abschütteln. Für wenige Sekunden hielt sie den Atem an und es gelang ihr dieses Mal, den Gesprächsfaden nicht abreißen zu lassen. »Noch ein Neuanfang, Frau Wiegand, das ist doch eigentlich etwas Schönes an diesem traurigen Tag, oder?«

4. KAPITEL

Lali wischte sich ihre Hände sorgfältig an der rot karierten Schürze ab und griff zum Messer. Karotten, Blumenkohl, Paprika und Kartoffeln – Gemüseschnippeln beherrschte sie im Schlaf. Sehnsüchtig schaute sie zu Jadoo, dem Küchenchef, der mit einem Stift im Mund und über ein paar Zettel gebeugt an der gegenüberliegenden Arbeitsfläche stand.

»Jadoo! Was macht die Karte mit den Tagesempfehlungen?«, hallte es aus dem Gastraum durch die nur angelehnte Küchentür zu ihnen herüber. »Wir öffnen in einer halben Stunde und ich muss dein Geschreibsel noch abtippen und ausdrucken!«

»Ja doch, ich bin gleich so weit!« Jadoo strich wie wild zwei Zeilen auf einem der Zettel durch und kritzelte etwas Neues darunter.

»Jetzt wird Amal bestimmt sauer«, murmelte Lali leise vor sich hin und warf eine Handvoll Karottenwürfel in eine silberne Metallschüssel. Wenn sie doch auch nur endlich einmal an die Töpfe dürfte. Sie konnte kochen, sehr gut sogar. Das hatte sie damals in Delhi als kleines Mädchen schon gelernt, aber hier durfte sie nichts. Sie war eine simple Aushilfe und wurde als solche behandelt.

»Du brauchst nicht zu flüstern, Lali, ich höre dich! Sei still und kümmere dich um das, was man dir aufgetragen hat. Ich weiß, was ich tue, und Amal weiß, dass er den Laden ohne mich dichtmachen kann!«, zischte Jadoo überheblich und warf Lali einen strengen Blick zu. Lali drehte sich weg und widmete sich einem großen Kohlkopf. Sie fühlte sich regelmäßig ausgenutzt, vor allem von Jadoo, trotzdem war sie dankbar für diesen Job. Von ihrem mickrigen Gehalt blieb nur wenig übrig, aber es war zumindest ein regelmäßiges Einkommen. »Niemand zweifelt an deiner Kompetenz, Jadoo, ich meine ja nur, dass …«

»Lali, lass gut sein, du kennst doch unseren Star aus der Küche«, sagte Amal, der Restaurantbesitzer, und betrat die Küche. »So, Maestro, es reicht mir jetzt. Ich nehme das, was da auf dem Zettel steht, und das ist es dann, verstanden?«

Jadoo lächelte süffisant und warf sich ein Küchenhandtuch über die linke Schulter. »Von mir aus. Aber wundere dich nicht, wenn der Laden hier den Berg runtergeht. Du bremst mich in meiner Kreativität aus.«

»Hier geht nichts den Berg runter, höchstens den Bach, und ich bin mir sicher, die Leute werden dein Essen wie immer lieben. Das Mumbai Palace hat heute Abend kaum noch freie Tische«, erwiderte Amal und klopfte seinem Koch auf den Rücken. »Also, ich gehe dann mal ins Büro. Bis gleich.«

»Was glotzt du so blöd?«, ranzte Jadoo in Richtung Lali, als die beiden wieder allein waren.

Lali biss sich auf die Lippen und schaute betreten auf ihr Schneidebrett. Sie hatte gelernt, dass es jetzt besser war, einfach den Mund zu halten und sich in Demut zu üben, doch ehe sie es sich versah, stand Jadoo plötzlich hinter ihr und hatte sie im Nacken gepackt. Reflexartig zog Lali die Schultern hoch, um dem schmerzhaften Griff etwas entgegenzusetzen. Sie spürte, wie Jadoo sich von hinten ihrem Ohr näherte, und Ekel überkam sie, als er mit seiner feuchten Zungenspitze in ihre linke Ohrmuschel eindrang. Jetzt bloß nicht bewegen.

»Wenn du mir noch ein einziges Mal kluge Ratschläge gibst, dann bringe ich dich um. Hast du mich verstanden?«, wisperte Jadoo, packte Lali und streifte deren rechte Brust, als er ihr die Spitze seines Zeigefingers zwischen die Rippen bohrte. Lali erstarrte für einen Moment, bevor sie zu zittern begann. Nur zu einem kurzen Nicken ließ sie sich hinreißen.

»Gut, geht doch, kleine Lali, mach jetzt weiter, sonst schneide ich dir mit deinem Messer die Nippel ab und verarbeite sie zu Curry, verstanden?« Jadoo gab Lali einen heftigen Stoß, sodass sie mit ihren Beckenknochen gegen die Arbeitsplatte knallte. Nur mit Mühe konnte sie sich rechtzeitig abstützen und verhinderte so, mit dem Oberkörper im angeschnittenen Kohl zu landen. Einige Kohlblätter fielen dennoch zu Boden und Lali schlug die Hand vor den Mund, um nicht laut aufzuschreien.

»Jetzt sieh, was du angerichtet hast, du Schlampe!« Jadoo bückte sich nach einem der Kohlblätter, packte Lali am Oberarm und drehte sie rabiat zu sich um. Mit aufgerissenen Augen starrte sie in sein wutverzerrtes Gesicht. Nichts als blanker Hass kam ihr entgegen. Mit aller Kraft presste Jadoo das Kohlblatt gegen Lalis geschlossenen Mund. »Hier, friss das! Oder willst du meinen Gästen die Reste vom Küchenboden servieren?«

»Jetzt reicht es aber! Was ist hier los?« Amal war zurückgekommen und stand mit hochrotem Kopf im Türrahmen. »Lass das Mädchen in Ruhe. Sie hat dir nichts getan, verstanden?«

Jadoo schubste Lali erneut, ließ dann aber von ihr ab, ging wutentbrannt zur Hintertür und schnappte sich ein

Päckchen Zigaretten, das er auf einer Dose Kichererbsen im Vorratsregal deponiert hatte. »Ach leckt mich doch, alle beide!«, fluchte er vor sich hin, bevor er polternd im Innenhof verschwand.

5. KAPITEL

Schlaftrunken tastete Wim in der Dunkelheit seines Klinikzimmers nach dem Schalter seiner Leselampe und erwischte stattdessen ein halb volles Glas Wasser auf dem Nachttisch. Dieses kippte nicht nur um, sondern ergoss sich im Schwall auf sein Kopfkissen. Na, wunderbar, der Tag begann ja großartig! Seine Schädeldecke drohte zu platzen und ein ihm nur zu gut bekanntes schrilles Piepen raubte ihm den letzten Nerv. Beim zweiten Anlauf gelang es ihm endlich, das Licht einzuschalten. Der Schein der matten 40-Watt-Glühbirne blendete ihn dabei so sehr, als schaute er geradewegs in die pralle Mittagssonne. Das Licht ermöglichte ihm aber auch, den nervtötenden Wecker mit einem gezielten Handkantenschlag zum Schweigen zu bringen. Vermutlich für immer.

Wim versuchte, seine verquollenen Augen weiter zu öffnen, um sich an die Helligkeit zu gewöhnen, während er sich mühsam in seinem Bett aufrichtete. Die letzten grauen Haare auf seinem Schädel standen in alle Himmelsrichtungen ab und ein Träger seines weißen Feinripp-Unterhemds war ihm von der Schulter gerutscht. Anscheinend hatte er es nicht mehr geschafft, seinen Pyjama anzuziehen. Dafür lagen seine Klamotten im Zimmer verteilt auf dem Fußboden und eine Socke hing über der Armlehne seines braunen Lesesessels am Fenster. Die Zunge fühlte sich pelzig und trocken an und Wim konnte an seinem eigenen Mundgeruch ausmachen, dass er eine Fahne hatte. Totalabsturz! Anders konnte er sich dieses Chaos und seinen Brummschädel mit allen körperlichen Begleiterscheinungen nicht erklären. Und Ludger hatte Schuld! Wim versuchte, sich zu erinnern. Nach dem Abendessen hatte er sich mit seinem neuen Islandkrimi zurückgezogen, um ganz in Ruhe zu schmökern. Der frühe Therapiebeginn jeden Tag – zum Beispiel Morgengymnastik mit der immer fröhlichen Gudrun vor dem Frühstück – erforderte ein pünktliches Schlafengehen. Und dann hatte es an Wims Zimmertür geklopft. Eigentlich wollte er jede Form der Kontaktaufnahme seiner Mitpatienten ignorieren, denn Wim hasste die meisten Menschen sowieso und auf die Krankengeschichte der anderen hatte er erst recht keine Lust. Nach einem zweiten Anklopfen hatte aber seine Neugier gesiegt. In einem grauenvoll gelben Rollkragenpullover hatte Ludger vor Wims Zimmer gestanden, in der einen Hand ein Kartenspiel, in der anderen Hand eine Einkaufstüte. Wim fühlte sich bei Ludgers Anblick stets an einen übergewichtigen Kanarienvogel erinnert. Einen in die Jahre gekommenen, übergewichtigen Kanarienvogel. Grinsend hatte Ludger die Tüte aufgehalten und Wim aufgefordert, einen Blick zu riskieren. Harzer Schnaps: gleich zwei Sorten. Wim erinnerte sich, wie ein Hitzeschwall beim Anblick der beiden Flaschen seinen Körper durchströmt hatte und ihm gleichzeitig ganz schwer ums Herz geworden war. Keinen Tropfen Alkohol hatte er seit der Operation mehr getrunken, nicht mal einen klitzekleinen Ouzo. Wenn er Oma Inge in der Ahnengalerie seines heimischen Wohnzimmers nun zuprosten wollte, dann tat es auch ein Tee oder notfalls sogar Wasser. Fencheltee hatte Oma Inge fast täglich getrunken, und so wäre sie damit sicher auch einverstanden gewesen. Das wohlige Gefühl bei dem Spruch »Prost, Gemeinde, ich trinke für euch alle« hatte sich nach dem viel zu langen Krankenhausaufenthalt jedoch noch nicht wieder bei Wim eingestellt. Vielleicht war doch der Tee daran schuld? Es gab sie, diese quälenden Tage, an denen Wim das Brennen in der Kehle und den markanten Geschmack von Anis einfach vermisste. Und dann war die Gelegenheit gestern Abend plötzlich da gewesen. Kein Ouzo, aber ein feines dunkles Destillat aus Harzer Kräutern. Schnaps brennen konnten die im Harz, vor allem im Osten. Nach kurzem Hadern hatte Wim der Versuchung einfach nicht widerstehen können, Ludger in sein Zimmer gebeten, schnurstracks zwei Gläser aus der Teeküche geholt und dann hatten sie Karten gespielt und gebechert. Nein, sie hatten gesoffen und darüber irgendwann auch das Kartenspielen vergessen. Daran gab es nichts schönzureden. War das jetzt ein Rückfall? Würde das tägliche Verlangen ihn wieder heimsuchen? Darüber musste er sich später Gedanken machen, denn ein Blick auf die Uhr verriet ihm, dass er nur noch zehn Minuten Zeit hatte, um pünktlich im Gymnastikraum zu erscheinen. Wie sollte er das nur schaffen?

In Biggis Schlafzimmer herrschte das reinste Chaos. In aller Herrgottsfrühe hatte sie den mittleren ihrer drei Koffer vom Dachboden geholt, denn an Schlaf war dank ihrer umtriebigen Nachbarin Jutta nicht zu denken gewesen. Der Geräuschpegel ab 03.30 Uhr von nebenan erinnerte an die Abschlachtung eines Meerschweinchens und Biggi versuchte, den Bildern, die sich in ihrer Fantasie formten, keinen Raum zu schenken. Jutta von hinten, Jutta von vorne, Jutta von der Seite. Nein, nein, nein, raus aus dem Kopf damit. Vermutlich half da eine Zigarette. Biggi kletterte über den halben Inhalt ihres Kleiderschranks, den sie auf dem Fußboden sowie auf ihrem Bett verteilt hatte, und taperte müde in die Küche. Während sich ihr Körper beim ersten Zug an der Zigarette mit einem Hauch von Glücksgefühlen bedankte, überlegte sie krampfhaft, was sie für den Harz einpacken sollte. Ein hartnäckiges Regentief im Sommer, aber mit Tendenz zum Aufklaren und das alles in einem Mittelgebirge, wo es immer locker ein paar Grad weniger waren als hier. Biggi raufte sich die Haare und entschied sich, erst mal bei Cassensmeier anzurufen, den Chef konnte man um diese Uhrzeit schon behelligen. Ihren Urlaub würde sie einen Tag vorziehen, sie hatte die Schnauze gestrichen voll und keine Lust mehr, sich immer wieder pflichtbewusst ins Büro zu schleppen, es dankte ihr ja sowieso niemand. Selbst nachdem sie den Gaußberg-Fall gelöst und eine enorme Medienresonanz erfahren hatten, hatte Cassensmeier es nicht für nötig gehalten, sie wieder dauerhaft an Bord zu holen. Sie war jetzt zwar nur noch mit der Hälfte ihrer Arbeitszeit an das Einbruchsdezernat ausgeliehen, aber ohne Wim war das alles eh kein Zustand. Und sich innerhalb der Polizeidirektion Hannover zwischen zwei Organisationseinheiten zerreiben lassen zu müssen, war auch kein Geschenk. Biggi spürte, wie ihr Brustkorb sich zuschnürte, und dann war er plötzlich wieder da, dieser Kloß im Hals.

»So, Wim, hast du nach dem Frühstück noch etwas gegessen?« Shakuntala trug zu ihrer weißen Hose ein weißes Poloshirt mit Kliniklogo und Namensschild und hatte ihre dunkelbraunen Haare kunstvoll hochgesteckt. Passend zu ihren Ohrsteckern baumelte eine auffällige goldene Kette um ihren Hals. Neugierig schaute sie Wim an und inspizierte ihren Patienten von oben bis unten, als er in seinen dunkelblauen Bademantel gekleidet den Behandlungsraum betrat. Wim hingegen dachte bei Shakuntalas Anblick darüber nach, ob ihre Frisur nicht ideale Nistvoraussetzungen für ein Vogelpaar bieten würde, der Name war halt Programm.

»Nein, natürlich habe ich nichts mehr gegessen. Das ist ja wie im Gefängnis hier – wenn ich keine Haftverlängerung aufgedrückt bekommen will, dann muss ich mich wohl an die Regeln halten, oder?«

»So ist es, mein Lieber«, erwiderte die Yogalehrerin amüsiert, die heute ihre Funktion als Klangtherapeutin ausübte. »Es geht mir aber auch darum, dass dein Körper jetzt nicht mit der Verdauung beschäftigt ist, wenn ich die Tonpunktur an dir durchführe.«

»Die was? Ich dachte, es geht hier heute um die Regenerierung meines Blasensystems? Arbeitest du nicht mit Hand auflegen oder irgendetwas anderem aus deiner Trickkiste? Warme Wickel oder feuchte Umschläge?«

Shakuntala lächelte. »Also auf deinem Therapieplan steht die Tonpunktur und du wirst dich wundern, wie gut es dir und deiner Blase danach gehen wird. So, und nun zieh bitte deinen Bademantel aus und lege dich hier auf die Behandlungsliege.«

Wim seufzte, löste den Knoten seines Bademantelgürtels, drehte sich kurz weg und testete mit der Hand vor dem Mund noch einmal schnell und heimlich seinen Atem. Die Mundspülung hatte ihre Schuldigkeit getan und die Überbleibsel eines Pfefferminzdrops, den Wim unter seiner Zunge immer kleiner werden ließ, erledigte den Rest. »Auf den Rücken oder auf den Bauch?«, fragte er nach.

»Auf den Rücken. Ich werde nun über die Bauchdecke mit meiner Stimmgabel dein Blasensystem therapieren.«

Wim rutschte mehrfach auf der Liege hin und her, um die richtige Position zu finden, und beobachtete dabei, wie Shakuntala eine ziemlich große Stimmgabel aus einem Regal nahm. Wollte diese Person ihn abstechen? Das, was sie da in der rechten Hand hielt und nun mit einem Schlag auf den Oberschenkel zum Schwingen brachte, erschien ihm dafür absolut geeignet. Überhaupt war dieser Raum voller merkwürdiger Gerätschaften. Diverse goldene Schalen standen in sämtlichen Größen auf extra dafür vorgesehenen Samtkissen in einem Regal und daneben hingen verschiedene Holz- und Gummiklöppel an der Wand. In zahlreichen Holzkästchen, die vermutlich aus Präsentationszwecken alle aufgeklappt waren, glänzten Kugeln mit asiatischen Schriftzeichen und links von sich konnte er weitere Stimmgabeln erahnen. Esoterische Folterinstrumente, daran bestand kein Zweifel! Wim beschlich eine innere Unruhe.

»Entspanne dich, Wim. Am besten schließt du nun die Augen, lauschst den Klängen der Musik und versuchst, ganz ruhig zu atmen. Ich habe deine interessierten Blicke wahrgenommen und erkläre dir gerne im Anschluss noch die vielen tollen klangtherapeutischen Angebote. Jetzt wollen wir dich aber erst mal zum Schwingen bringen.«

Wim tat widerwillig, um was diese Person ihn gebeten hatte, und schloss die Augen. Von dem Gefühl der Entspannung war er allerdings noch meilenweit entfernt. Dafür war ihm die Situation, in der er sich befand, nicht geheuer genug.

»Ich werde die schwingende Stimmgabel nun sanft auf jeder Fingerkuppe und anschließend an jedem deiner Zehen aufsetzen. Du wirst dann eine angenehme Vibration spüren, die sich über deine Arme und Beine ausbreitet.«

»Tu, was nötig ist«, grummelte Wim und nahm wahr, wie Shakuntala nach seiner linken Hand griff und die Stimmgabel am kleinen Finger ansetzte. Das anfängliche Kribbeln fühlte sich ungewohnt an, aber dann war es tatsächlich angenehm. Wim war überrascht.

»Und das hilft mir jetzt mit meiner Blase, oder wie?«

»Ja, genau. Die feinen Schwingungen, die sich gerade in deinem Körper ausbreiten, beleben deine Zellen, unterstützen ihre Regeneration und bringen sie wieder in Harmonie. Die Frequenzen werden dabei auf deinen Körper übertragen. Ich fange immer zuerst mit den äußeren Gliedmaßen an, um eine Grundschwingung zu erzeugen und meine Patienten an die Phonophorese zu gewöhnen. Ich schwinge dich sozusagen ein«, erklärte Shakuntala konzentriert.

»Aha, was es nicht alles gibt«, murmelte Wim. Die Vibrationen hatten mittlerweile zweifelsfrei seinen linken Oberarm erreicht.

»Ich werde die Stimmgabel als Nächstes auf weiteren Körperzonen und Akupunkturpunkten aufsetzen, um möglichst im ganzen Körper harmonische Schwingungen über Muskeln, Gelenke, Knochen und in deinem Fall besonders über Organe und Chakren zu leiten.«

Wim ließ die weiteren Erklärungen seiner Therapeutin unkommentiert, denn sosehr er sich innerlich gesträubt hatte – eine ihm gänzlich unbekannte Form der Entspannung machte sich langsam, aber sicher in ihm breit und er war dabei, in das Reich der Träume abzudriften.

Ludger Pohl hatte es sich im Ruheraum bequem gemacht und blätterte entspannt durch ein Automagazin. Trinkfest war er, der Wim. Mein lieber Scholli, so einen Kater hatte Ludger lange nicht gehabt. Die Massage hatte ihm gutgetan, aber gegen seine Kopfschmerzen halfen wohl nur ein bis zwei Tabletten. Gut, dass Erika nicht da und Hildesheim auch weit genug entfernt war. Ludger genoss seine Kur in vollen Zügen und hoffte inständig auf eine Verlängerung. Nicht nur, dass es ihm nach seiner Prostataoperation von Tag zu Tag besser ging, er hatte endlich mal Urlaub von zu Hause. Klar, es gab hier und da auch Regeln und Pläne, an die man sich halten musste, aber waren Regeln nicht auch da, um sie hin und wieder zu brechen? Und dann gab es hier ja auch einiges zu gucken. Gehörte ein Kurschatten nicht zu einer Kur wie die Hexe auf den Brocken? Ausgerechnet die exotische Shakuntala – und nicht eine der Patientinnen – hatte es ihm besonders angetan. Die Latte für ein Tête-à-Tête lag allerdings sehr hoch. Trotzdem, wann immer Ludger konnte, versuchte er, Anwendungen bei ihr zu ergattern, und freute sich schon auf die Klangschalenmassage, die Shakuntala ihm heute Nachmittag verabreichen würde. Wer wusste schon, was da noch alles klingeln und klängeln würde? Auf jeden Fall würde er versuchen, mit ihr ein nettes Gespräch zu führen, um noch mehr über seine Angebetete herauszufinden. Dass sie eigentlich in Braunschweig wohnte, hatte sie ihm bereits erzählt. Dass sie nur tageweise auf Honorarbasis in der Klinik arbeitete, um ihrer Freundin, der Klinikchefin, einen Gefallen zu tun, ebenfalls. Hier im Oberharz geeignete Fachkräfte zu finden, war eine große Herausforderung für die regionalen Unternehmen und es herrschte überall Personalmangel. Das war ja allgemein bekannt. Hauptberuflich war Shakuntala die Inhaberin einer Yogaschule in der Braunschweiger Innenstadt. Und dass sie mit einem Inder verheiratet war, das hatte Ludger von diesem ominösen Doppelnamen abgeleitet. Da musste man nicht indiskret fragen. Kumar war ein indischer Familienname, so viel hatte er schon gegoogelt. Auf der Homepage der Yogaschule wurde Shakuntalas Alter mit 49 Jahren angegeben. Damit war sie zehn Jahre jünger als Erika, die zudem 20 Jahre älter aussah. Ludger war stolz auf seine bisherigen Rechercheergebnisse. Wenn er nicht weiterkam, dann würde er Wim einbinden, denn ein Kriminalhauptkommissar hatte ja noch mal ganz andere Fähigkeiten. Da sie heute Nacht mehrfach auf Bruderschaft und auf das Leben getrunken hatten, würde Wim ihm garantiert helfen, wenn es darauf ankam.

Als die Wärme des Ruheraums seine Lider schwer werden ließ, legte Ludger das Magazin auf seinem Bauch ab, schloss zufrieden die Augen und gab sich der Fantasie einer ausgiebigen Einzelstunde bei Shakuntala hin.

6. KAPITEL

Anne Thormeyer nahm eine krosse Scheibe Vollkorntoast aus dem Brotkorb, legte sie auf ihr Frühstücksbrettchen und bestrich sie mit einer ordentlichen Portion Erdbeermarmelade. Auf Butter oder Margarine verzichtete sie gänzlich. Heute musste sie erst zur dritten Stunde in der Schule sein, und so ergab sich die seltene Gelegenheit eines gemeinsamen Frühstücks mit Rosalie.

»Wann musst du denn los?«, fragte Anne ihre Freundin.

Rosalie legte die Braunschweiger Zeitung beiseite und schaute auf das Display ihres Handys. »Erst in 20 Minuten. Ich hab's ja nicht weit. Zeit genug also, dir mindestens noch hundert Küsse aufzudrücken.« Rosalie grinste und beugte sich zu ihrer Freundin über den runden Küchentisch.

»Ach, du bist süß«, erwiderte Anne und streckte Rosalie den Kopf entgegen.

Drei Monate nachdem die beiden Frauen sich bei den Ermittlungen zum Gaußberg-Fall kennengelernt hatten, waren sie noch immer frisch verliebt und verbrachten jede freie Minute zusammen. Anne war von Rosalies kleiner Wohnung im Magniviertel und von dem Fachwerkflair mit den schiefen Türen, niedrigen Decken und den vielen dunklen Holzbalken total begeistert. Rosalie hingegen schätzte die frische Landluft in Annes Wohngegend am Rand von Alt-Lehndorf und den Blick auf die Pferdekoppel, den man aus Annes Schlafzimmer hatte. Somit standen sie hinsichtlich ihres gemeinsamen Domizils regelmäßig vor der Qual der Wahl. Gestern war die Entscheidung zugunsten des Magniviertels ausgefallen, so konnte Rosalie auch zu Fuß zur Münzstraße gehen, selbst wenn der Regen sich nicht einkriegte und sie daran hinderte, ihr Rad zu nehmen.

»Und was liegt bei dir heute an?«, erkundigte sich Anne in einer Pause zwischen süßen Küssen von Rosalie und einem Biss in ihren Marmeladentoast.

»Ich denke, es läuft auf den Sprung vom Hochhaus hinaus. Mein eifriger Anwärter war gestern schon fleißig und hat brav alle Vernehmungsprotokolle getippt und den Hintergrund unseres potenziellen Selbstmörders recherchiert«, erwiderte Rosalie und küsste Anne erneut.

»Und? Was hat Mads rausbekommen?«, fragte Anne neugierig und wischte sich einen Krümel aus dem Mundwinkel.

»Du darfst zwar alles essen, aber nicht alles wissen, mein Schatz.« Da war er wieder, einer dieser Sprüche von Manfred, der sich in Rosalies Wortschatz eingenistet hatte. Schnell schob sie den Gedanken beiseite, um zum nächsten Kuss anzusetzen, bevor sie sich für die Arbeit fertig machen musste.

»Okay, okay, ich gebe auf, bevor du mich verhaftest«, antwortete Anne grinsend. Gerade als sie erneut in ihren Toast beißen wollte, ließ sie ihn plötzlich auf das Frühstücksbrettchen fallen und fasste sich an die Brust.

»Anne! Was ist? Was hast du? Ist dir nicht gut?« Erschrocken blickte Rosalie ihr Gegenüber an und sprang von ihrem Stuhl auf.

Anne atmete tief ein und aus und griff sich nun an den Hals. Jegliche Farbe war aus ihrem Gesicht gewichen und Schweißtropfen hatten sich an ihrem blonden Haaransatz gebildet. »Es ist wieder dieses Herzpoltern. Einfach so, aus dem Nichts.«

»Also langsam reicht das mal. Bitte geh endlich zum Arzt und lass das abklären!«, sagte Rosalie besorgt, jedoch mit einer Schärfe im Ton, die Anne zurückzucken ließ.

»Jawohl, Frau Oberfeldwebel!«

»Mensch, Anne, so war das doch nicht gemeint! Ich mache mir Sorgen!«, ruderte Rosalie vorsichtig zurück.

»Ja, ich weiß. Ich verspreche dir auch, dass ich einen Termin mache.«

»Dann ist's ja gut«, erwiderte Rosalie sanftmütig. »Das geht jetzt schon seit Wochen so und mit dem Herzen ist nicht zu spaßen.«

Anne nickte. »Ich vermute ja, es ist der Stress. Ich habe auch ab und an das Gefühl, dass mein Blutdruck zu hoch sein könnte, und dass ich nachts nur am Wühlen bin, das hast du recht früh gemerkt. Ich werde nachher einen Termin bei meiner Hausärztin machen.«

»Ja, bitte! Lass das abklären. Es würde mich nicht wundern, wenn dein Körper dir Signale sendet. Was bei euch an der Schule abgeht, ist ja auch nicht mehr normal. Bevor ich dich kennengelernt habe, hatte ich vom Lehrerberuf ein anderes Bild«, erwiderte Rosalie und streichelte Annes Handrücken.

»Wem sagst du das. Aber ist es nicht immer so, dass man bei seiner Berufswahl eigentlich viel zu jung ist, um sich der Tragweite der Entscheidung bewusst zu sein? Man denkt als Abiturientin, die Lehrerin werden will, doch nicht an Erlasse aus dem Ministerium, an komplizierte Lehrpläne oder an nervige Eltern. Oder wie ist das bei dir gewesen?«

Rosalie runzelte die Stirn und fühlte sich an ein Gespräch erinnert, das sie vor einiger Zeit mit einer Notfallsanitäterin geführt hatte. »Also mir war schon klar, dass Nachtdienste und Überstunden auf mich zukommen. Und ich bin wirklich nach wie vor aus Überzeugung und mit vollem Herzen bei der Polizei, aber natürlich konnte ich vor zehn Jahren nicht ahnen, was diese Schichtdienste mit einem anstellen. Ich bin im Grunde ess- und schlafgestört. So etwas wie einen festen Rhythmus gibt es bei uns kaum. Und die älteren Kollegen sprechen immer von einem Schichtgesicht, wenn sie an einem Spiegel vorbeikommen. Ich denke, ich weiß, was sie damit meinen.«

»Wir sind schon zwei Leidgeplagte«, sagte Anne und lachte auf. »Ich glaube, du musst jetzt wirklich los.«

Rosalie schaute auf ihre Küchenuhr, seufzte und setzte zum allerletzten Kuss an diesem Morgen an.

Mads Johannsen hatte gestern Abend erst nach Rosalie das Büro verlassen und war an diesem Morgen bereits vor ihr wieder zum Dienst erschienen. Der Dauerregen hatte über Nacht nachgelassen und nun schauerte es nur noch. Dicke graue Wolken bedeckten noch immer den Himmel und die Luft war feucht und kühl. Das hatte Mads aber nicht davon abgehalten, die Tram gegen das Fahrrad einzutauschen und heute von seinem WG-Zimmer in der Katharinenstraße aus zur Arbeit zu radeln. Das bisschen Regen war nun kein Problem mehr und er hatte die Bewegung und den Fahrtwind genossen. Sport war ihm sehr wichtig, denn er wollte seine trainierte Figur unbedingt behalten. An der Polizeiakademie hatte er alle sich ihm bietenden Sportmöglichkeiten genutzt, war Mitglied einer Laufgruppe und stolz darauf gewesen, dass sich langsam ein Waschbrettbauch bei ihm abzeichnete. Er musste sich in den nächsten Tagen unbedingt erkundigen, was der

Hochschulsport in Braunschweig zu bieten hatte. Zumindest kannte er den Hauptcampus der Uni an der Pockelsstraße schon.

Mit viel Glück hatte er dort am Schwarzen Brett unter der Rubrik »Wohnen auf Zeit« sein WG-Zimmer gefunden, was bei einem nur dreimonatigen Mietverhältnis nicht selbstverständlich war. Seine beiden Mitbewohner Jan und Olli waren Informatikstudenten und mit ihm auf einer Wellenlänge. Mads fühlte sich in Braunschweig bisher rundum wohl. Auch mit Rosalie als Ausbilderin hatte er anscheinend einen guten Griff gemacht. Sie war noch recht jung, hatte ihm gleich das Du angeboten, und dass sie ohne Vorbehalte offen lesbisch war, hatte Mads von Anfang an imponiert. Er wusste noch nicht genau, wo er eigentlich stand, und wollte nirgends anecken, daher behielt er sein Privatleben lieber für sich. Aber er fand es richtig und wichtig, dass die queere Community bei der Polizei durch Kolleginnen wie Rosalie sichtbar war. Und natürlich hatte Rosalie auch deshalb Pluspunkte bei ihm gesammelt, weil sie wie er immer und überall das Fahrrad nutzte. Nur in den letzten zwei Tagen hatte sie »Else«, wie sie ihr Gefährt liebevoll nannte, zu Hause stehen lassen und war über das Wetter fluchend zu Fuß im Büro erschienen.

»Dieser Regen geht mir gehörig gegen den Strich!« Rosalie betrat das Büro und stellte ihren aufgespannten Schirm zum Trocknen in eine Ecke.

»Moin, Rosalie, immer noch zu Fuß unterwegs?«

»Ja, ich war mir auch unsicher, aber jetzt habe ich zwischen Waisenhausdamm und Münzstraße eine derartige Husche abbekommen, dass es wohl doch richtig war, Else zu Hause zu lassen.«

Mads schaute skeptisch aus dem Fenster. »Ach, Mist! Und ich war heute Morgen so optimistisch, als ich mich aufs Fahrrad geschwungen habe.«

»Na ja, dann nehmen wir halt gleich wieder den Dienstwagen. Oder wir gehen zu Fuß. Ist auch eine Form von Bewegung.« Rosalie nahm sich einen frischen Kaffee, den Mads bereits aufgesetzt hatte. »Hast du noch irgendwas über Berthold Maschke herausgefunden? Zur Mauernstraße könnten wir ja nun wirklich einen kleinen Spaziergang machen.«

»In der Tat, das habe ich!« Mads räusperte sich und setzte sich aufrecht hin.

»Na, dann leg mal los. Du hast meine volle Aufmerksamkeit.«

»Berthold Maschke, 47 Jahre, ledig, keine Kinder, keine Geschwister, Eltern beide schon verstorben. Wohnhaft in der Mauernstraße 65, Erdgeschoss links. Arbeitet bei der BS-Insurance-AG, einer Versicherungsgesellschaft mit Sitz in der Frankfurter Straße.«

»Halt! Stopp!« Rosalie hob eine Hand. »Ledig, sagtest du. Das muss ja nicht heißen, dass er Single war. Ist er allein in der Mauernstraße gemeldet?«

Mads ärgerte sich, diese Informationen in seinen kleinen Vortrag nicht eingebaut zu haben. »Ja, entschuldige, er ist dort allein gemeldet.«

»Alles gut, mach weiter«, erwiderte Rosalie.

Mads' Wangen fingen an zu glühen und er bemerkte, wie Rosalie schmunzelte. »Seine sterblichen Überreste wurden an das Bestattungsunternehmen Rose überführt. Ich schlage vor, dass wir versuchen, Zugang zu seiner Wohnung zu erhalten, um nach einem Abschiedsbrief zu suchen oder einem Motiv für seinen Sprung vom Hochhaus.« Mads sah von seinem Notizzettel auf und schaute Rosalie erwartungsvoll an.

»Alles klar! Sehr gut! Das klingt nach einem Plan.«

Anne Thormeyer saß in ihrem grünen Fiat Panda und quälte sich über die Celler Straße stadtauswärts. Sie probierte gerade unterschiedliche Routen von Rosalies Wohnung zur Grundschule nach Lehndorf aus, und dieser Weg war in der morgendlichen Rushhour nicht zu empfehlen. Angestrengt schaute sie auf den Linienbus, der sich aus seiner eigenen Busspur kommend nun vor ihr eingeordnet hatte. Anne blickte frontal auf den Schriftzug eines Abfallunternehmens, das auf der Rückseite des Busses Werbung für sich machte, als plötzlich die einzelnen Buchstaben vor ihren Augen verschwammen. Überrascht begann sie zu blinzeln, kniff die Augen zusammen, aber sosehr sie sich auch bemühte, sie bekam ihren Blick nicht mehr scharf gestellt. Panik kroch in ihr hoch, und als direkt vor ihr am Straßenrand eine Parkbucht frei wurde, setzte sie kurzerhand den Blinker und scherte mit dem Auto ein. Ihr Herz schlug ihr wieder bis zum Hals und ein kalter Schauer überkam sie. Was war denn das jetzt noch? Sehstörungen? Schluss, aus, Ende! Sie würde hier und jetzt ihre Ärztin anrufen. Am besten würde sie direkt zur Praxis fahren, ihre Beschwerden schildern und einfach nicht mehr gehen, bis sie an der Reihe war.

7. KAPITEL

Lali saß frisch eingecremt auf dem Rand ihrer Badewanne und ließ ihre nassen Haare unter einem Handtuchturban trocknen. Einen Fuß hatte sie aufgestellt und lackierte sich die Fußnägel rot. Der Kontrast zu dem dunklen Teint ihrer Haut gefiel ihr. Die Tür zum innenliegenden Bad hatte sie geöffnet, um den Wasserdampf, der sich nach ihrer ausgiebigen Morgendusche gebildet hatte, entweichen zu lassen. Die Lüftung war mal wieder defekt.

»Esha! Hast du dem Hausmeister schon Bescheid gesagt?«, rief sie in den Flur, in dem ihre Schwester am Bügelbrett stand und mit dem Kragen einer Bluse kämpfte.

»Ja, habe ich, aber der war völlig von der Rolle. Dass der heute noch vorbeischaut, bezweifle ich mal.«

»Wieso von der Rolle? Herr Overkamp ist doch sonst immer sofort zur Stelle.«

»Na, vielleicht wegen des Selbstmörders gestern?«

»Selbstmörder?« Lali stutzte. Davon hatte sie gestern Abend nichts mehr mitbekommen, als sie gegen Mitternacht nach Hause gekommen war.

»Ach, das hatte ich dir noch gar nicht erzählt. Gestern am späten Nachmittag hat sich mal wieder einer vom Dach gestürzt. Na ja, und der Overkamp musste halt die Reste beseitigen. Trotz des Regens stand er dann da mit einem Schrubber, der Arme.«

»Das klingt übel.«

»Ja, das ist es auch. Er war noch ganz angefasst, als ich

vorhin bei ihm angerufen habe. Hat mir erzählt, dass er hier ja schon so einiges habe beseitigen müssen, aber dieses Mal sei der Anblick besonders unschön gewesen.«

»Hör auf damit. Ich mag mir das gar nicht vorstellen. Das ist echt widerlich. Weiß man schon, wer es war? Doch wohl kein Nachbar?«

»Du, keine Ahnung«, antwortete Esha gereizt. »Wenn dich das so brennend interessiert, dann frag den Overkamp doch einfach selbst.«

»Ach, Quatsch, so wichtig ist das nun auch wieder nicht.«

»Kannst du mir hier mal gleich mit der Bluse helfen? Ich raste noch aus.«

Lali hatte den Fuß gewechselt und lackierte nun die andere Seite. »Wenn ich hier fertig bin. Ich brauche noch ein paar Minuten.«

»Ich brauche deine Hilfe aber jetzt!«

»Jetzt kann ich aber nicht, verdammt noch mal. Stell das Bügeleisen aus, dann komme ich gleich!« Lali liebte ihre kleine Schwester über alles, aber sie war hin und wieder auch von ihr genervt. Die beiden Schwestern lebten in einem großen Einzimmerapartment, die räumliche Enge wurde zunehmend zu einer Herausforderung. Lali schlief auf der Couch und hatte Esha die Schlafnische überlassen, die wenigstens durch einen Vorhang vom Wohnraum abgetrennt war. Dennoch gab es praktisch keine Privatsphäre. Nur wenn Esha im Kino die Mittagsschicht übernahm, war Lali für ein paar wenige Stunden allein, bevor sie ins Restaurant musste. Das war kein Dauerzustand. Aber was sollten sie machen? Mit dem wenigen Geld, das sie verdienten, und bei dem angespannten Immobilienmarkt in Braunschweig war an etwas Größeres nicht zu denken. Also mussten sie ihre Wohnsituation weiterhin aushalten. Gemeinsam. Wie so vieles bisher in ihrem Leben.

Mads musste den Würgereiz mit aller Macht unterdrücken, als sie vor der geöffneten Wohnungstür von Berthold Maschke standen. Der Mann vom Schlüsseldienst hatte nur so was wie »ach, du Scheiße!« gemurmelt, sich seine Arbeit von Rosalie quittieren lassen und war sofort wieder verschwunden.

»Pass auf, Mads, solche Situationen gibt es immer wieder. Wir setzen uns jetzt beide eine FFP2-Maske auf und dann gehe ich rein und lüfte erst mal. Du kannst im Treppenhaus warten, bis ich dich reinhole. Und in der Wohnung immer durch den Mund atmen. Bist du bereit?« Rosalie reichte Mads eine weiße Maske und ein paar blaue Gummihandschuhe.

Mads nickte. »Wenn das okay ist, komme ich direkt mit dir mit. Es hilft ja nichts. Ich muss mich der Situation stellen, und wenn es noch so bestialisch stinkt.«

»Super!« Rosalie legte ihrem Anwärter eine Hand auf die Schulter und trotz der Gesichtsmaske konnte Mads an Rosalies Augenpartie erkennen, dass sie ihn anlächelte. »Tut mir echt leid, dass du so einen Einstieg erlebst. Erst der unschöne Anblick gestern und nun das hier.«

Mads zuckte mit den Schultern. »That's life!«

»Gute Einstellung, dann wollen wir mal!« Rosalie überschritt die Türschwelle und schob die Wohnungstür, so gut es ging, noch ein Stück weiter auf. Viel Spielraum gab es nicht, weil der Müll hinter der Tür alles blockierte. Mehr als knöcheltief standen Rosalie und Mads in einem Berg von leeren Milchtüten, Plastikflaschen, Bierdosen, Pizzapappen und Kleidungsstücken aller Art. Während Rosalie entschlossen durch den Unrat stapfte, um in dem Raum, der wohl das Wohnzimmer war, zum Fenster zu gelangen, wusste Mads nicht, wo er zuerst hinschauen sollte. Das Chaos überforderte ihn. Er versuchte, sich zu orientieren, und nahm sein Handy aus der Hosentasche, um ein paar Fotos zu machen. Sein Blick fiel in ein kleines Badezimmer links neben dem Wohnungseingang, dessen Tür offen stand und das vor lauter Dreck völlig versifft war. Die ursprünglich weiße Toilette war gelblich verfärbt und dank des geöffneten Toilettendeckels roch es penetrant nach Fäkalien. Der Duschvorhang der kleinen Eckdusche war zur Seite geschoben und gab den Blick auf eine derart verunreinigte Nasszelle frei, dass Mads sie nicht mal mit Gummistiefeln hätte betreten wollen. Auf der kleinen Toplader-Waschmaschine lag haufenweise Wäsche und Mads würgte erneut, als er mehrere muffige Unterhosen erblickte, denen ein Vollwaschgang sicher nicht geschadet hätte.

»So, die Luft ist noch nicht ganz rein, aber ich habe beide Fenster aufgerissen«, rief Rosalie aus dem Wohnzimmer. »Das nenne ich mal eine Messie-Wohnung.«

Mads war fassungslos und konnte den Blick nicht von den Müllbergen im Badezimmer abwenden. Ausgerechnet das Bad. Der Ort für Reinlichkeit und Körperhygiene. Wie konnte ein Mensch so hausen?

»Kommst du?« Rosalie rief erneut.

»Jaja, ich komme. Ich muss hier noch meinen Badezimmerschock verdauen.«

»Irgendetwas Verdächtiges entdeckt?«

»Nein, ad hoc nicht. Aber bei den Müllbergen müssen wir uns wohl eh erst mal durchwühlen.« Mads drehte sich um und stapfte in Richtung Wohnzimmer. Rosalie stand an der Fensterfront, hatte ihr Gesicht in Richtung Frischluft gerichtet und hielt ein Heft in der Hand.

»Das fängt ja gut an!«

»Wieso, was hast du gefunden?«, erkundigte sich Mads und konzentrierte sich darauf, nicht durch die Nase zu atmen.

»Pornos! Und ich bin nicht ganz sicher, ob die Mädchen schon volljährig sind.« Angewidert blätterte Rosalie durch das Heft und legte es dann auf die Fensterbank. »Das sollten wir uns genauer ansehen.«

Mads nickte zustimmend und schaute sich weiter um. Auf einem grauen Cordsofa in der Ecke lag pekiges Bettzeug. Es schien, als hätte sich Berthold Maschke in seinem Wohnzimmer zwischen Müll und Dreck eine Schlafecke eingerichtet. Wie wohl das Schlafzimmer dann erst aussah? Auf dem Couchtisch standen mehrere Teller mit Essensresten und ein angefangenes Glas mit Orangensaft. Ein massiver Aschenbecher aus Glas quoll über und der Geruch von kaltem Zigarettenqualm fraß sich durch die Gesichtsmasken.

»Ob wir Verstärkung und die Spurensicherung anfordern sollten? Ich will ja nichts sagen, aber schau mal da vorne.« Mit ausgestrecktem Finger zeigte Mads auf die Wohnzimmerschrankwand aus Mahagoniholz.

»Was meinst du genau?«, fragte Rosalie nach.

Zielstrebig ging Mads zur Schrankwand und griff in das oberste Regal.

»Das hier meine ich!«

Rosalie staunte. Ihr Anwärter hielt ein Geldbündel bestehend aus mehreren 100- und 50-Euro-Scheinen in der Hand.

»Das sind locker mehrere Tausend Euro. Aber immer penibel abgezählt«, stellte Mads fest.

»Wie meinst du das?«

»100 Euro, 50 Euro, 100 Euro, 50 Euro, 100 Euro und so weiter«, erklärte Mads und zählte das Bargeld. »3.300 Euro. Nicht schlecht!«

»Das ist außergewöhnlich!«, stellte Rosalie fest. »Ich fasse mal kurz zusammen: Der alleinstehende Mitarbeiter einer Versicherung – irgendwie habe ich da gerade ein ganz anderes Bild im Kopf – lebt als Messie in einer Wohnung, konsumiert Pornos am Rande der Legalität und bewahrt einen beachtlichen Betrag Bargeld zu Hause auf.«

»Das Messie-Syndrom an sich ist erst mal nicht verdächtig. Das kann ja jeden betreffen, oder? Also unabhängig vom Berufsstand. Das ist doch so was wie ein zwanghaftes Verhalten, bei dem man unfähig ist, sich von Gegenständen zu trennen«, erwiderte Mads.

Rosalie rückte ihre Maske zurecht. »Die blöden Gummibänder reiben jetzt schon hinter meinen Ohren. Ja, so ist es. In Extremfällen wie diesen kommt es dann zur Vermüllung. Diese Wohnung ist doch im Grunde nicht mehr begehbar. Aber unabhängig davon gefallen mir unsere Fundstücke gar nicht.«

Mads nickte. »Ob wir hier wohl so etwas wie einen Abschiedsbrief finden? Ich wüsste gar nicht, wo der Maschke den hätte schreiben wollen. Freie Flächen sehe ich hier nicht.«

»Ja, da hast du recht. Vielleicht in seinem Büro? Also ich glaube jedenfalls, dass hier was nicht stimmt und es noch Ermittlungsbedarf gibt. Die Pornos, das viele Bargeld. Lass uns mal weitersuchen, auch wenn es schwerfällt. Und du hast recht, fordern wir Verstärkung an.«

8. KAPITEL

Cassensmeier hatte Biggis vorgezogenen Urlaub anstandslos genehmigt. Ein weiteres Indiz dafür, dass sie eigentlich nicht gebraucht wurde. Allerdings hatte er sie gebeten, doch lieber mal ein paar Überstunden abzubauen, anstatt einen richtigen Urlaubstag zu nehmen. Biggi war das völlig egal, Hauptsache frei.

Sigrid hatte sich gefreut, als Biggi sie nach dem Frühstück angerufen und vorgeschlagen hatte, spontan einen Tag eher in den Harz zu reisen. Optimales Reisewetter war es zwar nicht, aber der ganz große Wetterumschwung war eh nicht zu erwarten und Biggi brauchte einfach dringend einen Tapetenwechsel. Und natürlich fieberte sie dem Wiedersehen mit Wim entgegen, auch wenn sie das schön für sich behielt. Laut Sigrid gab es ja kein schlechtes Wetter, sondern nur die falschen Klamotten. Biggi war da schmerzfrei und hart im Nehmen, sie wollte einfach nur weg. Vorsichtshalber hatte sie sich gegen den mittleren und für den großen Koffer entschieden. Da passten auch ihre Gummistiefel rein. Molto bene!

Das Hotel hatte ihnen ganz unkompliziert bestätigt, dass sie ihren Aufenthalt im wunderschönen Harz frühzeitig starten konnten und eine Anreise ab 15.00 Uhr möglich sei. Nur Wim hatten sie bisher noch nicht erreicht. Sigrid hatte irgendwas von einem sehr vollen Behandlungsplan, Yogastunden und einem Fingersandbad gefaselt. Biggi konnte sich das Grinsen nicht verkneifen. *»Sie baden gerade ihre Hände drin!«* Erinnerungen an die wilden 80er und eine legendäre Werbung für Geschirrspülmittel.

Außerdem stand Wim bekanntermaßen mit Handys auf Kriegsfuß. Wie um alles in der Welt sollte man sich da vorher ankündigen? Also musste er mit der Überraschung leben. Biggi war auf seine Reaktion gespannt. Nun saß sie im Regionalexpress nach Goslar und mit jedem Kilometer, den sie sich von Hannover und ihrem aktuellen Leben entfernte, hellte sich ihre Stimmung ein klein wenig auf. Nächster Halt: Salzgitter-Ringelheim. Wer hatte sich denn diesen Namen ausgedacht? Ohne Worte. Biggi schüttelte den Kopf und stellte bei einem Blick aus dem Fenster fest, dass es eindeutig Orte gab, die ihr gerade noch weniger behagten als ihre Heimatstadt. Gott sei Dank würde der Zug in Kürze Goslar erreichen, denn Biggi stand jetzt der Sinn nach einer Zigarette. Dass man in Zügen nicht mehr rauchen durfte, hatte sie der Bahn bis heute nicht verziehen. Porca miseria!

»Frau Thormeyer, wie geht es Ihnen denn? Wie fühlen Sie sich?« Dr. Britta Lützerow saß an ihrem Schreibtisch und schaute nachdenklich auf den Monitor ihres Computers.

»Wie soll es mir gehen, Frau Doktor? Ich bin ja mit Herzpoltern und Sehstörungen zu Ihnen gekommen, weil es mir nicht so gut geht. Ich hatte gehofft, dass Sie mir sagen können, wie es um mich bestellt ist.« Anne war gereizt und ärgerte sich über die Frage ihrer Hausärztin.

»So meinte ich das nicht. Haben Sie viel um die Ohren? Beruflich oder privat?«

»Also privat ist alles super. Ich bin verliebt und meine neue Beziehung ist noch ganz frisch. Und beruflich? Na ja, Sie wissen ja, dass ich Grundschullehrerin bin.«

»Sie sind Grundschuldirektorin, richtig?«, fragte Britta Lützerow nach. »Mit entsprechendem Pensum, Verantwortung und Überstunden, nehme ich an?«

Anne klemmte sich nervös eine Haarsträhne hinter das Ohr und setzte zu einer Erklärung an. »Es ist schon ziemlich viel im Moment. Wir haben in einigen Bereichen Fachlehrermangel, zwei Kolleginnen sind länger erkrankt …«

»Frau Thormeyer, Sie sind da wahrlich kein Einzelfall«, unterbrach Britta Lützerow ihre Patientin. »Und Ihr EKG ist leider eindeutig.«

Anne wurde blass und spürte ihr Herz bis zum Hals klopfen. »Mein EKG?«

»Ja, da sind ganz deutliche Extrasystolen zu erkennen. Bis zu einer gewissen Anzahl ist das normal, aber die ist bei Ihnen überschritten, und in Kombination mit ihrem viel zu hohen Blutdruck und den Sehstörungen müssen wir mal weiterforschen.«

»Weiterforschen?« Anne krallte sich mit schweißnassen Händen an den Armlehnen ihres Stuhls fest.

»Ja, erst mal besteht kein Grund zur Panik. Ich überweise Sie aber zuerst zum Augenarzt und zum Kardiologen, um Ihre Beschwerden von Fachärzten abklären zu lassen. Und wir machen ein großes Blutbild. Dann sehen wir weiter. Ich schreibe Sie zwei Wochen krank, damit Sie zur Ruhe kommen, in Ordnung?«

»Zwei Wochen?«, erwiderte Anne entsetzt und spürte, wie ihr Herz immer stärker und stärker gegen den Brustkorb klopfte. »Das geht nicht! Auf keinen Fall geht das! Die Zeugniskonferenzen stehen an, ich habe noch Korrekturen zu machen und ich muss die Einschulungen planen!«

Britta Lützerow verschränkte die Hände vor sich

auf dem Schreibtisch und schaute Anne seelenruhig ins Gesicht.

»Ich kann Sie auch vier Wochen krankschreiben, Frau Thormeyer. Wäre Ihnen das lieber?«

Auf dem Bahnhofsvorplatz in Goslar herrschte gähnende Leere, als Biggi am frühen Nachmittag eintraf.

»Ach, schön, dass wir uns wiedersehen! Und jetzt noch einen Tag früher.« Überschwänglich breitete Sigrid ihre Arme aus und drückte Biggi fest an sich. »Sag mal, hast du abgenommen? Ich spüre ja jede Rippe bei dir!«

Biggi erwiderte die herzliche Begrüßung, so gut es eben ging, wenn man fast zerquetscht wurde, und rückte ihre Lesebrille zurecht, die ihr bei Sigrids Umarmungsmanöver fast vom Kopf geflogen wäre.

»Ich freue mich auch. Und danke noch mal, dass du heute Morgen so spontan warst und schon eher mit mir verreisen möchtest.«

»Von Herzen gerne! Ich bin doch auch froh, dass ich aus Helmstedt mal rauskomme. Ist da ja nicht gerade der Nabel der Welt, wenn du verstehst, was ich meine. Und als Rentnerin habe ich doch Zeit in Tüten. Nur Wim habe ich noch immer nicht erreicht. Weder per Anruf noch per SMS. WhatsApp muss man bei ihm ja gar nicht erst versuchen.«

»WhatsApp? Wo denkst du hin, Sigrid? Wir reden von deinem Bruder, wir reden von Wim Schneider!«, stellte Biggi fest und grinste.

Sigrid lachte auf. »Allerdings. Der kriegt das mit dem Handy einfach nicht hin. Ach, was sage ich, der will das gar nicht hinkriegen.«

»Wem sagst du das! Ich habe da im Büro auch meine täglichen Kämpfe mit ihm. Wim ist wirklich durch und durch ein analoger Mensch. Aber nun lass uns mal nicht nur über ihn reden, sondern ihn lieber besuchen fahren. Wo parkst du denn?«

Sigrid drehte sich um und zeigte auf einen Parkplatz. »Da hinten, komm, ich nehme deinen Koffer, dann hast du eine Hand frei, um dir noch eine Zigarette zu gönnen.«

»Du kennst mich schon ganz gut.« Biggi lächelte zufrieden und zum ersten Mal seit Tagen fühlte sie sich ein wenig glücklich.

Am Ende einer langen Diskussion waren bei Anne alle Dämme gebrochen und sie hatte noch im Behandlungszimmer ihrer Hausärztin die ersten Tränen vergossen. Als sie später im Auto saß, ging gar nichts mehr. Mehrfach hatte sie versucht, Rosalie zu erreichen, und als sie endlich rangegangen war, spürte Anne sofort, dass es der falsche Moment für ein persönliches Gespräch war. Rosalie hatte ohne Punkt und Komma von einer Messie-Wohnung erzählt und dass sie all ihre Klamotten heute Abend erst mal dringend in die Waschmaschine werfen müsse. Überall hätte der Gestank sich festgesetzt und Mads hätte sich fast übergeben und nun sei das mit dem Springer vom Hochhaus doch alles nicht so einfach und es würde heute wohl später werden. Rosalie war so im Redeschwall, dass sie nicht mal auf die Idee gekommen war, nach dem Grund für Annes Anruf zu fragen. Am Ende hatten die beiden Frauen dann vereinbart, heute mal in getrennten Betten zu schlafen, weil Rosalie nicht absehen konnte, wie spät es werden würde, und Anne ihren Schlaf ja bräuchte. Dabei wusste Anne, dass sie morgen und in den nächsten Tagen würde ausschlafen können und dass sie sich eigentlich nichts sehnlicher wünschte, als heute in Rosalies Armen zu liegen.

Stattdessen saß sie nun auf ihrem Sofa, hing immer noch in der telefonischen Warteschleife eines Augenarztes und hatte zwischenzeitlich versucht, ihre Mutter auf Langeoog zu erreichen. Auch wenn sie manchmal mehrere Wochen nicht telefonierten, war ihre Mutter in Krisensituationen wie dieser ihre wichtigste Ansprechpartnerin. Ausgerechnet heute schien sie noch unterwegs zu sein, denn Anne begrüßte nur ein Anrufbeantworter und mit dem Handyempfang war das auf der Insel immer so eine Sache.

Dann also doch Bine. Annes beste Freundin in Braunschweig war auch ihre Ex-Freundin. Rosalie wusste das und fand es okay. Zumindest betonte sie das immer. Gesehen hatten die beiden Frauen sich aber erst ein einziges Mal, denn Anne wollte behutsam vorgehen, wenn es darum ging, Rosalie in ihren Freundeskreis einzuführen. Das alles spielte jetzt aber keine Rolle, denn im Grunde war Anne mit sich und Bine im Reinen und konnte das trennen. Vor allem aber brauchte sie jetzt jemanden zum Reden.

»Was für ein schönes Hotel! Ein richtiges Harzer Holzhaus! Ganz toll!« Biggi strahlte.

»Freut mich, wenn es dir gefällt. Frau Ebert aus meinem Reisebüro hat wirklich ganze Arbeit geleistet.« Zufrieden hatte Sigrid sich in Biggis Hotelzimmer auf den Schreibtischstuhl gesetzt und schenkte den beiden Frauen einen Piccolo ein.

»Und jetzt stoßen wir auf vier Tage Kurzurlaub an! Das haben wir uns verdient!«

Biggi seufzte und nahm das gut gefüllte Glas entgegen, das Sigrid ihr reichte. »Und wann geht's zu Wim?«

»Weißt du was? Er rechnet morgen mit uns, wir kennen ihn beide. Es passt ihm garantiert nicht in den Kram, wenn wir heute unangekündigt bei ihm auftauchen. Wollen wir einfach erst mal zu zweit losziehen und uns Clausthal-Zellerfeld anschauen?«

Biggi versuchte, sich ihre Enttäuschung nicht anmerken zu lassen, aber vermutlich hatte Sigrid recht. Wim auf dem falschen Fuß zu erwischen, war kein Geschenk.

»Va bene! Dann lass uns mal Clausthal allein unsicher machen. Aber vorher ›Saluti‹!«

9. KAPITEL

Rosalie und Mads hatten kurzfristig einen Termin beim Personalvorstand der BS-Insurance-AG erhalten und saßen Jonas Wildhagen nun in seinem Büro gegenüber. Der lupenrein geputzte Glasschreibtisch sah nicht aus, als würde an ihm übermäßig viel Arbeit erledigt werden, passte aber in die Chefetage eines großen Konzerns.

»Der Tod von Herrn Maschke macht mich sehr betroffen. Ich kann das noch gar nicht glauben.« Jonas Wildhagens Gesicht war auffällig faltenfrei und bestach durch eine spiegelglatte Stirn, der jegliche Mimik fehlte.

Während Mads betreten, die Hände im Schoß gefaltet, auf den grauen Teppichboden schaute, ergriff Rosalie das Wort. »Es tut uns wirklich leid, Ihnen diese traurige Mitteilung überbringen zu müssen. Bisher haben wir noch keine Verwandten ermitteln können, die zu benachrichtigen wären. Wir müssen aber die Todesumstände noch abschließend klären und interessieren uns daher für das persönliche Umfeld von Herrn Maschke. Wir hoffen, dass Sie uns da weiterhelfen können.«

Jonas Wildhagen spielte an der Knopfleiste seines dunkelblauen Sakkos und schlug die Beine übereinander. »Natürlich helfe ich sehr gerne. Was genau möchten Sie denn wissen? Und was kommt Ihnen an den Todesumständen merkwürdig vor? Ist ein Sprung vom Hochhaus nicht leider eindeutig?«

Rosalie räusperte sich und schaute kurz zu Mads, der aufschreckte und seinen Blick wieder auf sein Gegenüber richtete. Er sah mitgenommen aus und wirkte ein wenig abwesend. »Wie war Herr Maschke denn so als Mitarbeiter? Gab es Auffälligkeiten?«

Jonas Wildhagen schaute kurz aus dem Fenster. »Ich merke schon, Sie weichen meiner Frage aus. Das verstehe ich natürlich.«

»Sie haben sicher Verständnis, dass wir uns nur in Teilen zu unseren Ermittlungen äußern können«, sagte Mads plötzlich und Rosalie warf ihm einen überraschten Blick zu.

»Ja, selbstverständlich. Also Herr Maschke war so etwas wie ein Urgestein unserer Versicherung. Hat hier schon seine Ausbildung gemacht. Fast 30 Jahre Betriebszugehörigkeit. Zuletzt war er zwölf Jahre in der Schadensregulierung tätig und für unsere Privatkunden zuständig. Er war stets unauffällig, hat sorgfältig gearbeitet, manchmal schon penibel, und war bei unseren Kunden beliebt.«

»Manchmal schon penibel?«, fragte Rosalie nach. »Wie meinen Sie das?«

»Nun ja, soweit ich das mitbekommen habe, konnte er sich von seinen Akten oder Vorgängen nur schwer lösen und hat manche Vorgänge intensiver geprüft als notwendig. Sein Büro war zwar ordentlich, aber sehr vollgestellt. Es glich einem Archiv, weil er alles aufgehoben hat. Wer die Historie eines Vorgangs nachvollziehen wollte: Bei Berthold Maschke wurde er oder sie garantiert fündig.«

»Verstehe. Wir würden uns später gerne mal den Arbeitsplatz von Herrn Maschke anschauen, wenn Sie nichts dagegen haben«, erwiderte Rosalie.

Jonas Wildhagen nickte. »Wie gesagt, wo ich helfen kann, gerne. Suchen Sie denn nach etwas Bestimmtem?«

»Um ehrlich zu sein, ja.« Rosalie hatte einen ernsten Gesichtsausdruck aufgesetzt. »Wir suchen nach einem Motiv, nach einem Grund, warum Herr Maschke sich das Leben genommen hat. Einem Abschiedsbrief zum Beispiel oder ärztlichen Unterlagen. Vielleicht war er unheilbar krank oder psychisch labil. Haben Sie …«

»Oder hoch verschuldet«, unterbrach Mads.

»Tragisch, wirklich tragisch. Gründe kann es da wohl viele geben, wenn jemand Suizid begeht. Wie verzweifelt muss man sein? Und wir haben hier alle nichts davon gemerkt. Herr Maschke hat sich nichts anmerken lassen.«

»Und da sprechen Sie für die ganze Belegschaft?«, fragte Mads nach, während Rosalie offenbar noch verdaute, dass Mads ihr soeben ins Wort gefallen war.

»Natürlich kann ich das nicht, aber man hat seine Leute schon im Blick und ich habe auch regelmäßig Gespräche mit den Teamleitern. Psychische Auffälligkeiten besprechen wir schon. Vertraulich natürlich.«

Rosalie zog eine Augenbraue hoch. »Natürlich. Wenn ich genau an diesem Punkt noch einmal ansetzen dürfte. Wie war es denn um seinen Krankenstand bestellt? Gab es zum Beispiel viele Fehltage oder Atteste von Fachärzten oder so etwas? Haben Sie hierüber Kenntnis?«

»Ob Sie es glauben oder nicht, aber Herr Maschke war in den letzten zehn Jahren nicht einmal krank, soweit ich mich erinnere. Mir ist auch nichts über eine Dauererkrankung oder andere gesundheitliche Beeinträchtigungen bekannt. Er machte einen sehr robusten Eindruck.«

»Gab es denn Auffälligkeiten bei den Gehaltszahlungen? Wie hoch war sein monatliches Einkommen?«, erkundigte sich Rosalie.

»Also da müsste ich jetzt erst mal in der Buchhaltung nachfragen. Aber unsere Firma zahlt 14 Monatsgehälter und neben dem Grundgehalt auch in unterschiedlichen Bereichen Provisionen.«

»Willkommen in der Privatwirtschaft«, murmelte Mads und erntete einen ermahnenden Seitenblick von Rosalie.

»Und Auffälligkeiten … wie meinen Sie das?«, fragte Jonas Wildhagen nach.

»Na ja, wurde sein Gehalt mal gepfändet?«, ergänzte Rosalie.

»Auch das entzieht sich meiner Kenntnis. Bedaure.«

»Gut, okay, dann würden wir jetzt gerne den Arbeitsplatz von Herrn Maschke sehen und wenn möglich auch mit seinem Chef sprechen. Oder ist es eine Chefin?«

Jonas Wildhagen nickte und stand von seinem schwarzen Drehstuhl auf. »Dann kommen Sie beide mal mit. Ich bringe Sie zu Frau Meister.«

Wim hatte sich in sein Zimmer zurückgezogen und leckte seine Wunden. Der Schädel brummte immer noch und er ärgerte sich maßlos über sich selbst und darüber, dass er weich geworden war. Das hätte nicht passieren dürfen. Aber es war passiert. Warum hatte er sich nicht im Griff gehabt? Und alles ohne Not und nur weil der dicke Kanarienvogel Ludger mit ihm hatte zocken wollen. Das war doch kein Grund. Zum ersten Mal während seines Aufenthaltes in der Klinik dachte Wim ernsthaft darüber nach, vielleicht doch mal den Psychotherapeuten aufzusuchen, dessen Gesprächsangeboten er bisher immer galant ausgewichen war. Es hatte ihn sowieso schon gewundert, dass er mit dieser Ausweichtaktik bisher durchgekommen war, denn ansonsten war in dieser Anstalt ja alles sehr streng getaktet und organisiert. Aber andererseits kam ihm auch einiges ziemlich schräg vor. Spätestens seit die Yogatante ihm die schwingende Stimmgabel auf den Unterleib gedrückt hatte, war er sicher, dass die hier im Harz den letzten Schuss nicht gehört hatten.

Als es klopfte, wurde Wim aus seinen Gedanken gerissen. Schwerfällig stand er von seinem Lesesessel auf, um zu seiner Zimmertür zu schlurfen. Als er die Tür einen Spalt öffnete, erkannte er schon am gelben Pullover, wer ihn da besuchte. Nicht schon wieder Ludger.

»Na, Wim, wie geht's dir? Haste auch einen dicken Kopp?« Ludger Pohl war unmittelbar nach dem Öffnen der Tür einen Schritt auf Wim zugegangen und stand nun schon beinahe auf der Türschwelle. Wim war mangelnde Distanz ein Graus und automatisch wich er zurück.

»Ludger, was willst du? Ich hatte mich gerade mal hingelegt.«

»Ach so, ja, ich wollte nicht stören, aber wenn du mal Zeit hast, dann bräuchte ich deinen Rat.«

»Meinen Rat?«

»Ja, so von Mann zu Mann.« Ludger grinste von einem Ohr zum anderen und schien sich wie ein kleiner Junge zu freuen. »Und als Kriminalist!«

Wim runzelte die Stirn. »Wieso flüsterst du? Können wir das später besprechen? Ich möchte mich wie gesagt gerade mal ausruhen.«

»Ja, klar.« Ludger schaute auf seine Armbanduhr. »Ich habe in einer Stunde die nächste Anwendung und dann ist für heute Schicht im Schacht. Wollen wir nach dem Abendessen eine Runde spazieren gehen?«

»Meinetwegen«, entgegnete Wim, schob Ludger in den Klinikflur zurück und schloss die Tür vor seiner Nase.

Nadja Meister war eine zierliche Frau, die trotz ihrer schwindelerregend hohen Absätze die 1,60-Meter-Marke wohl nicht erreichte. Mads wirkte mit seinem langen, schlaksigen Körper neben ihr wie ein Riese. Dafür war der Händedruck der Teamleiterin in der Schadensregulierung so fest, dass Rosalie bei der Begrüßung zusammenzuckte und dankbar war, keine Ringe an den Fingern zu tragen.

»Guten Tag, ich bin Nadja Meister, was kann ich für Sie tun?«

Ihre Worte erinnerten an den Beginn eines Gesprächs bei einer Kundenhotline. Ob das wohl daran lag, dass diese Versicherungsmenschen ein professionelles Verkaufstraining absolviert hatten?

»Ich bin Kriminalkommissarin Rosalie Helmer und das ist Polizeikommissaranwärter Mads Johannsen. Danke, dass Sie sich Zeit für uns nehmen. Es geht um Ihren Mitarbeiter Berthold Maschke.«

»Dann verabschiede ich mich mal oder werde ich noch gebraucht? Ich habe gleich eine Videokonferenz«, sagte Jonas Wildhagen, der in der Bürotür von Nadja Meister stehen geblieben war.

»Vielen Dank, Herr Wildhagen, aber ich denke, wir sind fürs Erste durch. Wenn noch etwas sein sollte, dann melden wir uns«, erwiderte Rosalie und gab dem Personalvorstand zum Abschied die Hand. Butterweich im Vergleich zu der kleinen Teamleiterin. Gab es in dieser Versicherung keinen normalen Händedruck?

»Nehmen Sie doch Platz. Kaffee oder Wasser?« Nadja Meister zeigte auf ihre Besucherstühle und hatte sich vor einem Beistelltisch mit Getränken in Position gebracht.

»Kaffee!«, antworteten Rosalie und Mads im Chor und begannen gleichzeitig zu lachen. Zumindest war die Gesprächsatmosphäre trotz des traurigen Anlasses nun ein wenig aufgelockert.

»Sie sind anscheinend ein eingespieltes Team«, stellte Nadja Meister fest und schenkte aus einer silbernen Thermoskanne zwei Tassen Kaffee ein. »Was möchten Sie wissen?«

»Wie war denn Herr Maschke hier in der Abteilung sozialisiert?«, begann Rosalie die Befragung und nippte an ihrem Heißgetränk. Nadja Meister hatte sich für ein Wasser entschieden und nahm auf ihrem Schreibtischstuhl Platz. Rosalie musste neidlos anerkennen, dass der schwarze Hosenanzug der Teamleiterin perfekt saß und Nadja Meister auch ansonsten einen sehr gepflegten Eindruck machte. Ihre dunkelblonden, halb langen Haare trug sie offen und um ihren Hals baumelte eine schlichte silberne Kette mit einem Amulettanhänger. Die unechten Fingernägel der Teamleiterin rundeten den Gesamteindruck ab. In der offensichtlich makellosen Führungsetage der BS-Insurance-AG investierte man eindeutig in das äußere Erscheinungsbild.

»Herr Maschke hat sich nicht völlig isoliert, war aber eher ein Einzelgänger, wenn Sie verstehen, was ich meine. Also gesellig war er nicht. Hat still und leise, aber äußerst effektiv gearbeitet. Sein Tod ist wirklich ein herber Verlust für uns.« Den letzten Satz hatte Nadja Meister eher beiläufig heruntergerattert. Er klang ein wenig nach Pflichtprogramm.

Es fiel auf, dass die unmittelbare Vorgesetzte von Berthold Maschke, die erst kurz zuvor über den Tod eines ihrer Mitarbeiter informiert worden war, wenig Emotionen zeigte.

»Berührt Sie der Tod von Herrn Maschke auch persönlich?«, platzte es aus Mads heraus und prompt fing er sich einen weiteren ermahnenden Blick von Rosalie ein.

»Natürlich bin ich betroffen, Herr Johannsen. Aber ich muss das auch erst mal verdauen und im Moment ist es noch so unwirklich«, erklärte Nadja Meister. »So was schlägt bei mir erst später durch. Manchmal erst nach Tagen.«

»Das verstehen wir natürlich«, entgegnete Rosalie und stellte ihre Kaffeetasse ab. »Jeder geht mit so einer Situation anders um. Da gibt es kein Richtig oder Falsch. Sagen Sie, hatte Berthold Maschke denn Freunde oder Bekannte hier in der Firma oder hat er mal von irgendwem aus seinem Umfeld berichtet?«

»Nein, er war wirklich eher für sich. Er ist eigentlich immer allein in die Kantine gegangen, Small Talk mit den Kollegen gab es hin und wieder aber schon. Mehr Kontakt hatte er, soweit ich weiß, nicht. Bei unseren After-Work-Aktivitäten war er oft dabei, hat sich aber nie in den Vordergrund gespielt oder mal etwas initiiert.«

»Klingt nach dem Typ ›Mitläufer‹«, stellte Mads fest.

»Wenn Sie es so nennen wollen, ja«, bestätigte Nadja Meister.

»Da arbeitet jemand über 30 Jahre in dieser Firma und irgendwie erwecken Ihre Beschreibungen den Anschein, als wüssten die Kollegen kaum etwas über diese Person.«

Nadja Meisters Miene versteinerte sich. »Wir sind der Arbeitgeber, nicht der beste Freund. Wir respektieren jede und jeden so, wie er oder sie ist. Solange ordentliche Arbeit abgeliefert wird und sich niemand danebenbenimmt, ist alles in Ordnung. Und natürlich haben wir eine Fürsorgepflicht für unsere Belegschaft.«

»Da haben Sie sicher recht, Frau Meister. Ich denke, wir kommen an dieser Stelle auch nicht weiter«, übernahm Rosalie wieder die Gesprächsführung. »Würden Sie uns bitte das Büro von Herrn Maschke zeigen? Wir möchten uns einen Eindruck von seinem Arbeitsplatz machen.« Rosalie wollte vermeiden, dass Fronten entstanden, und sie würde mit Mads dessen Verhalten in diesen Gesprächssituationen noch einmal erörtern müssen.

»Gerne, folgen Sie mir.«

Ludger Pohl hatte sich eine rote Schwimmnudel ausgesucht und stand nun bis zu seinem Bauchnabel und als Hahn im Korb in dem pisswarmen Wasser eines kleinen Schwimmbeckens. Während unerträgliche Discomusik durch die Schwimmhalle im Untergeschoss der Klinik tönte, rackerten die anderen Kursteilnehmerinnen sich bei der nachmittäglichen Wassergymnastik ab. Gudrun, die eigentlich den Fitnessbereich unter ihren Fittichen hatte, aber heute für die erkrankte Bademeisterin eingesprungen war, stand am Beckenrand und spielte die Vorturnerin. Ludger mochte diesen Kurs an sich nicht, weil er kein Fan von gechlortem Wasser war und sich mit seinem dicken Bauch ungern in Badehose präsentierte. Andererseits konnte er so den einen oder anderen Blick auf die anderen Patientinnen in ihren engen Badeanzügen riskieren und ein wippender Busen beim Wassertreten setzte bei ihm Glückshormone frei. Im Idealfall konnte er sogar die Nippel erkennen und spätestens dann musste Ludger aufpassen, seinen besten Freund im Zaum zu halten. Nicht dass noch eine der Wassernixen auf die Idee kam, ihm irgendwas zu unterstellen. Nicht auszudenken, wenn am Ende Erika davon Wind bekam. Wenn er doch nur Shakuntala einmal im Badeanzug sehen könnte. Diese Frau brachte ihn einfach um den Verstand. Leider war sie wegen des bevorstehenden Wochenendes und dringender privater Termine vorhin abgereist und hatte seine Klangschalenmassage auf die kommende Woche verschoben. Aber beschäftigen würde Ludger sich trotzdem mit ihr, denn er hatte da etwas beobachtet, was er nachher ganz dringend mit Wim besprechen musste.

10. KAPITEL

Veronika Vogel-Kumar war gerade vom Parkplatz der Kurklinik gefahren und hatte ihre Zieladresse in Braunschweig in das Navigationssystem eingegeben: Hinter Liebfrauen 41. Eigentlich kannte sie den Weg in- und auswendig, aber sie wollte sich vergewissern, ob sie rechtzeitig zu Hause sein würde oder es auf ihrer Heimreise Verkehrsbehinderungen gab. Schließlich hatte sie einen Termin. Das Ergebnis auf dem Display sah vielversprechend aus, und so drehte sie entspannt die Musik ihres Autoradios auf und sang voller Inbrunst die Top 10 der deutschen Singlecharts mit, die gerade auf ihrem Lieblingsradiosender gespielt wurden. Die Pendelei zwischen Braunschweig und dem Harz wäre täglich machbar, war ihr aber zu stressig, weshalb sie sich mit ihrem Mann darauf verständigt hatte, an zwei aufeinanderfolgenden Tagen in der Woche in der Klinik zu übernachten. In der Yogaschule in Braunschweig unterrichteten mehrere ihrer Kolleginnen und Kollegen auf Honorarbasis, sodass ihre Abwesenheit hervorragend zu kompensieren war. Heute war sie aber kurzfristig für eine exklusive Einzelstunde angefragt worden und die war lukrativer als die Klangschalenbespaßung dieses fürchterlich aufdringlichen Kurgastes. Dauerhaft konnte sie sich eine Tätigkeit in der Klinik nicht vorstellen, aber solange ihre Freundin Silke keinen adäquaten Ersatz fand, wollte sie ihr gerne helfen, so wie auch Veronika immer auf Silke zählen konnte.

Hinter der Ortsausfahrt wandten die kurvigen Straßen des Oberharzes sich bergab und Veronika, die ihr Pseudonym »Shakuntala« zumindest während der Fahrt abgelegt hatte, trommelte mit den Fingern auf das Lenkrad und folgte den Bässen der Musik. Die Straße war vom Regen der letzten Tage feucht und wegen der Höhenlage hingen vereinzelt immer noch letzte Nebelschwaden über den Baumspitzen der Fichten. Die riesigen Lücken, die das Waldsterben hier oben verursacht hatte, waren unübersehbar und wirkten nahezu beängstigend. Veronika stimmte der Anblick der zahlreichen Baumgerippe und Lichtungen jedes Mal traurig, aber der Borkenkäfer war anscheinend genauso wenig aufzuhalten, wie es die Stürme der letzten Jahre gewesen waren, die massive Schäden hinterlassen hatten. Nach einer größeren Freifläche begann eine lang gezogene Linkskurve, und der Wald verdichtete sich wieder. Als Veronika plötzlich einen mit Holzstämmen beladenen Lkw rückwärts aus einem Waldweg auf die Bundesstraße fahren sah, ging sie zunächst vom Gas. Die Vollbremsung, die Sekunden später unausweichlich schien, gelang ihr aber nicht mehr.

Mit etwas Abstand standen sich die beiden Ermittler auf dem großen Besucherparkplatz der BS-Insurance-AG gegenüber, als Rosalie der Kragen platzte. »So geht das nicht, Mads! Du kannst mir bei einer Befragung nicht ins Wort fallen. Und dann deine unsensiblen Fragen! Was um alles in der Welt hast du dir dabei gedacht?«

Während Mads' Gesicht rot anlief, nestelte Rosalie in ihrer Jackentasche und suchte krampfhaft nach ihrer Notfallzigarette. Die brauchte sie dringend!

Mads kämpfte mit den Tränen und presste die Lippen zusammen, um nicht jeden Augenblick loszuheulen. Das galt es, um jeden Preis zu verhindern. Er war ein junger

Mann von Anfang 20, Student der Polizeiakademie Niedersachsen, er wollte Polizist werden, dies hier war sein erster richtiger Fall. Da konnte er sich keine emotionale Blöße geben. Was sollte Rosalie von ihm denken? Schließlich musste sie ihn ja auch beurteilen.

»Ich … es tut mir leid, Rosalie, ehrlich«, stammelte Mads und setzte zu einer Erklärung an.

»Ja, in Ordnung. Immerhin. Aber das war wirklich unprofessionell«, entgegnete Rosalie und steckte sich die Zigarette in den Mund. »Was bringen die euch denn da in Nienburg bei?«

»Du rauchst?«, fragte Mads überrascht und ging über Rosalies Frage hinweg. Über die Anwendung von Theorie in der Praxis wollte er mit ihr in dieser Verfassung möglichst nicht reden.

»An Tagen wie diesen schon!«, patzte Rosalie zurück. »Für die Zukunft bitte ich dich, dass du mich erstens ausreden lässt und zweitens an deiner Fragetechnik arbeitest. Wir beide sind ein Team und wir sollten auch als solches auftreten.«

»Okay, okay«, erwiderte Mads kleinlaut und merkte, wie sein Blick verschwamm.

Rosalie nahm den ersten Zug ihrer Zigarette, schloss die Augen und atmete erleichtert wieder aus. »Ahhhh! Das habe ich jetzt gebraucht!«

Verstohlen wischte Mads sich eine nicht mehr aufzuhaltende Träne aus dem Augenwinkel und steckte sich die Hände in die Hosentasche. »Bist du mir jetzt böse?«

»Nein, das bin ich natürlich nicht. Und ich finde es auch gut, dass du dich entschuldigt hast. Das kann nicht jeder.« Rosalies Gesichtszüge entspannten sich langsam wieder. »Mir tut es leid, wenn ich gerade ein bisschen unwirsch war. War alles nicht so leicht für uns beide seit gestern Nachmittag.«

»Da bin ich ja erleichtert, dass es dir so geht wie mir. Erst der geplatzte Schädel, dann diese Wohnung, die mir nicht mehr aus dem Kopf gehen will.«

»Ich weiß, Mads. Das waren keine schönen Bilder und so mancher von uns gewöhnt sich während seiner gesamten beruflichen Laufbahn nicht daran, so etwas zu sehen.«

Mads nickte. War das tatsächlich der Grund für Rosalies Laune? Oder steckte doch noch etwas anderes dahinter? Er fand, dass sie bisher wirklich gut zusammen agiert hatten. Eventuell hatte sie einen schlechten Tag oder irgendetwas anderes stresste sie zusätzlich. Ob es wohl um ihr Privatleben ging? Sie hatte mal ihre Freundin beiläufig erwähnt, aber mehr wusste Mads in dieser Richtung noch nicht. »Und wie geht es jetzt weiter? Das Büro von Maschke war ja auch kein Treffer.«

Rosalie versuchte sich daran, mit dem Rauch der Zigarette Ringe in die Luft zu hauchen. »Das war gar nichts. Keine Auffälligkeiten. Ein typisches Büro. Okay, vielleicht ein bisschen viele Akten hier und da. Aber kein Vergleich zu diesem Drecksloch von Wohnung. Ich bin gespannt, was die Kriminaltechniker aus dem Laptop rausholen, den du auf dem Wohnzimmersessel gefunden hast. Mein Gott, war der pekig. Und diese Pornohefte waren nicht nur grenzwertig, sondern ja auch irgendwie nicht mehr zeitgemäß. Heutzutage konsumiert man doch alles Mögliche nur noch über das Internet, oder?«

»Also in meiner Generation auf jeden Fall.«

»In meiner auch, junger Mann! Mach mich nicht älter, als ich bin.« Rosalie grinste Mads an. Die Zigarette hatte offenbar wirklich geholfen.

»Ach, Mensch. So war das doch gar nicht gemeint. Ich kann heute wohl sagen, was ich will. Ich habe das auf den Maschke bezogen.« Mads' Gesicht errötete wieder ein wenig.

»Alles gut. Ich höre jetzt auch mal auf, dich zu ärgern. Vielleicht ist das Pornoheft ein echtes Schätzchen für Maschke, etwas, woran er hängt. Ich mag mich aber auch gar nicht so genau mit dieser Vorstellung auseinandersetzen, mir reicht, was ich gesehen habe.« Rosalie schaute auf ihre Armbanduhr. »Lust auf ein Versöhnungsgetränk? Ich denke, wir haben uns mal eine Pause verdient, und hier um die Ecke ist ein kleines nettes Café.«

Mads zog die Schultern hoch. »Wie kann ich als untergebener Azubi da Nein sagen?«

»Das wollte ich hören! Wir können den Wagen hier stehen lassen. Es ist nicht weit. Komm, auf geht's!«

Der Überdruck ließ den Sektkorken mit einem lauten Knall aus der Flasche ploppen und der Jubilar war aufgestanden, um seinen Gästen höchstpersönlich einzuschenken. Amal beobachtete die Szene aus der Distanz. Er hielt den Telefonhörer noch immer in der Hand, obwohl ein kontinuierlicher Piepton das Ende des Gespräches seit mehr als einer Minute akustisch signalisierte. Seit dem frühen Abend war das Mumbai Palace in der Hand einer geschlossenen Gesellschaft. Die Feierlichkeiten zum 70. Geburtstag spülten mitten in der Woche beachtliche Einnahmen in die Kasse des Restaurants. Als alle Gläser gefüllt waren, prostete man sich gegenseitig zu und eine festgelegte Abfolge von Geburtstagsreden nahm ihren Lauf. Die wohlgewählten Worte erreichten Amal aber kaum. Er stand wie angewurzelt am Tresen und starrte mit leerem Blick in den Gastraum.

»Amal, was ist los? Meine Güte, du siehst ja fix und fertig aus!« Lali war aus der Küche gekommen. Ihr Instinkt hatte ihr offenbar gesagt, dass hier irgendetwas nicht stimmte und dass sie nach dem Rechten schauen sollte. Im Zeitlupentempo drehte Amal ihr den Kopf zu und Lali schien sofort zu erkennen, dass etwas passiert sein musste.

»Veronika … sie … sie hatte einen Unfall.«

11. KAPITEL

Magdalena Rose hatte die Geschäfte erst vor Kurzem von ihrem Vater übernommen und führte das Bestattungsunternehmen in der vierten Generation. Und das als erste Frau. Davor war sie über viele Jahre die rechte Hand ihres Vaters gewesen, der sie alles gelehrt hatte, was man als Bestatterin zu wissen hatte. Doch nun wollte Wolfgang Rose in den wohlverdienten Ruhestand eintreten und den Lebensabend mit Magdalenas Mutter Annemarie verbringen. Leichen hatte er genug gesehen und bestand nun darauf, das Leben noch ein paar gute Jahre unter den Lebenden zu genießen. Das kleine Familienunternehmen beschäftigte vier Mitarbeiter, die besonderen Fälle waren aber nach wie vor Chefsache oder neuerdings Chefinnensache. Magdalena hatte sich bereits in volle Montur geworfen und ihre Schürze angelegt. Konzentriert stülpte sie sich ein Paar Gummihandschuhe über und folgte dem Ritual ihres Vaters, als sie sich einen dünnen Streifen Tigerbalsam unter die Nase strich. Für den Durchzug im Kopf, klare Gedanken und natürlich als Mittel gegen Gerüche aller Art. Bei der hygienischen Totenversorgung war es erforderlich, den Leichnam so herzurichten, dass er sich in einem möglichst würdigen Zustand befand. Würdig, das hatte Wolfgang Rose stets betont, meinte nicht nur hygienisch einwandfrei, sondern auch ästhetisch ansprechend. Das, was Magdalena heute erwartete, ging über die standardisierte Totenversorgung hinaus, denn auf ihrem Behandlungstisch lag ein Mann, der sich von einem Hochhaus am Bahnhof gestürzt hatte. Sie waren von der Polizei benachrichtigt worden, den Leichnam zu bergen und zunächst in die Verwahrung zu nehmen, bis über die Angehörigen die Formalitäten rund um die Bestattung geklärt waren. Auf eine rechtsmedizinische Untersuchung hatte man verzichtet, da es keinerlei Hinweise auf eine Fremdeinwirkung oder andere Auffälligkeiten gab, die diesen Schritt gerechtfertigt hätten. Allerdings hatten sich bislang leider noch keine Angehörigen gemeldet und Magdalena befürchtete, dass für diese Beisetzung das kleine Programm, also keine Aufbahrung des Verstorbenen oder ähnliche finanziell lohnende Maßnahmen, in Auftrag gegeben werden würde. Dabei war das kleine Unternehmen auf größere Einnahmen angewiesen. Ihrem Berufsethos entsprechend betrachtete Magdalena aber jeden toten Menschen in ihrer Obhut mit dem notwendigen Respekt, unabhängig von betriebswirtschaftlichen Gewinnen und Verlusten. Die Arbeit erfüllte sie mehr, als sie es sich anfangs hatte vorstellen können. Mittlerweile war sie bei der Totenversorgung regelrecht getrieben von Perfektionismus, und wenn jemand, wie der vor ihr liegende Berthold Maschke, optisch wiederhergestellt werden musste, dann fühlte sie sich so richtig gefordert. Mehrfach gebrochene Gliedmaßen und vor allem der völlig deformierte Schädel würden sie heute Abend ausgiebig beschäftigen, und weil Magdalena für ihre Arbeit die richtige Atmosphäre benötigte, drehte sie die Musikanlage auf volle Lautstärke. Highway to Hell.

Rosalie hatte Mads bei den Fahrrädern im Innenhof des Polizeikommissariats verabschiedet und ihren Heimweg angetreten. Nach einem ereignisreichen Tag, der in einer Messie-Wohnung begonnen, seinen Lauf in einem nahezu sterilen Versicherungsgebäude genommen und dann entspannt nach einer sehr langen Kaffeepause wieder im Büro geendet hatte, stand ihr heute entgegen der ursprünglichen Planung der Sinn nach einem pünktlichen Feierabend. Bereits auf dem Weg zum Café hatte sie sich mehrfach für ihren kleinen Wutanfall entschuldigt. Mads, für den sie die Verantwortung hatte, warf sie ein unprofessionelles Verhalten vor, aber sie selbst hatte sich nicht im Griff gehabt. Mit Stress zu Hause und wenig Schlaf hatte sie versucht, ihre gereizte Stimmung zu rechtfertigen, und hoffte inständig, dass Mads ihr das nicht nur abkaufte, sondern ihr den kleinen Ausraster auch ehrlich nachsah. Die Sorge um Anne schien sich mehr auf Rosalie auszuwirken, als sie sich zunächst eingestehen wollte. Sie musste darauf achten, Privates und Dienstliches zu trennen. Oder wie Manfred immer gesagt hatte: Dienst ist Dienst und Schnaps ist Schnaps.

Hätte Rosalie vorher absehen können, dass sie heute doch rechtzeitig die Segel streichen würde, hätte einem gemeinsamen Abend und vor allem einer gemeinsamen Nacht mit Anne nichts im Weg gestanden. Bevor sie Anne kennengelernt hatte, wäre sie garantiert noch einmal ins Büro gegangen, um E-Mails zu checken oder Vernehmungsprotokolle zu tippen, aber Anne hatte da bei ihr einiges verändert. Rosalie beschlich ein schlechtes Gewissen, sie musste ihre Freundin ganz dringend noch mal anrufen. Heute war einfach nie der richtige Zeitpunkt zum Telefonieren gewesen und Rosalie wollte unbedingt wissen, ob Anne einen Arzttermin vereinbart hatte. Annes Beschwerden waren in den letzten Wochen immer schlimmer geworden und manchmal hatte Rosalie das Gefühl, dass Annes stressiger Job und ihre diffusen Symptome sie mehr belasteten, als sie zugeben wollte, und wie ein Damoklesschwert über ihrer noch jungen Beziehung schwebten. Ob Anne ähnlich über Rosalie und ihre Arbeit bei der Polizei dachte? Rosalie nahm ihr Handy und wählte Annes Nummer. Zu ihrer Enttäuschung sprang nach einem kurzen Freizeichen sofort die Mailbox an und Rosalie hinterließ eine kurze Nachricht und bat um einen Rückruf. Als sie das Handy wieder in die Hosentasche steckte, fiel ihr auf, dass dies das allererste Mal gewesen war, dass sie Annes Mailbox überhaupt zu hören bekommen hatte. Ob sie das Handy ausgestellt oder einfach gerade keinen Empfang hatte? Rosalie schlenderte die Münzstraße entlang und bog links in die Fußgängerzone ein. Vor dem Schaufenster eines Kaufhauses blieb sie stehen und betrachtete die Laufschuhe in der Auslage. Joggen war sie lange nicht mehr gewesen. Sie musste damit dringend wieder anfangen, da in einigen Wochen das alljährliche Sportabzeichen bei der Polizei anstand. Vielleicht war es an der Zeit, sich etwas Gutes zu tun und sich ein paar neue Schuhe zu gönnen. Rosalie ging in Richtung Kaufhauseingang. Eine halbe Stunde bis Ladenschluss sollte genügen, um ein Paar anzuprobieren. Als sie an einer kleinen Sushi-Bar vorbeikam, blieb sie wie angewurzelt stehen. Sie erkannte Anne an den strohblonden Haaren. Dass Bine ihr gegenübersaß und ihre Hand hielt, verpasste Rosalie einen Stich mitten in ihr Herz.

Magdalena Rose hatte den Leichnam von Berthold Maschke vollständig entkleidet und mit der Reinigung des toten Körpers begonnen. Sie folgte einer festgelegten Reihenfolge, bei der der Verstorbene zunächst eingeseift und abgewaschen wurde, um Verschmutzungen, so gut es ging, zu beseitigen. Dies konnten ausgetretene Körperflüssigkeiten, aber auch eingetrocknetes Blut sein. Magdalena hatte sich angewöhnt, während der Totenversorgung Fotos zu machen, um alle Arbeitsschritte zu dokumentieren, ihr Handy lag bereits parat. Die laute Rockmusik wurde durch den Widerhall in dem gekachelten Kellerraum des Hauses noch verstärkt und Magdalena setzte zu einem kurzen Headbangen an, als ihr Blick auf den linken Oberarm des Toten fiel. Was war das denn? Nach einem typischen Leichenfleck sah das nicht aus. Neugierig ging sie um den Behandlungstisch herum, beugte sich über Berthold Maschke und hob vorsichtig den schlaffen Arm an, um das, was ihr da ins Auge gesprungen war, näher zu betrachten. Merkwürdig, sehr, sehr merkwürdig.

Rosalie war schnurstracks weitergegangen und hatte sich gegen das Kaufhaus und für den direkten Heimweg entschieden. Von einer tiefen Traurigkeit erfasst formten sich Bilder in ihrem Kopf, wie Anne ihr alles gestehen und sie am Ende verlassen würde. Aus der Traum. Wieder allein, wieder Single. Dabei hatte alles so wunderbar zwischen den beiden Frauen begonnen. An der Fußgängerampel am Waisenhausdamm blieb Rosalie bei Rot stehen und erwischte sich dabei, wie sie laut zu sich selbst sprach. »Jetzt reiß dich zusammen! Stopp!«

Eine ältere Dame neben ihr schaute sie verwundert an und schüttelte den Kopf. Rosalie hielt den Blick auf die Bordsteinkante vor ihr gerichtet und presste die Lippen aufeinander. Ihre Hand umklammerte den Griff des Regenschirms, mit dessen Spitze sie mit Nachdruck in eine Fuge zwischen zwei Pflastersteinen bohrte. Sie musste aufpassen, dass Traurigkeit und Enttäuschung jetzt nicht in Wut umschlugen. Warum immer sie? Schon Nicole hatte sie in Düsseldorf sitzen gelassen und nun auch Anne? Nach nur drei Monaten? Wenn Rosalie eines aus ihrer vorherigen Beziehung gelernt hatte, dann, dass Kaffeesatzleserei sie nicht weiterbrachte. Sie brauchte Gewissheit, mit der sie leichter umgehen konnte als mit Mutmaßungen und Verdächtigungen. Vielleicht war alles doch nicht so dramatisch und Rosalie hatte etwas falsch gedeutet oder übersehen? Sie musste Anne zur Rede stellen, hier und jetzt. Da half alles nichts. Die Gelegenheit war da und vielleicht wäre das besser, als wegzulaufen. Als Rosalie aufschaute und wieder etwas vor sich hin murmelte, erntete sie einen weiteren echauffierten Blick der Dame neben sich. Die Situation war ihr offenbar nicht geheuer und sie machte einen Schritt zur Seite, um den Abstand zu Rosalie zu vergrößern. Rosalie blieb hiervon unbeeindruckt, streckte ihrer Ampelnachbarin zum Abschied die Zunge raus und machte auf dem Absatz kehrt.

Eine Bisswunde, eindeutig. Konzentriert betrachtete Magdalena Rose die auffällige Stelle an Berthold Maschkes Oberarm von allen Seiten. Die Abdrücke der beiden Zahnreihen waren deutlich zu erkennen und von Form und Größe her einem menschlichen Gebiss zuzuordnen. Der oder diejenige musste derart zugebissen haben, dass es zu Einblutungen gekommen war. Magdalena schnappte sich ihr Handy und machte Fotos aus verschiedenen Perspektiven. Ob sie so etwas würde melden müssen? Kritisch begutachtete sie den nackten Körper Zentimeter für Zentimeter und suchte nach weiteren Auffälligkeiten. An den Handgelenken kam sie ins Stocken. Hautabschürfungen! Und zwar nicht nur an einem Handgelenk, sondern an beiden. Diese konnten genauso wie die Bisswunde unmöglich vom Sturz aus großer Höhe gekommen sein. Als sie in dem Gestrüpp von krausen Schamhaaren Einblutungen rund um den schrumpeligen Penisschaft von Berthold Maschke entdeckte, musste sie sich setzen.

»Was soll das denn jetzt?« Wütend stand Anne vor der bodentiefen Glasfront der Sushi-Bar und schaute Rosalie direkt ins Gesicht. Bine war vorsichtshalber am Tisch sitzen geblieben, als Rosalie aus dem Nichts aufgetaucht und von außen wutentbrannt gegen die Scheibe geklopft hatte. Das Gespräch, das dann mitten in der Fußgängerzone und damit in aller Öffentlichkeit folgte, war eine Angelegenheit zwischen Anne und Rosalie und Bine ahnte, dass es zu einem Streit eskalieren würde. Betreten studierte Bine die Speisekarte und versuchte, die Szene nicht zu offensichtlich zu beobachten.

»Das frage ich dich! Kannst du mir vielleicht erklären, warum meine Freundin mit ihrer Ex Händchen haltend am Tisch sitzt? Wie lange geht das denn schon so?«

Anne stemmte die Hände in die Hüften. »Also entschuldige mal bitte! Von Händchenhalten kann hier wohl nicht die Rede sein. Bine hat vielleicht meine Hand gehalten, aber das ist etwas völlig anderes! Sie wollte mir zeigen, dass sie für mich da ist und mir zur Seite steht. Und was machst du hier überhaupt? Ich dachte, es wird heute später und du musst Überstunden machen?«

»Wenn dein Handy eingeschaltet wäre, dann wüsstest du, dass ich versucht habe, dich anzurufen. Ich habe es heute doch noch pünktlich geschafft. Und wobei muss Bine dir bitte zur Seite stehen, wenn ich fragen darf?«

»Mein Handy war den ganzen Tag eingeschaltet und erst beim Essen mit Bine habe ich es ausgestellt, damit wir uns in Ruhe unterhalten können!«

»Damit ihr ungestört seid!«

»Damit wir uns in Ruhe über das unterhalten können, wofür du den ganzen Tag kein offenes Ohr hattest!«

Rosalie zog die Mundwinkel nach unten. »Was ist denn passiert? Geht's dir nicht gut? Ich möchte auch für dich da sein.«

»Das erzähle ich dir gerne in Ruhe, aber ganz sicher nicht auf offener Straße mitten in der Braunschweiger City, und außerdem wartet meine beste Freundin, die zufällig auch meine Ex-Freundin ist, da drinnen auf mich. Ich werde jetzt wieder reingehen. Du kannst mich gerne begleiten oder es bleiben lassen.« Anne war noch immer in Rage und ärgerte sich maßlos über Rosalies Unterstellungen.

»Dann gehe ich lieber nach Hause. Ich denke, ich bin hier fehl am Platz. Melde dich einfach, wenn es dir passt.« Ohne Anne die Gelegenheit zu einer Antwort zu geben, drehte Rosalie Anne den Rücken zu und ging im Stechschritt in Richtung Magniviertel.

12. KAPITEL

»Hast du schon gehört, was passiert ist?« Aufgebracht stand Ludger Pohl vor Wims Zimmertür und wippte von einem Fuß auf den anderen. Ludger war zu früh, und zwar eine geschlagene Viertelstunde vor ihrer Verabredung zum Abendspaziergang.

»Nein, das habe ich nicht. Möchtest du vielleicht reinkommen? Ich bin noch nicht so weit«, grummelte Wim und trat zur Seite. Ludger würde sich jetzt eh nicht abwimmeln lassen und so konnte Wim wenigstens noch in Ruhe seine Tablette gegen Blähungen wirken lassen. Das vollwertige Abendessen lag ihm quer im Magen, der laute Verdauungsgeräusche von sich gab, und seine Bauchdecke spannte. Man wusste nie, wie so was endete, im schlimmsten Fall mit schlagartig einsetzenden Unterleibskrämpfen und einem Spontanschiss. In solchen Fällen war es immer besser, wenn man eine Toilette in der Nähe wusste.

»Shakuntala! Sie ist wahrscheinlich tot!« Ludger zwängte sich durch den schmalen Vorflur an Wim vorbei und blieb mitten in Wims Zimmer stehen.

»Langsam«, entgegnete Wim und schloss die Tür. »Wieso ist die Yogatante tot und woher weißt du das denn überhaupt?«

»Ich habe Silke Bley gerade im Treppenhaus getroffen.«

»Die Klinikchefin?«

»Ja, genau. Sie war völlig aufgelöst. Hast du denn den Rettungshubschrauber vorhin nicht gehört?«

Wim dachte kurz nach. Ja, da war ein Geräusch gewesen, aber für Wim war so ein Hubschrauber nichts Außergewöhnliches, wohnte er in Hannovers Südstadt doch in der Einflugschneise der Rettungshubschrauber, die regelmäßig zwischen dem Friederikenstift und der Autobahn hin- und herflogen. »Einen Rettungshubschrauber? Ich verstehe nur Bahnhof. Gab es einen Unfall?«

»Ja! Die Bley war völlig aufgelöst. Shakuntala ist auf dem Weg nach Braunschweig frontal in einen Lkw gefahren. Der war mit Holz beladen. Das war alles so schlimm, dass ein Hubschrauber kommen musste. Sag mal, ist das dein Magen, der hier so rumpelt? Da ist wohl was im Anmarsch im Arsch.« Ludger lachte und klopfte sich auf den Oberschenkel. »Kein Wunder bei dem Vollkornfraß, den man hier vorgesetzt bekommt. Ich halte meinen Hintern zum Lüften auch immer zur Balkontür raus, wenn du verstehst, was ich meine.«

Wim ging zu seinem Nachttisch und knipste die Leselampe an. Ihm war schummriges Licht immer lieber als eine grelle Deckenbeleuchtung. Ludgers Anspielungen auf seine Verdauung ließ er unkommentiert, auch wenn er sich darüber ärgerte. »Also ist noch gar nicht sicher, ob Shakuntala wirklich verstorben ist?«, fragte er nach, während Ludger sich ungefragt auf Wims Bettkante setzte.

»Die Bley hat gesagt, dass Shakuntala nicht den Hauch einer Chance hatte.«

»Das bedeutet nicht, dass sie tot ist. Vielleicht hatte sie keine Chance auszuweichen. Nun beruhige dich erst mal und warte ab.«

Ludger schaute sich zerknirscht in Wims Zimmer um. »Beruhigen, das sagst du so leicht. Hast du einen Schnaps für mich? Auf den Schreck? Könnte dir wahrscheinlich auch nicht schaden.«

Biggi und Sigrid hatten gerade ein kleines Souvenirgeschäft im Ortsteil Zellerfeld verlassen, als ein roter Rettungshubschrauber mit ohrenbetäubendem Krach über ihre Köpfe hinweggeflogen war. Sigrid hatte geschlussfolgert, dass es sich wohl um einen Unfall handeln müsse und dass es bestimmt etwas Ernstes sei. Ansonsten würde ja kein Hubschrauber kommen. Es waren minutenlange Ausführungen gefolgt über den ADAC, einen Wanderunfall, den Sigrid und ihr verstorbener Mann Helmut vor 15 oder 16 Jahren in Südtirol gehabt hatten – mit Einsatz der Bergwacht –, und schließlich über die vermeintlich lückenhafte Krankenversorgung im Harz. Biggi qualmte der Kopf, und so sympathisch sie Wims Schwester grundsätzlich fand, aber das, was Wim oftmals zu wenig redete, sabbelte Sigrid manchmal entschieden zu viel. Dank der vielen frischen Luft und Sigrids Monologen war Biggi stehend k. o., und so hatte sie sich frühzeitig verabschiedet und auf ihr Zimmer zurückgezogen. Die enttäuschten Blicke waren Biggi nicht entgangen, aber sie hatte Sigrid versprochen, es am Wochenende an der Hotelbar krachen zu lassen. Diese Aussichten hatten Sigrid versöhnlich gestimmt und damit war erst mal alles wieder gut.

Es dämmerte bereits, als Biggi auf den Balkon ihres Zimmers trat, um sich eine letzte Zigarette für heute zu gönnen. Sie hatte eine Wollstrickjacke angezogen und dachte an morgen. Vor allem aber dachte sie an Wim. Endlich würde sie ihn wiedersehen und endlich sollte auch der nervige Regen aufhören. Es könnte ein schöner Tag werden. Biggi seufzte. Perfetto!

Mads lag auf seinem Bett und ließ seinen Blick im Zimmer umherschweifen. Es war einer der anstrengendsten und krassesten Tage seines Lebens gewesen. Er konnte den unerträglichen Gestank aus der Messie-Wohnung immer noch riechen und vor seinem inneren Auge wechselten sich pornografische Aufnahmen von viel zu jungen Mädchen mit dem Anblick eines völlig versifften Klos ab. Bei dem Versuch, sich vorzustellen, wie ein Mensch unter diesen Bedingungen leben konnte, scheiterte er kläglich und hatte Schwierigkeiten zu glauben, dass es niemanden gab, dem das Messie-Dasein von Berthold Maschke aufgefallen war. Beruflich angesehen und unauffällig, privat jedoch einsam und verwahrlost. Mads fragte sich, wie Berthold Maschke es geschafft hatte, ein solches Doppelleben aufrechtzuerhalten. Die Einzelbürosituation war hier sicher zuträglich gewesen und die taffe Teamleiterin hatte genauso wie der geschniegelte Personalchef bei Mads nicht gerade den Eindruck großer Fürsorge hinterlassen. Viele hohle Phrasen, aber nichts dahinter. Vermutlich war den beiden einfach einiges schlichtweg entgangen.

Als das Handy neben ihm brummte, wurde Mads aus seinen Gedanken gerissen. Neugierig schielte er auf das Display. Eine WhatsApp von Rosalie? Um diese Uhrzeit? Mads setzte sich aufrecht hin.

»Hallo, Mads, bist du noch wach?«

Mit flinken Fingern tippte Mads eine Antwort. *»Ja, bin ich. Ist was passiert?«*

»Evtl. schon. Es gibt spannende News über Maschke. Das Bestattungsunternehmen hat sich gemeldet. Auffälligkeiten an der Leiche.«

Mads blies die Backen auf. Die Vorahnung, die er die ganze Zeit gehabt hatte, schien sich zu bestätigen.

»Telefonieren?«

»Okay, ich rufe an!«

Kaum hatte Mads die letzte Nachricht von Rosalie gelesen, klingelte auch schon sein Handy.

»Hey, also die Bestatterin hat sich vorhin gemeldet und berichtet, dass sie an der Leiche von Maschke Auffälligkeiten entdeckt hat.«

»Aha! Und was genau?«, fragte Mads nach.

»Einblutungen im Genitalbereich, Schürfwunden an den Handgelenken und jetzt kommt's: eine ziemlich heftige Bisswunde am Oberarm«, erklärte Rosalie.

»Eine Bisswunde? Das ist ein Ding. Und wie geht's jetzt weiter?«

»Ich werde mich darum kümmern, dass das rechtsmedizinisch begutachtet wird. Solche Auffälligkeiten im Zusammenhang mit einem Freitod sollten dafür ausreichen. Was denkst du?«

»Du meinst über den Fall?«

»Ja, was ist deine erste Eingebung, Mads? Was ist deine Intuition? Das ist in unserem Beruf an dieser Stelle ganz wichtig.«

»Also wenn ich ehrlich bin, habe ich sofort an Sex gedacht.«

»Sehr gut. Dann sind wir ja schon zu zweit.«

»Ich fand die Frau so was von scharf, Wim. Verstehst du, was ich meine?« Ludger schlürfte laut an einer Tasse Tee, von der Wim ihn anstelle von etwas Hochprozentigem hatte überzeugen können.

»Natürlich verstehe ich das, auch wenn die Yogatante in meinen Augen so attraktiv war wie ein durchgesessenes Meditationskissen. Aber Geschmäcker sind ja verschieden. Und nun rede mal nicht in der Vergangenheit von ihr. Wir wissen ja noch gar nicht, was Sache ist.«

»Kannst du da nicht mal nachforschen? Du bist doch bei der Polizei.« Erwartungsvoll schaute Ludger in Wims verdattertes Gesicht.

»Ich bin krankgeschrieben und der Harz gehört auch nicht in meinen Zuständigkeitsbereich.«

»Ach, bitte, Wim. Bitte, bitte, bitte, bitte.«

»Ludger! Jetzt reicht's aber. Hör auf, dich so kindisch zu benehmen.«

»Aber ich habe da doch auch was beobachtet! Ich sage dir, da stimmt was nicht! Ich wollte mit dir heute beim Abendspaziergang darüber reden, aber nun können wir das ja auch gleich hier machen.«

Wim stand am Fenster und schaute in den Klinikpark. »Was hast du denn beobachtet, in Gottes Namen?«

»Also neulich abends, als ich vor dem Klinikeingang stand und mit Erika telefoniert habe, da habe ich Shakuntala gesehen.«

»Du brauchst nicht zu flüstern. Wir sind hier allein«, erwiderte Wim genervt. »Und was genau hast du beobachtet?«

Ludger Pohl räusperte sich. »Also Shakuntala stand in der hintersten Ecke des Parkplatzes, halb verdeckt von einem Lieferwagen, und hat sich wild gestikulierend mit einem Ausländer unterhalten.«

Wim lehnte sich mit der Stirn gegen die kühle Fensterscheibe und schloss die Augen. Das würde einen beachtlichen Fettabdruck geben, aber die Scheibe war schön kühl. »Mit einem Ausländer? Kannst du das präzisieren?«

»Puh, also ich würde sagen, Inder, Pakistani, Afghane. Die sehen ja alle gleich aus.«

Wim traute bei so viel abwertendem Schubladendenken seinen Ohren nicht. »Und konntest du etwas von der Unterhaltung verstehen?«

»Nein, das nicht. Aber Shakuntala wirkte sehr aufgebracht. Sie hat mehrfach den Zeigefinger gehoben, so als ob sie den Typen ermahnen oder zurechtweisen wollte. Weißt du, was ich meine?«

»Ja, ich denke schon. Also sah es für dich nach einem Streit aus?«

»Ja, das würde ich wohl meinen. Und ich sage dir, die Frau hat auch wütend eine sexy Ausstrahlung, dass dir die Ohren klingeln.« Ludger grunzte und nahm einen weiteren Schluck Tee.

Wim verkniff sich jeden Kommentar, konnte sich aber nicht dagegen wehren, dass Ludgers Bericht eine gewisse Neugier bei ihm geweckt hatte. »Also erst mal steht es ja jedem Menschen zu, sich mit einem anderen Menschen zu streiten. Auch auf einem Parkplatz. Aber ich gebe zu, dass der zeitliche Zusammenhang zu dem Unfall interessant ist, auch wenn ich da jetzt nicht zu viel reininterpretieren würde. Wenn es dich beruhigt, dann kann ich versuchen herauszufinden, was mit Shakuntala überhaupt passiert ist, okay?«

»Das würdest du tun? Ja, das wäre super. Danke!«

Wim seufzte. »Nicht dafür, Ludger, nicht dafür.«

13. KAPITEL

Mads hatte die Augen geschlossen und ließ das warme Wasser auf sich hinunterprasseln. Frisch eingeseift überlegte er, ob es zeitlich noch für ein spontanes Vergnügen unter der Dusche reichen würde. Sein bestes Stück stand wie eine Eins, aber das tat es häufig und vor allem jeden Morgen. Heute war Mads aber schon spät dran. Während er den Nassrasierer von der Seifenablage nahm, um wenigstens noch die nachsprießenden Härchen zwischen seinen Beinen zu beseitigen, klopfte es an der Badezimmertür.

»Mach hin, man, ich muss auch ins Bad!« Mads erkannte seinen Mitbewohner Jan an dessen tiefer Stimme.

»Ja, sorry, ich bin gleich fertig!«

»Ich muss zur Uni, sieh zu!«

Hastig spülte Mads den Duschschaum von seinem Körper, stellte das Wasser ab und schnappte sich das Handtuch, das er auf dem Toilettendeckel parat gelegt hatte. »Eine Minute noch!«

Als Mads sich abtrocknete, verfluchte er innerlich seine stramme Männlichkeit, die einfach nicht verschwinden wollte. Da half nur eins, sich nämlich das Handtuch so fest wie möglich um die Hüften zu knoten und den Störenfried nach oben zu binden. Mit nassen, strubbeligen Haaren schloss er die Badezimmertür auf und lächelte Jan an. »So, das Bad ist frei.«

Jan sah noch verschlafen aus, hatte sich aber schon im Flur seiner Schlafsachen entledigt und stand nackt, wie Gott ihn geschaffen hatte, vor Mads. »Das wurde aber auch mal Zeit! Kannst du vielleicht noch deine olle Buchse mitnehmen?«

Mads starrte Jan an und erwischte sich dabei, wie er dessen Körper verstohlen von oben bis unten betrachtete.

»Erde an Mads, noch nie 'nen nackten Kerl gesehen?«

»Was, ich … ja, sorry, klar nehme ich die Hose mit«, stammelte Mads und bückte sich nach seiner karierten Boxershorts, die er achtlos auf dem Badvorleger vor dem Waschbecken hatte liegen lassen. Als er sich umdrehte, löste sich plötzlich das Handtuch um seine Hüften und fiel auf die Fliesen. Mads wurde rot, aber schneller, als er reagieren konnte, hatte Jan das Handtuch mit einem Fuß weggeschoben. Den Blick auf Mads' Körpermitte gerichtet legte Jan ihm grinsend eine Hand auf die Wange. »Ich bin beeindruckt, Herr Johannsen, und vielleicht haben wir beide ja noch fünf Minuten.«

Rosalie hatte auf stur geschaltet und Annes Anrufe gestern Abend zunächst nicht angenommen. Erst nach einer halben Flasche Rotwein und mehreren Notfallzigaretten am geöffneten Küchenfenster hatte sie nachgegeben und Anne zurückgerufen. Nachdem ihre Freundin ihr alles erzählt und sie über ihren Arztbesuch und die Krankschreibung informiert hatte, war Rosalie vor lauter schlechtem Gewissen fast im Erdboden versunken und hatte sich trotz oder gerade wegen eines gewissen Alkoholgehalts im Blut noch auf ihr Fahrrad geschwungen, um im Nieselregen zu Anne nach Lehndorf zu radeln. Rosalie hatte sich in aller Form entschuldigt. Die Sorge um Anne war viel größer als der Anflug von Eifersucht, der Rosalie gestern heimgesucht hatte. Anne war nachsichtig und hatte Rosalie versprechen müssen, sich nun wirklich zu schonen und alle Arztbesuche zu absolvieren, die nötig waren.

Als Rosalie heute Morgen auf Zehenspitzen die Wohnung verließ, schlief Anne noch und Rosalie hatte ihr einen kleinen Liebesbrief auf dem Küchentisch hinterlassen. Auch wenn die beiden Frauen sich in der Nacht wieder versöhnt hatten, der gestrige Tag mit all seinen Begleiterscheinungen hallte bei Rosalie ordentlich nach und sie wollte ein weiteres Zeichen der Wiedergutmachung setzen.

Zu ihrer Überraschung war Mads noch nicht im Büro, als sie kurz vor 08.00 Uhr im Kommissariat eintraf. Auch ihm gegenüber fühlte sie sich wegen ihres Parkplatzausrasters immer noch schlecht und so setzte sie schon einmal frischen Kaffee auf und stellte ihm seine Tasse und eine kleine Schachtel Schokoladenpralinen auf den Schreibtisch. Während die dampfende Kaffeemaschine surrende Geräusche von sich gab, ging Rosalie zum Fenster und schaute zufrieden zum Himmel. Endlich hatte es aufgehört zu regnen und zum ersten Mal seit Tagen setzte die Sonne sich ein wenig durch. Sie öffnete das Fenster und nahm einen tiefen Atemzug. So roch der Sommer.

»Na, inhalierst du die Abgase der Münzstraße?«

Rosalie drehte sich um und sah Mads im Türrahmen stehen. Er wirkte abgehetzt und ihm standen, dank des Fahrtwinds oder wegen seines Fahrradhelms, die Haare zu Berge.

»Nee, ich schnuppere den Sommer herbei. Guten Morgen! Heute mal etwas später dran? Du brauchst dringend ein Haarstyling.«

»Aber nicht zu spät«, entgegnete Mads und hielt Rosalie seine Armbanduhr entgegen. »Ich wurde aufgehalten und ja, ich werde mich gleich ordentlich frisieren. Der blöde Helm lässt mich immer aussehen wie Struwwelpeter.«

»Alles gut, du musst dich nicht rechtfertigen. Du bist ja pünktlich und auch ansonsten wunderschön.«

Mads lachte auf. »Hehe, wenn du das sagst. Was steht heute an? Ein Befund aus der Rechtsmedizin wird sicher noch auf sich warten lassen, nehme ich an?«

»Das kommt drauf an. So was kann auch mal schnell gehen. Der Leichnam wird gleich heute Morgen vom Bestattungsunternehmen nach Hannover überführt. Frau Rose ist da sehr kooperativ und vermutlich schon längst unterwegs. Aber auf die Laptop-Auswertungen des Kriminaldauerdienstes müssen wir wohl noch warten. Wenn der passwortgeschützt ist, kann das dauern. Da wir keine weiteren Ansätze haben, schlage ich vor, dass wir uns mal um die Finanzen von Berthold Maschke kümmern. Wir müssen überprüfen, ob dieses ganze Bargeld in der Wohnung seinem Konto zuzuordnen ist, also ob er das Geld abgehoben hat. Und wir sollten uns vielleicht die Hochhäuser vornehmen.«

Mads stöhnte leise auf. »Puh, das ist aber ein Fass ohne Boden, oder? Ein Hochhaus mit unzähligen Mietern. Wie wollen wir da vorgehen?«

»Gute Frage. Also fassen wir mal zusammen: Wir wissen, dass an der Kurt-Schumacher-Straße mehrere Hochhäuser stehen, schön aneinandergereiht wie eine Perlenkette aus Beton. Wir wissen auch, von welchem Hochhaus Maschke gesprungen ist. Wir sollten daher dort anfangen und könnten uns dann noch das Hochhaus dahinter vornehmen.«

»Weil man von dort aus vielleicht etwas beim gegenüberliegenden Maschke-Hochhaus hätte beobachten können«, ergänzte Mads.

»Genau. Und weil er auf der Fläche zwischen den beiden Hochhäusern aufgeschlagen ist. Um das Ganze weiter einzugrenzen, würde ich dann auch nur die Seite des Hochhauses befragen, die zu dieser Fläche ausgerichtet ist.«

»Und die weiteren Hochhäuser lassen wir weg?«

Rosalie nickte. »Die behandeln wir fürs Erste nachrangig. Könntest du bitte die Hausverwaltung des Maschke-Hochhauses kontaktieren? Die müsste Übersichtspläne und Mieterverzeichnisse haben. Außerdem müssen wir herausfinden, wie man auf das Dach des Hochhauses kommt.«

»Und wenn der Maschke von einem der Balkone gesprungen ist?«, fragte Mads.

»Das gilt es herauszufinden. Ich rufe zwischenzeitlich die Hausbank von Maschke an. Dank Frau Meister wissen wir ja, auf welches Girokonto bei welcher Bank die Gehaltszahlungen überwiesen wurden.«

Mads ging mit einem kleinen Schlenker über die Kaffeemaschine zu seinem Schreibtisch. »Das wird ein arbeitsreicher Tag! Oh, ist die Schokolade da für mich?«

Rosalie grinste. »Ja, das könnte sein. Vielleicht war ich gestern zu grob zu dir.«

Biggi stand vor dem riesigen Badezimmerspiegel ihres Hotelzimmers und kramte in einer pinkfarbenen Kosmetiktasche. Wo war dieser verfluchte Kajalstift? Ohne blau umrandete Augen würde Wim sie wohl kaum wiedererkennen. Der tiefblaue Lidstrich war Biggis Markenzeichen seit Teenagertagen, und die waren ewig her. Als es ihr im wahrsten Sinne des Wortes zu bunt wurde, schüttete sie den Inhalt des Beutels einfach auf der Ablage neben dem Waschbecken aus und musste zu ihrem Entsetzen feststellen, dass der Kajalstift fehlte. Porca miseria! Biggi ungeschminkt, das war indiskutabel.

Verzweifelt eilte sie zu ihrer Handtasche, die sie an einem Garderobenhaken im Flur aufgehängt hatte, und griff nach ihrem kleinen Schminktäschchen. Schon nach dem Öffnen des Reißverschlusses leuchtete ihr der blaue Stift entgegen und Biggi hätte vor Erleichterung weinen können, wäre sie sich selbst dabei nicht so lächerlich vorgekommen. Geweint hatte sie in den letzten Tagen wahrlich genug und jetzt ausgerechnet wegen eines Kajalstifts? Wenn das so weiterging, dann musste sie in Hannover doch noch mal ihre Frauenärztin am Weißekreuzplatz aufsuchen und ihren Hormonstatus testen lassen. Die Achterbahnfahrt der Gefühle war jedenfalls weder normal, noch war sie bereit, diese einfach so hinzunehmen. Aber heute war nicht der Tag zum Grübeln, sondern das Wiedersehen mit Wim, und darauf freute sie sich sehr. Mit einem

Lächeln im Gesicht und dem lebensnotwendigen Schminkutensil in der Hand ging Biggi zurück ins Badezimmer und wollte gerade zum perfekten Lidstrich ansetzen, als sie ihr Handy im Zimmer nebenan klingeln hörte. Wer wollte denn bitte schon vor dem Frühstück etwas von ihr? Biggi war zwar ein früher Vogel und morgens immer die Erste im Büro, Privatanrufe vor dem Frühstück waren bei ihr aber nicht gerade an der Tagesordnung. Vielleicht war es Sigrid, die sich verspäten würde, oder sonst irgendein Notfall. Neugierig verließ Biggi erneut das Badezimmer und ging zu ihrem Nachttisch, auf dem sie das Handy zum Aufladen an die Steckdose angeschlossen hatte. Das Display leuchtete auf und zeigte zu ihrer Überraschung einen ihr gut bekannten Namen: Wim Schneider.

Mads hatte Glück und bei der Hausverwaltung nicht nur direkt jemanden erreicht, sondern auch alle Unterlagen, die er benötigte, anstandslos per E-Mail erhalten. Man hatte ihn zwar gebeten, sein Anliegen vorab, mit einer eindeutigen Signatur der Polizei versehen, schriftlich zu formulieren, aber kurz nachdem er seine E-Mail abgeschickt hatte, kam prompt die Antwort. Erwartungsgemäß war das Mieterverzeichnis des Hochhauses ellenlang, aber der Grundriss des Gebäudes machte schnell deutlich, wie man auf das Dach gelangen konnte.

»Ich habe alles, was wir brauchen, zusammen, sogar die Namen der Hausmeister.«

»Sind es mehrere?«, erkundigte sich Rosalie von der gegenüberliegenden Seite des Schreibtisches.

»Ja, in der Tat. Die Hausverwaltung ist auch für das zweite Hochhaus zuständig und beschäftigt für jeden Komplex einen separaten Hausmeister. Ich nehme mal an, die haben da echt gut zu tun. Der Hausmeister im Maschke-Hochhaus heißt Markus Overkamp, der im Nachbarhochhaus Freddy Gallhof.«

»Gute Arbeit! Danke! Ich war bei der Bank leider noch nicht erfolgreich, aber wie der Zufall so will, ist die Hauptfiliale gleich am Hauptbahnhof.«

»Das heißt, wir statten der Bank einen Besuch ab?«

»Das heißt es.«

»Wim? Guten Morgen! Ist was passiert? Oder hast du endlich bemerkt, dass wir verzweifelt versucht haben, dich zu erreichen?«

»Moin, Biggi, nichts Dramatisches, aber ich brauche deine Hilfe. Ach so, ja, und eure Anrufe und so. Also deswegen melde ich mich natürlich auch.«

Biggi setzte sich auf die Bettkante und schlug die Beine übereinander. »Also mal eins nach dem anderen und der Reihenfolge nach. Deine Schwester und ich sind schon gestern angereist, das war es, was wir dir den halben Tag versucht haben mitzuteilen.«

»Oh, ihr seid schon da? Tut mir leid, dass ich mich nicht zurückgemeldet habe. Aber hier ging es gestern drunter und drüber. Deswegen brauche ich ja deine Hilfe!«

In Biggi machte sich ein Gefühl von Enttäuschung breit. Über etwas mehr Enthusiasmus darüber, dass sie schon im Harz waren, hätte sie sich gefreut. »Und dein Hilfegesuch kann nicht bis nachher warten? Wir sehen uns heute Mittag. Oder bist du krank?«

»Nein, nein. Keine Sorge. Ich brauche dich als Ermittlerin.«

Biggi traute ihren Ohren nicht. »Bitte was? Du bist in einer Klinik und ich habe mir Urlaub genommen, um dich zu besuchen, und bin sogar einen Tag eher nach Clausthal-Dingenskirchen gefahren. Nix Arbeit, capisce?!«

»Nun krieg dich mal wieder ein. Du sollst doch nur mal ein, zwei Anrufe für mich tätigen.«

»Und was sind das bitte für Anrufe? Kannst du nicht selbst irgendwo anrufen? Und warum kannst du mir das nachher nicht persönlich sagen? Hast du Angst vor deiner großen Schwester?« Biggi lachte auf und fasste sich an die Stirn. Das war mal wieder typisch Wim.

»So ähnlich. Du weißt doch, was los ist, wenn Sigrid mitbekommt, dass ich was Dienstliches mache, obwohl ich krankgeschrieben bin. Da dachte ich, ich sage dir das am Telefon, verstehst du, was ich meine?«

»Ich bin ja nicht aus Dummsdorf, Wim Schneider! Und Sigrid würde dir in der Tat ein paar Takte erzählen, und zwar aus gutem Grund.«

»Genau!«

»Und du meinst also, dass ich das nicht tue?«

»Mensch Biggi, jetzt hör dir doch wenigstens mal an, um was es geht, verdammt noch mal! Immer dieses Gezeter!«

Biggi seufzte und atmete tief durch. Sie wollte keinen Streit mit Wim, schon mal gar nicht am Tag des Wiedersehens, und ihre Neugier war auch ein klein wenig geweckt. »Also gut, dann leg mal los.«

14. KAPITEL

Esha saß auf einer Bank ohne Rückenlehne im Atrium-Bummel-Center und hatte den Kopf in den Nacken gelegt. Irgendein Architekt war auf die Idee gekommen, mehrere dunkle Paneele zwischen zwei mickrig bepflanzte Kübel und in einen tristen Rahmen aus Waschbeton zu setzen. Esha nahm die dürftige Sitzgelegenheit in Kauf, denn sie wollte sich die ersten morgendlichen Sonnenstrahlen seit Tagen nicht entgehen lassen. Nachdem der Dauerregen endlich aufgehört hatte, sprossen die Grasbüschel zwischen den grauen Asphaltplatten um sie herum mehr denn je und gaben der tristen Umgebung wenigstens vereinzelte Farbtupfer. Die Hochhäuser warfen riesige Schatten auf die Geschäftszeile des Centers, in der einige Ladenlokale leer standen.

Esha hasste diesen trostlosen Ort vom ersten Tag an und sie hasste ihr Leben in dieser Betonburg. Aber alles war besser als die Slums in Delhi und es war auch besser als die Dachkammer über dem Restaurant, in der Lali und sie zuerst gehaust hatten. Das Mumbai Palace, die Slums von Delhi, das Dorf in Hessen, alles Orte, die Esha, so gut es eben ging, aus ihrer Erinnerung verbannen wollte. Sie konnte und wollte nicht verstehen, warum Lali den Absprung aus dem Restaurant nicht schaffte. Dankbar müssten sie sein und sich erkenntlich zeigen, sie müssten etwas zurückgeben. Esha stellten sich die Nackenhaare auf, wenn sie diese Sätze von ihrer Schwester hörte. Mit dem cholerischen und übergriffigen Jadoo war kein Auskommen möglich und an die herzlose Veronika wollte sie lieber gar nicht erst denken. Nur Amal fehlte Esha manchmal ein wenig.

Wenn Lali und sie erst mal genug Geld gespart hatten, würde es für einen Umzug in eine neue und vor allem größere Wohnung ganz sicher reichen. Esha träumte von einem schönen Altbau im Östlichen Ringgebiet. Sie liebte die Straßenzüge in der Nähe des Prinzenparks, in denen viele gut erhaltene Jugendstilhäuser standen. In diesem Viertel der Stadt gab es kleine, inhabergeführte Geschäfte und Cafés, und wann immer Esha konnte, verbrachte sie dort ihre freie Zeit. Dann flanierte sie die Kastanienallee hinunter bis zum Parkeingang und zog die Blicke vieler Studenten, die hier lebten, auf sich. Esha war sich ihres exotischen Aussehens und ihrer Attraktivität bewusst und setzte ihre äußere Erscheinung bei Männern gezielt ein. Immer wieder pfiffen sie ihr hinterher, und wenn sie während ihres Minijobs an der Kinokasse saß, wurde ihr des Öfteren die eine oder andere Handynummer zugesteckt. Aber das Einkommen im Kino reichte natürlich vorne und hinten nicht aus, um sich eine größere Wohnung in bevorzugter Lage zu leisten, und so war ein Leben im Östlichen Ringgebiet für Esha nicht mehr als ein Luftschloss.

»Es berät Sie: Gordon-Lee Krautwurst«. Mads konnte sich das Lachen kaum verkneifen, als er das Namensschild des Bankmitarbeiters las, der Rosalie und ihm Auskunft über die finanziellen Verhältnisse von Berthold Maschke geben sollte. Familienname war Familienname, aber bei der Wahl des Vornamens hatten ja die Eltern schon noch ein gewisses Mitspracherecht. Als Gordon-

Lee Krautwurst in seinem beigen Anzug die ersten Worte gesprochen hatte, war seine Herkunft aus den ostdeutschen Bundesländern eindeutig belegt und Mads musste zwangsläufig an alle Peggys, Mandys und Sylvios dieser Welt denken, die ihren modischen Vornamen einem Phänomen der ehemaligen DDR zu verdanken hatten. Gordon-Lee toppte es dann aber irgendwie doch noch.

»Der Herr Maschke war seit 25 Jahren Kunde unserer Bank. Auf seinen Namen laufen ein Girokonto, ein Tagesgeldkonto und drei Investment-Depots. Aus meiner Sicht keine Auffälligkeiten bei den Kontoständen.«

»Wie sieht es denn mit den Kontobewegungen aus?«, erkundigte sich Rosalie. »Wir haben in der Wohnung von Herrn Maschke einen hohen Bargeldbetrag gefunden.«

»Moment.« Gordon-Lee Krautwurst richtete den Blick konzentriert auf seinen PC-Monitor. »Ich schaue mir mal eben das letzte Vierteljahr an.«

Mads räusperte sich. »Bitte achten Sie genau auf die Beträge bei den Abhebungen. Das Bargeld in der Wohnung setzte sich nur aus 100- und 50-Euro-Scheinen zusammen. Dazu passt dann keine Auszahlung über 40 Euro, wenn Sie verstehen, was ich meine.«

»Absolut. Aber ich muss Sie enttäuschen. Nach dem, was ich hier gerade angezeigt bekomme, hat Herr Maschke tatsächlich sehr viel mit der EC-Karte bezahlt. Es gab fast gar keine nennenswerten Bargeldauszahlungen.«

»So ein Mist«, sagte Mads enttäuscht.

»Sind denn höhere oder, sagen wir, auffällige Einzahlungen erfolgt?«, hakte Rosalie nach.

»Auch das kann ich verneinen. Das Gehalt, dann zwei Rückerstattungen einer Krankenzusatzversicherung und ein kleiner Gewinn bei unseren Gewinnsparlosen.«

»Gewinnsparlose?« Mads hörte davon zum ersten Mal.

»Ja, Herr Johannsen, eine tolle Sache. Hätten Sie Interesse?« Gordon-Lee Krautwurst witterte offenbar einen neuen Kunden und lächelte Mads freudestrahlend an.

»Das hat Herr Johannsen jetzt gerade ganz sicher nicht!«, intervenierte Rosalie. »Wir sind im Dienst und haben gleich noch Folgetermine. Da bitte ich doch um Ihr Verständnis, dass mein Kollege seine privaten Bankgeschäfte wohl eher nach Feierabend regeln wird.«

»Das wollte ich auch gerade sagen«, ergänzte Mads und fühlte sich ein wenig düpiert. Er war zwar hier der Azubi, aber er konnte immer noch für sich selbst sprechen.

Rosalie registrierte dies aber offenbar nicht, sondern zwinkerte ihm stattdessen mit einem verschmitzten Lächeln zu.

»Ja, selbstverständlich. Hier sind meine Kontaktdaten, falls Sie Interesse haben«, sagte der Bankberater und schob Mads seine Visitenkarte entgegen, ohne dabei sein breites Lächeln abzustellen.

»Danke, ich überlege es mir.«

»Gerne. Weitere Informationen finden Sie auf unserer Internet…«

Noch bevor Gordon-Lee Krautwurst seinen Satz beendet hatte, war Rosalie aufgestanden. »Herzlichen Dank, Herr Krautwurst. Wir müssen dann auch mal los. Wie gesagt, wir haben Folgetermine. Bitte fertigen Sie uns doch eine Aufstellung über die Finanzen von Herrn Maschke an und mailen Sie mir diese zu. Hier ist meine Karte. Herr Johannsen hat noch keine eigene.«

Verdattert schaute Mads zu Rosalie auf und erhob sich ebenfalls von seinem Stuhl. Der Bankberater tat es ihnen gleich, reichte den beiden die Hand und begleitete sie zur

Milchglasschiebetür, die sein Büro von der ansonsten sehr offen gestalteten Bankfiliale separierte.

»Frau Helmer, Herr Johannsen, ich darf mich verabschieden. Wenn Sie noch Fragen haben, jederzeit gerne.«

»Vielen Dank«, erwiderte Rosalie.

»Ja, vielen Dank«, reihte sich auch Mads ein und wusste mit dem Blick, den Gordon-Lee Krautwurst ihm zum Abschied zuwarf, nicht so richtig etwas anzufangen.

Vorbei an vier besetzten Bankschaltern, einer Handvoll wartender Kunden und einer großen Tafel mit Immobilienangeboten verließen Rosalie und Mads das Gebäude und mussten beide blinzeln, als sie draußen von der bereits hoch stehenden Sonne erwartet wurden.

Mads seufzte laut. »Ah, endlich Sonne! Das wird hoffentlich ein schöner Tag!«

»Ich würde mal sagen, endlich raus da!«, erwiderte Rosalie genervt.

»Also so schlimm fand ich den Krautwurst jetzt nicht. Ich musste mich nur wegen des Namens innerlich wegschmeißen. Der Arme!«

»Ich fand den total schmierig. Erst diese Versicherungsfuzzis und jetzt dieser Banker. Das ist einfach nicht meine Welt. Die verkaufen dir ihre eigene Großmutter als Sonderposten, wenn es sein muss.«

Mads musste lachen. »Hast du das Gespräch deshalb so ad hoc beendet und übrigens mich dieses Mal unterbrochen?«

»Habe ich das? Sorry, war mir gar nicht so bewusst. Ich fand einfach, dass alles geklärt war, der Typ hat mich irgendwie genervt und ehrlich gesagt hat es mich auch gestört, wie er sich an dich rangeschmissen hat.«

Mads spürte, wie ihm plötzlich heiß wurde. »Hat er das?

Ich denke, er hat seine Chance nutzen wollen, weil ich so blöd nach den Gewinnsparlosen gefragt habe.«

»Ich habe da noch andere Schwingungen wahrgenommen, mein Lieber«, entgegnete Rosalie und grinste. »Lass uns jetzt mal zu den Hochhäusern gehen. Wir haben einiges zu tun.«

Mads blieb noch einen Augenblick stehen und musste Rosalies Feststellung zunächst verdauen, bevor er ihr mit zwei Meter Abstand folgte. Er wusste beim besten Willen nicht, was sie da glaubte, wahrgenommen zu haben. Hatte sie jetzt den Krautwurst gemeint oder ihn oder gar sie beide?

Markus Overkamp hatte es sich gerade in seinem elektrischen Fernsehsessel gemütlich gemacht und biss genüsslich in ein Mettbrötchen. 09.30 Uhr, Zeit für ein zweites Frühstück und eine Pause. Seitdem Susi ausgezogen war, konnte er tun und lassen, was er wollte, und so unterdrückte er den lauten Rülpser gar nicht erst, der sich fast schmerzhaft in seinem Brustkorb formte. Herrlich, so ließ es sich aushalten. Zufrieden streichelte Markus Overkamp über seinen dicken Bauch und drückte auf die Fernbedienung des Sessels. Ein bisschen Füßehochlegen konnte nicht schaden, bevor er nachher das Unkraut abflammen musste, das rund um das Gebäude üppig wuchs. Immerhin hatte er von der Hausverwaltung einen nagelneuen Unkrautbrenner gestellt bekommen, den es heute einzuweihen galt. Susi hatte deswegen immer mit ihm geschimpft. Nach Ruß würde er stinken, und dass man das bisschen Natur hier doch nicht abfackeln durfte, das ginge ja gar nicht. Als ob Markus sich das aussuchen konnte! Es gab einen glasklaren Arbeitsauftrag der Hausverwaltung, die die Zuständigkeitsbereiche der beiden Hausmeister akribisch festgelegt hatte. Markus musste das Grundstück genau bis zu den Mülltonnen sauber halten, dahinter begann das Reich von Freddy Gallhof. Das war auch Markus' Pech gewesen, als der Typ sich vom Hochhaus gestürzt hatte. Der ganze Schmadder hatte sich schön rund um die Mülltonnen verteilt, aber keinen Zentimeter in den Bereich von Freddy. Der hatte nur stumpf die ganze Zeit hinter dem Vorhang seines Wohnzimmerfensters in der gegenüberliegenden Hausmeisterwohnung hervorgeschaut, als Markus mit seinem Hochdruckreiniger die Reste in den Gully gespült hatte. Schönen Dank auch! Kein Wort der Anteilnahme, geschweige denn das Angebot, ihm zu helfen. Stattdessen hatte Markus Overkamp ganz allein den Hirnbrei beseitigen müssen. Beim Gedanken an den Toten überkam ihn ein latenter Anflug von Übelkeit und er stellte den Teller mit dem angebissenen Mettbrötchen beiseite. Er hatte gerade das Fußteil des Sessels wieder nach unten gestellt, da klingelte es an der Wohnungstür. Wer war das denn jetzt? Vermutlich die Post oder der Paketdienst. Markus hatte noch zwei offene Bestellungen, und so hastete er zur Gegensprechanlage, betätigte ohne Nachfrage den Summer und öffnete die Wohnungstür. Da sich die Hausmeisterwohnungen jeweils im Erdgeschoss neben der großen Hauseingangstür befanden, konnte er so am schnellsten sehen, wer das Gebäude betrat. Die zwei Personen, die ihm freundlich zunickten, waren allerdings weder von der Post noch von einem Paketdienst, aber sie kamen ihm bekannt vor. Als sie ihm ihre Dienstausweise unter die Nase hielten, fiel der Overkamp'sche Groschen.

Lali stand an der lang gezogenen Briefkastenwand im Eingangsbereich des Hochhauses und beobachtete die

Gesprächssituation heimlich aus dem Augenwinkel. Eine junge Frau mit Pferdeschwanz und einer sportlichen Figur und ein groß gewachsener, schlaksiger Typ mit roten Wangen standen beim Hausmeister vor der Tür. Möglichst unauffällig drehte Lali dem Trio schnell den Rücken zu und tat so, als blätterte sie in einem Werbeprospekt. Angestrengt versuchte sie, das Gespräch zu belauschen, es erreichten sie aber nur einzelne Wortfetzen wie »Polizei«, »Nachfragen« und »Zeugen«. Vermutlich handelte es sich bei den beiden Fremden also um zwei Polizisten, die noch einmal wegen des Mannes gekommen waren, der sich mit seinem Sprung vom Dach das Leben genommen hatte.

»Na, was träumst du vor dich hin?«

Lali schreckte auf und schaute in das Gesicht ihrer Schwester, die gerade das Haus betreten haben musste. Mit mahnendem Blick legte Lali die Spitze ihres Zeigefingers auf den geschlossenen Mund und signalisierte Esha zu schweigen. Mit den Augen deutete Lali Richtung Hausmeisterwohnung und Esha verstand sofort. Sie ging schnurstracks zu den Fahrstühlen und betätigte den Knopf mit dem Pfeil nach oben. Der bloße Anblick der Polizeibeamten löste Herzklopfen bei ihr aus. Gerade als die Fahrstuhltür sich öffnete, wurde sie von hinten angesprochen und sprintete los.

15. KAPITEL

Wim hatte mehr Zeit als ursprünglich geplant und wollte seine Schwester und Biggi nun kurzerhand am Hotel abholen. Eigentlich sollten die beiden Frauen ihn erst gegen Mittag nach seiner letzten Anwendung vor dem Wochenende in der Klinik besuchen kommen, aber nach Shakuntalas Unfall gab es heute eine spontane Krisensitzung der Belegschaft und alle Termine am Vormittag waren kurzfristig abgesagt worden. Besonders die Kreativwerkstatt hasste Wim sowieso wie der Teufel das Weihwasser und er war mehr als dankbar, sich heute nicht künstlerisch betätigen oder eine passende Ausrede für die Nichtteilnahme suchen zu müssen. Biggi und Sigrid waren tatsächlich einen Tag eher angereist und er hatte ein schlechtes Gewissen, dass er ihre Versuche der Kontaktaufnahme gänzlich ignoriert hatte. Aber zum einen konnte er diesen Hosentaschencomputern nichts abgewinnen und zum anderen sollten sie hier ja ihre Handys auch möglichst wenig nutzen. Oder wie es die Klinikchefin im Willkommensgespräch formuliert hatte: Digital Detox. Daher hatte Wim sich eigentlich nichts vorzuwerfen und schob sein schlechtes Gewissen wieder ganz schnell beiseite.

Nach Tagen des trüben Wetters hatte die dichte Wolkendecke sich zum ersten Mal aufgelockert, auch wenn die Sonne sich noch nicht so richtig durchsetzen wollte. Im Grunde genommen war dies aber das ideale Wetter für eine kleine Wanderung und rund um Clausthal-Zellerfeld gab es dank der vielen Teiche des Oberharzer Wasserregals zahlreiche malerische Wege, auch für Anfänger. Mit Müh und Not hatte Wim Ludger davon abhalten können, ihn zu begleiten, und vehement auf seine Privatsphäre und den Besuch der Familie verwiesen. Es hatte beim gemeinsamen Frühstück zwei Becher Kaffee und drei halbe Brötchenhälften gedauert – Vollkorn selbstverständlich –, bis Wim ihn endlich so weit hatte, heute mit seinem Kanarienvogelhintern in der Klinik zu bleiben. Nun schlenderte Wim endlich einmal mutterseelenallein durch ein kleines Fichtenwäldchen in Richtung Hotel und genoss die Ruhe und die gute Luft. Es hätte alles so schön sein können, hätte er von Biggi nicht eine SMS bekommen. Trotz des schlechten Handynetzes im Wald war ihre Nachricht zu ihm durchgedrungen und Wim riskierte entgegen seiner Abneigung gegen alles Digitale einen Blick. Die gute Seele hatte ihn nicht enttäuscht.

»Mit wem hast du da denn gerade zweimal telefoniert?« Mads hatte sich neben Rosalie gestellt und genoss die Aussicht von einem der höchsten Gebäude Braunschweigs. Von hier oben hatte man einen grandiosen Rundumblick über die Stadt. Mads versuchte sich zu orientieren. Nachdem aus noch unerfindlichen Gründen eine junge Frau am Fahrstuhl vor ihnen fluchtartig weggelaufen war und sie sie noch bis auf die Straße verfolgt hatten, war ihnen ein Taxi in die Quere gekommen, in das die Frau sich gerettet hatte und davongerast war. Danach hatte ihnen der Sinn nach einer kleinen Verschnaufpause gestanden, und so schauten sie sich zuerst auf dem Dach des Hauses um, bevor sie mit der Befragung der Mieter starten wollten. Sie erhofften sich, hier mehr Informationen zu bekommen als von Hausmeister Overkamp, der außer dem Aufprall und den menschlichen Überresten Berthold Maschkes nichts gehört und nichts gesehen haben wollte.

Rosalie hatte den Blick in Richtung Hauptbahnhof gerichtet und schaute in der Ferne auf die deutlich erkennbaren Erhebungen des Harzes. »Da hinten ist der Brocken. Siehst du, Mads, da, wo man schemenhaft einen Sendemast auf der Bergspitze erkennen kann, oder was auch immer das ist.«

»Wow, das ist ja cool. Ich mache mal ein paar Fotos. Die Kamera von meinem neuen Handy ist echt super.«

»Mit dem Harz habe ich gerade übrigens als Erstes telefoniert, um deine Frage zu beantworten.«

Verwundert schaute Mads seine Ausbilderin an. »Mit dem Harz?«

»Ja, mit dem Harz. Mit Birgit ›Biggi‹ Höfgens.«

»Aha, Birgit Biggi? Und magst du mir verraten, wer das ist? Oder ist das zu privat?«

»Nein, nein, alles gut. Biggi ist Birgits Spitzname. Den darf aber nicht jeder benutzen, glaube ich zumindest. Sie ist eine sehr liebe Kollegin aus Hannover.«

»Ich denke, aus dem Harz?«

Rosalie lachte. »Biggi kommt aus Hannover, hält sich aber gerade im Harz auf und besucht Wim Schneider.«

»Den Wim Schneider, von dem du schon mal erzählt hast? Den vom Gaußberg?«

Rosalie nickte. »Genau den. Wir alle waren Mitglieder der Soko. Daher kenne ich die beiden ja überhaupt. Jetzt ist der Schneider gerade auf Kur im Harz und Biggi besucht ihn dort.«

»Ui, geht da was?«, erkundigte sich Mads, während er sich um eine perfekte Panoramaaufnahme bemühte.

»Das frage ich mich auch manchmal«, entgegnete Rosalie nachdenklich und behielt den Brocken fest im Blick.

»Und was wollte Biggi?«

»Sie hat sich im Auftrag von Schneider nach einem Unfallopfer erkundigt, das hier aus Braunschweig kommt. Der kurze Dienstweg sozusagen. Irgendeine Mitarbeiterin der Klinik. Nun herrscht helle Aufregung in der beschaulichen Harzer Bergwelt.«

»Verstehe. Und konntest du helfen?«

»Das war dann der zweite Anruf. Ich habe ja so meine Kontakte. Die Frau, um die es geht, liegt schwer verletzt im Klinikum Goslar. Ach, und deine hartnäckige Fragetechnik gefällt mir übrigens.«

Anne Thormeyer hatte am Abend endlich ihre Mutter auf Langeoog erreicht und sich entschieden, die nächsten zehn Tage auf der Nordseeinsel zu verbringen. Sie musste einfach mal raus und verspürte zunehmend das Bedürfnis nach einem Ortswechsel, zu dem auch Frau Dr. Lützerow ihr geraten hatte. Gerade jetzt, wo keine Verpflichtungen anstanden, war der Zeitpunkt perfekt. Die ersten Facharzttermine hatte Anne trotz ihres Vorteils als Privatpatientin erst im kommenden Monat erhalten und ihr stand im Moment auch gar nicht der Sinn nach Menschen in weißen Kitteln und überfüllten Wartezimmern. Rosalie war gerade eh so sehr mit ihrem neuen Fall beschäftigt, dass Annes Abwesenheit hoffentlich zu verschmerzen war. Eigentlich fand Anne die allabendlichen Gespräche mit Rosalie und vor allem ihre Anekdoten aus dem Arbeitsleben immer sehr spannend, aber im Moment konnte sie ihrer Freundin nicht die Aufmerksamkeit entgegenbringen, die sie mittlerweile gewohnt war und die sie verdient hatte. Annes Kopf fühlte sich wie ein vollgesogener Schwamm an, der nicht mehr in der Lage war, etwas aufzunehmen. Sie hoffte inständig, dass die Insel ihr helfen würde, wieder klar zu denken und sich zu sortieren. Bisher war das immer so gewesen. Immer wenn sie die Fähre bestieg, ließ sie Kummer und Sorgen auf dem Festland zurück, und meistens holten sie sie auch nicht wieder ein, wenn sie nach der Rückkehr im Hafen von Bensersiel festen Boden unter den Füßen hatte. Aber dieses Mal fühlte es sich anders an. Diese Form von Problemen und Gedankenkarussell hatte eine neue, eine ganz eigene Qualität. Und dass sie nach Langeoog wollte, musste sie Rosalie auch noch verklickern. Eine nicht zu unterschätzende Herausforderung in diesen Tagen.

Biggi und Sigrid saßen bereits in der Lobby und erkannten Wim schon aus der Ferne, als er das Hotel betrat.

»Wim, huhu! Hier sind wir!«

Biggi wäre fast im Erdboden versunken, als Sigrid sich viel zu laut bemerkbar machte und wie wild zu winken anfing. Während Sigrid bereits aus ihrem Sessel aufgesprungen war, um ihren Bruder zu begrüßen, folgte Biggi ihr nur verhalten, fast schüchtern und hielt sich im Hintergrund. Sie war richtig aufgeregt – mamma mia – und eigentlich war das doch für eine erwachsene Frau in den beginnenden Wechseljahren einfach nur lächerlich. Nachdem Wim mehrfach von Sigrid geherzt, gedrückt und getätschelt worden war, näherten die beiden sich Biggi, die sich mit Mühe ein Lächeln abringen konnte.

»Hallo, Wim, schön, dich zu sehen.«

»Hallo, Biggi, ebenfalls. Heute mal ohne Lesebrille auf dem Kopf?«

»Ach, du nun wieder«, sagte Sigrid und stupste Wim mit dem Ellenbogen in die Seite.

»Aber nur ausnahmsweise«, erwiderte Biggi und zwinkerte Wim zu. Die Situation entspannte sich langsam und Wim lächelte verschmitzt.

»Dann lasst uns mal losziehen. Ich habe mir etwas Schönes für diesen Tag überlegt.«

»Na, da sind wir ja mal gespannt«, meinte Sigrid.

»Sind wir«, entgegnete Biggi und wäre mit Wim jetzt eigentlich gerne allein gewesen.

Den Blick auf den Boden gerichtet schritten Rosalie und Mads konzentriert das mit Schotter bedeckte Flachdach des Hochhauses ab und suchten nach Hinweisen oder Auffälligkeiten. Sie fanden eine leere Sektflasche und zwei abgebrannte Raketen, offenbar immer noch Überreste der letzten Silvesternacht, und Rosalie registrierte mit gerümpfter Nase ein benutztes Kondom, das in einer Ecke neben zwei Taschentüchern lag.

»Interessant, was die Leute hier oben offenbar so treiben.«

Mads drehte sich zu Rosalie um. »Da hast du wohl recht. Dabei haben die Hausverwaltung und Herr Overkamp ja extra darauf hingewiesen, dass Unbefugten der Aufenthalt hier oben nicht gestattet ist.«

Rosalie zuckte mit den Schultern. »Die Leute scheinen sich aber nicht daran zu halten. Und wenn zumindest Hausmeister Overkamp hier offiziell Zugang hat, dann sollte man sich schon mal fragen, ob er diesen Müll hier nicht mal irgendwann beseitigen kann.«

»In diesem Jahr scheint er noch nicht hier oben gewesen zu sein. Jedenfalls nicht mit seiner Müllgreifzange.«

»Also ich glaube, wir kommen so nicht weiter. Mach doch bitte einfach ein paar Fotos, und damit meine ich nicht von der Skyline von Braunschweig, und dann geht es wieder abwärts.«

»Aye, aye, wird gemacht«, verkündete Mads und zückte erneut sein Smartphone.

»Ich habe mir das noch mal überlegt: Ich glaube, es macht am meisten Sinn, wenn wir mit den Befragungen in den oberen Etagen anfangen. Maschke wird sich ja aus einer gewissen Höhe gestürzt haben. Entweder vom Dach oder von einem der Balkone.«

»Guter Ansatz. Und danach das Erdgeschoss, falls jemand Maschke beim Betreten des Gebäudes gesehen hat«, erwiderte Mads.

»Auf geht's!«

Eingepfercht zwischen den beiden Frauen ging Wim mit seinem Besuch in Richtung des Johann-Friedrich-Teichs, ihrem ersten Zwischenstopp. Sigrid, konsequent auf Körperkontakt bedacht, hatte sich bei ihm untergehakt, und zwischen Biggi und Wim passte kein Blatt Papier, auch wenn sie sich nicht berührten. Wim wusste nicht, ob er sich geschmeichelt fühlen oder Reißaus nehmen sollte. Auf der einen Seite seine Schwester, auf der anderen Seite seine Kollegin. Vielleicht hätte er Ludger doch mitnehmen sollen? Er hatte sich vorgenommen, den beiden an ihrem ersten gemeinsamen Tag im Harz die Teiche südlich von Clausthal-Zellerfeld zu zeigen und die wunderschöne Natur zu genießen. Die fast schon übertriebene Glückseligkeit, die Sigrid ausstrahlte, und Biggis merkwürdiges Verhalten stressten ihn aber mehr, als dass der Ausflug etwas Entspannendes an sich hatte. Biggi wirkte irgendwie verhalten, schaute immer wieder auf den Weg und warf ihm ab und zu einen verstohlenen Blick zu. So kannte er sie gar nicht. Er musste zusehen, die Atmosphäre ein wenig aufzulockern, damit das hier am Ende nicht richtig anstrengend wurde.

»Und, Biggi, erzähl doch mal, was gibt es Neues in Hannover? Geht's dem ollen Cassensmeier mit seinem Rücken einigermaßen? Steht die Polizeidirektion noch?«

Biggi warf ihm einen kaum zu deutenden Blick zu. »Beides kann ich eindeutig mit Ja beantworten.«

»Ach, Wim, nun lass doch nicht gleich wieder von der Arbeit reden. Das hier ist für uns doch Urlaub und für dich ist es eine Kur!«, mischte Sigrid sich ein und festigte ihren Griff in Wims Armbeuge.

»Das ist schon in Ordnung«, entgegnete Biggi. »Also, du fehlst natürlich an allen Ecken und Enden. Cassensmeier hat sich auch ein paarmal nach dir erkundigt. Vor allem danach, wann du wohl in den Dienst zurückkehrst. Weißt du deswegen schon Näheres?«

Wim überlegte für einen Moment, ob dies der richtige Zeitpunkt war, um Biggi mit seinen Überlegungen zu konfrontieren, verwarf diesen Gedanken dann aber wieder, weil er mit sich selbst noch immer nicht im Reinen war. »Ich denke, dass ich nach Abschluss der Kur mit meinem Hausarzt darüber reden werde, wie es weitergeht.«

»Es gibt ja auch die Möglichkeit der Wiedereingliederung. Das hat mir Frau Schönhauser neulich beim Einkaufen erzählt. Die hatte nämlich was mit dem Rücken und ist dann stundenweise in den Dienst zurückgekehrt. Die arbeitet beim Finanzamt in Helmstedt«, erklärte Sigrid, offensichtlich stolz, dass sie etwas zu dieser polizeiinternen Unterhaltung beitragen konnte.

»Ja, davon habe ich auch gehört«, antwortete Wim. »Aber kannst du dir einen Kriminalhauptkommissar in

Teilzeit vorstellen? Ich habe da so meine Probleme mit diesem Gedanken.«

»Also ich nicht«, entgegnete Biggi spontan. »Du solltest vielleicht nicht gleich von null auf hundert durchstarten, sondern dir langsam und Schritt für Schritt Zeit nehmen. Da gibt es die unterschiedlichsten Modelle. Man kann da vorher auch ein Gespräch mit der Personalstelle führen.«

»Genau! Das sehe ich aber auch so«, bestätigte Sigrid bestimmt. »Bloß nichts überstürzen. In der Ruhe liegt die Kraft. Und deine Kräfte musst du dir gut einteilen, Wim! Habt ihr nicht auch so etwas wie einen Betriebsarzt oder heißt das bei euch Amtsarzt?«

»Der Amtsarzt wird nur eingeschaltet, wenn es um die Feststellung einer dauerhaften Dienstunfähigkeit geht«, erklärte Biggi. »So weit ist es ja nun noch lange nicht.«

Wim schaute zwischen seinen beiden Begleiterinnen immer wieder hin und her wie ein Zuschauer bei einem Tennismatch. Allmählich wurde es ihm doch zu bunt. Wenn er eines nicht abkonnte, dann, wenn man über ihn redete, als wäre er nicht da, und ihm irgendwelche Tipps geben wollte. Das, was er vor wenigen Augenblicken noch hinuntergeschluckt hatte, brodelte vor sich hin und suchte sich allmählich seinen Weg an die Oberfläche.

»Da gebe ich dir recht. Wim ist ja auf einem guten Weg! Nicht wahr, Bruderherz, dir geht es doch besser, oder? Auf jeden Fall hast du eine gesunde Gesichtsfarbe!« Sigrid blieb stehen und tätschelte Wim die Wange. »Und wenn du so weitermachst, dann wird es vielleicht doch noch was mit unserer Islandrundreise im nächsten Jahr!«

Wim hielt es nicht länger aus, löste sich aus der Umklammerung, machte zwei Schritte nach vorne und drehte sich um. »Was wird das hier? Arbeitspsychologie für Anfänger? Lebensberatung? Vielleicht überlasst ihr das mal mir, wann und wie und ob ich überhaupt in dieses Scheißbüro zurückkehren will!«

Biggi blieb wie angewurzelt stehen. »Ob überhaupt? Wie meinst du das denn, Wim Schneider?«

16. KAPITEL

Esha hatte den Taxifahrer mit dem letzten bisschen Bargeld aus ihrer Hosentasche bezahlt und sich am John-F.-Kennedy-Platz absetzen lassen. Sehr weit war sie nicht gekommen. Die Strecke hatte aber gereicht, um die Polizisten abzuschütteln. Am Windmühlenberg setzte sie sich im Schneidersitz auf den Rasen und beobachtete den vorbeifahrenden Verkehr. Das war knapp gewesen. Vielleicht hatte sie überreagiert und vielleicht hatte sie sich mit ihrem Verhalten keinen Gefallen getan, aber der Anblick der Polizei löste bei ihr nach wie vor Unbehagen bis hin zur Panik und in manchen Situationen auch einen Fluchtreflex aus. Außerdem traute sie ihren von Amal auf mysteriösen Umwegen organisierten Ausweispapieren noch immer nicht so recht und ausweisen müssen hätte sie sich vorhin garantiert.

Als ein offensichtlich zugedröhnter Junkie mit fettigen Haaren, glasigen Augen und einer Plastiktüte in der Hand auf sie zusteuerte, war es mit dem kurzen Moment der Ruhe schon wieder vorbei, denn auf die nächste ungemütliche Konfrontation an diesem Vormittag konnte sie getrost verzichten. Kurzerhand entschied sie sich, wieder aufzustehen und das Weite zu suchen. Sie wusste noch nicht so recht, wohin, aber ganz sicher war sie, dass sie das Atrium-Bummel-Center für den Rest dieses Tages meiden würde.

»Ich beginne hinten rechts und du gegenüber, okay?« Rosalie deutete den langen Hausflur entlang, als Mads und sie den Fahrstuhl verließen. Nachdem sie in den oberen beiden Etagen des Hochhauses erfolglos geblieben waren, folgte nun der nächste Versuch, dieses Mal in Etage 11.

»Einverstanden. Laut Mieterverzeichnis hast du es gleich mit Ernst Wittkopf zu tun und ich mit Elisabeth von Deylen.«

»Oh lala, von Deylen. Das klingt vornehm. Aber Hauptsache, es hat endlich mal jemand irgendetwas gesehen. Das ist doch hier wie die Suche nach der Nadel im Heuhaufen. Ach, Moment, mein Handy brummt.« Rosalie fasste in ihre Hosentasche.

Das Display zeigte Anne als Anruferin.

»Warte hier einen Augenblick oder fang schon mal an, da muss ich rangehen.«

Mads zuckte mit den Schultern und sah Rosalie hinterher, die schnurstracks um die Ecke verschwand und anscheinend ungestört sein wollte.

»Jawohl, dann fange ich halt schon mal an«, murmelte Mads und steuerte auf die vermeintlich adelige Wohnung zu. Erst als er den Klingelknopf ein drittes Mal gedrückt hatte, wurde die Wohnungstür einen Spalt geöffnet, aber nur so weit, wie die Türkette es zuließ.

»Ja bitte?«

Mads schaute auf eine kleine grauhaarige Frau hinunter, die auf einen Rollator gestützt durch den Türspalt lugte. Vorsorglich hatte Mads seinen Dienstausweis gezückt und hielt ihn der alten Dame vor die Nase. »Mads Johannsen. Kripo Braunschweig. Frau von Deylen? Ich hätte ein paar kurze Fragen an Sie.«

»Das bin ich nicht«, entgegnete die Frau und war im Begriff, die Tür wieder zu verschließen. Mads reagierte prompt und drückte mit seiner flachen Hand dagegen. Der Widerstand war kaum spürbar, aber die Türkette bremste ihn aus.

»Wer sind Sie denn dann, wenn ich fragen darf? Laut der Hausverwaltung wohnt hier Elisabeth von Deylen und die würde ich gerne sprechen.«

Die kleine Frau drehte sich um und rief in die Wohnung hinein: »Maman, Besuch für dich. Ein Herr von der Polizei!«

Mads traute seinen Ohren nicht. Hatte die alte Frau gerade tatsächlich nach ihrer Mutter gerufen? Während er gespannt auf eine Reaktion wartete, hörte er Rosalie aus der anderen Ecke des Hausflurs fluchen. Ihm schwante nichts Gutes, denn sie war mal wieder in Rage.

»Lass den Mann doch rein, Hildchen.« Mads konnte Mamans Antwort laut und deutlich vernehmen.

»Sie hören ja, was meine Mutter sagt. Dann kommen Sie mal mit«, sagte die alte Dame, entfernte die Türkette und setzte mit ihrem Rollator ein Stück zurück.

»Ja, vielen Dank. Und verraten Sie mir bitte auch noch Ihren Namen?«, entgegnete Mads.

»Hildegard Vahldiek, geborene von Deylen, wenn Sie es ganz genau wissen möchten.«

»Alles klar. Und Sie sind zu Besuch?«, fragte Mads, als er durch den Wohnungsflur in das von Sonnenlicht durchflutete Wohnzimmer eintrat. Für den Bruchteil einer Sekunde traute Mads seinen Augen nicht, denn auf einer Leiter mitten im Raum stand kerzengerade und mit einer bunten Girlande um den Hals eine ältere Frau und lächelte ihn freundlich an. Die schlohweißen Haare waren perfekt frisiert, und da dies offenbar »Maman« war, musste Mads feststellen, dass sie sich besser gehalten hatte als ihre Tochter.

»Ja, Hildchen hilft mir bei den Geburtstagsvorbereitungen. Ich werde morgen 101 und ich feiere seit dem 90. jedes Jahr, als ob es das letzte Mal wäre. Man weiß ja nie, was der da oben mit einem so vorhat. Was meinen Sie, was hier letztes Jahr los war! 100! So alt wird kein Schwein.«

Mads rang nach Fassung und beobachtete, wie Hildchen Vahldiek sich mühevoll auf ihren Rollator setzte, während die fast 101-jährige Maman sicheren Schrittes von der Leiter stieg und ihm zur Begrüßung die knöchrige Hand entgegenstreckte. »Elisabeth von Deylen, guten Tag. Was kann ich denn für Sie tun, Herr …?«

»Johannsen, Mads Johannsen. Schönen guten Tag. Ich habe ein paar Fragen wegen des Suizids, der hier vorgestern leider passiert ist.«

»Nehmen Sie doch Platz. Hildchen, machst du uns bitte einen Kaffee? Oder möchten Sie etwas anderes trinken?« Elisabeth von Deylen deutete auf eine lindgrüne Couchgarnitur, die an der rechten Wand stand und auf Mads einen antiquierten Eindruck machte.

»Für mich nichts, vielen Dank.«

»Aber, aber, junger Mann. Es macht keine Umstände. Hildchen braucht Bewegung nach ihrer Hüft-OP. Sie sehen doch, wie klapprig sie ist. Und wer rastet, der rostet!«

»Danke, Maman, aber du hast Herrn Johannsen ja gehört, er möchte nichts«, entgegnete Hildchen Vahldiek und warf ihrer Mutter einen vielsagenden Blick zu.

»Nun gut, also, was möchten Sie denn wissen?«, erkundigte sich Elisabeth von Deylen, nachdem sie sich gegenüber von Mads auf eine Chaiselongue gesetzt und elegant die Beine übereinandergeschlagen hatte. Mads spürte den Federkern der Couch an seinem Hintern und versuchte, unbemerkt eine andere Sitzposition einzunehmen.

»Nicht mehr das neueste Modell. Aber meine Mutter tätigt keine größeren Anschaffungen mehr, seitdem sie jedes Jahr mit ihrem Ende rechnet«, sagte Hildchen Vahldiek, die noch immer mit einer stoischen Ruhe auf ihrem Rollator saß.

»Ignorieren Sie einfach meine Tochter. Sie wird 82 und sie wird senil«, erwiderte Elisabeth von Deylen und lächelte Mads freundlich an.

»Ja, also, wie dem auch sei. Ich sitze gut, danke. Wie Sie vermutlich mitbekommen haben, gab es hier einen Suizid am Mittwochnachmittag.«

»Ja, das passiert immer wieder mal«, unterbrach Elisabeth von Deylen. »Wissen Sie, ich bin Mieterin der ersten Stunde. Die Hochhäuser und das Center unten versprachen damals einen ganz neuen und modernen Wohnstil. Richtig begehrte Immobilien waren das, auch wenn man sich das heutzutage kaum noch vorstellen kann. Es gab Mieter, die haben sich ihre Wohnungen von Innenarchitekten einrichten lassen. Mein verstorbener Mann und ich haben uns sofort in die großartige Aussicht verliebt. Und das war ja alles so praktisch mit dem Fahrstuhl und der Tiefgarage, und dann die ganzen Geschäfte. Bis dann der erste Springer kam. Die Anzahl von Hochhäusern in Braunschweig konnte man 1971 an einer Hand abzählen und da haben sich unsere Häuser hier ja angeboten, wenn man lebensmüde war. Der erste Selbstmörder, das war ein einschneidendes Erlebnis für einige Mieter. Manche sind dann sogar wieder weggezogen und ich habe mich in all den Jahren nicht daran gewöhnen können, aber man stumpft ab. Mittlerweile kann ich das gar nicht mehr zählen, wie viele hier im Laufe der letzten 50 Jahre runtergesprungen sind. Wenn ich auch demnächst da oben auf einer Wolke sitze, dann treffe ich bestimmt den einen oder anderen wieder.«

Mads nickte verständnisvoll, hatte mit dem Humor der alten Dame aber seine Schwierigkeiten. »Und haben Sie vorgestern irgendetwas beobachtet? Wir wissen, dass der Mann aus diesem Hochhaus und von der Seite, zu der Ihre Wohnung ausgerichtet ist, gesprungen ist.«

»Bedaure, ich habe nichts beobachtet. Waren Sie schon bei der kleinen Bukowski? An deren Kinderzimmerfenster soll der doch vorbeigeflogen sein. Hat mir zumindest der Hausmeister erzählt.«

»Alena Bukowski ist nach unseren Ermittlungen bisher die Einzige hier aus dem Haus, die etwas beobachtet hat. Mit ihr haben wir direkt vorgestern gesprochen.«

»Und warum führen Sie jetzt solche Befragungen durch? Also bei den anderen Springern war das nicht so.«

Mads kam ins Schwitzen. Was durfte er preisgeben? Er wünschte sich Rosalie an seine Seite, aber die war entweder noch vor der Wohnung am Telefonieren oder mittlerweile beim Mieter gegenüber. Am besten neutral verhalten und keine Interna ausplaudern. »Reine Routine«, antwortete er kurz und knapp.

»Entschuldigen Sie, wenn ich jetzt schmunzeln muss«, sagte plötzlich Hildchen Vahldiek von ihrem Rollator aus. »Das glauben Sie doch selbst nicht. Aber Sie haben sicher Ihre Vorschriften. Na ja, wie dem auch sei, ich habe jedenfalls etwas beobachtet!«

Der Tag war praktisch gelaufen, bevor er richtig begonnen hatte. Schweigend gingen Biggi, Sigrid und Wim am Teich entlang, und schließlich war Sigrid die Erste von ihnen, die versuchte, die Wogen zu glätten.

»Also jetzt mal im Ernst, ihr Lieben, wir werden uns den schönen Ausflug doch nicht deswegen verderben lassen. Nicht wegen ungelegter Eier!«

»Ach nein?«, entgegnete Biggi und zog mit zitternder Hand an ihrer Zigarette.

»Nein, denn mein Bruder hat sich ja noch gar nicht entschieden!«

»Sigrid, lass gut sein. Biggi ist gekränkt und ich verstehe das. Ich hab's vermasselt und ich habe Schuld.« Mit hängenden Schultern ging Wim weiter und kickte einen größeren Kieselstein beiseite, der mitten auf dem Weg lag. »Es tut mir leid, Biggi. Sigrid hat recht, ich habe mich noch nicht entschieden, geschweige denn beworben.«

»Aber du wirst es tun! Ich spüre das. Ich kenne dich!« Biggi kämpfte mit den Tränen.

»Wie gesagt, es tut mir wirklich leid, dass du das jetzt so erfährst. Aber die Stellenausschreibung ist ja noch nicht mal draußen. Ich habe nur den Anruf aus Braunschweig erhalten, dass da was kommt und ob ich nicht meinen Hut in den Ring werfen will. Und selbst das weiß ich ja noch gar nicht. Ich bin doch kurz vor der Rente, die nehmen mich gegebenenfalls sowieso nicht.«

»Ein paar Jahre hast du schon noch, und wenn sie dich extra anrufen, sag mal, raffst du es nicht?« Biggi erschrak über ihre eigene Stimme, die sich zu überschlagen drohte. »Die wollen dich abwerben. Die haben dich als Manfreds Nachfolger auserkoren. Leichter geht es doch gar nicht. Dieselbe Besoldungsstufe, also eine höhengleiche Umsetzung und keine unliebsame Beförderung. Du kennst das Team bereits ein wenig, du kannst gut mit Rosalie, du bist der Held vom Gaußberg! Was für ein Clou gegenüber den blöden Hannoveranern. Der große Wim Schneider, er kehrt zurück! Und am Ende, mein Lieber, da geht es doch vor allem um eines: Es geht um Heimat. Es geht um Heimatliebe. Es wäre die Rückkehr in deine Geburtsstadt. Und wie hast du es mir als waschechter Hannoveranerin immer eingetrichtert: einmal Löwe, immer Löwe!«

17. KAPITEL

Damals in Delhi, da hätte man sie fast getrennt. Aber Esha hatte sich wie verrückt an ihr festgehalten und geweint und geschrien. Tag für Tag für Tag. Am Ende hatte man sie beide mitgenommen und Esha hatte sie erst losgelassen, als sie vor Erschöpfung im Flugzeug nach Frankfurt eingeschlafen war. Die Reise in ein neues Leben war nun schon über zehn Jahre her und Lali war jeden einzelnen Tag dankbar, den indischen Slums entkommen zu sein. Ihre Mutter war bereits bei Eshas Geburt gestorben und ihr Vater mit den beiden Mädchen und seiner Arbeit als Bauarbeiter von Anfang an überfordert gewesen. Als eines Tages die Polizei vor ihrer Hütte in der Nähe der Bahnschienen gestanden hatte, sagte man ihnen, dass sie ein paar Sachen einpacken und mitkommen sollten. Der Vater war von einem Baugerüst gestürzt und auf der Stelle tot gewesen. Endstation Waisenhaus. Lali dachte oft an die Ironie des Schicksals, wenn sie nun jeden Tag ausgerechnet am ehemaligen Braunschweiger Waisenhaus vorbeiging, um zur Arbeit zu kommen. Das weiß getünchte Gebäude, das heute ein gehobenes Hotel beherbergte, war zumindest von außen das absolute Gegenteil von dem, was Lali und Esha in Delhi für ein knappes Jahr ihr Zuhause nennen mussten. Lali bezweifelte, dass es in Braunschweig jemals derart vollgestopfte Schlafsäle samt Kakerlaken in der Großraumdusche gegeben hatte. Eines Tages war ein deutsches Ehepaar aufgetaucht, das Lali vom Fleck weg adoptieren wollte. Aber sie hatten die Rechnung nicht mit der kleinen Esha gemacht, die sich voller Panik dagegen gewehrt hatte, ihre große Schwester ziehen zu lassen. Lali war selbst überrascht gewesen, als es am Ende einer hochemotionalen Woche hieß, dass beide Kinder nur gemeinsam vermittelt werden würden. Und so waren die zwei Schwestern nach einem knapp neunstündigen Flug und einer langen Autofahrt auf einem hessischen Kuhkaff irgendwo bei Kassel gelandet. An dieser Stelle der Geschichte gelang es Lali so gut wie nie, ihre Gedanken beisammenzuhalten, zu erdrückend waren die schlechten Erinnerungen an die Jahre, die folgen sollten. Also entschied sie auch dieses Mal, für heute die Reise in die Vergangenheit zu beenden, und konzentrierte sich wieder darauf, ihre rabenschwarzen Haare zu einem Knoten zu binden. Diese Frisur sah nicht nur stylisch aus, sie war auch praktisch, da Lali in der Restaurantküche immer eine Haube tragen musste. Sie bezweifelte, Esha heute noch einmal zu Gesicht zu bekommen, und hoffte inständig, dass es keinen Ärger geben würde. Sie liebte ihre kleine Schwester über alles, aber wenn Esha in Panik geriet, dann war sie unberechenbar, damals wie heute.

Mads hatte an der geöffneten Wohnungstür zum Abschied sein freundlichstes Lächeln aufgesetzt. »Danke, Frau Vahldiek, es kann gut sein, dass Sie Ihre Beobachtungen noch mal zu Protokoll geben müssen. Dann melde ich mich bei Ihnen.« In ihm hatte sich ein Gefühl von Erleichterung breitgemacht. Endlich gab es eine brauchbare Information.

»Gerne, Herr Johannsen. Es freut mich, wenn ich helfen kann.«

»Ach, Hildchen, das hast du wirklich gut gemacht«, ergänzte Elisabeth von Deylen mit einem gewissen Stolz in der Stimme und streichelte ihrer Tochter die Wange. Man blieb eben immer eine Mutter, auch wenn die eigenen Kinder ein hochbetagtes Alter erreichten, dachte Mads.

Als er die Wohnung kurze Zeit später verließ, wartete Rosalie im Hausflur. Ihre Miene versprach nichts Gutes. Sie sah unzufrieden aus und kaute nervös auf ihrer Unterlippe. Mads konnte förmlich spüren, wie sie mit sich kämpfte und sich anstrengte, einen erneuten Gefühlsausbruch vor ihm zu unterdrücken. Aber schon ihre schnippische Stimmlage offenbarte den inneren Druck, unter dem sie stand. »Na, warst du erfolgreich bei deiner Befragung? Hat ja ganz schön lange gedauert. Wer ist denn bitte Frau Vahldiek? Ich dachte, in der Wohnung wohnt der Hochhaus-Adel?«

»Nun mal eins nach dem anderen.« Mads lehnte sich mit dem Rücken gegen die grob verputzte Wand und schaute Rosalie von der Seite an. »Also, Frau Vahldiek ist die Tochter der Mieterin Frau von Deylen.«

»Bitte was?« Rosalie runzelte die Stirn. »Die beiden Frauen sahen von Weitem aus wie Schwestern oder Freundinnen.«

»Du, ich war genauso überrascht. Wie dem auch sei, Frau Vahldiek hat tatsächlich etwas Interessantes beobachtet. Bis sie zum Punkt kam, brauchte ich am Ende echt ein wenig Sitzfleisch. Und dank des durchgesessenen Sofas tut mir jetzt der Rücken weh. Und der Hintern.«

»Armer kleiner Mads! Und was hat sie nun beobachtet?«

Mads machte ein paar Verrenkungen, denn der Schmerz im unteren Rücken wollte immer noch nicht nachlassen. »Haha, sehr witzig! Also, Frau Vahldiek besucht ihre Mutter in der Regel dreimal pro Woche. Montag, Mittwoch und Sonnabend. Und vor allem mittwochs ist sie zu unterschiedlichen Uhrzeiten immer wieder mal mit unterschiedlichen Männern im Fahrstuhl gewesen.«

Rosalie schaute Mads verwundert an, schüttelte den Kopf und lachte süffisant. »Und das war die bahnbrechende Beobachtung? Ich mache mir vor Aufregung gleich in die Hose.«

Mads traute seinen Ohren nicht. »Rosalie, bevor ich jetzt weitererzähle, sage ich es ganz offen: Ich kann mit deinen Spitzen und deinen ach so lustigen Kommentaren nichts anfangen. Sie verunsichern mich. Sie kränken mich vielleicht sogar ein wenig. Ich muss das jetzt einfach mal loswerden.« Während Mads schluckte und mit einem trockenen Mund kämpfte, registrierte er einmal mehr, dass er rot wurde. Aber er hatte es endlich offen ausgesprochen und nahm wahr, wie Rosalie schlagartig die Gesichtszüge entglitten. Betreten schaute sie auf den dunkelgrauen Steinfußboden. »Entschuldige bitte. Du hast absolut recht. Ich ... ich ... es ist bei mir privat gerade schwierig und ich habe meine Launen nicht so im Griff. Anne und ich, ach, verdammt, es ist kompliziert. Aber das darf sich natürlich nicht auf meine Arbeit auswirken. Das ist unprofessionell von mir. In mir brodelt es einfach die ganze Zeit und ich versuche, das nicht zuzulassen und stattdessen mit vermeintlich grottenschlechtem Humor und einem Augenzwinkern drüber hinwegzutäuschen. Aber anscheinend bin ich eine furchtbare Schauspielerin. Du hast wirklich alles richtig gemacht. Bitte erzähl weiter.«

Mads seufzte auf. »Nein, das tue ich nicht. Jedenfalls nicht hier und jetzt. Du solltest deine negativen Gefühle zulassen und sie nicht ignorieren. Aber ich wäre dir wirklich dankbar, wenn du deine Launen dann nicht immer an mir auslässt. Immerhin weiß ich jetzt mal ungefähr, was los ist. Lass uns eine Runde um den Block gehen. Ein bisschen frische Luft kann uns beiden nicht schaden. Und dann erzähle ich dir den Rest.«

Lali stand auf dem Balkon ihres Apartments und schaute über die Kurt-Schumacher-Straße hinweg auf die Baumkronen von Viewegs Garten. Hier oben ging immer ein leichter Wind, der ihr auch heute entgegenpustete. Ihre Gedanken kreisten nicht länger um ihre kleine Schwester, vielmehr dachte sie nun darüber nach, wie es wohl mit dem Restaurant und der Yogaschule weitergehen würde, wenn Veronika lange ausfiel. Und das Undenkbare, nämlich Veronikas Tod, wollte sie sich gar nicht erst ausmalen. Veronika, die Chefin. Ihr gehörte offiziell alles. Sie war die Besitzerin der Yogaschule und die Besitzerin des Restaurants. Warum Amal und seine Frau das so geregelt hatten, wusste Lali nicht. Veronika verwaltete auch alle Finanzen, zahlte die Gehälter, ging allein zum Steuerberater und Lali konnte nur erahnen, wie hilflos Amal in all diesen Dingen ohne seine Frau wäre. Amal, die gute Seele. Er hatte ihnen damals die Wohnung hier im Hochhaus organisiert und ihnen eine kleine Starthilfe zugesteckt. »Zahlt es bei Gelegenheit mal zurück. Es eilt nicht«, hatte er gesagt und so gütig dabei gelächelt, wie nur er es konnte. »Und sagt Veronika besser nichts davon, ihr wisst ja.« Oh ja, sie wussten, wie ungehalten Veronika werden konnte. Bei Geld hörte die Freundschaft auf, da war Veronika knallhart. Eine Geschäftsfrau durch und durch. Lali hatte sich nie gefragt, wie es eigentlich um die Finanzen des Ehepaares Kumar bestellt war. Sie erhielt pünktlich ihren Lohn, und mehr interessierte sie nicht. Von Jadoo wusste sie, dass den Kumars in der Straße Hinter Liebfrauen das gesamte

Wohn- und Geschäftshaus mit Restaurant und Yogaschule nebenan gehörte. Günstig war das in der Innenstadt von Braunschweig sicher nicht. Lali hatte von so was keine Ahnung, aber dass die Kumars Kredite abbezahlen mussten, das hatte sie mitbekommen. Auch hatte sie sich die ganze Zeit gefragt, warum Veronika unter der Woche nun noch ein paar Tage im Harz arbeitete. Angeblich, um einer Freundin in einer Klinik zu helfen. Lali wäre diese Pendelei zu stressig. Vielleicht brauchten die Kumars aber das zusätzliche Einkommen? Die Yogaschule mit ihren zahlreichen Kursen war gefragt. Yoga war stark im Kommen, und wenn Veronika erst mal in ihr »Shakuntala-Ich« eintauchte, war sie bestimmt eine hervorragende Lehrerin. Aber natürlich unterrichtete sie nicht allein, und so musste sie neben einer Reinigungskraft und den Nebenkosten Honorare an die anderen Lehrer bezahlen. Wie es ohne Shakuntala als Aushängeschild und Chefin der Yogaschule weitergehen würde, war wohl auch eines der Probleme, das auf sie alle zukam. Als es plötzlich Sturm klingelte und jemand gegen Lalis Wohnungstür klopfte, wurde sie aus ihrer Grübelei gerissen und kehrte dem schönen Ausblick auf den Park den Rücken. Das musste ja wichtig sein. Von einer Sekunde auf die andere beschlich Lali ein ungutes Gefühl.

Die Sonne hatte ihren höchsten Punkt erreicht und war schemenhaft hinter einer Wand von weißen Schleierwolken zu erkennen. Richtig durchsetzen konnte sie sich aber zu dieser Tageszeit noch immer nicht. Ein geschnitztes Holzschild zeigte an einer Weggabelung an, dass es nur noch 800 Meter bis zur Mittagspause waren.

»Da vorne hinter der Kurve kommt die Waldgaststätte. Ich sage euch, die wird euch gefallen! Wie ein kleines

Hexenhäuschen. Total gemütlich.« Wim ging voran und ließ Sigrid und Biggi ein paar Meter hinter sich zurück. Er hatte für heute genug davon, eingekesselt zu werden.

»Hexenhäuschen. Na, dann passt es ja ganz wunderbar zu uns«, murmelte Biggi.

»Die Speisekarte ist hervorragend. Alles Bio und das Fleisch stammt vom Harzer Höhenvieh«, erwiderte Wim und ignorierte Biggis Spitze.

»Höhenvieh, na, das passt dann wiederum sehr gut zu dir, Bruderherz. Rindvieh würde allerdings noch besser passen«, sagte Sigrid trocken und selbst Biggi konnte sich in diesem Augenblick das Schmunzeln kaum verkneifen.

»Sagt bloß, ich nehme hinter mir endlich mal so was wie positive Schwingungen wahr?« Wim musste grinsen und war den beiden Frauen für ihre Kommentare ausgesprochen dankbar.

»Du hörst schlecht oder nur das, was du hören willst.« Biggi kam nicht länger dagegen an, dass der erste Anflug von Frust und Enttäuschung sich ganz langsam verflüchtigte.

»Richtig, aber was ich hören will, das höre ich sehr genau!«, entgegnete Wim amüsiert.

»Mensch, Kinders, haben wir uns jetzt endlich wieder alle lieb? Ich hatte mir die Tage im Harz mit euch irgendwie entspannter vorgestellt.« Sigrid machte einen Schlenker nach links und legte sanft ihren Arm um Biggis schmale Schultern.

»Ja, doch. Ich gebe mir Mühe«, sagte Biggi, und obwohl sie Sigrid zwischenzeitlich kaum ertragen hatte, wusste sie ihren Versöhnungsversuch sehr zu schätzen.

»Du auch, Herr Schneider?«, rief Sigrid Wim hinterher, der seinen Gang beschleunigt und seinen Vorsprung ausgebaut hatte.

»Wie, was? Ich kann dich nicht hören«, hallte es zurück, als Wim um eine Kurve bog und kurzerhand aus dem Blickfeld der beiden Frauen verschwand.

18. KAPITEL

Rosalie und Mads hatten sich an einem Kiosk in der Campestraße gerade etwas zu trinken gekauft, als Rosalies Handy einen Anruf der Rechtsmedizin ankündigte.

»Oh, halt mal eben, jetzt wird's spannend!«, sagte sie zu Mads und drückte ihm spontan ihre Wasserflasche in die Hand.

»Helmer! Hallo ... Ich verstehe Sie gerade leider ganz schlecht. Der Empfang ist irgendwie gestört! Was? Ja, ich checke meine Mails ... Ja, danke! Tschüss! Ja, tschüss!«

Mads schaute Rosalie verdutzt an und gab ihr die Flasche zurück. »Was war das denn?«

»Der Rechtsmediziner, der mir nur sagen wollte, dass er den Bericht zu Maschke per Mail geschickt hat. Der Empfang war eine Katastrophe, vielleicht stand der Pathologe noch in seinem Sezierkeller. Man weiß es nicht. Also an mir, auf offener Straße im Braunschweiger Sonnenschein, kann es jedenfalls kaum gelegen haben.«

»Das ging dann wirklich fix«, stellte Mads fest. »Jetzt bin ich ja mal gespannt.«

»Ich auch. Schauen wir nach«, sagte Rosalie und öffnete über ihr Smartphone ihr E-Mail-Postfach.

»Da haben wir's ja schon.«

»Und?«, fragte Mads neugierig. »Jetzt mach's nicht so spannend.«

»Geduld, Geduld! Also ich kann ja schnell lesen, aber einen Moment musst du mir schon noch geben.«

Mit flinken Augenbewegungen überflog Rosalie den Bericht. »So, also im Ergebnis wurde Maschke kurz vor seinem Tod nicht nur gebissen, sondern er hatte offenbar auch Sex.«

»Ups!«, platzte es aus Mads heraus.

»Hier ist von einem kleinen, vermutlich jugendlichen und weiblichen Gebissabdruck auf der Innenseite des Oberarms die Rede und von recht frischen Einblutungen an der Bisswunde, so wie an den Hand- und Fußgelenken und im Genitalbereich. Diese sind wiederum auf Fesselungen zurückzuführen, wobei keine Faserrückstände gefunden wurden. Da kommt dann zum Beispiel so was wie Gummi infrage. Und es wurden Ejakulatrückstände festgestellt. Ich sage dir, Mads, hier ist eindeutig etwas faul.«

»Du meinst Mord?«

»Ich meine zumindest, dass sich die Anzeichen verdichten, dass Maschke vielleicht wirklich nicht freiwillig gesprungen ist.«

»Ja, dem kann ich mich nur anschließen. Und irgendwie bekomme ich gerade die Fesselungen im Genitalbereich nicht aus dem Kopf. Krass!«

Rosalie grinste. »Im männlichen Genitalbereich kennst du dich besser aus als ich. Aber es wird wohl was mit Bondage zu tun haben.«

»Muss ich auch mal testen«, erwiderte Mads und grinste zurück.

»Mit deinem Freund?«, rutschte es Rosalie heraus und sie wusste genau in diesem Moment, dass sie womöglich einmal mehr eine Grenze überschritten hatte. »Entschuldige bitte, heute ist der internationale Tag des ›Rosalie-Helmer-Fettnäpfchens‹. Das geht mich gar nichts an.«

»Schon gut. Es war ja fast eine Steilvorlage von mir. Also ich glaube, ich führe zunächst den Selbsttest durch, bevor ich mich an wem auch immer ausprobiere«, entgegnete Mads und Rosalie war erleichtert, dass er dieses Mal gelassen blieb und nicht die Gesichtsfarbe einer Tomate annahm.

»Okay, ich freue mich auf deinen Bericht! Aber mal zurück zum Fall. Denken wir weiter und legen deine Selbstexperimente mal kurz auf Halde.«

»Einverstanden. Also da wäre zum einen dieser Eindruck, den wir wahrscheinlich beide haben, dass Berthold Maschke kein 08/15-Sexleben hatte. Pornohefte dieser Art und Fesselspiele gehören sicher nicht zum Standardprogramm in deutschen Schlafzimmern.«

Rosalie nickte. »Sehr gut. Was denkst du noch?«

»Mich beschäftigen ja nach wie vor auch die verschiedenen Männer im Fahrstuhl.«

»Ja, also im ersten Augenblick habe ich gedacht, dass diese Fahrstuhlfahrten der Hildchen Vahldiek nicht wirklich relevant sind, aber je mehr ich darüber nachdenke, desto merkwürdiger finde ich es, dass die Männer immer allein waren, es war überwiegend der gleiche Wochentag und sie sind immer in der 10. Etage ausgestiegen.«

»Eben! Und Alena Bukowski wohnt doch in der 9. Etage, also genau ein Stockwerk tiefer«, ergänzte Mads.

»Du meinst also, dass Berthold Maschke einer der Männer gewesen sein könnte, dem die Vahldiek begegnet ist?«

»Theoretisch ja. Okay, sie hat ihn auf dem Foto, das ich ihr gezeigt habe, leider nicht wiedererkannt, aber sie hat dafür berichtet, dass die Männer sich grundsätzlich im Fahrstuhl weggedreht hätten.«

Rosalie dachte kurz nach. »Als ob sie nicht erkannt werden wollten.«

»Genau das! Und jetzt spinnen wir mal weiter. Wenn Maschke aus der 10. gesprungen, gefallen oder gestürzt worden ist, dann konnte er ja auch am Kinderzimmerfenster von Alena Bukowski vorbeigerauscht sein.«

»Das überzeugt mich, Mads. Es ist aus Mangel an echten Beweisen zwar noch eine vage, aber eine denkbare Theorie, der wir nachgehen könnten. Ich glaube, wir nehmen uns jetzt mal Etage 10 vor.«

Esha war in einer kleinen inhabergeführten Boutique in der Kastanienallee fündig geworden, und auch wenn sie ihr Budget heillos überzogen hatte, so war eine Shoppingrunde in ihrem Lieblingsstadtteil genau das, was sie nach diesem stressigen Vormittag gebraucht hatte. Der Spaziergang vom John-F.-Kennedy-Platz quer über den Löwenwall in Richtung Östliches Ringgebiet hatte erheblich dazu beigetragen, ihren Adrenalinspiegel wieder herunterzufahren und sie zu beruhigen. Anfangs hatte sie sich noch ein paarmal umgedreht und an der Ecke Adolfstraße hatte sie hinter sich eine Zivilstreife vermutet, aber am Ende waren es alles wohl nur Hirngespinste gewesen, da sie weder angesprochen noch verhaftet worden war. Sie wusste sehr genau, dass sie überreagiert hatte, aber die Polizei war spätestens seit der Zeit in Hessen ein rotes Tuch für sie. Die Polizei, dein Freund und Helfer. Nichts als eine Floskel, eine hohle Phrase, wenn es nach Esha ging. Nicht geglaubt hatte man ihnen und sie zurückgeschickt zu ihren Adoptiveltern, deren Namen sie genauso aus ihrem Leben gestrichen hatte wie aus ihrem Pass.

In einer Saftbar gönnte sie sich einen frisch gepressten Smoothie und schlenderte weiter in Richtung Prinzenpark. Als ihr auf der gegenüberliegenden Straßenseite ein Mann mit Schnauzbart und Schirmmütze hinterherpfiff, bog sie schnell links in die Rosenstraße ab. Anmachen dieser Art kannte sie nur allzu gut, aber dies war nicht die Sorte Mann, die Esha sich als potenziellen Märchenprinzen vorstellte. Und auf Anmachen von alten Säcken hatte sie schon mal gar keine Lust. Im Zickzackkurs setzte sie ihren Weg durch die Seitenstraße fort und hörte ihr Handy klingeln, als sie gerade dabei war, die Straße zu überqueren. Lali rief an. Bestimmt hatte sie eine Predigt für sie in petto. Was das denn vorhin sollte und dass sie mal erwachsen werden müsse. Genervt verdrehte Esha die Augen. Dieses Gelaber konnte jetzt echt mal warten.

Wim wäre am liebsten im Erdboden versunken oder hätte sich wenigstens gerne irgendwo in einem Harzer Bergwerksstollen versteckt. Aber dank der großzügigen Lichtung, die sich vor der Waldgaststätte auftat, gab es kein Entkommen mehr. Man hatte sie entdeckt. Ludger Pohl trug wie immer Gelb und leuchtete aus der Ferne nicht nur wie eine sonnengereifte Zitrone, sondern war von seinem Platz auf der Außenterrasse bereits aufgestanden und winkte, als ob es um sein Leben ginge.

»Kennst du den Typen?«, erkundigte sich Biggi, die mittlerweile wieder zu Wim aufgeschlossen hatte.

»Ja, allerdings. Das ist mein Kurschatten«, erklärte Wim genervt.

»Ach, sieh mal einer an, das sind ja ganz neue Züge an dir. Haben wir was verpasst? Möchtest du uns meinen Schwager in spe gerne vorstellen?« Sigrid prustete los und puffte Wim mit dem Ellenbogen in die Seite.

»Lass bitte deine Seitenhiebe, Sigrid. Im wahrsten Sinne des Wortes. Das wird jetzt sehr anstrengend. Ich habe euch hiermit gewarnt.«

»Und warum flüsterst du?«, fragte Biggi. »Wir sind noch weit genug entfernt. Der hört uns nicht.«

»Unterschätze Ludger Pohl nicht. Der Mann kann vielleicht von den Lippen lesen«, wisperte Wim und winkte verhalten zurück.

»Ludger Pohl, soso. Na, dann mach uns mal bekannt«, sagte Sigrid und überholte Wim und Biggi auf den letzten Metern, um sich in die Poleposition zu begeben.

»Die hat es aber eilig«, stellte Biggi fest.

Wim nickte zustimmend. »Sie ist ja auch Single, und wer weiß, was der Anblick eines Mannes in ihrem Alter so auslöst.«

»Also Single bin ich auch, aber ich renne nicht gleich los.«

»Dein Herz ist ja vielleicht auch schon anderweitig vergeben«, erwiderte Wim spontan und hätte sich im selben Moment für diesen Satz ohrfeigen können.

Biggi räusperte sich und nestelte an ihrer Zigarettenschachtel herum. »Hier kann ich doch sicher mal eine paffen, oder? Die Waldbrandgefahr dürfte wohl gebannt sein.«

»Ja, sicher, lüfte du deine Lungen. Also jedenfalls hoffe ich nicht, dass Sigrid an Ludger etwas findet. Und im Übrigen ist er auch verheiratet.«

»Das, mein Lieber, ist ein Grund, aber kein Hindernis«, entgegnete Biggi und betätigte mit zitternden Händen ihr Feuerzeug.

Als Mads und Rosalie die kleine Steigung die Viewegstraße hinauf genommen und sich den Hochhäusern wieder von der Rückseite genähert hatten, erkannten sie die Menschenansammlung schon von Weitem.

»Was ist das denn?«, fragte Mads und schaute besorgt zu Rosalie, die gerade mit dem letzten Schluck Mineralwasser ihren Mund durchspülte. »Keine Ahnung. Wir waren vielleicht eine halbe Stunde weg und in der Zwischenzeit haben wir anscheinend etwas verpasst. Lass uns mal nachsehen.«

Mit zügigen Schritten näherten sie sich der Menschentraube und sahen zuerst den Rollator, den jemand an die Seite geschoben hatte. »Polizei, bitte lassen Sie uns durch. Was ist hier los?«, sagte Rosalie resolut und versuchte, sich Gehör zu verschaffen. Als die etwa 15 Personen eine Gasse bildeten und den Blick auf das freigaben, was alle in Aufruhr versetzt hatte, erfasste Mads die Situation sofort. »Frau Vahldiek! Mein Gott, was ist denn passiert?« Während Mads sich auf den Asphalt kniete, um Hildchen Vahldiek Erste Hilfe zu leisten, hatte Rosalie bereits ihr Handy gezückt und verständigte einen Rettungswagen. Die alte Dame lag stöhnend und mit einer großen Platzwunde an der Stirn auf dem Gehweg und drehte ihren Kopf langsam zu Mads. Als sie zu einer Antwort ansetzte, erkannte er, dass sie sich zwei Frontzähne ihrer Gebissprothese ausgeschlagen hatte und unter dem Kinn blutete. »Herr Johannsen, gut, dass Sie da sind. Es ging alles so schnell.«

Mit einem Taschentuch presste Mads auf die Platzwunde an Hildchen Vahldieks Stirn und nahm ihre Hand. »Ganz ruhig, wir sind da und meine Kollegin hat gerade Hilfe angefordert. Sie werden gleich ärztlich versorgt und kommen dann in ein Krankenhaus.«

»Ist gut, danke. Können Sie meiner Mutter noch Bescheid sagen? Die hat das oben auf ihrem Thron in der 11. garantiert noch nicht mitbekommen. Als ich gerade gegangen bin, hat sie diese fürchterliche Operettenmusik aus Vorkriegszeiten voll aufgedreht. Dann singt sie mit und kann durchaus mal die Welt um sich herum vergessen.«

Mads zog die Mundwinkel nach oben. »Schön, dass Sie sich Ihren Humor noch bewahrt haben.«

»Was soll ich machen? Aber tut schon ganz schön weh.«

»Wir kümmern uns auch um Ihre Mutter«, sagte Rosalie und hockte sich neben Hildchen Vahldiek auf die andere Seite. »Hallo, ich bin Rosalie Helmer, die Kollegin von Herrn Johannsen. Der Rettungswagen ist unterwegs. Können Sie uns bitte sagen, was Ihnen zugestoßen ist? Sind Sie gestürzt? Ach, und einen Moment noch.« Kurzerhand stand Rosalie wieder auf und wandte sich an die Schaulustigen, die immer noch im Halbkreis um sie herumstanden. Demonstrativ hielt sie ihren Dienstausweis in die Höhe. »Helmer, Kripo Braunschweig. Hat irgendjemand von Ihnen etwas beobachtet? Ansonsten möchte ich Sie bitten, nun zu gehen. Wir haben alles im Griff. Vielen Dank.«

Mads schaute kurz zu Rosalie auf, die sich wie ein Bollwerk in Stellung gebracht hatte.

»Die Menschheit ist einfach neugierig, Herr Johannsen.

Lassen Sie die Leute gaffen und reden, mir ist das egal«, sagte Hildchen Vahldiek leise und drückte Mads' Hand.

»Uns ist das aber nicht egal. Möchten Sie mir jetzt erzählen, was geschehen ist?«

»Ich wollte kurz zum Supermarkt hier unten im Center. Maman, … also meine Mutter, hatte vergessen, Servietten einzukaufen, und natürlich konnte das auf keinen Fall bis morgen warten. Sie haben ihren Elan ja erlebt. Ich hatte gerade das Haus verlassen, da wurde ich von hinten regelrecht umgerannt. Mehr kann ich dazu gar nicht sagen. Es war ein Mann und ich habe ihn wirklich nur von hinten gesehen. Das ging alles so schnell. Ich konnte mich nicht mehr halten und bin mit dem Rollator gestürzt. Gott sei Dank nicht auf meine operierte Hüfte.«

»Dafür aber auf Ihr Gesicht«, stellte Mads nüchtern fest.

»Sieht es sehr schlimm aus?«

»Wahre Schönheit kann nichts entstellen«, gab Mads zurück und lächelte die alte Dame an.

»Sie sind ein guter Polizist, Herr Johannsen. Sie werden es mal weit bringen.«

»Das glaube ich auch«, sagte Rosalie und wandte sich Mads und Hildchen Vahldiek wieder zu.

»Danke, Rosalie.«

»Ich habe den Typen auch gesehen«, meldete sich plötzlich ein älterer Herr aus der hinteren Reihe zu Wort.

»Herr Wittkopf, Sie?«, fragte Hildchen Vahldiek überrascht und hob leicht den Kopf an.

»Ernst Wittkopf?«, entgegnete Rosalie.

»Ja, der bin ich. Kennen wir uns?«

»Nein, das nicht. Aber ich habe vorhin bei Ihnen geklingelt. Wir befragen gerade die Mieter hier im Haus wegen des Suizids vorgestern. Sie waren nicht zu Hause.«

»Ich war einkaufen«, antwortete Ernst Wittkopf und schob sich nach vorne zu Rosalie.

»Herr Wittkopf wohnt bei meiner Mutter gegenüber. Das kann ich bezeugen!«

»Alles gut, Frau Vahldiek, das wissen wir«, erwiderte Rosalie. »Und was haben Sie beobachtet, Herr Wittkopf?«

»Nun ja, also da war dieser Typ, in einem roten Jogginganzug mit Kapuze. Viel konnte ich nicht erkennen. Er ist weggerannt, nachdem er Hildegard über den Haufen gerannt hat. Er hatte pechschwarze Haare und war Südländer, würde ich sagen. Vielleicht 1,80 Meter groß.«

»Stimmt, an die rote Kleidung erinnere ich mich auch«, bestätigte Hildchen Vahldiek. »Und er hat ganz komisch gerochen.«

»Komisch gerochen?« Mads schaute Rosalie verwundert an.

»Ja, ich kann das gar nicht so genau sagen. Irgendwie exotisch.«

19. KAPITEL

Sie hatte sich ein grünes Seidentuch um die nackten Schultern gelegt und stand leicht vorgebeugt am geöffneten Küchenfenster, um nachzusehen, woher der Tumult kam, der von der Straße nach oben hallte. Nur vorsichtig hatte sie ihren Kopf hinausgestreckt, niemand sollte sie sehen. Auf den Balkon ging sie daher nie. Aber das Stimmengewirr und die Sirene eines Rettungswagens hatten ihre Neugier geweckt und sie nutzte die Gunst der Stunde, denn sie war allein in der Wohnung. Sie erkannte eine weißhaarige Frau, die auf einer Pritsche in einen Rettungswagen geschoben wurde, und sah einen jungen, auffällig großen Mann, der sich mit einem der Notfallsanitäter unterhielt. Daneben stand eine ebenfalls jüngere Frau in einer Lederjacke und machte sich Notizen, während sie mit dem älteren Herrn sprach, den sie irgendwo schon mal gesehen hatte. Vermutlich wohnte der auch hier? Dann meinte sie, den Hausmeister von gegenüber zu erkennen, der etwas abseits mit einer Müllgreifzange in der Hand das Geschehen beobachtete und plötzlich zu ihr nach oben schaute. Schnell zog sie sich wieder zurück und schloss das Fenster. Sie atmete tief durch und ging zurück in das große Zimmer, in dessen Mitte ein französisches Bett stand. Frisch bezogen und sauber hergerichtet. Wegen der zugezogenen roten Samtvorhänge, die vor den neugierigen Blicken der Nachbarn auf der gegenüberliegenden Seite schützen sollten, drang kaum Tageslicht in den Raum. Dafür sorgte eine altmodische Stehlampe dank einer roten Glühbirne für ein schummriges und vor allem erotisches Ambiente. Lichterketten an der Wand und eine kleine Tischlampe auf einem Beistelltisch ergänzten die Beleuchtung und setzten verschiedene Utensilien wie Handschellen, Gleitgel, Kondome, Lederriemen und eine große Box mit Papiertaschentüchern gekonnt in Szene. Für die härtere Gangart gab es eine Box, in der weiteres Spielzeug aufbewahrt wurde und die nur nach Absprache zum Einsatz kam. Die Box stand neben dem Bett und diente als Abstellfläche für ein paar pinkfarbene Liebeskugeln und Dildos in verschiedenen Größen. Da musste man flexibel sein – das hatte sie schnell gelernt. Ein Blick auf die große Uhr, die über der Tür an der Wand hing, verriet ihr, dass sie noch eine gute Stunde Zeit hatte. Eine Stunde, in der sie sich in Ruhe schminken und den Bluterguss an ihrer rechten Wange mit mehreren Schichten Camouflage-Make-up würde abdecken können.

20. KAPITEL

Biggi traute ihren Augen und Ohren nicht, als sie registrierte, wie Ludger Pohl mit seinen Stielaugen an der blonden Kellnerin haften blieb, die sich zur Krönung auch noch als Birgit vorstellte. Wims Kurschatten war ihr durch und durch unangenehm und der rheinische Dialekt der quirligen Bedienung passte so überhaupt nicht in den Oberharz.

»Schauen Sie den Frauen eigentlich immer so intensiv in die Augen?«, fragte Biggi provokant, nachdem ihre Namensvetterin die Getränkebestellung aufgenommen und den Weg zum nächsten Tisch eingeschlagen hatte.

Irritiert schaute Ludger zu Biggi hinüber. »Wie meinen Sie das?«

»So, wie ich es gesagt habe.«

»Eigentlich nur, wenn sie besonders attraktiv sind oder Birgit heißen.«

Biggi schüttelte den Kopf und widmete sich erneut der Speisekarte. »Unglaublich. Was hält Ihre Frau eigentlich von Ihren Ansichten?«

Wim räusperte sich. »So, Herrschaften, Schluss jetzt. Wir wollen uns doch hier nicht die Köppe einschlagen, nur weil Ludger sich von dem Anblick dieser Servicekraft da vorne beeindrucken lässt. Ich bin ja mal gespannt, was die Harzer Küche für uns bereithält.«

»Ja, das bin ich auch. Vom Harzer Höhenvieh habe ich bislang nur Gutes gehört«, entgegnete Sigrid. »Und Sie sind schon eine Woche länger in der Klinik als mein Bruder, Herr Pohl?«

»Ja, Ludger hat ein paar Tage mehr auf dem Buckel und eigentlich wollte er sich mal ein ruhiges Wochenende in der Klinik gönnen, jetzt, wo sein Aufenthalt sich dem Ende entgegenneigt.« Wim warf Ludger einen säuerlichen Blick zu.

Ludger Pohl hatte eine beleidigte Miene aufgesetzt. »Meine Frau kommt mich dieses Wochenende mal nicht besuchen. Sie war letzte Woche hier und da haben wir dieses Lokal entdeckt. Aber heute den ganzen Tag in der Klinik hocken ist ja auch nicht das Wahre, wo doch jetzt auch das Wetter endlich mal mitspielt. Und hier kann man so wunderbar spazieren gehen.«

Wim nickte und hatte eine Augenbraue nach oben gezogen. »Das stimmt. Und wie viele unterschiedliche Wanderrouten in alle möglichen Himmelsrichtungen es doch gibt. Was für ein Zufall, dass unsere Wege sich ausgerechnet hier kreuzen. Findest du nicht auch?«

»Ja, richtig!«, entgegnete Ludger schmallippig. »Ach, schau mal da vorne, da sitzt Gudrun, unsere Gymnastiklehrerin. Die weiß ihren freien Freitag, wie sie immer so schön zu sagen pflegt, auch gut zu nutzen, was?«

»Das hier scheint ja eine beliebte Adresse zu sein«, sagte Sigrid.

»Jaja, absolut. Wird einem auch als Ausflugstipp überall angepriesen. Man muss hier auf jeden Fall einmal gewesen sein!«, antwortete Ludger und starrte weiterhin in Richtung Klinikpersonal. »Das sagt meine Erika auch.«

»Genau! Und aus einem Mal machst du natürlich ausgerechnet heute ein zweites«, sagte Wim und zwinkerte Biggi zu, die mittlerweile ihre Lesebrille gegen eine große Sonnenbrille getauscht hatte. Hinter der konnte man sich wenigstens ein bisschen verstecken. Grazie dio!

Zum wiederholten Mal klingelte Eshas Handy Sturm. Konnte sie denn nicht einmal ihre Ruhe haben? Am Ende ihres Spaziergangs durch den Prinzenpark hatte sie es sich auf einer Bank am Fuße des Nußbergs bequem gemacht, ihre Einkaufstüte neben sich abgestellt und ihre Kopfhörer eingestöpselt, um ein paar Songs zu hören. Der pure Musikgenuss vermochte sich jedoch nicht einzustellen, weil die Playlist auf ihrem Handy ständig von irgendwelchen Anrufen unterbrochen wurde. Erst zweimal Lali, jetzt Lali zum dritten Mal. Nein, nein, nein und nochmals nein, sie wollte jetzt nicht telefonieren. Nach der Aufregung wegen der Polizei heute Morgen, ihrer Flucht mit dem Taxi und nach ihrer Begegnung mit einem Junkie hatte sie sich erfolgreich in diesen Tag zurückgekämpft. Von ihrem Vorsatz, dass das heute ihr Tag wäre, ein Tag nur für sie, wollte sie jetzt einfach nicht mehr abweichen. Sie hatte sich das verdient, verdammt noch mal. Esha ballte die Hände zu Fäusten und strengte sich an, das schlechte Gewissen, das sich in ihr auszubreiten versuchte, einfach beiseitezuschieben. Mit diesen starken Gefühlen hatte sie jetzt nicht gerechnet. Sie fühlte sich ihrer Schwester gegenüber verpflichtet und genau das störte Esha zunehmend. Fokussiere dich auf dich selbst. Sei dir selbst am nächsten. Mache dich nicht abhängig. Waren es nicht diese Sätze, die gerade Lali ihr immer und immer wieder vorbetete? Langsam löste Esha die Fäuste wieder und spürte das Kribbeln, das sich über ihre Hände bis in die Unterarme ausbreitete. Sie konnte durchaus später zurückrufen und Lali konnte ihr auch eine Nachricht hinterlassen. Ja, so passte das jetzt für Esha und erleichtert ging sie in die Einstellungen ihres Handys und aktivierte die »Nicht stören«-Funktion. Endlich offline. Als sie sich entspannt zurücklehnte, streckte sie einmal mehr an diesem Tag ihr Gesicht der Sonne entgegen.

Nachdem sie zunächst Ernst Wittkopf ohne nennenswerte Erkenntnisse zum vermeintlichen Suizid befragt und dann eine völlig aufgebrachte Elisabeth von Deylen hatten beruhigen müssen – einen kleinen Marillenlikör inklusive –, standen Rosalie und Mads nun in der 10. Etage vor einer Wohnungstür ohne Namensschild und klingelten Sturm.

»Ich glaube, das wird hier heute nichts mehr«, stellte Rosalie resigniert fest. »Niemand zu Hause.«

»Das glaube ich auch. Aber es muss doch eine dieser beiden Wohnungen sein, die über der der Familie Bukowski liegen.«

»Ja, definitiv. Die Wohnungsgrundrisse passen nicht 1:1 übereinander. Die Bukowskis haben eine größere Wohnung. Das erklärt auch, warum die Balkone ein wenig versetzt sind. Aber wenn zwei Wohnungen infrage kommen, dann sind es diese.«

»Werktag, Mittagszeit, das ist vielleicht auch nicht das beste Timing, um Menschen in ihren Wohnungen anzutreffen«, erwiderte Mads und zog eine Schnute.

»Vermutlich hast du recht. Aber immerhin ist heute Freitag und ein Teil der Bevölkerung hat da ja schon mittags Feierabend.«

»Zu diesem Teil der Bevölkerung gehören wir wohl eher nicht.«

Rosalie zuckte mit den Schultern. »Wo du recht hast … aber weißt du was? Mir knurrt der Magen. Lust auf Pizza? Wir können es ja nach einer Mittagspause noch mal versuchen.«

Mads' Gesicht hellte sich auf. »Pizza geht immer! Und

Hunger habe ich mittlerweile auch. Es ist auch schon weit nach 13.00 Uhr und ich habe seit dem Frühstück nichts mehr gegessen.«

»Na, dann los. Ich lade dich ein. Sieh es noch mal als nette Geste der Versöhnung an. Und keine Widerworte.«

»Aye, aye, Ma'am. Entschuldigung angenommen.«

Der gellende Aufschrei hatte die Gäste auf der Außenterrasse der Waldgaststätte zusammenzucken lassen. Nun waren alle Blicke auf Gudrun Günther gerichtet, die sich die Hände vor das Gesicht geschlagen hatte und bitterlich schluchzte. Ihr Begleiter, ein bärtiger und leicht untersetzter Mann mittleren Alters war aufgestanden und hatte den Arm um sie gelegt. Als er Gudrun etwas ins Ohr flüsterte, nickte sie kurz und vergrub ihr Gesicht anschließend in seiner Schulter. Ludger Pohl wurde blass. »Was ist denn da los? Unsere Gudrun ist ja völlig am Ende. Das muss etwas Schlimmes sein.«

»Ich schau mir das mal an«, sagte Wim entschlossen und stand von seinem Stuhl auf.

»Wim, du bist krankgeschrieben! Du kannst da jetzt nicht einfach hingehen«, sagte Sigrid bestimmt und warf ihrem Bruder einen ermahnenden Blick zu.

»Wer sagt denn, dass er im Dienst sein muss, wenn er helfen will? Lass ihn doch als besorgten Mitbürger und Klinikinsassen mal nachfragen. Aber wenn was ist, dann kann er besser agieren als jeder andere hier«, entgegnete Biggi und zog die Sonnenbrille auf den Rand ihrer Nasenspitze, um das Geschehen besser beobachten zu können. Sigrids Bemutterungsaktionismus gehörte jetzt wirklich einmal ausgebremst.

Zielstrebig ging Wim auf den Tisch der Gymnastiklehrerin zu und stellte sich bewusst so vor Gudrun Günther und ihren Begleiter, dass er einem Großteil der anderen Gäste die Sicht nahm.

»Hallo, Gudrun, darf ich fragen, was passiert ist? Wie Sie ja wissen, arbeite ich bei der Polizei. Also wenn ich irgendwie helfen kann, dann müssen Sie das nur sagen.«

Gudrun Günther hob den Kopf und schaute mit roten Augen in Wims Gesicht. »Herr Schneider, hallo, vielen Dank. Ich habe gerade einen Anruf erhalten. Es ist etwas Furchtbares passiert, aber ich weiß jetzt nicht, ob Sie mir da weiterhelfen können.«

»Das weiß ich auch nicht, wenn Sie mir nicht sagen möchten, was es denn ist.«

»Es ist … Shakuntala. Sie ist tot.«

Wie vom Donner gerührt saß Amal auf Lalis Schlafsofa und starrte vor sich hin.

»Soll ich dir einen Tee machen, Amal? Oder soll ich zur Apotheke gehen und dir schnell etwas holen? Willst du wegen Jadoo die Polizei rufen? Was war denn das überhaupt für ein Auftritt? Ich fasse es nicht! Amal?« Verängstigt stand Lali noch immer im Türrahmen und schaute auf das Chaos, das Jadoo nach seinem Tobsuchtsanfall in ihrem Apartment hinterlassen hatte. Kurz nachdem Amal völlig aufgelöst bei ihr vorbeigekommen war, um sie persönlich über Veronikas Tod zu informieren, war Jadoo im Abstand von wenigen Minuten ebenfalls aufgetaucht. Schon im Wohnungsflur hatte er wie ein Wasserfall auf sie eingeredet, dass sie nach Veronikas Tod ganz dringend über die Zukunft des Restaurants sprechen müssten. Dass Amal das alles ohne Veronika niemals hinbekommen würde. Dass Amal die ganze Zeit über schon heillos überfordert sei und dass bald alle auf der Straße sitzen würden, wenn jetzt nicht etwas geschehe. Als Jadoo sich dann ungefragt an Lali vorbei in das Wohnzimmer gedrängelt und Amal am Fenster stehen gesehen hatte, da war bei ihm eine Sicherung durchgebrannt. Wie von Sinnen hatte Jadoo versucht, auf Amal einzuprügeln, den Couchtisch dabei umgestoßen und Zeitschriften durch die Gegend geworfen. Obwohl körperlich unterlegen, war Lali sofort dazwischengegangen und hatte versucht, die beiden Männer zu trennen. Doch gegen Jadoos Jähzorn hatte sie keine Chance. Mit einem Schubser hatte er sie zu Boden geworfen und sie angebrüllt, dass das eine Angelegenheit zwischen Männern sei und sie sich da rauszuhalten habe. Eine gefühlte Ewigkeit später hatte Jadoo dann endlich von Amal abgelassen, der mittlerweile nur noch gekrümmt auf dem Teppich lag und versuchte, mit Händen und Armen seinen Kopf vor Jadoos Fäusten zu schützen.

»Lass gut sein, Lali. Ich kläre das mit Jadoo. Gib mir einen Moment, dann gehe ich auch wieder. Ich habe viel zu regeln. Die Beerdigung, die Yogaschule, alles Mögliche.«

»Aber es muss doch einen Grund für sein Ausrasten gegeben haben? Dass Jadoo übergriffig werden kann, das wissen wir ja nun, aber das war doch gerade schon Körperverletzung! Das muss doch Konsequenzen haben! Amal! Ich bitte dich, das kannst du ihm doch nicht durchgehen lassen.«

Amal drehte langsam den Kopf in Lalis Richtung und machte ein schmerzverzerrtes Gesicht. »Liebes, bitte glaube mir, dass das eine Angelegenheit zwischen Jadoo und mir ist. Euch Mädchen geht das nichts an.«

»Wenn du meine Hilfe brauchst, dann bin ich aber immer für dich da! Und Esha auch, da bin ich mir sicher.«

»Ich danke dir. Ihr zwei seid wie die eigenen Töchter, die ich niemals hatte. Es ist schön zu wissen, dass wir jetzt alle zusammenhalten. Wo ist Esha denn überhaupt?«

»Unterwegs. Ich habe sie telefonisch nicht erreicht, werde sie aber informieren. Das brauchst du nicht auch noch zu machen.«

»Ist gut, dann helfe ich dir jetzt noch beim Aufräumen und dann fahre ich zurück ins Restaurant. Ich muss die Reservierungen für heute Abend abtelefonieren. Das Mumbai Palace bleibt heute geschlossen.«

21. KAPITEL

»Boah, das war ja der Hammer!« Zufrieden saß Mads auf seinem Stuhl in der Pizzeria neben dem Hauptbahnhof und tupfte sich mit der Serviette den Mund ab. »Und die Pizza war riesig!«

»Das freut mich, wenn es dir geschmeckt hat. Wir gehen hier gerne hin, auch weil gleich der große Supermarkt nebenan ist. Total praktisch«, meinte Rosalie.

»Wir? Du meinst deine Freundin?«

Rosalie nickte. »Ja, Anne. Aber jetzt wird sie wohl erst mal ganz viel Fisch essen.«

»Wieso? Muss sie ihre Ernährung umstellen?«

Rosalie schmunzelte. »Vielleicht auch das. Sie besucht ihre Mutter auf Langeoog, wie ich vorhin erfahren habe.«

»War das der Anruf im Hochhaus?«

»Ja, das war er. Der Anruf, der meine Laune hat kippen lassen. Schon wieder. Ich finde es selbst total doof, dass mein privater Kram gerade meinen Job so belastet.«

»Wegen mir musst du dir da keine Sorgen mehr machen. Jetzt, wo ich das weiß, kann ich auch besser damit umgehen. Ich habe das anfangs immer direkt auf mich bezogen, wenn du verstehst, was ich meine.«

»Natürlich verstehe ich das! Mir wäre es doch auch so gegangen. Woher sollst du wissen, was bei mir zu Hause abgeht?«

»Was geht denn bei dir zu Hause ab?« Mads grinste übertrieben breit. »Ich dachte, ich versuche es auch mal auf die direkte Art. Das habe ich von meiner Ausbilderin gelernt.«

Rosalie lachte auf. »Haha, also meine Lieblingsantwort hierzu lautet ›es ist kompliziert‹.«

»Laaaangweilig. Das kann ja jeder sagen.«

»Anne hat ein Burn-out.« Rosalie kam direkt zum Punkt.

Betreten legte Mads die Serviette auf den Teller. »Trete in ein Fettnäpfchen, wenn es sich anbietet, lasse es nicht links liegen. Auch das habe ich von meiner Ausbilderin gelernt.«

»Schon gut. Weißt du, wir beide verbringen gerade viel Zeit miteinander, da ist es aus meiner Sicht völlig in Ordnung, dass wir auch mal privat werden. Ich würde meine Sorgen und Nöte auch nicht jedem erzählen, aber ich mag dich und ich weiß, dass du damit nicht hausieren gehst.«

»Das freut mich sehr. Ich kann das nur zurückgeben. Und Anne erholt sich jetzt auf der Insel?«

»Sie muss nachdenken. Über ihren Job, über uns, über ihr Leben. Dann hat sie mir noch so einige bedeutungsschwangere Aussagen an den Kopf geworfen. So was wie, dass sie ihrem Leben eine Wendung geben muss und dass das aber nicht geht, wenn man immer nur auf der Stelle steht und sich im Kreis dreht, oder so ähnlich.«

Mads nickte verständnisvoll. »Das kann ich nachvollziehen. Sorry, wenn ich das jetzt so sagen muss. Da ist in ihrer Situation wohl einfach viel Wahres dran.«

Rosalie legte die Stirn in Falten. »Du überraschst mich immer wieder. Für mich fühlt es sich jedenfalls gerade eher nach einer Flucht an. Anne und ich haben noch kein einziges Mal so richtig über ihre Erkrankung gesprochen. Die Diagnose ist noch ganz frisch und nun haut sie gleich ab. Aber bei ihrer Ex, da hat sie sich ausgeheult.«

»Hinter deinem Rücken?«, hakte Mads nach.

»Nein, nicht ganz. Sie hat mich einfach den ganzen Tag nicht erreichen können. Wir waren mit Maschkes Müllbergen beschäftigt und ich habe sie am Telefon angeblich nicht zu Wort kommen lassen. Dann ruft man halt die Ex an.«

»Puh, klingt wirklich kompliziert. Aber warum sollte es dir anders gehen als mir?« Mads nahm seinen ganzen Mut zusammen. Der Moment war der richtige.

»Wie meinst du das? Ah, Moment, sorry, das Diensthandy brummt.«

Mads sackte in seinem Stuhl zusammen. »Klar, geh ran.«

»Helmer! Ach, Herr Schneider! Na, das ist ja eine Überraschung. Was verschafft mir die Ehre?«

Jadoo lief und lief und lief. Der Schweiß strömte ihm über das Gesicht und vermischte sich mit seinen Tränen. Er musste seine Wut irgendwie abbauen. Seine Wut und seine Trauer. Gleich nachdem er das Hochhaus verlassen und die Alte mit dem Rollator angerempelt hatte, war er über den Heinrich-Büssing-Ring bis in den Bürgerpark gerannt und steuerte nun in südliche Richtung auf die Eisenbütteler Straße zu. Veronika war tot. Veronika, seine Veronika. Jadoo zerriss es das Herz und er schrie immer wieder Schimpfwörter auf Hindi, die niemand im Park verstand, die ihm aber einiges an Aufmerksamkeit bescherten. Er hatte diese Frau so sehr geliebt und sie hatte ihn auch geliebt. Das hatte er einfach gefühlt. Es war mehr als eine heiße Affäre gewesen, die auf der Yogamatte im Geräteraum der Yogaschule begonnen hatte. Da war er sicher. Veronika hatte sich regelrecht nach ihm verzehrt und ihn immer häufiger treffen wollen, war experimentierfreudig gewesen, wild und wurde bei jeder ihrer heimlichen Zusammenkünfte hemmungsloser. Liebe auf den zweiten Blick. So was gab es. Wie viele Jahre hatten sie sich schon gekannt, bevor sie sich vor einem halben Jahr zum ersten Mal nähergekommen waren? Im Laufe der Zeit hatte eine gehörige Portion Frust seine Spuren bei ihr hinterlassen. Mit Amal immer häufiger in Konfliktsituationen und sexuell unbefriedigt hatte sie sich in ihrer völlig festgefahrenen Ehe zunehmend einsam gefühlt. Der Altersunterschied hatte Jadoo nie gestört, im Gegenteil. Veronika hatte genau gewusst, was sie wollte und was sie nicht wollte, und dank ihrer jahrzehntelangen Yogapraxis hatte sie einen knackigen, durchtrainierten Körper gehabt. Amal würde büßen, dafür würde er büßen müssen. Jadoo wusste noch nicht, wie, aber Amal würde büßen müssen.

»Du kannst es einfach nicht sein lassen, Wim Schneider!« Sigrid trommelte mit den Fingern auf den Tisch.

»Nun reg dich mal ab. Ich konnte da doch nicht tatenlos zusehen«, entgegnete Wim genervt.

»Shakuntala ist tot. Ich glaube das einfach nicht«, stammelte Ludger Pohl und schnäuzte sich die Nase mit einem blau-gelb karierten Taschentuch.

»Gibt es jetzt im Fanshop von Eintracht Braunschweig schon Rotzfahnen zu kaufen?«, fragte Biggi und zündete sich eine Zigarette an.

»Wie bitte? Ich verstehe Sie, glaube ich, nicht ganz«, erwiderte Ludger Pohl, der wie ein Trauerkloß auf seinem Stuhl saß und einen mitleiderregenden Eindruck machte.

»Das scheint bei uns beiden ja ein Grundproblem zu sein.«

»Biggi, jetzt ist es aber mal gut! Reiß dich bitte zusammen!«, murrte Wim und haute mit der flachen Hand derart auf den Tisch, dass die Gläser wackelten und die Speisekarte umfiel. »Das ist ja unerträglich!«

»So, jetzt reicht es! Das muss ich mir nicht sagen lassen! Nicht von dir!«, ranzte Biggi zurück und sprang von ihrem Stuhl auf.

»Biggi, bitte, er hat es doch nicht so gemeint. Jetzt sei keine Spielverderberin. Schau mal, wie traurig der Herr Pohl gerade ist. Da musst du doch mal ein bisschen Rücksicht nehmen.« Mit verständnisvoller Miene reichte Sigrid eine Packung Taschentücher über den Tisch. »Bitte schön, Herr Pohl, falls Sie frische brauchen.«

»Ich muss gar nichts! Scheißen muss ich und sterben! Das ist es, was ich muss. Ich muss mir deinen neuen Job nicht geben, Wim! Und Sigrid, dein aufgeblasenes Geglucke und Getüddel geht mir so was von auf den Sack, den ich nicht habe! Und Herr Pohl, Sie sind ein Sexist! Titten, Titten, Titten. Sie sind der Typ Mann, der Frauen hinterherstarrt, der heimlich im Schwimmbad spannt, in Ihrer Welt tragen Frauen keine kurzen Jeans, sondern einen Jeans-Slip und ich wette, dass Sie sich zu Hause heimlich auf dem Gästeklo Ihren jämmerlichen Dödel polieren, während Ihre Frau im Wohnzimmer irgendein langweiliges TV-Bingo schaut. Ihr könnt mich alle mal!« Wutentbrannt schnappte sich Biggi ihren Rucksack. »Ich reise ab. Habt ein wunderschönes Wochenende in diesem verschissenen Harz!«

Wim war der Erste, der die Fassung wiederfand, während Sigrid und Ludger Pohl mit offenen Mündern Biggi anstarrten, als sei sie geradewegs vom Himmel gefallen. »Biggi, jetzt sei nicht kindisch, niemand reist hier ab. Wir sind alle erwachsen. Sag mal, weinst du?«

»Ich? Höchstens vor Lachen. Ich verabschiede mich jetzt«, entgegnete Biggi, schob ihre Sonnenbrille mit dem Zeigefinger ein Stück nach oben und kehrte dem Tisch den Rücken.

»Jetzt warte doch mal! Biggi!« Wim umrundete den Tisch und legte intuitiv seinen Arm um ihre Schultern. »Komm, lass uns mal ein paar Meter zusammen gehen.«

Biggi nickte mit gesenktem Kopf und wehrte sich nicht. Alle Anspannung war plötzlich verflogen und sie fühlte sich wie ein Luftballon, dem man die Luft abgelassen hatte und der nun verschrumpelt und klein am Boden lag. »Ich kann das hier alles nicht«, stammelte sie und mit jedem Meter, den sie sich von der Waldgaststätte entfernten, konnte sie wieder freier atmen.

»Ludger ist wirklich ein Schmierlappen. Da hast du vollkommen recht und deine Ersteinschätzung hat vermutlich den Nagel auf den Kopf getroffen. Und Sigrid …«

»Bei Sigrid muss ich mich wohl entschuldigen. Aber ich hatte mir das hier einfach alles ganz anders vorgestellt. Warum hast du mit mir nicht vorher mal und vor allem allein über deinen Wunsch, dich beruflich zu verändern, gesprochen?«

»Weil das auch für mich alles noch ganz neu ist. Ich wäre da nicht draufgekommen, wenn die Braunschweiger mich nicht kontaktiert hätten, und natürlich war der Zeitpunkt vorhin total unglücklich. Ich muss jetzt in Ruhe nachdenken und eigentlich will ich mich auch erst damit befassen, wenn ich mich wirklich entscheiden muss.«

»Verstehe. Also nach der Stellenzusage, die garantiert kommen wird. Aber dir ist schon klar, dass du mich unmöglich allein in Hannover zurücklassen kannst?«

»Klar doch! Aber noch sind wir ja ein Team und vielleicht hast du ja doch Lust hierzubleiben und mit mir zusammen ein bisschen zu ermitteln? So ganz heimlich, im düsteren Harz?«

»Ermitteln? Was hast du denn vorhin mit Rosalie Helmer am Telefon besprochen? Darum geht es doch, oder?«

»Jedenfalls nichts, was für Sigrids Ohren und besonders für die von Ludger bestimmt wäre. Aber genau darum geht es. Du kennst mich eben.«

»Oh Gott, Sigrid, wenn die mitbekommt, dass du heimlich arbeitest, dann holt sie ihren hölzernen Kochlöffel aus dem Koffer und dann gibt es einen Satz heiße Ohren.«

»Ich werde halt immer ihr kleiner Bruder bleiben. Sie muss das ja nicht mitbekommen. Und zu Rosalie: Ich habe ein komisches Bauchgefühl, was den Tod der Yogatante angeht. Irgendwas stimmt da nicht. Ludger hat vor ein paar Tagen beobachtet, wie Shakuntala eine Auseinandersetzung auf dem Klinikparkplatz hatte. Mit einem Inder oder Pakistani, halt mit einem Typen, der irgendwie so aussah und einen düsteren Eindruck gemacht hat. Und kurz danach verunglückt Shakuntala tödlich. Ich habe Rosalie gebeten, mal Erkundigungen einzuholen, wie genau der Unfall passiert ist, und sich das Fahrzeug vorzunehmen. Das lief ja alles über die Kollegen in Goslar.«

»Und was willst du dann genau ermitteln?« Biggi blieb stehen und drehte sich zu Wim. »Du kannst doch jetzt nicht nach Braunschweig oder sonst wohin. Du bist hier Patient in einer Klinik.«

»Ja, doch, das weiß ich selbst. Aber ich könnte mich mal mit der Klinikchefin unterhalten. Die soll privat gut mit Shakuntala befreundet gewesen sein und hat sie wohl auch hierhergeholt.«

»Und du meinst, die spielt mit?«

»Versuch macht klug, und du bist dann ja auch noch dabei!«

22. KAPITEL

Amal funktionierte einfach. Er funktionierte wie ein Schweizer Uhrwerk. Keine Trauer, die ihn übermannte, keine Weinkrämpfe, auch wenn er den wichtigsten Menschen in seinem Leben verloren hatte. Nicht mal ein Kloß im Hals. »Wer trauert, der geht durch ein Wechselbad der Gefühle«, hatte Magdalena Rose zu ihm gesagt und ihn dabei angeschaut wie einen jungen Welpen, der gerade von seiner Mutter getrennt worden war. Er solle die Trauer einfach zulassen und sich ihr mit all ihren Phasen stellen. Es sei völlig normal, dass Traurigkeit, Verzweiflung und Wut dem ersten Schock nach der Todesnachricht folgen würden. Vielleicht stand er tatsächlich noch unter Schock und seine Seele hatte einen emotionalen Schutzpanzer um ihn herum aufgebaut. Vielleicht hatte er darum auch Jadoos Wutausbruch einfach über sich ergehen lassen. Selbst die Prellungen, die er davongetragen hatte, spürte er kaum. Eigentlich spürte Amal gerade gar nichts. Da war einfach nur diese innere Leere und Hoffnungslosigkeit.

Auf Empfehlung hatte er sich an das Bestattungsunternehmen Rose gewendet, um Veronikas Beerdigung zu organisieren. Als erster Schritt stand die Überführung des Leichnams von Goslar nach Braunschweig an. Die junge Chefin beherrschte nicht nur den perfekten Dackelblick, sondern machte auch ansonsten einen sehr freundlichen und kompetenten Eindruck auf ihn. Amal hatte das Gefühl, dass sie ihm alles Erforderliche abnehmen und die Trauerfeier nach seinen Vorstellungen würde gestalten können. Er wusste aber auch, dass eine Beerdigung ihren Preis hatte und dass Veronika diesbezüglich nichts geregelt hatte. Es gab keine Sterbeversicherung oder Bestattungsvorsorge, aber wer hatte das schon in diesem Alter? Standardfragen, mit denen Magdalena Rose ihn konfrontiert hatte. Amal war sich nicht mal sicher, ob Veronika ihre Lebensversicherung noch besaß oder auch diese bereits zurückgekauft worden war, um die Kredite bei der Bank zu bedienen. Die Finanzen waren ein ernst zu nehmendes Problem für ihn. Veronika hatte sich immer um alles gekümmert und war als alleinige Eigentümerin registriert. Nach dem Kauf des Wohn- und Geschäftshauses Hinter Liebfrauen 41 hatte sie ein Testament aufgesetzt, das im Restaurantsafe lag, zumindest das wusste Amal. Da würde er jetzt wohl alles erben, wer auch sonst? Er war ihr Ehemann, sie hatten keine Kinder und es gab auch keine Geschwister. Seine Frau war hoffentlich nicht so blauäugig gewesen, Jadoo zu berücksichtigen, aber dann würde Amal das Testament einfach vernichten und er wäre schon vom Gesetz her der Alleinerbe. Jadoo, um den er sich noch würde kümmern müssen. Die Probleme waren nicht nur vorprogrammiert, sondern sie befanden sich bereits mitten in einem Konflikt. Doch Jadoo musste warten. Das Allerwichtigste war nun seine Existenz. Amal hatte keinen blassen Schimmer von Bankgeschäften, Versicherungen, und vor allem waren Steuern ein rotes Tuch für ihn. Hier hatte er Veronika immer blind vertraut und hier musste er sich nun ganz dringend einen Überblick verschaffen.

»Und der Schneider braucht jetzt ausgerechnet unsere Hilfe?« Mads und Rosalie standen an der Fußgängerampel vor dem Busterminal am Hauptbahnhof und warteten auf Grün.

»Ja, er meinte am Telefon, dass diese Yogalehrerin aus seiner Klinik nach ihrem schweren Autounfall nun verstorben ist und ihm das alles sehr merkwürdig vorkommt. Das ist die Story, die ich dir vorhin auf dem Dach erzählt habe.«

»Aha, und woran macht er das fest?«

»Frau Vogel-Kumar wurde wohl kurz vor dem Unfall in einer mysteriösen Streitsituation auf dem Klinikparkplatz beobachtet, und dann wäre da ja auch noch sein Bauch.«

»Sein Bauch?« Mads drehte sich zu Rosalie und machte aus seiner Skepsis keinen Hehl.

»Jawohl! Sein Bauch! Den Bauch des Wim Schneider sollte man nicht unterschätzen. Der Schneider hat einfach diesen gewissen Instinkt und hört oft auf Bauch und Herz. Nicht immer das Schlechteste, wie mich die Zusammenarbeit mit ihm gelehrt hat. So, let's go, grüner wird's nicht.« Rosalie stupste Mads an und im Gleichschritt überquerten sie den Berliner Platz.

»Okay, wenn du das sagst. Und was will er jetzt genau?«

»Er hat mich um einen Gefallen gebeten. Einmal bitte die Unfallursache recherchieren und dann den persönlichen Hintergrund der Yogalehrerin.«

»Klingt für mich eher nach einem konkreten Arbeitsauftrag als nach einem Gefallen.«

»Das ist bei Wim Schneider so ziemlich das Gleiche.«

»Und natürlich bis gestern?«, fragte Mads und schmunzelte.

»Natürlich. Vorgestern wäre besser«, erwiderte Rosalie.

»Und machst du das mit? Ich meine, der kann dir ja nichts delegieren.«

»Wer spricht denn von Delegieren? Ich stehe in seiner Schuld, Mads. Seit dem Gaußberg hat er mindestens einen

Gefallen gut bei mir. Ohne ihn …« Rosalie blieb kurz stehen und schloss für einen Moment die Augen. »Ich werde mich seiner Bitte jedenfalls annehmen. Das ist das Mindeste. Ob du nun willst oder nicht.«

»Oh, okay, ich frage ja schon nicht mehr. Das heißt, du fährst noch mal ins Büro?«

»Ich? Wir beide natürlich!« Rosalie hatte sich wieder gefangen und zwinkerte Mads zu.

»Kein Hochhaus mehr für heute?«

»Ehrlich gesagt habe ich keine Lust mehr. Darf ich das als deine Ausbilderin in deiner Gegenwart überhaupt sagen? Ich finde diese Hochhausgeschichte mittlerweile richtig anstrengend. Dieser riesige Komplex, diese vielen unterschiedlichen Menschen, das ist schon eine Welt für sich. Eine spannende Welt, aber auch eine, die einen ganz schön fordert, oder? Ich bin richtig kaputt für heute.«

Mads nickte. »Ich weiß genau, was du meinst. Man fühlt sich in diesem riesigen Gebäude wie in einer geschlossenen Blase. Sobald die automatische Glasschiebetür am Eingang sich hinter einem schließt und spätestens, wenn man den Fahrstuhl betritt, lässt man die Welt da draußen hinter sich, und erst wenn man diesem Betonklotz irgendwann den Rücken kehrt, kann man auch wieder richtig atmen.«

»Das hast du aber schön gesagt. Klingt fast wie das Eingangsstatement zu einer Sozialstudie.«

»Also wenn man dort eines betreiben kann, dann sind es ganz sicher genau solche Studien. Denk doch nur mal an den heutigen Tag: der grummelige Hausmeister der Kategorie ›nichts hören, nichts sehen, nichts sagen‹, eine junge Frau, vermutlich indischer Herkunft, die vor uns weggerannt ist, als ginge es um ihr Leben. Dann zwei alte Damen, in einer todschicken Wohnung, die überraschenderweise nicht nur Mutter und Tochter sind, sondern von denen die Tochter auch noch über den Haufen gerannt wird, sodass wir einen Rettungswagen rufen müssen. Ach so, und der Rempler ist flüchtig. Habe ich was vergessen?«

»Puh, nee, hast du nicht. Ein skurriler Querschnitt durch die Bevölkerung. In so einem Hochhaus kann wirklich jeder seine Nische finden. Mensch, und die Frau hätte ich beinahe schon wieder vergessen. Dem müssen wir auch noch mal nachgehen«, erwiderte Rosalie.

»Sollten wir. Ein indischer Nachname lässt sich im Mieterverzeichnis bestimmt schnell finden.«

»Wenn sie denn da überhaupt wohnt. Vielleicht wollte sie nur jemanden besuchen.«

»Mist, du hast recht! Und vielleicht ist ihr Nachname auch gar nicht indisch.«

»Hat ja auch keiner behauptet, dass das hier eine einfache Nummer wird, mein Lieber.«

»Klingt für mich ehrlich gesagt gerade nicht so, als könnten wir uns eine Pause für Wim Schneider erlauben. Allerdings kommen wir ja im Maschke-Fall ohne weitere Zeugenaussagen auch nicht voran.«

Rosalie seufzte. »Vorschlag zur Güte: Es ist Freitagnachmittag und für unser Gewissen versuchen wir es jetzt ein letztes Mal vor dem Wochenende in der 10. Etage bei den beiden Wohnungen von vorhin. Dann ist Schluss für heute. Zumindest bei den Hochhäusern.«

»Das klingt nach einem guten Plan!«, sagte Mads zufrieden und legte einen Zahn zu.

Ludger Pohl war der Appetit vergangen. Die Harzer Schlachtplatte inklusive einer Deko aus kunstvoll geschnittenen Radieschen sah zwar appetitlich und allemal besser aus als das vitale Gesundheitsessen in der Kurklinik, aber Shakuntalas Tod war ihm auf den Magen geschlagen.

»Ach, Herr Pohl, Sie müssen doch etwas essen. Davon, dass Sie hungern, wird die Yogalehrerin auch nicht wieder lebendig. Und wenn wir hier schon allein rumsitzen, dann sollten wir es uns doch wenigstens schön machen.« Sigrid schaute Ludger Pohl mitleidig an, ließ sich aber ihre Roulade vom Harzer Höhenvieh munden, während Wims Hackbraten auskühlte. Biggis Salat hingegen sah noch knackig und einladend ein. »Also das Essen ist köstlich. Möchten Sie vielleicht bei mir mal probieren? Wim und Biggi verpassen wirklich etwas. Wo bleiben die denn die ganze Zeit?«

Ludger Pohl schob die Platte demonstrativ ein Stück von sich weg und verschränkte trotzig die Arme vor seinem Bierbauch. »Danke für Ihren Zuspruch, aber erstens mag ich gerade wirklich nichts essen, eher bräuchte ich ein Schnäpschen auf den Schrecken, und zweitens hatte ich nicht den Eindruck, als legte Wims Kollegin Wert auf meine Gesellschaft. Als Sexist wurde ich noch nie beschimpft! Insofern darf der Spaziergang der beiden gerne noch ein bisschen dauern.«

»Ja, das war auch nicht in Ordnung. Aber die Biggi ist eigentlich eine ganz liebe Frau, glauben Sie mir. Hat sich so aufopferungsvoll um Wim gekümmert, als es ihm so schlecht ging. Und nicht immer kann man uns Frauen hinter die Fassade schauen. Sie hat heute sicher nur einen schlechten Tag und sie musste heute auch schon schlechte Nachrichten verdauen.«

»Sie meinen, hinter jedem weiblichen Engelchen verbirgt sich auch ein Teufelchen?«

Sigrid ließ sich ein Stück zartes Rindfleisch im Mund zergehen und nickte, bevor sie zu einer Antwort ansetzte.

»Ich meine, dass sich auch hinter liebenswerten Frauen wie Biggi so manche Überraschung verbergen kann.«

Ludger Pohl lachte auf. »›Deine Frau, das unbekannte Wesen!‹ Kennen Sie den Oswalt Kolle auch noch?«

Sigrid legte die Stirn in Falten. »Ja, den kenne ich auch noch, aber diese Aufklärungsfilme haben mein Mann und ich uns nie angeschaut. Das hatten wir nicht nötig.«

»Nötig hatte ich das auch nicht, aber wir Männer kennen solche Filme halt, wenn Sie verstehen. Man ist ja auch mal für sich. Auch hinter uns Männern verbirgt sich nämlich hier und da mal ein Teufelchen.«

»Aha, na dann. Und Sie kannten diese Shakuntala näher?« Sigrid war von einer Sekunde auf die andere darauf bedacht, das Thema zu wechseln, denn ihr stand der Sinn nicht nach einem schlüpfrigen Gespräch mit ihrem Gegenüber. Vermutlich lag Biggi mit ihrer Einschätzung doch nicht so falsch.

»Näher, was heißt das, näher? Ich hatte meine Anwendungen bei ihr, so wie Wim auch. Aber sie war halt sehr besonders. Eine wirklich attraktive Frau und die hat da so Sachen mit uns angestellt, unglaublich, was das bei mir bewirkt hat. Das hat kein anderer Therapeut so hinbekommen.«

»Was denn für Sachen?«, fragte Sigrid nach.

»Na ja, diese ganzen Übungen für den Beckenboden und den Rücken zum Beispiel. Katze, Kuh, herabschauender Hund und wie der ganze bunte Yogazoo so heißt. Da wurde aber auch alles stimuliert. Da hat's geknackt und geknirscht, aber da wurde auch die Durchblutung angeregt, wenn Sie verstehen!«

Sigrid nahm einen Schluck Harzer Fassbrause, die sie zum Essen bestellt hatte. Mittlerweile stand ihr auch der

Sinn nach einem Schnaps. Man konnte sich schließlich alles schöntrinken. Auch dieses Gespräch, das ihr zunehmend zu entgleiten drohte. »Ich glaube, ich verstehe Sie sehr gut, Herr Pohl. Yoga ist für den Körper und die Seele gut. Das habe ich Wim auch gesagt. Ich mache ja auch immer meine Morgengymnastik. Jeden Morgen, ganz eisern und bei geöffnetem Fenster.«

»Das dachte ich mir, dass Sie sich auch fit halten, so agil und knackig, wie Sie auf mich wirken. Zum Anbeißen.«

»Soll das ein Kompliment sein? Wie charmant, danke.« Sigrid hoffte, dass Wim und Biggi bald zurückkehren würden. Oder wenigstens Wim, falls Biggi wirklich ihren Alleingang durchziehen würde.

»Aber sicher. Da nicht für. Das darf man doch auch mal laut aussprechen. Es ist doch niemandem damit geholfen, immer nur hinter vorgehaltener Hand zu tuscheln. Man muss mit den Menschen reden und nicht über sie! Das sage ich meiner Erika auch immer. Die tratscht nämlich, was das Zeug hält, furchtbar. Aber vorne herum ist dann immer alles rosarot.«

»Ach so, die Erika. Ja, die kann sich dann bei Ihnen ja noch eine Scheibe abschneiden, oder wie?«

»Als ob die auf mich hören würde. Ich sage halt gerne, was ich denke. Immer geradeaus. Dann wissen die Menschen wenigstens, woran sie bei mir sind, verstehen Sie?«

Sigrid hielt es nicht mehr auf ihrem Stuhl. »Ja, Herr Pohl, ich verstehe Sie! Und ich verstehe mittlerweile auch, warum Sie Ähnlichkeit mit einem übergewichtigen Kanarienvogel haben und warum Sie eventuell den Eindruck vermitteln, ein Sexist zu sein. Wenn Sie mich bitte entschuldigen, ich müsste mal eben auf die Toilette.« Abrupt stand Sigrid auf und ließ einen verdutzten Ludger Pohl zurück.

»Übergewichtiger Kanarienvogel? Ich glaube, jetzt verstehe ich Sie nicht.«

23. KAPITEL

Freitagmittag, direkt nach Feierabend, war sein fester Termin, aber Berti war heute nicht erschienen und allmählich machte sie sich Sorgen. Er war immer sehr pünktlich und zuverlässig und er hatte immer ohne Murren im Voraus bezahlt, ein großzügiges Trinkgeld eingerechnet. Aber auch ohne Berti hatte es mittlerweile schon mehrfach an der Wohnungstür geklingelt, einfach so, ohne das verabredete Zeichen und unangekündigt und das machte ihr Angst. Jedes Mal war sie zusammengezuckt, spürte ihr Herz bis zum Hals schlagen und war dann ganz vorsichtig und auf Zehenspitzen zum Türspion geschlichen. Durch die Glaslinse erkannte sie den Mann und die Frau wieder, die sie aus dem geöffneten Küchenfenster bereits in der Nähe des Rettungswagens gesehen hatte. Sie unterhielten sich angeregt miteinander, es schien zwischenzeitlich sogar, als diskutierten sie heftig. Angestrengt hatte sie ein Ohr an die Wohnungstür gepresst, um zu lauschen. Die Tür war von innen aber gut gedämmt, damit möglichst wenig von dem, was sich im Apartment abspielte, nach außen drang. Und so hörte sie nichts, nicht mal Wortfetzen. Wieso klingelten die beiden ausgerechnet bei ihr? Wieso einmal am Vormittag und jetzt, am frühen Nachmittag? Öffnen durfte sie ohne Absprache und ohne das Klingelzeichen niemals und daran hielt sie sich auch dieses Mal. Aber es beschlich sie das ungute Gefühl, dass hier etwas nicht stimmte. Was sollte sie nur tun? Langsam ließ sie sich an der Wand neben der Tür zu Boden sinken und verharrte mit angewinkelten Knien. Sie machte sich ganz klein und umschlang ihre nackten Schienbeine. Der immer wiederkehrende Klingelton fraß sich in ihren Kopf und so presste sie sich die Hände an die Ohren und begann leise ein Lied zu summen, bis es endlich still wurde.

»Komm, es macht doch wirklich keinen Sinn. Hier ist niemand zu Hause und wir werden es die Tage noch mal versuchen.« Rosalie reichte es allmählich. Sie hatte genug für heute.

»Okay, ich gebe mich geschlagen, auch wenn ich durchaus noch hätte weitermachen können. Aber dann höre ich mal auf meine Ausbilderin. Wenigstens wissen wir jetzt, dass in der Wohnung nebenan niemand zu erreichen ist, weil der Mieter aktuell im Ausland arbeitet.«

»Richtig! Ich wusste doch, dass der Hausmeister uns noch behilflich sein würde.«

»Du hast ihm aber auch ein wenig schöne Augen machen müssen, damit er mal mit der Sprache rausrückt. Sehr gesprächig war er ja nicht.«

Rosalie zuckte mit den Schultern. »Das Ergebnis zählt. Und jetzt bleibt nur noch diese eine Wohnung.«

Mads hatte sich in der Zwischenzeit erneut das Mieterverzeichnis vorgenommen und ging die Namen noch einmal durch. »Die Wohnung hat ein Ronald Jacobi gemietet.«

»Und den werden wir schon ausfindig machen, Mads. Nun entspanne dich mal. Feierabend ist eh noch nicht angesagt. Wir haben ja immerhin was zu erledigen.«

»Ach ja, da war ja noch was.«

»Genau! Einen Wim Schneider lässt man nicht warten.«

Freddy Gallhof stand hinter der Gardine seines Wohnzimmers und ließ den Hauseingang auf der anderen Seite nicht aus den Augen, während sein dämlicher Kollege Markus anscheinend einen Heidenspaß daran hatte, Grasbüschel abzufackeln. Wie ein kleiner Junge freute der sich diebisch darüber, wenn es zischte und brannte und er die Stichflamme hier und da eine Sekunde zu lange auf den Asphalt richtete. Seitdem Markus Overkamp Single war, teilte er sich seinen Arbeitstag ganz anders ein und es schien ihm nichts auszumachen, auch an einem Freitagnachmittag noch seinen Aufgaben nachzugehen. Für Freddy wäre das undenkbar. Der frühe Feierabend am Freitag war einer der wenigen Vorzüge seines ansonsten beschissenen Jobs. Anderen Leuten den Müll hinterherräumen, Handwerker beaufsichtigen und alten Damen zum x-ten Mal den neuen Fernseher programmieren. Freddy hasste es, Mädchen für alles in einem anonymen Betonklotz zu sein. Und das Gehalt, das die Hausverwaltung ihm zahlte, dürfte in Anbetracht der Fülle seiner Aufgaben und der Verantwortung, die er hatte, auch gerne üppiger ausfallen. Aber es gab da ja noch seinen Nebenjob, der ordentlich Geld in die

Kasse spülte, und obwohl es gerade blendend lief, ärgerte sich Freddy das eine oder andere Mal, dass er nicht eher auf seine lukrative Geschäftsidee gekommen war. Jetzt hieß es, den Verdienst konsequent beiseitezulegen, damit er seinen Traum verwirklichen konnte. Seinen Traum von der Rente mit 55 und einem feuchtfröhlichen Lebensabend irgendwo am Golf von Thailand. Und diesen Traum ließ er sich nicht kaputt machen, von nichts und niemandem. Deswegen mussten die beiden Polizisten weg, sie mussten endlich aufhören herumzuschnüffeln und ihn in Ruhe lassen. Als sich die automatische Glasschiebetür gegenüber öffnete und Freddy zuerst den hochgewachsenen Polizeibengel erkannte, machte er sich auf den Weg.

Zum zweiten Mal an diesem Tag stand Lali auf ihrem Balkon und schaute in die Ferne. Irgendwo da hinten im Östlichen Ringgebiet vermutete sie Esha, die seit ihrer Flucht heute Morgen wie vom Erdboden verschluckt war. Normalerweise ließ Lali ihre kleine Schwester in Ruhe und telefonierte ihr nicht hinterher, aber was war denn heute schon normal? Esha sollte doch so schnell wie möglich erfahren, dass Veronika tot war, und sie sollte nach Hause kommen, damit sie sich gemeinsam um Amal kümmern und ihre Trauer teilen konnten. Lali wusste genau, dass Eshas Verhältnis zu Veronika gelitten hatte, dass Esha sich entfremdet hatte, aber es ging doch jetzt vorrangig um Amal. Amal, der ihre Hilfe brauchte, Amal, dem sie nun endlich etwas zurückgeben konnten nach allem, was Veronika und er für sie getan hatten. Nachdem ihnen damals die Flucht aus der hessischen Hölle gelungen war und sie einfach in einer Nacht-und-Nebel-Aktion und ohne Fahrschein in den nächstbesten Regionalexpress gesprungen waren, hatte ihre Odyssee nach mehrmaligem Zugwechsel an der Endstation Braunschweig geendet. Lali hatte gewusst, dass Braunschweig in Niedersachsen lag und dass es nach Hannover die zweitgrößte Stadt in diesem Bundesland war. Aber ansonsten kannte sie Braunschweig nur von der Landkarte aus dem Schulatlas. Als die beiden Schwestern den Hauptbahnhof verließen, erwarteten sie nicht etwa die bunten Lichter einer pulsierenden Fußgängerzone, sondern die triste Aussicht auf verschiedene Hochhauskomplexe weit außerhalb der Innenstadt, die bedrohlich und nicht gerade einladend wirkten. Hand in Hand standen sie mutterseelenallein und nur mit einem kleinen Rucksack als Gepäckstück auf dem großen Bahnhofsvorplatz und versuchten sich zu orientieren. Lali wusste genau, dass sie irgendwo unterkommen und sich verstecken mussten. Sie waren noch nicht volljährig und man würde sie garantiert längst suchen. Mit ihrem indischen Aussehen fielen sie auf und konnten nicht ohne Weiteres in der breiten Masse der durchschnittlichen Bevölkerung untertauchen. Esha hatte dann das Taxi als Erste gesehen und auf den großen Aufkleber auf der Beifahrerseite gezeigt, der für die Neueröffnung eines indischen Restaurants warb. Lali hatte in diesem Augenblick nicht lange nachgedacht, sondern war mit ihrer Schwester eingestiegen.

»Da seid ihr ja wieder!« Sigrid war die Erleichterung deutlich anzuhören, als sie von ihrem künstlich in die Länge gezogenen Toilettenbesuch zurückkehrte und Wim und Biggi am Tisch stehen sah.

»Ja, Wim hat mich wieder eingefangen und ich möchte mich entschuldigen«, sagte Biggi kleinlaut und rang sich ein zaghaftes Lächeln ab.

Kommentarlos ging Sigrid auf Biggi zu und nahm sie in den Arm. »Manchmal sagen Gesten mehr als Worte«, bemerkte Wim und beobachtete, wie Ludger Pohl nervös auf seinem Stuhl hin und her rutschte. »Möchtest du auch etwas sagen?«, fragte Wim in seine Richtung.

»Ich? Also, ja, ich nehme die Entschuldigung an.« Ludger schaute unsicher zu den beiden Frauen, die sich noch immer in den Armen lagen.

»Noch was?«, hakte Wim nach.

»Nein, warum?«, entgegnete Ludger Pohl trotzig.

»Ist in Ordnung«, sagte Biggi und löste sich aus Sigrids Umarmung. »Ich schlage einen Neustart vor. Herr Pohl, wir beide werden wohl keine Freunde mehr in diesem Leben, das müssen wir aber auch nicht. Ich bin keine Freundin Ihrer Ansichten, aber auch das muss ich ja nicht. Aber vielleicht schaffen wir es, uns ab jetzt zusammenzureißen und diesen Tag doch noch angenehm ausklingen zu lassen«?

»An mir soll es nicht liegen, Frau Höfgens. Aber das mit der Shakuntala ist mir ziemlich an die Nieren gegangen. Dass das hier für mich ein schöner Tag wird, kann ich Ihnen daher leider nicht versprechen.«

»Ach, Ludger, man könnte meinen, du wärst verliebt gewesen«, bemerkte Wim und legte Ludger eine Hand auf die Schulter. »Es ist sicher tragisch und traurig, aber so nahe standet ihr euch ja nun auch nicht.«

»Wim, du bist manchmal so sensibel wie mein linker Turnschuh!«, erwiderte Biggi, die Ludger Pohl zu ihrer eigenen Überraschung kurzerhand an die Seite sprang. »Niemand muss hier jetzt den Glücklichen oder Gutgelaunten spielen, wenn ihm nicht danach ist, und jeder geht mit Verlusten anders um. Ich weiß, wovon ich da rede.«

»Schon gut, ich höre ja schon auf. Und wir werden sicher auch herausfinden, was da jetzt genau passiert ist. Das zu wissen, kann ja auch helfen.«

Überrascht drehte sich Ludger Pohl zu Wim und schaute zu ihm nach oben. »Ja? Sag bloß, ihr ermittelt da jetzt? Habe ich doch gleich gewusst, dass da was faul ist!«

»Wim!« Sigrid warf ihrem Bruder einen ermahnenden Blick zu.

»Ach, was heißt hier ›ermitteln‹? Biggi fragt mal nach. Ich bin ja krankgeschrieben und halte mich im Hintergrund«, entgegnete Wim und zwinkerte Biggi zu.

»Genau, ich wollte mir die Klinik eh mal zeigen lassen, weil ich dringend eine Kur gebrauchen kann, und ich hoffe, dass die Klinikchefin für mich Zeit hat.«

»Entschuldigung! Sie sind doch von der Polizei, oder?«

Mads und Rosalie blieben stehen und sahen einen großen stämmigen Mann auf sie zukommen, der seine dunklen Haare mit Gel streng nach hinten gekämmt hatte, was seine Geheimratsecken besonders betonte. Über einem grauen Pullover trug er eine blaue Latzhose.

»Sind wir«, antwortete Rosalie. »Und Sie sind?«

»Friedhelm Gallhof, der Hausmeister von nebenan. Aber alle nennen mich Freddy.«

»Wie können wir Ihnen denn weiterhelfen, Herr Gallhof?«, erkundigte sich Mads.

»Ich habe mitbekommen, dass Sie im Nachbarhaus Befragungen durchführen, und will mich auch nicht einmischen oder so, aber ich habe da etwas beobachtet!«

»Ach, und das wäre?«, fragte Rosalie neugierig.

»Also ich habe den Mann gesehen! Sie sind doch wegen des Selbstmörders da, oder?!«

Mads nahm seinen Notizblock und einen Stift aus der Innentasche seiner Jacke. »Moment, da schreibe ich mal mit. Wann haben Sie wen genau gesehen?«

»Ich war Mittwochnachmittag in meinem Haus in einer der oberen Etagen unterwegs und da stand der Typ auf dem Dach gegenüber. Das muss dieser Selbstmörder gewesen sein.«

»Ach was?«, sagte Rosalie überrascht. »Und da sind Sie sicher?«

»Ja, ganz sicher. Ich habe ja hinterher auch die Leiche gesehen. Da drüben wohne ich und aus meinem Wohnzimmer hatte ich einen guten Blick auf die Sauerei.« Freddy Gallhof drehte sich kurz um und zeigte auf die Hausmeisterwohnung hinter ihm.

»Stopp, eins nach dem anderen. Das heißt, als der Mann hier unten aufschlug, waren Sie wieder in Ihrer Wohnung und nicht mehr in einer der oberen Etagen?«, hakte Mads nach.

»Ja, genau. Das hat ja derart geknallt, da bin ich direkt vom Sofa aufgesprungen und habe nachgesehen. Und dann lag dieser menschliche Fleischklumpen da. Aber den Vollbart und die Jacke habe ich sofort erkannt und dachte nur ›der Nächste bitte‹.«

»Der Nächste bitte?« Rosalies Skepsis entging Mads nicht.

»Na ja, wissen Sie, wie oft ich in all den Jahren hier schon die Reste weggekärchert habe? Von wegen Tatortreiniger und so. Den gibt's doch auch nur im Fernsehen.«

»Also haben Sie den Sprung oder Sturz nicht direkt beobachtet?«, fragte Mads.

»Nein, nur dass der oben auf dem Dach rumstand. Aber das kommt ja immer wieder mal vor, dass Mieter oder deren Besuch sich da oben aufhalten wegen der schönen

Aussicht. Deswegen habe ich mir nichts dabei gedacht, obwohl das eigentlich verboten ist. Aber wo kein Kläger, na, Sie wissen schon. Erst als der Typ dann unten aufgeklatscht ist, habe ich eins und eins zusammengezählt. Ist hier halt ein Klassiker.«

»Vielen Dank für Ihre Information, Herr Gallhof, das hilft uns weiter, denn um Ihre Frage zu beantworten: Wir suchen in der Tat nach Zeugen, die etwas beobachtet haben«, entgegnete Rosalie. »Daher würde mich noch interessieren, ob der Mann auf dem Dach allein da oben war.«

»Soweit ich das sehen konnte, war da kein anderer«, antwortete Freddy Gallhof bestimmt.

»Sicher?«

»Ganz sicher!«

24. KAPITEL

Esha hatte sich bis zum späten Nachmittag die Zeit im Prinzenpark vertrieben, aber konnte Neugier und schlechtes Gewissen nicht länger ignorieren. Laut ihrer Anruferliste hatte Lali im Laufe des Tages sieben Mal versucht, sie anzurufen, aber Esha stand einfach nicht der Sinn nach einem Telefonat mit ihrer Schwester und schon gar nicht nach einer Predigt. Daher hatte sie es sich zunächst am Rande eines Basketballfelds bequem gemacht und den Jungs beim Spielen zugeschaut. Danach hatte sie sich noch ein Eis am Eiswagen vor der Matthäuskirche gegönnt und erst jetzt auf dem Heimweg entschieden, sich bei ihrer Schwester zu melden. Bereits nach dem ersten Freizeichen nahm Lali den Anruf entgegen.

»Esha! Wo steckst du denn?«

»Im Prinzenpark. Ich habe das Handy nicht gehört.«

»Den ganzen Tag? Es ist gleich 17.00 Uhr, verdammt noch mal!«

»Hast du angerufen, um mich anzukeifen?«, entgegnete Esha gereizt.

»Nein, sorry, ich wollte dir unbedingt etwas mitteilen. Kommst du jetzt nach Hause?«

»Ja, demnächst. Was ist denn so wichtig? Und warum bist du noch nicht im Restaurant? Ich dachte, in der Küche herrscht Handyverbot?«

»Deswegen rufe ich ja an. Wir öffnen heute nicht.«

»Ach? Ist etwas passiert?«

»Ja, Esha, es ist etwas passiert. Bitte komm jetzt direkt nach Hause, wir sprechen dann persönlich.«

»Hör mal, ich bin gerade mal in der … warte mal, wie heißt die Straße hier … Herzogin-Elisabeth-Straße. Das dauert noch, bis ich zu Hause bin. Also sag's mir einfach jetzt. Ich werde es schon verkraften.«

»Ich komme dir entgegen. Ich gehe jetzt los. Lass uns am Löwenwall treffen, okay?«

Stutzig schaute Esha auf ihr Handy und dann hatte sie

plötzlich eine Eingebung. »Das brauchst du nicht! Sag mal, ist Veronika etwa tot?«

Silke Bley saß auf ihrem schwarzen Lederbürostuhl und schnäuzte sich die Nase, deren Spitze mittlerweile eine beachtliche Röte angenommen hatte. »Und das kann jetzt nicht warten?« Genervt warf sie ihrer Sekretärin einen vielsagenden Blick zu und zog die Augenbrauen nach oben. »Wir sind doch eigentlich schon längst nicht mehr hier.«

Verena Höpflinger schloss die Bürotür für einen Moment und ging bis zum Schreibtisch ihrer Chefin. »Die Dame hat wirklich ganz nett gefragt, ob sie ausnahmsweise am Freitagnachmittag die Klinik gezeigt bekommen könnte. Sie besucht am Wochenende einen unserer Patienten, Wim Schneider, und interessiert sich nun auch für eines unserer Angebote. Sie reist Sonntag wieder ab und du hast immer gesagt, wir brauchen hier jeden zahlenden Kunden.«

»Ja, Verena, aber ganz ehrlich? Heute? An diesem Tag? Warum sitzen wir beide am Freitag wohl noch hier, um diese Uhrzeit?«

»Ja, tut mir leid.« Verena Höpflinger ahnte, dass sie etwas falsch gemacht hatte. »Und was machen wir jetzt?«, fragte sie unsicher.

»Die besucht den Schneider hast du gesagt? Der ist doch Polizist. Wenn der dann noch mit lästigen Fragen anfängt und am Ende sogar noch auf Veronikas Unfall zu sprechen kommt, also dafür habe ich jetzt wirklich keinen Nerv. Gib mir zwei Minuten, dann kann sie reinkommen. Ich muss erst mal kurz mein verheultes Gesicht restaurieren.«

»Okay, ich regele das und es tut mir echt leid. Auch das mit Frau Vogel. Ich kannte sie ja nicht wirklich, aber ich weiß, dass ihr befreundet wart.«

»Danke, Verena und nun hinaus mit dir!«, entgegnete Silke Bley und griff zur Handtasche, um einen Blick in ihren Handspiegel zu werfen.

Nachdem Rosalie und Mads in die Münzstraße zurückgekehrt waren, wartete im polizeiinternen Intranet eine Überraschung auf sie.

»Hast du heute schon einen Blick in die Jobbörse geworfen?«, fragte Mads und drehte seinen PC-Monitor in Rosalies Richtung.

»Nein, wann denn auch bitte? Ich verbringe doch den ganzen Tag schon mit dir. Das hättest du wohl mitbekommen«, erwiderte Rosalie. »Was hast du denn entdeckt?«

»Das hier«, antwortete Mads. »Das ist mindestens genauso spannend wie der Bericht des Unfall-Erkennungsdienstes aus Goslar, den ich gerade per Mail bekommen habe.«

»Jetzt mal eins nach dem anderen.« Interessiert beugte sich Rosalie nach vorne und mit jeder Zeile, die sie las, hellte sich ihr Blick weiter auf. »Das ist ja …«

»Das ist deine Chance, Rosalie! Das ist der Schreibtischstuhl, auf dem ich gerade sitze. Das ist die Stelle von Manfred Wiegand!«

»Puh, das ist jetzt echt ein Ding. Da muss ich am Wochenende mal drüber nachdenken.«

Mads drehte den Monitor zurück. »Was gibt es da denn nachzudenken? Du bist doch prädestiniert für diesen Job! Du solltest am Wochenende gleich die Bewerbung tippen!«

»Danke, dass du das sagst, aber ich bin ja auch noch nicht so lange hier und solche Stellenausschreibungen mit dieser Besoldungsgruppe gibt es bei der Polizei nicht oft. Da wird es noch andere potenzielle Interessenten geben.

Ich freue mich echt, aber ich muss mir da auch meine Gedanken machen – auch taktische, wenn du verstehst, was ich meine.«

»Ja, das verstehe ich. Aber du solltest dein Licht nicht unter den Scheffel stellen. Vielleicht hilft ja ein Gespräch mit Anne am Wochenende?«

Rosalie prustete los. »Machst du Witze? Ich glaube, die ist so sehr mit sich selbst beschäftigt und auch noch auf dem Weg nach Langeoog, da hat sie gerade darauf gewartet, mit mir über meine Jobsituation zu sprechen. Nee, lass mal. Das mache ich mit mir selbst aus.«

»Okay, dann lasse ich dich damit in Ruhe und erzähle dir lieber, dass das Bauchgefühl von Wim Schneider mich jetzt auch langsam beeindruckt.«

»Huch, wie kommt's?«, erkundigte sich Rosalie neugierig.

»Der erkennungsdienstliche Bericht: Bei dem Unfallwagen der Yogalehrerin waren die Bremsen anscheinend manipuliert!«

Esha war für einen Augenblick stehen geblieben und genau in diesem Augenblick stand ihre Welt still. Wie ein Film liefen die Bilder der Begegnungen und Erlebnisse mit Veronika vor ihrem inneren Auge ab. Veronika, die ihnen spät am Abend die Tür geöffnet und ihnen die kleine Dachkammer gezeigt und angeboten hatte. Veronika, die ihre Wunden verarztet, ihnen zwei Campingliegen aufgebaut und sie mit Kissen und Decken versorgt hatte. Und dann Amals gutes Essen und seine väterliche Fürsorge. Ach, Amal! Veronika, die halb nackt mit gespreizten Beinen in der Speisekammer stand und vor Lust leise stöhnte, während Jadoo sein Gesicht in ihrem Schoß vergraben hatte und seinen Schwanz massierte. Veronika, die Amal zurechtgewiesen hatte, dass die Mädchen irgendwann mal für Kost und Logis arbeiten müssten. Veronika, die ihnen die gepackten Koffer vor die Tür gestellt und ihnen keine Wahl gelassen hatte.

»Geht es Ihnen nicht gut?« Erst als Esha von einem älteren Herrn angesprochen und in die Realität zurückgeholt worden war, hatte sie ihren Heimweg fortgesetzt und sich ihre Tränen von den Wangen gewischt. Nach einem längeren Fußmarsch stand sie inmitten von Viewegs Garten und schaute auf die andere Straßenseite, wo die Hochhäuser sich erhoben und die getünchten Fassaden in der Abendsonne strahlten. Lichte Momente in einem sonst so trostlosen Leben. Wenn sie ehrlich zu sich selbst war, wollte sie nicht mehr zurück. Sie wollte nicht heimkehren an diesen Ort, der nie ihr Zuhause gewesen war. Sie wollte weg, einfach nur weg. Esha atmete tief durch und dann war er plötzlich da, dieser Moment, in dem sie spürte, dass die Zeit gekommen war. Es fühlte sich genau jetzt richtig an. Sie konnte sich nicht länger verbiegen und immer das liebe, dankbare Mädchen spielen. Esha war jetzt eine junge Frau, sie wollte dieses Leben nicht. Sie wollte ein anderes, ein besseres Leben, fernab der Hochhäuser, fernab von geheuchelter Dankbarkeit und Fürsorge und fernab ihrer Schwester, die sie einfach nicht erwachsen werden ließ. Und so fasste Esha einen folgenschweren Entschluss, steckte das Handy in ihre Einkaufstüte, warf diese in einen Mülleimer, wandte den Hochhäusern den Rücken zu und ging auf direktem Weg zum Hauptbahnhof.

»Die Bremsen waren manipuliert? Sind Sie da sicher?« Wim hatte sich in den hinteren Teil des Klinikfoyers verdrückt und stand geschützt hinter einer Yucca-Palme, um ungestört telefonieren zu können.

»Ja, wenn ich es Ihnen doch sage! Ich habe meine Kontakte spielen lassen und den Bericht aus Goslar vorliegen. Die Kollegen werden jetzt wohl bei den Ermittlungen auf Mord gehen«, erklärte Rosalie am anderen Ende der Leitung.

»Das ist ja ein Ding. Ich hab's gewusst!«, flüsterte Wim hinter vorgehaltener Hand und beobachtete aus sicherer Entfernung, wie Biggi von Silke Bley den großen Lageplan der Klinik am Haupteingang erläutert bekam.

»Es ist wohl auch tatsächlich erst auf den zweiten Blick aufgefallen, aber es ist, wie es ist.«

»Verstehe, dann bleibe ich hier mal am Ball, denn wir sind gerade auf einem guten Weg, etwas über die Yogatante herauszubekommen.«

»Wir?«

»Ja, Biggi Höfgens unterhält sich gerade angeregt mit der Klinikchefin, die mit Shakuntala befreundet war.«

»Herr Schneider, bei allem Respekt: Sie sind krankgeschrieben, es ist der Zuständigkeitsbereich der Harzer Kollegen und wir sind nicht beim Gaußberg-Fall Teil 2. Und ich möchte bitte keine erneute städteübergreifende Ermittlung«, entgegnete Rosalie freundlich, aber bestimmt.

»Dabei wäre es doch dieses Mal gar nicht diese unschöne Kombination aus Hannover und Braunschweig«, scherzte Wim. »Ich weiß ja, dass Sie recht haben, Rosalie, auch wenn es mir schwerfällt, das zuzugeben. Aber wir sind hier jetzt am Ball, und was ich herausfinde, das stecke ich Ihnen einfach. Als kollegialer Freundschaftsdienst. Es wäre doch dämlich, diese Chance hier vor Ort jetzt nicht zu nutzen! Wenn die Polizei hier erst mal offiziell aufschlägt, dann ist die Informationsbereitschaft der einen oder anderen Person vielleicht nicht mehr so gegeben.«

»Also gut«, willigte Rosalie ein. »Ich vermute mal, dass Widerstand zwecklos ist, und bin gespannt, was Sie herausbekommen. Noch gespannter bin ich dann, was ich mit diesen Informationen anfange.«

»Vertrauen Sie mir. Ich melde mich!«

Lali erkannte Esha in der Ferne nicht nur an ihrem Gang, sondern vor allem an ihrem pinkfarbenen Oberteil, das auch aus größerer Distanz durch das Grün der Sträucher wie ein flimmernder Punkt leuchtete. Als Lali begriff, dass ihre kleine Schwester nicht nach Hause kam, sondern die entgegengesetzte Richtung eingeschlagen hatte, krampfte sich ihr Magen zusammen. Sie stützte sich auf die Balkonbrüstung, um besser gucken zu können, und erkannte, dass Esha ihr Tempo beschleunigt hatte und in Richtung Hauptbahnhof rannte. Sie drehte sich nicht um und ging auch nicht an ihr Handy, als Lali immer und immer wieder bei ihr anrief. Als Esha im Bahnhofsgebäude und damit endgültig aus Lalis Sichtfeld verschwunden war, schossen Lali Tränen der Verzweiflung in die Augen. Gekrümmt vor Kummer lehnte sie sich nach vorne, ließ ihren Gefühlen freien Lauf und schrie ihren Schmerz über die Kurt-Schumacher-Straße und den Berliner Platz hinweg bis hin zu dem Zug auf Gleis 6, in den Esha gerade eingestiegen war. Abfahrt in das nächste Leben.

25. KAPITEL

Die Dämmerung war bereits weit fortgeschritten. Die tief stehende Sonne tauchte die Hochhäuser in ein mystisches blauviolettes Licht. Es waren die längsten Tage des Jahres. Mit einer Zigarette in der Hand stand sie am Küchenfenster und schaute auf die Silhouette der Braunschweiger Innenstadt, die für sie in unerreichbarer Ferne schien. Der letzte Kunde war gerade erst gegangen, für heute hatte sie also Feierabend. Sie nahm einen tiefen Zug und ihr roter Lippenstift hinterließ einen Abdruck am Filter. Es war eines ihrer wenigen Rituale, wobei sie stets darauf Wert legte, die »Zigarette danach« allein zu genießen. Das Nikotin half ihr nicht nur, sich zu entspannen, es übertünchte auch den Geschmack nach Latex oder manchmal auch Sperma. In Gänze beseitigen konnte sie diesen aber nur mit einer intensiven Mundspülung, die ihr noch bevorstand. Als sie registrierte, wie sich plötzlich ein Schlüssel in der Wohnungstür drehte, machte sich Panik in ihr breit. So schnell es ging, schnippte sie die Zigarette nach draußen, schloss das Fenster und flüchtete sich um die Ecke in das Badezimmer. Gerade noch rechtzeitig verriegelte sie die Tür von innen und stellte das Wasser an. Vielleicht würde er zu einem späteren Zeitpunkt zurückkehren, wenn er bemerkte, dass sie gerade duschte. Aber ihre Hoffnungen zerschlugen sich von einer Sekunde auf die andere.

»Wo steckst du? Komm raus da. Sofort!« Vermutlich stand er im Flur.

»Ich bin gleich da, ich dusche gerade!«, rief sie, damit ihre Worte durch das Rauschen des Wassers nicht verloren gingen. Hoffentlich klang sie nicht hysterisch, denn das machte ihn richtig wütend.

»Sieh zu! Das bisschen Pussyabbrausen kann ja nicht so lange dauern! Wo ist das Geld?«

»Liegt in der Schatulle neben dem Toaster, wie immer. Ich bin gleich fertig.« Sie hörte ihn in die Küche gehen. Ein lautes Poltern ließ sie erneut zusammenzucken. Er hatte etwas umgeworfen und er klang verdammt wütend.

»Nur einhundert? Es war mehr ausgemacht!«

»Der Kunde wollte heute keinen Verkehr. Nur alles, was mit Mund und Händen Spaß macht, hat er gesagt.« Nervös saß sie auf dem Rand der Badewanne und wippte mit den Füßen. Lange würde sie sich hier drinnen nicht mehr verschanzen können.

»Beim nächsten Mal hat das anders zu laufen, haben wir uns da verstanden?«

»Ja, natürlich!«, antwortete sie wie aus der Pistole geschossen, wissend, dass er keine Widerworte akzeptierte.

»Ach was soll's, dein nächstes Mal, wer weiß schon, wann das ist. Jetzt komm raus da.«

Was um alles in der Welt meinte er? Sie musste schlucken und konnte nicht verhindern, dass sich kalte Schweißperlen auf ihrer Stirn bildeten. Würde er ihr eine Pause gönnen? Das konnte sie sich beim besten Willen nicht vorstellen. »Wie meinst du das?«, fragte sie ängstlich.

»Komm da jetzt raus«, wiederholte er, ohne ihr eine Antwort zu geben, und hämmerte mit der Faust gegen die verschlossene Tür, bis diese in der Zarge zu beben begann.

Mads war nach Feierabend mit gemischten Gefühlen nach Hause geradelt. Dieses Mal waren es nicht die Arbeit oder Rosalie, die ihm querlagen, sondern sein morgendliches Abenteuer mit Jan. Es war alles so wahnsinnig schnell gegangen und eigentlich hatte er sich wehren wollen. Aber dann überkamen ihn Neugier und vor allem eine nicht mehr zu bändigende Lust, sodass er seinem inneren Widerstand zum Trotz einfach nachgegeben hatte. Als »quick and dirty« hatte Jan ihre schnelle Nummer hinterher bezeichnet und ihm zum Abschied einen flüchtigen Kuss auf die Wange gegeben. Mit einem Feuerwerk von konfusen Gefühlen hatte Jan ihn dann zurückgelassen und so getan, als ob das alles das Normalste auf der ganzen Welt wäre. Vielleicht war es das ja – zumindest in der Welt von Jan –, aber Mads fühlte sich vollkommen überfordert, auch wenn es sich ohne jeden Zweifel um die geilsten Minuten seines Lebens gehandelt hatte. Während er sein Fahrrad sorgfältig an einem Laternenpfahl ankettete, dachte er an Lisa, die einzige Freundin, die er bisher gehabt und die er wirklich geliebt hatte. Da war er sich eigentlich sicher. Nicht ganz ein Jahr waren sie während des Abiturs ein Paar gewesen und Mads hatte auch sein erstes Mal mit Lisa erlebt. Dass ihm manchmal Bilder von Männern durch den Kopf geschossen waren, egal ob er mit Lisa zusammen oder allein gewesen war, hatte er bislang immer erfolgreich beiseitegeschoben und als Phase abgetan. Dass diese Phase mit Anfang 20 aber wohl nicht mehr der Pubertät zuzuordnen war, hatte er genauso erfolgreich verdrängt. Nach heute Morgen konnte er jedoch nicht mehr länger leugnen, dass er sich auch zu Männern hingezogen fühlte. Wenn er ehrlich zu sich selbst war, konnte und wollte er sich auch nicht länger hinter seinen Fantasien verstecken. Braunschweig, fernab von Familie und Freunden, war doch eigentlich der ideale Ort, um sich auszuprobieren. Ob nun hetero oder bisexuell oder am Ende sogar schwul, welche Rolle spielte das eigentlich? Kam es nicht einfach auf den Menschen an, mit dem er zusammen und intim sein wollte? Dass das aber ausgerechnet mit seinem Mitbewohner Jan passieren musste, schmeckte Mads im Nachhinein so gar nicht. Jan, dem er jeden Tag begegnete und dem er in den eigenen vier Wänden schlecht ausweichen konnte. Was wäre, wenn er ihn auslachen oder ab jetzt ignorieren würde? Oder noch viel schlimmer, was wäre, wenn Jan sich in ihn verlieben würde? Mads setzte seinen Fahrradhelm ab und raufte sich die Haare. Es wäre gut gewesen, wenn er sich Rosalie heute anvertraut hätte. Rosalie kannte sich aus im Showgeschäft, wie sie immer betonte, und sie hätte bestimmt ein offenes Ohr für ihn gehabt, davon war Mads mittlerweile überzeugt. Aber zuerst hatte ihm der Mut gefehlt und dann fehlte es am richtigen Zeitpunkt. Er hatte seine Chance in der Mittagspause vertan. Nun stand er mutterseelenallein unter einer Straßenlaterne in der Katharinenstraße, schaute nach oben zu den beleuchteten Fenstern seiner Wohngemeinschaft und traute sich nicht nach Hause.

Der Duft von Fichtennadeln durchströmte den Raum. Biggi lag trotz Hitzewallungen im lauwarmen Wasser ihrer Badewanne, um den Komfort eines Schaumbads in vollen Zügen zu genießen. Zu Hause in Hannover hatte sie nur ein kleines innenliegendes Badezimmer mit Eckdusche, und wenn sich Biggi im Hotel schon einmal die Gelegenheit bot, ausgiebig zu baden, nutzte sie diese. Chiuda gli occhi e si rilassi – mach die Augen zu und entspann dich völlig. So oder so ähnlich würde Biggi ihren Wunschzustand auf Italienisch beschreiben. Maximale Entspannung war nach diesem nervenaufreibenden Tag genau das, was ihrer gestressten Seele guttun würde. Ihr Wiedersehen mit Wim hätte holpriger nicht laufen können und Ludger Pohl gehörte zu der Sorte von Kotzbrocken, der man nicht zweimal über den Weg laufen mochte. Biggi war sich allerdings sicher, dass sie Wims Kurschatten in den nächsten zwei Tagen kaum würde ausweichen können. Wenigstens hatte sie sich schnell wieder mit Sigrid versöhnt und wenigstens brachte sie die verdeckte Ermittlung in der Klinik Wim wieder ein Stückchen näher. Den Gedanken, dass sie beruflich getrennte Wege gehen könnten, ließ Biggi nicht zu, sondern hielt stattdessen lieber die Luft an, um für ein paar Sekunden in die Schwerelosigkeit abzutauchen. Unter einem schützenden Dach von Badeschaum fühlte sie sich frei, und solange sie diesen atemlosen Zustand aushielt, versuchte sie, ihre Gedanken einfach auszuschalten. Aber natürlich gelang ihr das nicht, denn wie Biggis Mutter schon immer zu sagen gepflegt hatte: »Wenn du denkst, dass du nichts mehr denkst, dann denkst du schon wieder.« Als der Atemreflex nicht länger zu unterdrücken war, verabschiedete Biggi sich aus ihrem Badeschaumkokon, tauchte auf und rieb sich kurz die bereits abgeschminkten Augen. Zwangsläufig musste sie an Silke Bley denken, die ihr nicht nur wegen ihres auffälligen Make-ups in Erinnerung geblieben war. Biggi hatte ihre komplette Routine in die Waagschale werfen müssen, um Informationen aus der Klinikchefin herauszubekommen, aber am Ende des Rundgangs war sie mit ihrem Ergebnis durchaus zufrieden gewesen. Unabhängig davon, dass Biggi nun das komplette Angebot der Kurklinik rückwärts im Schlaf herunterbeten konnte, war Silke Bley nach anfänglicher professioneller Distanz doch noch ins Plaudern geraten. Biggis aufgesetzte Enttäuschung darüber, dass es sehr schwierig werden würde, in unmittelbarer Zukunft wieder ein umfassendes Yoga- und Klangtherapieangebot bieten zu können, hatte die Klinikchefin dazu veranlasst, tiefer in das Thema einzusteigen. In den allerhöchsten Tönen hatte sie Biggi von Shakuntala vorgeschwärmt und ausführlich darüber berichtet, was für ein enormes Fachwissen die Braunschweiger Yogalehrerin doch gehabt hatte. Den Schock über Shakuntalas Tod hatte Biggi Silke Bley angemerkt und als Gesprächstaktik die Position der verständnisvollen Zuhörerin eingenommen. Nach und nach hatte die Klinikchefin sich dank Biggis geschickter Fragetechnik geöffnet und schneller als erwartet berichtet, dass sie eine langjährige Freundschaft mit Shakuntala verband, die eigentlich Veronika Vogel-Kumar hieß. Veronika und Silke hatten sich auf einer Rucksackreise durch Indien kennengelernt, direkt nach dem Abitur und beide auf der Suche nach dem großen Abenteuer und einer spirituellen Auszeit. Gemeinsam waren sie durch das Land gereist und hatten schließlich ein paar Wochen in einem Ashram in der Nähe von Mumbai verbracht. Zwischen den alltäglichen Meditations- und Yogaeinheiten entwickelte sich nach und nach eine innige Freundschaft, die beide Frauen bis heute verband. Aus Veronika wurde damals zum ersten Mal Shakuntala und in ihr entfachte sich der Wunsch, Yogalehrerin zu werden. Sie begann, sich immer intensiver mit der indischen Kultur auseinanderzusetzen, und suchte zunehmend den Kontakt zu Einheimischen. Silke hingegen verfolgte andere Ziele und flog nach neun Monaten pünktlich nach Hause, um Krankenhausmanagement zu studieren. Und wie Silke es bereits im Ashram geahnt hatte, verlängerte Veronika ihren Aufenthalt, am Ende auch deshalb, weil sie auf einem Markt in Mumbai einen gut aussehenden jungen Koch kennengelernt und sich unsterblich verliebt hatte. Amal, den sie später geheiratet hatte und schließlich mit der Perspektive auf eine bessere Zukunft davon hatte überzeugen können, mit ihr nach Deutschland zu gehen. Biggi war sehr bemüht gewesen, ihre Faszination und ihr überschwängliches Interesse an dieser spannenden Lebensgeschichte zum Ausdruck zu bringen, und hatte irgendwann angefangen, verständnisvoll den Oberarm von Silke Bley zu tätscheln. Diese hatte sich offenbar so verstanden gefühlt, dass sie munter weitererzählt und sich Biggi noch mehr geöffnet hatte. Mit einem Zwischenstopp in München, wo Amal einen Onkel besucht hatte, hatte es das Ehepaar schließlich nach Niedersachsen verschlagen. Shakuntala war auf einem Dorf unweit von Braunschweig aufgewachsen und wollte sich mit ihrem exotischen Ehemann dort nicht dem Gerede der Dorfgemeinschaft aussetzen. Und so zogen die Kumars auf direktem Weg nach Braunschweig. Veronika verfolgte ihren Traum weiter und absolvierte eine zertifizierte Ausbildung zur Yogalehrerin. Um sich die kostspielige Ausbildung leisten zu können, jobbte sie nebenbei in der Gastronomie und trug am Wochenende Zeitungen aus, während Amal in einem Schnellimbiss am Bohlweg und in einer Fabrik gleich zwei verschiedenen Jobs nachging. Die Kumars hatten gerade in diesen Braunschweiger Anfangsjahren in sehr bescheidenen Verhältnissen in einer kleinen Wohnung im Siegfriedviertel gelebt.

Biggi hielt für einen Augenblick inne, schob den Badeschaum ein wenig zur Seite und betrachtete ihre Brüste, die

die besten Jahre definitiv hinter sich hatten. Ob sie straffer wären, wenn sie ebenfalls Yoga praktiziert hätte oder sogar Yogalehrerin geworden wäre? Biggi musste schmunzeln, zwirbelte ein wenig an ihren harten Brustwarzen und gab sich weiter dem Rückblick auf ihr Gespräch mit Silke Bley hin. Vor allem die Frage, wie und warum es Veronika in den Harz verschlagen hatte, war für Biggi von besonderem Interesse, aber Silke Bley hatte in ihrem Redefluss auch die Gründung der Yogaschule in Braunschweig nicht ausgelassen. Beides spannende Details, wie Biggi später feststellen musste. Als sie eine leichte Erregung spürte, erhöhte sie den Druck auf ihre Nippel und schloss die Augen. Da steckte noch Leben in ihrem alternden Körper.

Rosalie hatte es sich mit einer Flasche kalten Feierabendbiers auf einer Bank am Magnikirchhof gemütlich gemacht und beobachtete das lebhafte Treiben auf dem Platz, der das Herzstück des Magniviertels bildete. Nicht nur auf der Terrasse des Boutiquehotels, in dem Wim Schneider seinerzeit notgedrungen übernachtet hatte, saßen noch vereinzelt Gäste, vor allem die Tische einer Bar und eines Cafés entlang der Straße waren noch gut nachgefragt. Es schien, als sehnten sich die Menschen nach diesem viel zu kalten Frühling und den vergangenen Regentagen nun nach lauen Sommernächten, auch wenn es am heutigen Freitagabend immer noch ein bisschen zu frisch für diese Jahreszeit war.

Anne hatte ihr vor zwei Stunden eine Nachricht geschrieben, dass sie mit der letzten Fähre gut auf Langeoog angekommen war und morgen anrufen wollte. Kurz und knapp und aus der Macht der Gewohnheit hatte Rosalie ein rotes Herz als Antwort gesendet, aber im Grunde hatte sie Angst, mit Anne ausführlicher kommunizieren oder sogar sprechen zu müssen. Annes Situation belastete nicht nur die junge Beziehung der beiden Frauen, sie belastete Rosalie ganz persönlich. Tief im Innern ahnte sie, dass ihre gemeinsame Zukunft mehr als gefährdet war. Gleich bei mehreren Kollegen in Düsseldorf hatte Rosalie damals Burn-out-Erkrankungen miterlebt und sie wusste, welche Auswirkungen diese auf das Privatleben haben konnten. Nicht nur eine Ehe war seinerzeit den Bach runtergegangen. Ihre Partnerschaft mit Anne hatte kein wirkliches Fundament. Was waren denn bitte drei Monate? Das war im Grunde nichts. Aus der Kennenlernphase und der Verliebtheit konnte in der Kürze der Zeit doch noch gar keine ernst zu nehmende Beziehung, geschweige denn eine echte Liebe gewachsen sein. Rosalie war unsicher, welchen Platz sie tatsächlich in Annes Leben einnahm und ob sie die richtige Partnerin an ihrer Seite war, um sie durch eine Krankheitsphase, vielleicht sogar durch eine Lebenskrise zu begleiten. Hätte denn nicht mal irgendetwas in ihrem Privatleben rundlaufen können? Braunschweig sollte eigentlich ein Neuanfang sein, nicht nur beruflich, sondern auch privat. Rosalie seufzte und nahm einen weiteren Schluck aus ihrer Bierflasche, als ihr Handy plötzlich aufleuchtete. Ob Anne doch noch mal geantwortet hatte? Oder war es am Ende Wim Schneider? Zu Rosalies Überraschung war es jedoch Mads, der sich per WhatsApp gemeldet hatte. Er brauchte ihren Rat.

26. KAPITEL

Hellwach wälzte Amal sich am frühen Morgen von einer Seite auf die andere und vergrub die schmerzende Gesichtshälfte in seinem Kopfkissen. Nicht nur, dass das Gästesofa unbequem war und jeder Atemzug wegen der Tritte gegen seinen Brustkorb schmerzte, er konnte mental einfach nicht abschalten und zur Ruhe kommen. Sein Kopf war übervoll mit Gedanken, sodass ihm eine angenehme Nachtruhe nicht vergönnt gewesen war. Wenn es hochkam, hatte Amal vielleicht zwei Stunden vor sich hin gedöst.

Die Tür zum Schlafzimmer stand halb offen und er erkannte Lali schemenhaft, die sich ständig hin und her drehte, aber immerhin noch zu schlafen schien. Nachdem sie gegen Mitternacht erschöpft mit dem Kopf auf seinem Schoß eingenickt war, hatte er sie hinübergetragen und sie behutsam auf das Ehebett gelegt. Für einen kurzen Moment hatte er gezögert und sich dann für Veronikas Seite entschieden. So leid ihm das für Lali tat, aber Esha war nun mal weggelaufen und hatte sie im Stich gelassen, daran gab es nichts herumzudeuteln. Und Amal war sicher, dass sie so schnell nicht zurückkehren würde. Bei aller Tragik für Lali, die schon als junges Mädchen die Mutterrolle für ihre kleine Schwester eingenommen hatte, war Amal über Eshas plötzliches Verschwinden sogar ein wenig erleichtert, denn Esha war bei Weitem nicht so lieb wie seine Lali. Hinter ihrer attraktiven äußeren Erscheinung verbarg sich nicht nur eine sprunghafte und bisweilen unberechenbare junge Frau, die genau wusste, was sie wollte. Amal würde so weit gehen, als dass er Esha für eine tickende Zeitbombe hielt. Ihm war der Umfang dessen, was sie wirklich mitbekommen hatte, nicht vollends klar, aber er wusste, dass Esha vor Ort mehr Schwierigkeiten machen würde, als wenn sie nun einfach weg wäre.

Mit dem freiliegenden Auge ließ Amal seinen Blick weiter durch den Raum schweifen und blieb an dem gläsernen Schreibtisch hängen, der auf der gegenüberliegenden Seite direkt vor dem Fenster stand und dessen Oberfläche die ersten Sonnenstrahlen des Tages reflektierte. Auf einer hauchdünnen Staubschicht lag ein ganzer Schwung Ordner, den er sich bereits am Abend vorgenommen hatte. Als Lali jedoch schluchzend vor seiner Tür aufgetaucht war, hatte er alles andere stehen und liegen lassen. Nun stapelten sich die aufgeschlagenen Unterlagen überall, und ihm war angst und bange zumute. Er hatte schlichtweg nicht mal die Hälfte dessen verstanden, was da überall geschrieben stand. Nach über 20 Jahren in Deutschland konnte er die deutsche Sprache sehr gut verstehen und einigermaßen gut sprechen, aber das Lesen und Schreiben fiel ihm nach wie vor sehr schwer. Zugegebenermaßen hatte er es auch nie ernsthaft lernen müssen, da Veronika immer alles geregelt und ihm sogar manchmal aus der Zeitung vorgelesen hatte. Es hatte Amal bis jetzt völlig genügt, dass er seine Speisekarte rauf und runter beherrschte, und er hoffte inständig, dass Lali ihm würde helfen können, den Papierkram zu bewältigen. Sie war zwar ebenfalls kein Rechengenie, aber sie war der Sprache mächtiger als er und verstand vielleicht, was es mit den Briefen der Bank und der Versicherungen genau auf sich hatte.

Wim saß gequält auf der Bettkante und rekelte sich in alle Himmelsrichtungen, fast so, wie er es im Kurs der toten Yogatante in aller Öffentlichkeit hatte machen müssen. Dieses Mal ging es allerdings nicht darum, irgendwelche Blockaden zu lösen und Energieflüsse in Wallung zu bringen, sondern es ging um das unausweichliche Erfordernis, wach zu werden. Mit halb zugekniffenen Augen schielte er zuerst auf seinen Reisewecker und dann zu seinem Lesesessel. Auf dem Sitzpolster stand sein Rucksack, den er noch am Vorabend gepackt hatte, um am Samstagmorgen wenigstens ein bisschen Zeit sparen zu können. Heute sollte es direkt nach dem Frühstück nach Bad Harzburg gehen und das hieß dank Sigrids generalstabsmäßigen Planungen, dass an Ausschlafen nicht zu denken war. Luchsgehege, Rabenklippen, Molkenhaus und irgendwas mit Hexen, der Tag war komplett durchgetaktet, und nachdem Wim gestern die Organisation mehr oder weniger in der Hand hatte, würde er heute einfach nur hinterhertrotten. Es gab sicher Schlimmeres, als sich in die Obhut seiner Schwester zu begeben, und im Grunde konnte dieser Tag auch nur besser laufen als der gestrige. Vielleicht würde es allen Beteiligten nicht schaden, fernab der Kurklinik Zeit miteinander zu verbringen, um auf andere Gedanken zu kommen. Alles auf Anfang. Schon deshalb hatte er sich Ludger Pohls Anwesenheit bei einem Gespräch unter Männern auf dem gestrigen Heimweg ausdrücklich für heute verbeten und ihm als Kompromiss einen gemeinsamen Umtrunk am Abend an der Hotelbar in Clausthal-Zellerfeld in Aussicht gestellt. Es blieb abzuwarten, ob die Happy Hour auch »happy« werden würde, denn Ludger hatte gestern bewiesen, dass er der König der Taktlosigkeit sein konnte. Wim hoffte inständig, dass die Situation mit Biggi nicht erneut eskalieren und sie den Tag würde genießen können. Ihm war bewusst, dass sie am meisten hatte aushalten müssen, und dabei kannte sie noch nicht mal die ganze Wahrheit. Wenn er doch nur selbst wüsste, was er eigentlich wollte. Aus freien Stücken wäre er vermutlich nicht auf die Idee gekommen, sich mit Anfang 60 noch einmal beruflich zu verändern und dann noch in Richtung Braunschweig. Aber das Angebot, das man ihm unter die Nase rieb, war einfach zu verlockend. Er hatte in den letzten Wochen viel nachgedacht über seine Jahre in Hannover, über seine Perspektiven in der Polizeidirektion in der Waterloostraße, über sein Privatleben und besonders über Biggi und sich. Hannover und er, das war nie eine innige Freundschaft gewesen, sondern eher Mittel zum Zweck. Es war einfach praktisch, nicht pendeln zu müssen, und Wim schätzte das vielfältige kulturelle und vor allem gastronomische Angebot in der Landeshauptstadt. Da konnte Braunschweig nicht ganz mithalten. Aber Hannover konnte auch wahnsinnig anstrengend sein, vor allem sein Stadtteil, die Südstadt, der in den letzten Jahren gefühlt immer enger und lauter geworden war. Aus dem ehemaligen biederen Beamtenstadtteil war ein Anziehungspunkt für junge Familien geworden und Wim fand die Anzahl der vielen Spielplätze maßlos übertrieben. Von dem damit einhergehenden Geräuschpegel mal ganz zu schweigen. Wenn er nicht so sehr an seiner Wohnung hängen würde und wenn er nicht so träge wäre, hätte er sich innerhalb Hannovers schon längst etwas Neues gesucht.

Und die Polizeidirektion? Cassensmeier hatte Biggi und ihn an das Einbruchsdezernat ausgeliehen, und das war die freundliche Formulierung dafür, dass sie einfach abgeschoben worden waren. Wim hatte nach wie vor seine

Zweifel, ob und, wenn ja, wann sie jemals reaktiviert worden wären, hätten die Ermittlungen am Gaußberg es nicht nötig gemacht. Dieser Stachel saß bei Wim nach wie vor sehr tief.

Und Biggi? Was war das denn nun eigentlich zwischen ihnen? Wim war kein Mensch der großen Gefühle und Empathie gehörte nicht zu seinen Stärken. Er war aber auch kein Klotz und registrierte die vielen kleinen Signale, die Biggi in ihrer Verunsicherung immer wieder aussendete. Sie kannten sich über zwei Jahrzehnte, sie waren ein eingeschworenes Team, und auch wenn sie beide nicht mehr zu den Jüngsten gehörten, so war Biggi nach wie vor eine attraktive Frau. Auf sie konnte er sich immer verlassen, es gab kaum jemanden, der ihn besser kannte und seine Eigenarten und Launen geduldiger ertrug. Biggi hatte sich während seiner Erkrankung hingebungsvoll um ihn gekümmert und war zusammen mit Sigrid die einzige Konstante in seinem Leben. Und dennoch wusste Wim nicht, wie er das, was er für sie empfand, einzuordnen hatte. Verliebtsein fühlte sich anders an, denn die rosa Sterne fielen nicht vom Himmel, wenn er an seine Kollegin dachte. Es war eher ein Gefühl der Sicherheit, des tief empfundenen Vertrauens, vielleicht sogar der Geborgenheit. War das Liebe? Und konnte nach so vielen Jahren so etwas wie Liebe zwischen ihnen überhaupt noch gewachsen sein? Oder war es am Ende einfach eine innige Freundschaft? Biggi Höfgens seine beste Freundin?

Wim seufzte und stand jegliche Leichtigkeit vermissend von seinem Bett auf. Er konnte es drehen und wenden, wie er wollte, es gab einfach keine glasklare Entscheidung für Braunschweig oder gegen Hannover, da konnte er Pro- und Kontralisten schreiben, bis er schwarz würde. Aber sein Herz zog ihn in Richtung Heimat, das war das Einzige, was er immer und immer wieder spürte. Biggi hatte völlig recht, er war einfach ein Braunschweiger Löwe, und wenn er ganz ehrlich zu sich selbst war und alles andere ausblendete, dann wollte er in seiner Heimatstadt alt werden und seinen Lebensabend verbringen. Es konnte kein Zufall sein, dass diese Tür bei der Braunschweiger Polizei plötzlich aufging, und vermutlich musste er da jetzt durchgehen. Und Biggi lag sicher auch nicht ganz falsch, dass es ein Selbstläufer wäre, Manfreds Stelle zu bekommen, sobald er sich offiziell bewerben würde. In welcher Deutlichkeit man ihm dies bereits am Telefon signalisiert hatte, konnte er Biggi einfach nicht sagen – noch nicht. Wim hatte geahnt, dass sie keine Luftsprünge machen würde, er hatte befürchtet, dass sie traurig wäre, aber mit einem derartigen Gefühlsausbruch hatte er nicht gerechnet. Und so hatte er es sich verkniffen, Biggi am Ende dieses chaotischen Tages davon zu erzählen, dass er am späten Nachmittag noch einen Anruf erhalten hatte. Einen Anruf, dass die Stellenausschreibung nun veröffentlicht sei. Bewerbungsfrist: drei Wochen. Wim seufzte und trottete zu seinem Koffer. Irgendwo in seinem Beutel für die Dreckwäsche, gut versteckt zwischen miefenden Socken und benutzten Buchsen, musste er sein, sein Flachmann für Fälle wie diesen. Ein klitzekleiner Ouzo musste jetzt einfach sein, da half alles nichts. *Prost, Gemeinde, ich trinke für euch alle!*

»Und der Schneider und seine Biggi wollen also herausgefunden haben, dass das Unfallopfer hoch verschuldet gewesen ist?« Mads reichte Rosalie die Brötchentüte und schaute sie neugierig an. »Eine spannende Konstellation zusammen mit den manipulierten Bremsen.«

»Ja, so hat er es mir gestern Abend im zweiten unserer konspirativen Telefonate zum Thema ›Klinikchefin‹ noch erzählt. Kurz bevor wir uns getroffen haben, hat er erneut durchgeklingelt. Ich hätte dir das gestern Abend ja auch sofort berichtet, aber du warst ja völlig durch den Wind und hattest gerade andere Sorgen. Aber bevor wir an unserem freien Samstag schon wieder dienstlich werden, sag mir doch mal lieber, wie du geschlafen hast. Ich bin ja baff, dass du nach so einer kurzen Nacht schon beim Bäcker warst und hier mit dem perfekt gedeckten Frühstückstisch aufwartest.«

Mads lächelte zufrieden. »Na ja, dass der Frühstückstisch so perfekt ist, liegt daran, dass meine Ermittlerspürnase in deinem Kühlschrank so viele leckere Dinge gefunden hat, und du hast ja gesagt, ich soll mich wie zu Hause fühlen. Daher dachte ich mir auch, dass es in Ordnung ist, wenn ich mir den Wohnungsschlüssel schnappe und als kleines Dankeschön mal zum Bäcker vorne an der Ecke gehe. Ach, und deine Couch ist echt gemütlich.«

»Wie lieb von dir! Anne und ich haben immer viel Wert auf das gemeinsame Frühstück gelegt, deswegen bin ich da gut ausgestattet«, erwiderte Rosalie und konnte ihre Traurigkeit kaum verbergen. »Aber schön, dass du dich bei mir wohlfühlst.«

»Alles wird gut mit Anne und dir, du wirst sehen«, sagte Mads und legte seine Hand auf die von Rosalie. »Ich bin dir jedenfalls unglaublich dankbar, dass du mir spontan Asyl gewährt hast.«

»Na, hör mal, du warst heute Nacht irgendwann alles andere als verkehrstauglich. Was sollte ich da machen? Dich zwischen unserer Ansammlung von leeren Bierflaschen auf der Bank am Magnikirchhof pennen lassen?« Rosalie grinste und schnitt mit ihrem Messer ein Körnerbrötchen auf. »Probiere mal die hier: Erdbeer-Sekt-Marmelade nach einem Rezept von Annes Mutter. Ein Träumchen!«

»Gerne, und schon wieder Alkohol!« Mads lachte kurz auf.

»Ja, aber verkochter. Nichts, was den Promillepegel weiter ansteigen lässt. Wie geht es denn bei dir jetzt weiter?«, erkundigte sich Rosalie.

»Ich werde wohl irgendwann nach Hause radeln müssen. Schon der frischen Klamotten wegen. Aber unser Gespräch gestern hat mir wahnsinnig geholfen. Danke noch mal. Sollte ich Jan nachher begegnen, dann versuche ich einfach ganz entspannt zu sein und warte erst mal ab, wie er sich verhält. Also ich mach's einfach so, wie du mir geraten hast.«

»Richtig so, das klingt sehr vernünftig. Du wirst es eh nicht ändern können. Es geht jetzt im ersten Schritt darum, wie ihr zwei künftig miteinander auskommt. Im Übrigen wiederhole ich an dieser Stelle gerne noch mal, was ich dir gestern Abend schon gesagt habe: Du bist niemandem Rechenschaft schuldig, du kannst tun und lassen, was du möchtest. So wie es sich für dich richtig anfühlt, so agierst du einfach. Alles andere, deine innere Verwirrung, deine vielen Gedanken dazu und auch die damit verbundenen Sorgen, das alles wird sich fügen. Glaub mir, ich kenne mich ja aus im Showgeschäft. Und ›et kütt wie et kütt‹, wie der Rheinländer zu sagen pflegt.«

Mads zog die Augenbrauen nach oben und legte seine Stirn in Falten. »Ist das ein Relikt aus deiner Zeit in Düsseldorf?«

Rosalie nickte. »Kölsches Grundgesetz, Paragraph 2. Düsseldorf und Köln, das ist zwar so wie Braunschweig und Hannover, aber ich finde dieses ganze Anfeinden eh für die Tonne. Und dieser Grundsatz, dass man Dinge nicht beeinflussen kann, weil es eh so kommt, wie es kommt, um es mal ins Hochdeutsche zu übersetzen, ist eine meiner Grundeinstellungen, an die ich mich immer wieder zu halten versuche. Daher werde auch ich mich der Gesprächssituation mit Anne stellen. Sich wegducken hilft nichts, auch wenn mir eher danach zumute ist.«

Mads nickte, nahm einen Schluck Orangensaft und griff über den Tisch zur Butter. »Verstehe ich gut. Nachdem wir nun Pläne für unser Privatleben geschmiedet haben, muss ich aber doch noch mal dienstlich werden, wenn das okay ist? Wie schätzt du das da im Harz denn jetzt ein?«

»Ist okay. Eigentlich müsste ich als deine Ausbilderin ja ein Fleißkärtchen verteilen, wenn du auch am Wochenende weiterermittelst.« Rosalie zwinkerte Mads zu und öffnete ein Glas mit Honig. »Also merkwürdig ist das da im Harz allemal. Wir müssen aber auch ein wenig aufpassen, uns nicht vor den Karren von Wim Schneider spannen zu lassen. Es mag sein, dass sein Ermittlerinstinkt in die richtige Richtung ausschlägt, aber es gibt auch ganz klare Zuständigkeiten und Kompetenzen und Herr Schneider ist als Patient der Kurklinik in Clausthal-Zellerfeld ganz sicher nicht befugt. Ich gebe aber zu, dass mich der Fall neugierig macht, und ich überlege schon die ganze Zeit, ob ich mal durch die Straße schlendern sollte, wo die Yogaschule ist. Vor allem, weil es zu Hinter Liebfrauen nicht weit ist.«

»Was gibt es da denn zu überlegen? Natürlich gehen wir da mal lang!«, erwiderte Mads, als ob es das Selbstverständlichste auf der Welt wäre.

»Ich mag ja die indische Küche auch sehr und nach dem, was Biggi Höfgens gestern herausbekommen hat, betreibt der Ehemann der toten Yogalehrerin ein Restaurant in der Straße.«

»Alles in einem Gebäude?«

»Ganz genau. Es handelt sich wohl um ein Wohn- und Geschäftshaus. Restaurant, Yogaschule und Privatwohnung unter einem Dach.«

»Und warum hat die Tote dann zusätzlich auch noch im Harz gearbeitet? Klingt zwar erst mal alles sehr lukrativ, gut durchdacht, aber auch zeitaufwendig.«

»Womit wir wieder am Anfang unseres Gesprächs angelangt sind. Die Klinikchefin hat Biggi Höfgens gestern erzählt, dass sie mit Veronika Vogel-Kumar seit vielen Jahren gut befreundet ist und diese ihr von zunehmenden Geldsorgen berichtet hatte. Restaurant und Yogaschule liefen wohl ganz gut, aber ihr Mann, Amal Kumar, konnte nicht mit Geld umgehen. Er hat keine gewinnbringenden Preise für das Restaurant kalkuliert, aber seinem Spitzenkoch ein fettes Gehalt gezahlt und dann kamen immer stärker steigende Betriebskosten dazu. Außerdem gibt es wohl zwei Ziehtöchter, denen er heimlich immer wieder Geld zugesteckt hat. Und Veronika selbst hat wohl einiges in Fort- und Weiterbildungen investiert und in Equipment für ihre Yogaschule. Die hatte sich in alle Himmelsrichtungen spezialisiert. Klangschalentherapie, Stimmgabel, Meditation, Hypnose. Das kostet alles Geld, wenn man die entsprechenden Zertifikate und Utensilien benötigt. Amal hat sich außerdem wohl auch nicht nehmen lassen, mindestens einmal im Jahr nach Indien zu fliegen, um seine Familie zu besuchen. Lange Rede, die Kumars haben anscheinend über ihre Verhältnisse gelebt, vor allem, wenn man bedenkt, dass sie den Kredit für das Haus Hinter Liebfrauen abbezahlen müssen.«

»Ach, das gehört denen?«, fragte Mads.

»Ja, so habe ich das verstanden.«

»Das heißt dann wohl, dass Veronika Vogel-Kumar aus der Not heraus den Job in der Kurklinik angetreten hat?«

Rosalie zuckte mit den Schultern. »Das vermute ich mal. Die Klinikchefin hat Biggi erzählt, dass sie ihrer Freundin wegen der Geldsorgen unter die Arme greifen wollte, und da passte es gut, dass sie das Therapieangebot in der Klinik um Yoga und Gedöns erweitern wollte und auch dringend Personal gesucht hatte.«

»So wird ein Schuh draus«, schlussfolgerte Mads. »Erstaunlich, wie redselig die Klinikchefin gewesen ist.«

»Also dafür gibt es meiner Meinung nach zwei Gründe: Erstens ist Biggi Höfgens top in solchen Gesprächssituationen. Ich hatte seinerzeit auch ein gemeinsames Verhör mit ihr und konnte mich persönlich von ihrer Kompetenz überzeugen. Zweitens kennen wir doch alle diesen Umstand, dass es einem manchmal leichter fällt, sich Fremden anzuvertrauen als zum Beispiel Freunden und Bekannten. Ich vermute mal, dass der Klinikchefin auch einfach danach war, ihr Herz auszuschütten, und da kam Biggi zur rechten Zeit. Vor allem, weil sie sich ja nicht als Polizistin zu erkennen gegeben hat.«

»Das klingt plausibel. Und dann kommt die hoch verschuldete Yogalehrerin kurz nach einem Streit auf dem Parkplatz bei einem Autounfall plötzlich und unerwartet ums Leben. Schon mysteriös.«

Rosalie nickte. »Damit werden sich erst mal die Kollegen aus Goslar befassen müssen, aber spazieren gehen können wir beide ja trotzdem mal.«

27. KAPITEL

Langsam öffnete Lali die Augen und versuchte sich zu orientieren. Durch einen Spalt zwischen den Vorhängen, die jemand vor dem Fenster zugezogen hatte, suchte sich die Sonne ihren Weg in das Zimmer und warf einen Lichtstreifen auf einen roten Wandteppich – vermutlich handgeknüpft und aus Kaschmir. Ein dezenter Duft von Räucherstäbchen lag in der Luft und Lali roch das Aroma von Sandelholz. Das Kopfteil des Bettes, in dem sie lag, bestand aus geflochtenem Rattan und knackte ein wenig, als sie sich bewegte. Als ihr Blick auf ein gerahmtes Foto auf dem Nachttisch zu ihrer rechten fiel, glaubte sie, den jungen Amal zu erkennen, der auf einem Elefanten sitzend irgendwo im Dschungel posierte. Amal … in diesem Augenblick fiel bei Lali plötzlich der Groschen und sie erinnerte sich, dass sie bei den Kumars zu Hause sein musste. Als sie begriff, dass sie aber in deren Ehebett lag, erschrak sie und wandte sich unsicher zu der Bettseite neben sich. Die Bettwäsche war unbenutzt. Erleichtert seufzte sie und spürte, wie ihre innere Anspannung sich augenblicklich löste. Sie richtete ihren Blick zur geöffneten Schlafzimmertür und sah Amal, der ihr den Rücken zugewandt hatte und am Schreibtisch saß. Neben ihm stand ein Becher dampfender Kaffee und um ihn herum hatte er verschiedene Aktenordner auf dem Fußboden verteilt. Hatte es gestern Abend hier schon genauso chaotisch ausgesehen? Mit einem Schwung schob Lali die Bettdecke zur Seite und setzte sich auf.

»Na, ist da jemand wach geworden?« Amal drehte sich um und lächelte liebevoll.

»Ich glaube schon. Guten Morgen!«, erwiderte Lali und schlurfte in das Gästezimmer nebenan.

»Du warst heute Nacht so am Ende, dass ich dich einfach nicht wecken wollte. Ich hoffe, es war in Ordnung, dass ich dir unser … dass ich dir mein Bett überlassen und ich das Sofa genommen habe.« Amal stockte für einen Moment und Lali beobachtete, wie eine Träne sich ihren Weg über sein bärtiges Gesicht bahnte.

»Das ist total lieb von dir. Und das alles in deiner Situation. Aber ich wusste gestern Abend einfach nicht, wohin.«

»Du musst dich nicht rechtfertigen, Lali. Du bist hier immer willkommen, das weißt du. Es ist gerade für uns beide nicht leicht. Wir haben einen Verlust zu verschmerzen, jeder auf seine Art.«

»Das stimmt. Aber dennoch war ich unsicher. Veronikas Tod, dann gestern die Szene mit Jadoo. Ich wusste nicht, ob du mich hier haben möchtest.« Lali spielte verlegen am Ohrläppchen.

»Es wird sich nichts ändern zwischen uns, im Gegenteil. Du kannst für all das nichts und ich sage dir auch ganz offen und ehrlich, dass ich deine Hilfe genauso benötige wie du die meine. Wir sind doch so etwas wie eine Familie. Lass uns bitte gegenseitig unterstützen.«

Lali lächelte erleichtert. »Immer! Ich werde dir helfen, wo ich kann.«

Amal nickte dankbar und zeigte auf die Papiere, mit denen er sich gerade befasste. »Ich hätte da bereits das erste Hilfsprojekt für dich.«

Ungeduldig trommelte Sigrid auf das schwarze Lenkrad ihres Autos, das sie direkt vor der Kurklinik geparkt hatte. Als sie einen Blick in den Rückspiegel warf, sah sie Biggi, die ihr Gesicht gerade kritisch in einem Schminkspiegel in Augenschein nahm.

»Du siehst blendend aus, meine Liebe.«

Skeptisch schaute Biggi auf, klappte den Spiegel zu und packte ihn wieder in das vordere Fach ihres Rucksacks. »Ich sehe grauenvoll aus. Du darfst ehrlich zu mir sein.«

»Ach, so ein Quatsch!«, entgegnete Sigrid. »Schau mich mal an. Wenn du ein reifer Pfirsich bist, dann bin ich eine Trockenpflaume.«

Biggi konnte sich das Schmunzeln nicht verkneifen. »Wunderbarer Vergleich! Zusammen sind wir dann ein in die Jahre gekommener Obstsalat.«

Sigrid lachte auf. »Hast du Probleme mit dem Älterwerden?«

»Was heißt Probleme? Bisher eigentlich nicht. Aber in letzter Zeit merke ich immer mehr, dass ich körperlich ein wenig abbaue. Und damit meine ich nicht meine Lesebrille. Mir fallen Sachen an mir auf, die vielleicht schon länger da sind, aber denen ich bisher keine Beachtung geschenkt habe. Plötzlich hängt hier ein Hautlappen und sind da neue Falten und dann diese Hitzewallungen, die machen mich irre. Und dass ich launisch bin, das bekommt ihr ja alle zu spüren.«

»Ich weiß genau, wovon du redest. Fühl dich verstanden. Du kommst halt in die Wechseljahre. Und lass dir gesagt sein, die gehen auch vorbei.«

Sigrid seufzte und starrte durch die Windschutzscheibe auf den Eingang der Klinik. »Wo bleibt denn eigentlich mein Bruder?«

»Wim hat ja noch zwei Minuten und zu den Wechseljahren: Wenn das der Anfang ist, dann reicht es mir jetzt schon. Wenn ich wieder in Hannover bin, gehe ich zum Arzt, komme, was wolle.«

»Das mach mal, das kann ja nie schaden. Ach, und guck mal, da kommt auch Monsieur Schneider.«

Biggi sah durch das Seitenfenster, dass Wim die Klinik verließ und geradewegs auf Sigrids Auto zusteuerte. Sonderlich erholt wirkte er nicht. Ob er auch kaum geschlafen hatte? Sigrid lehnte sich über den Beifahrersitz und öffnete die Tür. »Guten Morgen, Bruderherz!«

»Moin, die Damen«, erwiderte Wim und stieg ein. »Wie ist die Lage?«

»Bescheiden schön«, sagte Biggi von der Rückbank aus und beobachtete, wie Wim seinen Rucksack zwischen den Beinen im Fußraum verstaute.

»Ich hoffe doch aber besser als gestern«, entgegnete Wim, drehte sich zu Biggi und zwinkerte ihr zu.

»Kann ja nur besser werden, jetzt wo der Pohl nicht dabei ist«, stellte Sigrid fest und startete den Motor. »Dann wollen wir mal nach Bad Harzburg!«

»Die Mutter Jesu also. Wusstest du, dass der Begriff ›Liebfrauen‹ eine Bezeichnung für Maria ist und eigentlich von ›Unsere Liebe Frau‹ stammt?« Mads stand mit seinem Smartphone in der Hand mitten auf dem Ägidienmarkt und hatte die App mit der Suchmaschine gerade wieder geschlossen. »Und ›Liebfrauen‹ ist die alte Form des Genitivs und keine Mehrzahl.«

»Vielen Dank für diese Einheit Religionsunterricht«, sagte Rosalie mit hochgezogener Augenbraue und schaute zur Aegidienkirche, die sich direkt vor ihnen erhob.

»Merkwürdig, es gibt gar keinen Turm. Das ist mir vorher noch nie so bewusst aufgefallen, obwohl ich hier in der Ecke schon ein paarmal spazieren gegangen bin.«

Mads legte den Kopf in den Nacken und schaute nach oben. »Stimmt, einen Turm sehe ich auch nicht. Aber die Gegend rund um die Kirche gefällt mir. Alles so verwinkelt und wie bei dir im Magniviertel auch noch mit intaktem Fachwerk.«

»Das stimmt und alles dreht sich hier rund um St. Aegidien, denn wenn man den Ägidienmarkt da vorne weiter hochgeht und dann rechts abbiegt, gelangt man in die Ägidienstraße und einen schnuckeligen Durchgang und dahinter ist dann übrigens Hinter Liebfrauen«, erklärte Rosalie und schaute Mads hinterher, wie er in großen Schritten in Richtung Kirche ging und interessiert vor einer Informationstafel stehen blieb.

»Aha! Und dieser Text hier erklärt den merkwürdigen Straßennamen ›Hinter Liebfrauen‹!«

»Na, dann teile mal dein Wissen.«

»Liebfrauenmünster St. Aegidien lautet der vollständige Name der Kirche. Hier steht's geschrieben. Die Kirche wurde 1278 errichtet und im 14./15. Jahrhundert als dreischiffige Hallenkirche erweitert. Der Westbau, der zwei Türme vorsah, wurde nie vollendet, die Ansätze wurden 1817 abgerissen«, las Mads vor und drehte sich zu Rosalie um, die ihm einen nach oben ausgestreckten Daumen entgegenhielt.

»Sehr gut! Dann sind wir beiden Zugezogenen jetzt ein wenig fitter in Sachen Braunschweiger Heimatkunde. Irgendwie muss ich gerade an meine ehemalige Chefin in Düsseldorf denken.«

Mads stutzte. »Wieso?«

»Die hat mal zu mir gesagt, dass man abends immer schlauer ins Bett geht, als man morgens aufgestanden ist. Und heute ist das bei uns beiden definitiv so.«

»Da ist wirklich etwas Wahres dran«, bestätigte Mads und stopfte das Smartphone wieder in seine Hosentasche. »Du immer mit deinen Düsseldorfer Weisheiten. Findest du eigentlich auch, dass dieser Straßenname ›Hinter Liebfrauen‹ schon etwas Zweideutiges hat?«

Rosalie nickte. »Absolut! Ich assoziiere damit nichts Religiöses, sondern eher so was wie ›hinter lieben Frauen‹, wenn man mal nur auf die Wörter schaut, aus denen sich der Name zusammensetzt. Aber ich habe es auch nicht so mit der Kirche und bin aus dem Verein schon vor Jahren ausgetreten.«

»Genau in diese Richtung hatte ich auch immer zuerst gedacht. Aber das Wortspiel an sich rechtfertigt halt keinen eigenen Straßennamen. Daher musste ich das jetzt mal unbedingt recherchieren.«

»Wie gesagt: Man lernt nie aus.«

»Und glaubst du auch nicht an Gott oder nicht mehr, wenn ich das mal so fragen darf?«, erkundigte sich Mads.

»Darfst du. Ich glaube, dass es da etwas gibt zwischen Himmel und Erde. Nenne es eine Macht oder Schicksal. Mit dem lieben Gott ist das bei mir aber so eine Sache, da hadere ich oft, was mir umso schwerer fällt, weil ich eine katholische Erziehung genossen habe. Mein Glaube hat heute nichts mehr mit meiner Einstellung zur Kirche zu tun. Ich hatte mit der Institution an sich einfach zunehmend meine Probleme. Vor allem mit dem Bodenpersonal, wenn du verstehst, was ich meine. Als ich mich für den Kirchenaustritt entschieden habe, hatte ich zuvor auch zunehmend den Eindruck, dass dort der Standpunkt vertreten wird, dass es nicht normal ist, wenn zwei Menschen des gleichen Geschlechts sich lieben. Aber dass jemand übers Wasser geht, wurde nie infrage gestellt. Sorry, aber das war und ist doch absurd! Ich habe es einfach nicht länger eingesehen, Monat für Monat Kirchensteuer zu zahlen, wenn ich mit den Inhalten so gar nicht einverstanden bin. Kirchen oder ihre Geschichte finde ich aber zum Beispiel nach wie vor sehr spannend.«

»Ich weiß genau, was du meinst. Witzigerweise muss ich jetzt gerade an Berthold Maschke denken.«

»Wie kommst du ausgerechnet auf den?«

»Weil ich irgendwo in seiner Drecksbutze zwischen leeren Joghurtbechern und einer angefangenen Packung Salzstangen einen Gemeindebrief von St. Aegidien gesehen hatte. Da bin ich mir ziemlich sicher. Ob er wohl gläubig war? Vielleicht war er hier Gemeindemitglied?«

»Macht Sinn. Seine Wohnung in der Mauernstraße ist ja nicht so weit weg, und wenn er katholisch war, dann passt es doch. Mensch, Mads! Das könnte noch mal ein neuer Ansatz sein!«, stellte Rosalie zufrieden fest.

»Den Zusammenhang verstehe ich gerade noch nicht. Wie meinst du das?«, entgegnete Mads.

Rosalie zuckte mit den Schultern. »Wir kommen ja bei Maschke auch deshalb nicht voran, weil wir keine nennenswerten persönlichen Informationen über ihn erhalten. Der Mann scheint keine sozialen Kontakte gehabt zu haben und Familie schon mal gar nicht. Alles, was wir wissen, fußt auf den Aussagen seiner Kollegen und dem, was wir in seiner Wohnung gefunden haben. Und daher stochern wir ein wenig im Nebel.«

»Und worauf willst du jetzt genau hinaus? Ich würde sagen, am Montag geht's doch automatisch weiter, wenn wir uns wieder in die Anonymität der Hochhäuser begeben. Hat allerdings ein bisschen was von der Nadel, die man im Heuhaufen sucht, oder?«

»Mittlerweile schon«, bestätigte Rosalie. »Und deswegen könnten wir doch mal in der Kirchengemeinde nachfragen. Vielleicht war er ein aktives Mitglied. Vielleicht stoßen wir hier auf private Kontakte, die uns bislang vollständig fehlen.«

Mads nickte. »Ja, okay, auch wenn ich mir das gerade nicht vorstellen kann. In meinen Augen war der Maschke ein privater Eremit, aber einen Versuch ist es natürlich wert.«

»Eben. Und wenn wir nichts herausfinden, dann bleibt unterm Strich immer noch die Zeugenaussage des Hausmeisters, der Maschke auf dem Dach gesehen haben will.«

»Notfalls ja, aber was ist mit den Hinweisen auf Sex vor seinem Tod? Eine schnelle Nummer da oben auf dem Dach? Und dann die Beobachtungen der alten Vahldiek im Fahrstuhl. Mein Bauch sagt mir, dass da was nicht stimmt.«

»Jetzt hörst du dich wirklich an wie Wim Schneider!«, erwiderte Rosalie und grinste von einem Ohr zum anderen. »Das gefällt mir gerade.«

28. KAPITEL

Nach einer schlaflosen Nacht lag Jadoo völlig erschöpft auf seinem Bett, hatte die Füße überkreuzt und betrachtete schwermütig ein Foto von Veronika, das sie strahlend schön in einem bunten Liegestuhl zeigte. Die Okercabana war ein Beachclub im Bürgerpark und lag direkt am Ufer des Flusses. Auf einem aufgeschütteten weißen Sandstrand konnte man Cocktails schlürfen, Kulinarisches vom Grill genießen und einen Hauch Karibik spüren. Nach Monaten des Versteckspiels in seiner Wohnung oder der Abstellkammer des Restaurants hatten sie sich zuletzt genau hier, in der bei den Braunschweigern sehr beliebten Oase mitten in der Stadt, immer getroffen, um in der wuseligen Menschenmenge abtauchen und einfach eine unbeschwerte Zeit miteinander verbringen zu können. Und genau hier hatte er diesen wunderschönen Schnappschuss von Veronika gemacht. Bei ihrem letzten Treffen hatte sie Jadoo davon berichtet, dass sie befürchtete, Amal könnte inzwischen etwas ahnen. Sie hatte Lali oder Esha im Verdacht, es ihm verraten zu haben. Wer von den beiden Gören sie gesehen hatte, darüber waren Jadoo und Veronika sich nicht einig. Zu schnell war es gegangen und zu ähnlich sahen sich die beiden Schwestern. Aber dass man sie in flagranti erwischt hatte, da waren sie sicher. Jadoo hatte Veronika gebeten, Ruhe zu bewahren und es vielleicht als ein Zeichen zu sehen, dass es nun an der Zeit war, ihrem Ehemann reinen Wein einzuschenken. Veronika hatte dies vehement abgelehnt, es sei noch zu früh und sie müsse noch einiges regeln und Erkundigungen einholen, um sich abzusichern. Eine Ehe dürfe man nicht unterschätzen, denn eine Ehe, das sei in Deutschland ein Vertrag mit Rechten und Pflichten zwischen den Ehepartnern und es sei auch ein Vertrag mit dem Staat. Es ginge um sehr viel im Falle einer Scheidung und Jadoo sah die Angst in Veronikas Augen, als sie ihm von Gütertrennung, Unterhaltsansprüchen und Schulden berichtete. Immer wenn Veronika Kummer hatte oder sich sorgte, hatte er ihr zartes Gesicht in seine Hände genommen und ihr zur Beruhigung einen Kuss auf die Stirn gegeben, so auch nach diesem Gespräch. Bei dem Gedanken an seinen letzten innigen Moment mit Veronika konnte Jadoo sich nicht länger beherrschen und ließ seinen Tränen hemmungslos freien Lauf. Behutsam legte er sich das Foto von Veronika auf die muskulöse Brust und dort blieb es liegen und bewegte sich im Takt seiner Atmung, bis Jadoo sich schließlich umdrehte und sein Gesicht im Kopfkissen vergrub.

Lali hatte sich zuerst die Ordner mit der Beschriftung »Bank« vorgenommen. Sie hielt das für wichtiger, als sich mit Versicherungen zu beschäftigen, denn »Bank« war gleichbedeutend mit »Geld«, und wenn sie alles richtig verstanden hatte, war das Amals dringendstes Problem. Dieser hatte sich inzwischen frisch gemacht, und während er in der Küche sein berühmtes Mango-Lassi zubereitete, summte er ein indisches Liebeslied. Amal hatte einen ausgeprägten Hang zur Melancholie, liebte Bollywood-Filme und konnte sie zum Teil mitsprechen oder auch mitsingen. Lali hingegen konnte diesen kitschig-bunten Film- und Fernsehspektakeln, die zur Krönung aller Skurrilitäten auch noch in der Schweiz gedreht wurden, nichts abgewinnen. Vor allem die musikalischen Tanzszenen gingen ihr tierisch auf den Wecker und Esha hatte jedes Mal einen Gähnanfall bekommen, wenn Amal beim gemeinsamen Fernsehen mal wieder auf einen seiner Heimatfilme bestanden hatte. Ihre kleine Schwester, wohin war sie gefahren, oder vielmehr, wovor war sie geflohen? Als nichts anderes als eine Flucht konnte Lali Eshas Verhalten einordnen. Hatte sie etwas zu verbergen? War sie in Gefahr? War ihr alles zu viel geworden oder war es am Ende eine Art Kurzschlussreaktion gewesen? Lali hoffte so sehr auf Antworten, aber Eshas Handy war nicht mehr zu erreichen.

»Worüber grübelst du?« Amal stand plötzlich im Zimmer und hielt in jeder Hand einen silbernen Becher mit Strohhalm. »Hier, mein Schatz, dein Lieblingsgetränk.«

»Ach nichts«, erwiderte Lali und nahm das Lassi dankend entgegen.

»Du hast schon besser gelogen«, sagte Amal und setzte sich neben Lali auf das Gästesofa.

»Ich will dich mit meinen Sorgen nicht belasten. Du musst dich jetzt um Veronikas Nachlass kümmern, um all das hier.« Lali deutete auf die Unterlagen, die mittlerweile überall auf dem Fußboden verteilt herumlagen. »Da haben wir einiges vor uns.«

»Aber deswegen musst du ja nicht deine Bedürfnisse hintenanstellen. Wenn ich dich frage, wie es dir geht oder was dich bedrückt, dann möchte ich eine ehrliche Antwort hören.«

Lali seufzte. »Ich denke an Esha.«

»Das habe ich mir gedacht. Noch immer kein Lebenszeichen?« Amal legte seinen Arm um Lalis Schulter und streichelte ihr den Oberarm.

»Nein, ihr Handy ist aus und ich bin mir nicht mal sicher, ob sie es noch hat. Ich habe schon über eine Vermisstenanzeige nachgedacht, aber was soll das bringen? Esha ist freiwillig gegangen. Ich habe es ja mit meinen eigenen Augen gesehen.«

»Sie wird ihre Gründe gehabt haben. Ist denn irgendetwas zwischen euch vorgefallen?«

»Nein, eigentlich war alles wie immer. Wobei der Tag schon chaotisch begonnen hatte. Zuerst war die Polizei im Haus, und als Esha die gesehen hat, ist sie weggerannt. Du weißt, warum. Seit damals in Hessen traut sie der Polizei nicht mehr über den Weg, es ist ihr ganz persönliches Kindheitstrauma. Ihr Abgang war dann allerdings so fluchtartig, dass die Polizei sogar die Verfolgung aufgenommen hat, weil sie sie wohl für verdächtig gehalten haben. Aber Esha ist ja klug, hat sich ein Taxi genommen und weg war sie. So hat sie es mir zumindest später am Telefon erzählt. Danach hat sie sich den ganzen Tag im Östlichen Ringgebiet und im Prinzenpark rumgedrückt. Sie liebt diese Gegend und geht dort zu gerne ihren Tagträumen nach. Na ja, und den Rest habe ich dir schon berichtet.«

Amal zog am Strohhalm und nickte. »Ihr hattet die Polizei im Haus?«

»Ja, einen Mann und eine Frau. Die haben Befragungen durchgeführt«, bestätigte Lali und löste sich aus Amals Umarmung, um zum Fenster zu gehen. »Irgendwie ging es um einen Selbstmörder, der sich vom Dach des Hochhauses gestürzt hatte. Und übrigens, Amal, ich glaube, wir bekommen jetzt auch Besuch von der Polizei.«

»Ach, guck, die Harzer Kollegen sind schon da«, sagte Rosalie, die gegenüber Mads ein paar Meter Vorsprung hatte. »Da vorne steht ein Polizeiwagen mit Goslarer Kennzeichen. Das kann ja jetzt kein Zufall sein.«

»Warte kurz auf mich, ich komme gleich, nur diese eine Aufnahme noch. Ich könnte mich hier dumm und dusselig fotografieren«, rief Mads hinter Rosalie her und kam auf dem ungleichen Kopfsteinpflaster fast ins Stolpern, als er sich um die eigene Achse drehte.

»Habe ich ja gesagt, dass das hier ein kleines, aber besonders schönes Fleckchen Braunschweigs ist. Pass auf, dass du langes Elend dir hier nicht noch die Haxen brichst.«

»Ja doch, ich passe auf, aber das ist auf diesem Untergrund leichter gesagt als getan. Wahrscheinlich steht hier selbst der Straßenbelag noch unter Denkmalschutz.«

»Das kann gut sein«, meinte Rosalie, die stehen blieb, als die Ägidienstraße auf Hinter Liebfrauen stieß und sie beobachtete, wie zwei Polizeibeamte auf das Gebäude mit der Hausnummer 41 zugingen. Unverkennbar war dies der Standort des Restaurants Mumbai Palace. Die Fassade war aufwendig gestaltet und erinnerte an das Eingangsportal eines Maharadscha-Palastes. Links und rechts neben der Tür standen sogar zwei Elefantenstatuen, und sosehr diese Deko zu einem indischen Restaurant passte, in die Umgebung passte es überhaupt nicht. Rosalie fragte sich, ob die Kumars für die Fassadengestaltung Genehmigungen gebraucht hatten.

»Die sind bestimmt wegen der Bremsen da«, flüsterte Mads, der sich hinter Rosalie an eine Häuserwand gestellt hatte.

»Das vermute ich auch. Es juckt mich richtig in den Fingern, die jetzt einfach mal anzusprechen. Aber wenn ich in deren Situation wäre, dann würde meine Begeisterung sich in Grenzen halten, wenn mich eine nicht zuständige Kollegin mal eben anquatschen würde.«

»Jepp, das sehe ich auch so. Und was machen wir jetzt?«

Rosalie überlegte kurz. »Ich schreibe dem Schneider erst mal eine Status-SMS. Ich habe versprochen, ihn auf dem Laufenden zu halten.«

»Eine SMS? So was gibt es noch?«, erwiderte Mads.

»Frag nicht. Wim Schneider und Technik, das ist ein Kapitel für sich.«

»Ich frage aber!«

»Und ich erzähle dir das mal in Ruhe. Dazu brauche ich starke Nerven oder Alkohol.«

»Oder eine Notfallzigarette?«

»Nein, Alkohol reicht.«

»Der Schneider ist ja anscheinend wirklich ein spezieller Typ. Bleiben wir jetzt hier stehen und observieren?«

»Ich schlage vor, dass wir uns gleich um das Abendessen kümmern. Wir wollen doch noch Indisch essen gehen, oder? Also werden wir uns mal die Speisekarte durchlesen, die da vorne neben dem Eingang im Glaskasten hängt. Das sollte ja wohl kein Problem sein. Immerhin sind wir zufällig bei unserem Spaziergang hier langgegangen.«

Mads grinste. »Na, dann mal los.«

Der Burgberg-Parkplatz in Bad Harzburg war bereits gut gefüllt, als Sigrid sich mit hochrotem Kopf und erst nach mehreren Anläufen rückwärts in eine Parklücke gequetscht hatte. Das Auto stand nach wie vor windschief und Wim würde dank seiner gepflegten Plauze Schwierigkeiten haben, über die Beifahrerseite auszusteigen, aber immerhin war das an Peinlichkeit kaum zu überbietende Einparkmanöver endlich beendet. Während Biggi sich einfach die Hände vor das Gesicht hielt, um ihren kleinen Lachanfall zu verbergen, sprach Wim direkt aus, was ihm durch den Kopf schoss.

»Mein Gott, Sigrid, das war ja eine schwere Geburt!«

»Halt die Klappe, Wim. Konnte ja keiner ahnen, dass das hier schon so voll ist.« Sigrid wischte sich den Schweiß von der Stirn und warf ihrem Bruder einen säuerlichen Blick zu.

»Nein? Heute ist zufällig Samstag, es ist zum ersten Mal seit einer halben Ewigkeit richtig schönes Wetter und wir sind in einem der beliebtesten Touristenorte im Harz. Lass mich kurz nachdenken … und da hattest du nicht auf dem Schirm, dass es eng werden könnte auf den Parkplätzen? Du bist doch die Weltmeisterin im Planen«, entgegnete Wim mit einem süffisanten Unterton.

»Ich wiederhole mich ungern, aber halt einfach die Klappe. Wir haben jetzt einen Parkplatz, und zwar genau dort, wo ich den auch eingeplant hatte, und damit ist es gut. Denn schau mal nach links. Da ist zufällig schon die Bushaltestelle!«

»Lass dich nicht ärgern, Sigrid. Wenn Wim doof wird, dann hat er schlechte Karten. Wir Frauen sind heute in der Überzahl«, mischte sich Biggi ein. »Aber ich muss zugeben, dass das schon ein bisschen komisch war, dein Vor- und Zurückgeruckel.«

»Ja doch, ich gebe es ja zu! In Helmstedt habe ich halt meine Garage und in die Stadt gehe ich zu Fuß oder fahre mit dem Rad. Ich bin es nicht gewohnt einzuparken, und schon gar nicht, wenn es eng wird, okay?«

Biggi prustete los. »Entschuldige bitte, Sigrid, aber das muss jetzt einmal raus. Du hast gerade wirklich das Klischee der schlecht einparkenden Frau mit Bravour erfüllt. Es war eine absolute Katastrophe!« Als Biggi sich den

Bauch vor Lachen hielt und quer über der Rückbank lag, konnten auch Sigrid und Wim sich nicht länger beherrschen. »Nach dem Stimmungstief der letzten Tage versetzen meine Hormone mich heute offensichtlich in gute Laune. Bitte sei mir nicht böse, aber ich schmeiß mich weg.«

»Böse? Überhaupt nicht! Es ist so schön, dass wir heute wieder miteinander lachen können. Nach dem Desaster von gestern tut das richtig gut. Dafür mache ich mich auch gerne für euch zum Klops«, sagte Sigrid zufrieden und zog den Zündschlüssel ab.

»Das stimmt, dafür bist du auch mein Lieblingsklops«, erwiderte Wim erleichtert und gab seiner Schwester einen Kuss auf die Wange.

»Ich kann nicht mehr!« Biggi wischte sich die Tränen aus den Augen. »Lieblingsklops ... das kriege ich doch nie wieder aus dem Kopf! Und verdammt, jetzt sehe ich bestimmt wieder aus wie ein Pandabär. Wann fährt der Bus zu den Rabenklippen? Ich muss vorher unbedingt noch mal einen Blick in den Spiegel werfen.«

29. KAPITEL

Ulli Thormeyer hatte sich bei ihrer Tochter untergehakt, während sie gemeinsam bei strahlendem Sonnenschein am Wasserturm vorbei in Richtung Hauptstrand schlenderten. »Ich freue mich wirklich, dass du da bist. Und du hast das perfekte Wetter gleich mitgebracht!«

Anne Thormeyer rückte ihre Sonnenbrille zurecht, die wegen der Sonnencreme auf ihrer Nase verrutscht war. »Ich mich auch, Mama. Ich habe das hier einfach gebraucht und ich bin so froh, diesen Rückzugsort zu haben. Weißt du, obwohl ich seit ein paar Tagen nicht im Schuldienst bin, geht es mir nicht besser, stattdessen habe ich das Gefühl, dass es noch schlimmer wird.«

»Das ist doch normal, mein Mädchen. Hast du schon mal etwas von einer Erstverschlimmerung gehört?«

»Ja, aber nicht im Zusammenhang mit meinem Erschöpfungssyndrom. Eher, wenn es um Osteopathie oder Homöopathie geht.«

»Da kommt es vielleicht auch vor, aber im Grunde ist es bei dir doch genauso. Du hast es selbst gesagt: Du bist einfach erschöpft. Und jetzt, wo du endlich mal zur Ruhe kommst, da merkst du erst, wie tief diese Erschöpfung tatsächlich bei dir sitzt. Du musst nicht mehr funktionieren, sondern kümmerst dich endlich mal nur um dich.«

»Wie recht du hast«, erwiderte Anne betrübt und kämpfte mit den Tränen. »Ich habe mir wohl nie eingestanden, unter welchem Druck ich stand. Diese Ansprüche an mich selbst haben mich komplett überfordert. Ich habe mich immer als starke Frau gesehen, die nichts umhaut und die voll und ganz hinter ihren Entscheidungen steht. Aber die Verantwortung in meinem Job, diese ständige Erreichbarkeit, diese Eltern, zu denen man immer nett und freundlich sein muss, auch wenn sie noch so anstrengend sind. Ich habe es ja auch Rosalie schon gesagt, die Eltern sind wirklich das Schlimmste in meinem Beruf. Ich habe es so satt, mich immer hinter der Fassade der engagierten und verständnisvollen Grundschullehrerin verstecken zu müssen.«

»Wollen wir uns die Schuhe ausziehen, so wie immer?«, fragte Ulli ihre Tochter, als sie den Sand erreicht hatten.

»Unbedingt! Die können in meinen Rucksack.«

»Weißt du, Anne, das klingt doch alles schon mal ziemlich reflektiert und das ist ein erster wichtiger Schritt in die richtige Richtung, wenn du mich fragst. Was sagt denn deine Rosalie überhaupt zu all dem?« Ulli Thormeyer setzte sich auf eine Bank und öffnete ihre weißen Turnschuhe.

»Es ist kompliziert. Wir kennen uns noch nicht so lange und ich habe Angst, sie damit zu überfordern. Es reicht, wenn ich es bin.«

»Aber sie ist doch deine Freundin. Oder ist sie nur eine Affäre?«

»Mama!«, Anne war unsicher, wie viel sie ihrer Mutter über ihr Privatleben erzählen wollte.

»Entschuldige, du musst nicht mit mir drüber sprechen, aber Braunschweig ist halt weit weg und ich fände es als deine Mutter beruhigend, wenn sie jemand wäre, der dir beisteht und für dich da ist.«

Anne dachte für einen kurzen Augenblick nach. »Ich denke schon, dass Rosalie für mich da wäre, aber ich habe auch gemerkt, dass sie ihr eigenes Päckchen zu tragen hat, und um das abschließend beurteilen zu können, kennen wir uns noch nicht lange genug. Was ist denn schon ein Vierteljahr?«

»Hast du sie denn mal angerufen, seitdem du hier bist?«

»Noch nicht, aber das habe ich jetzt am Wochenende vor. Sie ist immer sehr beschäftigt und ermittelt aktuell auch in einem Fall.«

»Sie ist in einer Mordkommission oder so was?«

»Ja, genau. Die exakte organisatorische Bezeichnung ist, glaube ich, eine andere, aber sie ermittelt vor allem in Fällen von Tötungsdelikten. Allerdings war sie zuletzt an einem vermeintlichen Selbstmord dran, soweit ich das mitbekommen habe. Eigentlich finde ich das total spannend, wenn sie aus dem Nähkästchen plaudert, aber im Moment habe ich da einfach keinen Kopf für. Und dann fühle ich mich wieder schlecht, weil ich ihr nicht die Aufmerksamkeit geben kann, die sie verdient.« Anne beobachtete betrübt, wie ihre Mutter sich wieder erhob, und nahm ihre Turnschuhe entgegen.

»Weißt du was? Jetzt gehen wir erst mal über den Strand und lassen uns durchpusten. Das hilft immer!«

»Ich muss mal eben telefonieren!« Wim hielt sein Handy in der Hand und war im Begriff, sich von der Bushaltestelle zu entfernen.

»Jetzt? Kann das nicht warten? Der Bus kommt gleich«, entgegnete Sigrid und zog eine Schnute.

»Ja, jetzt. Geht schnell! Wer weiß, ob ich da oben Empfang habe.«

Biggi grinste in sich hinein und bremste Sigrid aus, indem sie sie sanft am Unterarm berührte. »Mach doch ruhig, Wim. Der nächste Bus kommt notfalls bestimmt und Sigrid und ich warten da vorne im Schatten. Du gibst ja ansonsten eh keine Ruhe.«

Dankend nickte Wim den beiden Frauen zu und ging ein paar Schritte die Straße hinunter, bevor er sich die Nummer von Rosalie Helmer heraussuchte. Während seines Krankenhausaufenthaltes hatte er genügend Zeit zum heimlichen Üben gehabt und war mittlerweile in der Lage, direkt aus seinen Kontakten im Handy jemanden anzurufen. Stolz stellte er fest, dass es wirklich funktionierte, da er nicht nur sofort durchkam, sondern Rosalie Helmer das Gespräch auch unmittelbar annahm und ihn sogar ohne Worte erkannte.

»Herr Schneider, es ist gerade ungünstig. Kann ich später zurückrufen?«

»Frau Helmer, warum sind Sie so leise? Ich rufe wegen Ihrer SMS an. Sind die Kollegen aus Goslar noch da? Ich kann später nicht sprechen, denn dann muss ich mir Luchse im Wald anschauen.«

»Luchse?«

»Ja, wir fahren gleich zum Luchsgehege an den Rabenklippen und wer weiß, ob ich da telefonieren kann. Im Harz gibt es mehr als ein Funkloch, das können Sie mir glauben!«

»Und wo sind Sie jetzt?«

»Das wollte ich Sie gerade fragen. Ich bin noch in Bad Harzburg, an einer Bushaltestelle, und Sie?«

»Wir stehen direkt vor dem Restaurant und lauschen«, antwortete Rosalie mit gedämpfter Stimme.

»Sie lauschen? Sehr gut! Wie denn das? Was hören Sie?«

»Wir studieren gerade die Speisekarte des Restaurants, aber über dem Eingang scheint direkt die Wohnung der

Kumars zu sein. Das Fenster ist gekippt und wir können Gesprächsfetzen erhaschen.«

»Ausgezeichnet! Weitermachen, Frau Helmer. Ich melde mich wieder! Und geben Sie sich nicht zu erkennen, wir wollen ja alle keinen Ärger!«, sagte Wim und beendete das Telefonat. Das lief doch wie am Schnürchen. Sein guter Eindruck von Rosalie Helmer bestätigte sich einmal mehr. Die Frau war pfiffig und hatte denselben Ermittlerinstinkt wie er. Ein weiterer triftiger Grund, sich in Braunschweig zu bewerben. Mit der konnte man arbeiten.

In sich zusammengesunken saß Amal auf dem Sofa und fühlte sich wie in Watte gepackt. Die Worte der beiden Polizisten aus dem Harz drangen kaum zu ihm durch. Während Lali mit dem Rücken zum Fenster stand und das Gespräch sorgenvoll beobachtete, ratterte es pausenlos in Amals Kopf. Manipulierte Bremsen, Mord, Feinde, Motiv, all diese bösen Wörter prasselten wie ein Hagelschauer auf ihn ein und schmerzten wie kleine Nadelstiche auf der Haut.

»Herr Kumar, eine letzte Frage: Wo waren Sie eigentlich an dem Tag des Unfalls Ihrer Frau?«, fragte der größere der beiden Polizisten.

»Er war hier im Restaurant. Den ganzen Tag, das kann ich bezeugen. Ich arbeite in der Küche«, warf Lali ein, woraufhin Amal sie dankbar ansah. Als von der Straße Stimmen zu ihnen nach oben hallten und die Polizisten für einen Moment irritiert zu Lali schauten, drehte sie sich um und schloss das Fenster.

»Gut, dann sind wir auch für heute erst mal durch. Bitte stellen Sie Ihre Erreichbarkeit sicher, falls wir noch weitere Fragen haben«, sagte der kleinere und korpulentere

Polizeibeamte, dessen Name Amal schon wieder vergessen hatte.

»Ja, sicher, ich bin hier, ich bin eigentlich immer hier. Wir müssen heute Abend wieder öffnen. Das Wochenendgeschäft ist wichtig für uns.«

»Ich bringe Sie zur Tür«, sagte Lali und begleitete die beiden Polizisten nach draußen, die zum Abschied ankündigten, sich zeitnah wieder zu melden.

Als er endlich allein im Zimmer war, lehnte Amal sich schwerfällig gegen die Rückenlehne des Sofas und schloss die Augen. Was für ein Desaster. Was um alles in der Welt war vorgefallen? Er hatte eine böse Vorahnung, aber die einzige Person, die zur Aufklärung beitragen konnte, war für ihn nicht erreichbar. Plötzlich wünschte er sich Esha wieder zurück.

Am Waisenhausdamm bogen sie rechts ab, folgten den Gleisen der Tram und beendeten ihren Rundgang, um auf dem kürzesten Weg in das Magniviertel zurückzukehren.

»Das war doch ganz spannend und aufschlussreich«, stellte Mads fest.

»Allerdings. Ich weiß jedoch nicht so recht, was wir mit diesem Wissen jetzt anfangen sollen. Wir haben noch mal bestätigt bekommen, was wir im Grunde schon wussten. Die Bremsen waren manipuliert und die Kollegen aus Goslar ermitteln nun in einem Mord. Und nach dem, was ich aufschnappen konnte, war der Ehemann sehr wortkarg. Entweder weil er nicht mehr sagen konnte oder nicht mehr sagen wollte oder aber, weil er einfach unter Schock stand. Ohne dabei gewesen zu sein, kann ich das nicht beurteilen. Wir hätten den Typen und seine Körpersprache live sehen müssen.«

»Stimmt, dann hätte man die Gesamtsituation wohl besser einschätzen können. Und dass die dann auch noch das Fenster oben zugemacht haben …«

»… das haben wir Herrn Schneider und seinem Anruf zu verdanken«, unterbrach Rosalie Mads. »Ein blöderes Timing konnte es ja nicht geben. Lass uns mal abwarten, wie es weitergeht. Vielleicht fällt uns heute Abend etwas auf, wenn wir dort essen gehen. Ich werde mich zu Hause gleich mal um eine Online-Reservierung kümmern.«

»Das mach mal. Ich werde mich um meine WG kümmern und nach Hause radeln. Es hilft ja nichts.«

»So ist es! Et kütt, wie et kütt!«

30. KAPITEL

Den abgewetzten Möbeln sah man ihr Alter deutlich an und ein modriger Geruch hatte sich in den Polstern festgesetzt. Schon deshalb konnte sie sich nicht vorstellen, für längere Zeit hierzubleiben oder sogar Kundschaft an diesem Ort zu empfangen. Vorhin war alles ganz schnell gegangen. Irgendetwas schien nicht zu stimmen, denn nachdem sie aus dem Badezimmer herausgekommen war, hatte er bereits mit einer kleinen Tasche mit dem Nötigsten auf sie gewartet. Schneller, als ihr lieb war, hatte er sie über den Fahrstuhl und die Tiefgarage direkt aus dem Hochhaus gebracht. Zum ersten Mal seit ihrer Ankunft, zum ersten Mal nach einem halben Jahr hatte sie versteckt unter der großen Kapuze einer schwarzen Trainingsjacke ihr Gefängnis verlassen. Eine Gelegenheit zur Flucht hatte es jedoch nicht gegeben, denn er hatte ihren dünnen Oberarm mit seiner bulligen Hand fest im Griff gehabt. Aussichtslos war auch ihr Unterfangen gewesen, vor der Flucht wenigstens eigene Sachen herauszusuchen oder sogar an ihr geheimes Versteck zu gelangen. Dabei lag genau dort hinter einem unscheinbaren grauen Lüftungsgitter ihre Zukunft, dort lag Bertis Geld.

Wegen der Dunkelheit und weil sie die Stadt nicht kannte, konnte sie sich nicht orientieren, aber schon nach etwa einer Viertelstunde Fahrtzeit hatte er das Auto auf einem abgelegenen Schotterparkplatz abgestellt, ihr die Augen verbunden und sie hierhergebracht. »Nur für den Übergang«, hatte er ihr gesagt, »bis sich die Situation beruhigt hat.« Als sie gefragt hatte, was er damit meine, hatte er ihr ins Gesicht geschlagen und sie angeranzt, dass sie keine Fragen zu stellen habe. Als sie ihn gebeten hatte, ihr wenigstens zu sagen, wie lange sie hier ausharren sollte, hatte er sie am Hals gepackt und gegen die holzvertäfelte Wand gedrückt. Sie habe sich ganz ruhig zu verhalten, auch wenn sie draußen Stimmen hörte. Die Fensterläden sollten unbedingt geschlossen bleiben, hatte er ihr gesagt, nachdem er den Würgegriff an ihrer Kehle wieder gelockert hatte, und verlassen dürfe sie die Laube auch nicht. »Die Laube« … Sie hatte ihm angesehen, dass eine gehörige Portion Wut über seinen eigenen Versprecher in ihm hochgekocht war, und sie hatte gewusst, dass sie das Echo würde ausbaden müssen, wenn sie nur noch ein falsches Wort sagte. Also hatte sie geschwiegen und den Blick demütig gesenkt.

Es musste nun etwa einen halben Tag her sein, seit er gegangen war, und um sich abzulenken und um gegen ihre Angst anzukämpfen, hatte sie damit begonnen, die Laube zu putzen. Überall hingen Spinnweben und der PVC-Fußboden klebte bei jedem ihrer Schritte. Er wäre sicher dankbar, wenn sie das Zimmer reinigen würde, denn dass dies sehr lange niemand mehr getan hatte, war offensichtlich. Zum wiederholten Mal nahm sie die blaue Flasche mit dem Textilerfrischer, die sie in dem Putzeimer unter der windschiefen Spüle gefunden hatte, und sprühte alles ein.

Es galten also die gleichen Verhaltensregeln wie im Apartment. Unerkannt bleiben, am besten unsichtbar, ansonsten würde er ihr sehr wehtun oder sie sogar abgeben. Und was genau das bedeutete, darüber wollte sie lieber nicht nachdenken. Die abgestandene Luft war einfach nicht auszuhalten, und während sich eine Brise von künstlichem Blütenduft im Raum verteilte und sie beobachtete, wie die kleinen Sprühpartikel im Schein der matten Glühbirne tanzten, fasste sie den Entschluss, wenigstens eines der Fenster einen Spalt zu öffnen. Nur für einen Moment.

Mads schlich die Treppenstufen nach oben und ertappte sich dabei, wie er den Atem anhielt. War das nicht einfach nur lächerlich? Spätestens wenn er die Wohnungstür aufschloss, würden sie ihn bemerken. Vielleicht hatte er ja auch Glück, denn Samstagmittag waren die Jungs oft gar nicht zu Hause, sondern beim Sport, beim Einkaufen oder sonst wo. Also Augen zu und durch.

Mads' stille Hoffnung zerplatzte aber wie eine Seifenblase, als er den Schlüssel in das Türschloss steckte und Gesprächsfetzen aus der Wohnung hörte. Eindeutig erkannte er die tiefe Stimme von Jan, und so musste Mads noch einmal schlucken, bevor er unsicher den Flur betrat. Von der Garderobe aus konnte er schräg in die Küche gucken. Dort saß ein fremder junger Mann in Boxershorts und mit einem beeindruckenden nackten Oberkörper auf der Arbeitsplatte und ließ die Beine baumeln. Eine schmerzliche Enttäuschung überkam Mads mit einer unerwarteten Wucht und er überlegte kurz, ob er am besten gleich wieder gehen sollte. Dafür war es allerdings zu spät, als Jan in der Tür erschien und ihn freudestrahlend begrüßte.

»Mensch, Mads, ich wollte schon eine Vermisstenanzeige aufgeben. Wo warst du denn?«

»Ich ... ich habe spontan bei einer Freundin übernachtet. Wir sind gestern komplett versackt«, entgegnete Mads und erwischte sich dabei, wie er seinen Mitbewohner von oben bis unten musterte. Jan trug zwar keine Boxershorts, sondern eine kurze Sporthose, aber auch er war ohne T-Shirt unterwegs und es war unverkennbar, dass er geschwitzt hatte.

»Soso, versackt. Na, dann hoffe ich mal, dass du heute keinen Kater hast. Wir haben gerade einen frischen Kaffee aufgesetzt. Möchtest du auch einen?«

»Wer ist ›wir‹?«, fragte Mads und hätte sich auf die Zunge beißen können, als er bemerkte, wie zickig er klang.

Jan grinste und trat einen Schritt beiseite. »Wir, das sind die Geschwister Stratmann. Das ist mein Bruder Gregor.«

Mads fiel ein Stein vom Herzen und augenblicklich entspannten sich seine verhärteten Kiefermuskeln. »Ach, du hast einen Bruder? Ja, also ein Kaffee wäre prima.«

Spontan nahm Jan Mads' Hand und zog ihn in die Küche.

»Du bist also Mads? Moin, schön, dass wir uns mal kennenlernen!«

Gregor machte einen Satz von der Arbeitsplatte und reichte Mads die Hand. »Ich bin spontan hier vorbeigekommen.«

»Spontan?« Mads ging zur Kaffeemaschine, nahm sich die Glaskanne und einen Becher aus dem Regal über dem runden Esstisch.

»Jepp. Ich studiere in Berlin und war bis gestern bei meiner Freundin in Göttingen. Mein ICE ist dann in Braunschweig gestrandet, Getriebeschaden. Da war es schon praktisch, dass mein kleiner Bruder hier wohnt.«

»Verstehe, dann hast du hier also übernachtet?«

»Genau! Und endlich haben wir mal wieder unseren legendären Frühsport zusammen gemacht. Aber Jan ist ganz schön aus der Form. Bei den Liegestützen hat er komplett versagt. Ihr müsstet mal zusammen trainieren.«

Mads warf Jan einen Blick zu. »Ich bin ja eher der Jogger und Radfahrer, aber gegen Fitness zu Hause habe ich auch nichts einzuwenden.«

Jan erwiderte Mads' Blick mit einem Zwinkern. »Dann bist du ab morgen früh fällig! Aber erst nach dem Kirchgang.«

»Hör mir auf, für dieses Wochenende hatte ich schon genug Kirche und Montag geht's gleich weiter.«

»Warum das denn?«, erkundigte sich Gregor und setzte sich auf einen der bunten Kunststoffstühle, die rund um den Tisch standen.

»Laufende Ermittlungen halt. Ich darf da nicht so viel drüber erzählen. Aber auf der Agenda stehen ab sofort die Katholiken.«

»Ui, dann geht es bestimmt um St. Aegidien«, sagte Jan eher beiläufig und stellte seinen leeren Kaffeebecher in den Geschirrspüler.

»Wie kommst du ausgerechnet auf diese Kirche?«, fragte Mads erstaunt, während er wohlwollend registrierte, wie Jans knackiger Po sich in der kurzen Hose deutlich abzeichnete.

»Ist halt die einzige katholische Kirche in der Innenstadt. Die Protestanten sind hier im Stadtgebiet in der deutlichen Überzahl. Und du hast ja mal erzählt, dass du außerhalb des Cityrings noch nichts von Braunschweig gesehen hast.«

»Scharf kombiniert«, bemerkte Mads anerkennend.

»Und wie der Zufall es so will, engagiert sich unsere Tante da in der Gemeinde«, ergänzte Gregor und schlug die Beine übereinander.

Mads riss die Augen auf. »Ach was? Sagt mal, habt ihr einen guten Draht zu eurer Tante?«

Zu Hause fiel ihr die Decke auf den Kopf und bis zum indischen Abendessen mit Mads waren es noch ein paar Stunden. Rosalie nutzte den Samstagnachmittag, um im Büro in der Münzstraße aufzuräumen, fast so wie in alten Zeiten als Single. Sie musste sich einfach ablenken, um nicht ständig auf ihr Handy zu starren. So langsam könnte Anne sich ruhig mal melden. Konzentriert saß Rosalie an ihrem Schreibtisch und legte eine Akte zum Todesfall Berthold Maschke an. Fotos vom Tatort, wenn er denn einer war, die Zeugenaussage der Bestatterin, die die Auffälligkeiten an der Leiche festgestellt hatte, und die Unterlagen der Bank und der Versicherung. Die Ausdrucke der Fotos von der Wohnungsdurchsuchung steckte Rosalie in einen separaten Umschlag, zum einen wegen des sehr sensiblen pornografischen Inhalts, zum anderen, weil sie nicht ständig dieses Messie-Chaos sehen wollte, wenn sie die Akte aufschlug. Ihr Blick blieb an dem Foto von dem Bargeld hängen, welches Mads als Erster entdeckt hatte. Hier waren sie noch kein Stück weitergekommen. Zwangsläufig musste Rosalie an den skurrilen Namen des Bankberaters denken: Gordon-Lee Krautwurst. Wenn sie das Namensschild nicht wahrhaftig gelesen hätte, würde sie so einen Namen eher in einem Comedy-Programm vermuten. Wo kam das Geld her und wofür brauchte man so viel Bargeld? Hatte Berthold Maschke eine Anschaffung tätigen wollen oder Schulden gehabt?

Mit dem Foto in der Hand stand Rosalie von ihrem Schreibtischstuhl auf und wanderte murmelnd durch das Zimmer. »Was hast du an jenem Mittwoch gemacht? Du bist morgens aufgestanden, hast dich in deinem Drecksloch in der Mauernstraße für die Arbeit fertig gemacht und bist zur Arbeit gegangen. Du warst gerne zu Fuß unterwegs, hat deine Chefin gesagt. Deswegen parkt dein Auto noch in der Mauernstraße. Aber auch an diesem Tag? Es hat ununterbrochen geregnet! Wie bist du zum Hochhaus gekommen? Hast du den Bus oder die Tram genutzt? Du hast dich im Büro um 15.00 Uhr ausgestempelt und etwa zwei Stunden später bist du tot. Du wurdest auf dem Dach des Hochhauses gesehen. Du hattest kurz vor deinem Tod Sex, das Sperma in deiner Harnröhre hat dich verraten. Du hattest harten Sex, denn dich hat jemand gebissen, dich hat jemand gefesselt. Du warst bei einer Prostituierten!«

Das war's! Berthold Maschke könnte im Hochhaus bei einer Prostituierten gewesen sein! 10. Etage, er war garantiert einer der Typen, den Hildchen Vahldiek im Fahrstuhl gesehen hatte. Das Bargeld in der Wohnung war für eine Sexarbeiterin gewesen, denn die nahmen Bargeld für ihre Dienste, nichts anderes. Rosalie hastete zu ihrem Schreibtisch zurück und blätterte ihre Notizen durch. Wie hieß der Mieter des letzten Apartments, bei dem nie jemand zu Hause war? Aus Zeitmangel waren sie noch nicht dazu gekommen, die einzelnen Gespräche abschließend zu protokollieren, aber den Namen hatte sie im Mieterverzeichnis gelesen. Oder hatte Mads den Namen vorgelesen? Oder hatte ihnen der Hausmeister den Namen gesagt? Diese vielen Gespräche, diese vielen Namen, sosehr sie sich anstrengte, Rosalie konnte sich einfach nicht erinnern. Sie mussten herausfinden, was sich hinter der Tür dieses Apartments abgespielt hatte.

Nervös tippte Rosalie mit den Fingerspitzen auf ihre Schreibtischunterlage und durchwühlte alles, was sie zum Fall Berthold Maschke finden konnte. Fehlanzeige: Das verfluchte Mieterverzeichnis war nicht da. Angestrengt dachte Rosalie nach. Mads musste die Unterlagen noch bei sich haben. Er war den ganzen Tag mit dem Verzeichnis herumgelaufen, er war auch die Kontaktperson der Hausverwaltung gewesen und der Empfänger der Mails. Sein Passwort für den Computer kannte Rosalie natürlich nicht. Wenn schon Scheiße, dann richtig! Aufgeregt schnappte sie sich ihr Handy und wählte Mads' Nummer. Das hier konnte nicht bis zum Chicken Tikka und Lamm-Curry um 19.00 Uhr warten.

31. KAPITEL

»Amal, ich flehe dich an! Wenn ich dir helfen soll, dann musst du mir jetzt verdammt noch mal die Wahrheit sagen! Warum hat die Polizei dir diese ganzen Fragen gestellt? Die Bremsen waren manipuliert! Weißt du eigentlich, was das heißt? Mord, Amal, Mord! Jemand hat deine Frau umgebracht!« Lali war den ganzen Nachmittag über außer sich gewesen und hatte immer und immer wieder versucht, auf Amal einzureden. Nun stand sie erneut vor ihm, hatte ihm die Hände auf die Schultern gelegt und suchte seinen Blick. »Wenn du das Restaurant heute Abend öffnen willst, dann müssen wir jetzt auch bald runter. Du musst dich noch umziehen und ehrlich gesagt auch mal frisch machen. Du bist durchgeschwitzt und müffelst.«

Amal saß in sich gekehrt immer noch auf dem Gästesofa und hatte sich seit Stunden nicht bewegt. Sein Blick war ausdruckslos und auf Lalis direkte Ansprache reagierte er kaum. Er wirkte nahezu apathisch. »Ich weiß, kleine Lali. Gib mir bitte noch ein paar Minuten. Am besten gehst du schon mal vor«, entgegnete er mit gebrochener Stimme.

Vorsichtig ließ Lali von Amal ab, um das Zimmer in Richtung Bad zu verlassen. »Ich mache jetzt den Anfang und hopse unter die Dusche. Aber wir sind noch nicht fertig. Ich möchte Antworten, Amal, hörst du mich? Antworten!«

»Ich höre dich. Aber ich kann da jetzt nicht drüber sprechen, auch wenn du dich noch so aufregst. Wenn du mir bei den Unterlagen nicht helfen möchtest, verstehe ich das.

Dich zwingt niemand zu etwas. Und nun lass mich bitte einen Augenblick allein.«

Lali nickte und schloss leise die Tür des Gästezimmers. Die letzten zwei Tage glichen einem Albtraum, aus dem sie einfach nur aufwachen wollte.

»Ist das nicht herrlich hier?« Sigrid hatte es sich neben Biggi gemütlich gemacht, die an den Rand der Holzbank gerückt war und mit der Verschlusskappe einer neuen Tube Sonnencreme kämpfte. Wim nahm aus einer kleinen Plastikflasche einen großen Schluck lauwarmer Apfelsaftschorle und bedauerte es insgeheim, den Flachmann wieder im Wäschebeutel verstaut zu haben. Er verzichtete auf den direkten Brockenblick und darauf, sich wie ein Huhn auf der Stange neben seine Begleiterinnen zu setzen. Nicht zuletzt wegen des ausladenden Hinterteils seiner Schwester blieb er lieber stehen und lehnte sich mit dem Rücken gegen das Sicherheitsgeländer. »Ja, das hat schon was. Das hast du gut ausgesucht, Sigrid, obwohl die letzten Meter bis hierhin dem Kraxelhuber in mir schon einiges abverlangt haben.«

»Nun stell dich mal nicht so an. Sport tut dir gut und jetzt, wo die Yogalehrerin tot ist, wird das Angebot in der Klinik ja nicht gerade ausgebaut«, entgegnete Sigrid. »Die Rabenklippen sind ein *mustheff*, habe ich im Reiseführer gelesen. Es geht doch nichts über eine gute Planung. Schaut euch diese Aussicht an!«

Biggi verteilte mehrere Tupfer Creme in ihrem Gesicht und war offenbar dankbar, im Rahmen ihrer Sonnenbrandprophylaxe den Mund unauffällig verziehen zu können. So fiel hoffentlich niemandem auf, dass sie sich das Lachen verkneifen musste. Es war sicher wie im Italienischen, man konnte die Wörter im Englischen so oder so aussprechen. Basta! »Ja, da gebe ich dir recht, diese schöne Aussicht hier oben sollte man sich nicht entgehen lassen. Wirklich ein absolutes Muss. Und sogar die Sonne lässt uns heute nicht im Stich. Perfetto! Will sich noch jemand eincremen? Sigrid, du vielleicht? Und was sind denn die weiteren Pläne?«

»Na ja, also ein bisschen Sonnenschutz würde ich auch nehmen, danke. Nach der Mittagspause hier oben könnten wir am Luchsgehege vorbei zu Fuß nach unten laufen bis zum Baumwipfelpfad und kämen dann am Molkenhaus vorbei für eine Kaffeepause«, entgegnete Sigrid.

»Pausen gefallen mir sehr gut. Aber den ganzen Weg bergab?« Wim klang wenig begeistert. »Das machen meine Knie nicht mit.«

Sigrid verdrehte die Augen. »Man kann auch bis zum Molkenhaus mit dem Bus fahren und dann den Rest laufen. Wäre das für unsere Rentnertruppe ein Kompromiss?«

»Ich fühle mich nicht angesprochen«, sagte Biggi.

»Du kommst in die Wechseljahre. Das ist so was wie der innere Vorruhestand«, erwiderte Wim spontan und nahm einen weiteren Schluck Schorle.

»Sehr charmant, wie immer!« Sigrid legte einmal mehr einen Arm um Biggi. »Gut, dass ich schon so oll bin, dass bei mir nichts mehr wechselt, außer der Haarfarbe. Wir gehen zu Fuß, und wenn es gar nicht mehr funktioniert, können wir immer noch Bus fahren, bevor uns Wim abkrepelt.«

»Das habe ich jetzt überhört«, sagte Wim und zwinkerte den beiden Frauen zu. »Auf dem Weg nach unten habe ich dann hoffentlich auch wieder einen adäquaten Handyempfang.«

Verwundert schaute Sigrid ihren Bruder an. »Seit wann spielt das denn bei dir eine Rolle? Solange ich denken kann, empfindest du doch eine tiefe Abneigung gegen Handys. Und plötzlich musst du ständig telefonieren, freiwillig, wohlgemerkt, und nun vermisst du dein Handynetz. Was ist hier eigentlich genau los?«

Biggi hob die Hände. »Ich bin unschuldig!«

Wim räusperte sich. »Reg dich nicht künstlich auf, Sigrid. Alles ist in bester Ordnung. Auch ich erwarte mal einen Anruf. Und wenn ich ganz viel Zeit habe, dann werde ich an die zuständigen Ministerien in Berlin und Hannover schreiben und mich danach erkundigen, ob der Handyempfang hier noch in diesem Jahrhundert optimiert wird.«

»Ein Ronald Jacobi ist in Braunschweig in der Kurt-Schumacher-Straße nicht gemeldet.« Rosalie starrte auf ihren Computerbildschirm und ließ das Programm noch einmal durchlaufen. »Fehlanzeige!«

»Das ist ja merkwürdig«, erwiderte Mads durch den Lautsprecher des Smartphones, das Rosalie mangels Kopfhörer im Büro auf laut gestellt und neben das Mousepad gelegt hatte.

»Wenn ich es dir doch sage! Ronald Jacobi hat entweder versäumt, seine Anschrift beim Einwohnermeldeamt anzuzeigen, oder aber …«

»… es gibt ihn gar nicht?«, ergänzte Mads.

»So muss es wohl sein! Das erhärtet den Anfangsverdacht, dass in diesem Apartment etwas nicht stimmt.«

»Du meinst illegale Prostitution?«

»Wenn meine Theorie stimmt, dass Maschke genau in diesem Apartment entsprechende Dienste in Anspruch genommen hat, dann liegt das auf der Hand. Prostitution ist ja auch eine gewerbliche Tätigkeit, die angemeldet werden muss, wenn sie legal ausgeführt wird. Das sollten wir gegebenenfalls noch mal prüfen. Und im Übrigen gehe ich mal davon aus, dass man als Vermieter nicht dulden muss, dass die Mieter einfach so der Prostitution nachgehen. Ich vermute mal, dass hier üblicherweise eine Zustimmung eingeholt oder die gewerbliche Nutzung im Mietvertrag geregelt wird.«

»Da gebe ich dir recht. Und nun?«

»Wir müssen da noch mal hin. Und wir müssen herausfinden, wer Ronald Jacobi ist. Es wird bei der Hausverwaltung sicherlich Unterlagen geben. Irgendwie ist der Mietvertrag ja zustande gekommen«, überlegte Rosalie laut.

»Also da wir uns ja erst in zwei Stunden zum Abendessen treffen, könnten wir doch vorher noch mal einen Abstecher zum Hochhaus machen?«

»Wenn dir das nicht zu viel wird? Sonst radele ich da allein hin. Ich bin ja eh halb im Dienst und im Büro.«

»Nee, alles gut. Da will ich dann auch mit dabei sein. Ich muss mich eben noch frisch machen und dann bin ich in 20 Minuten in der Münzstraße und hole dich ab.«

»Deal!«, erwiderte Rosalie.

»Und dann erzähle ich dir auch, was ich über Berthold Maschke noch herausgefunden habe. Ich sage dir, das Puzzle setzt sich langsam zusammen.«

So niedergeschlagen und wortkarg hatte Lali ihren Küchenchef in all den Jahren noch nie erlebt. Kein blöder Spruch, kein böses Wort, kein übergriffiges Verhalten. Ähnlich wie Amal wirkte Jadoo vollkommen in sich gekehrt und in tiefer Trauer. Erst als er auf die große, runde Küchenuhr schaute, ließ er sich zu einer Bemerkung hinreißen.

»Amal ist noch nicht unten und wir öffnen in fünf Minuten. Willst du noch mal nach ihm schauen?«

Lali blickte von ihrem Schneidebrett auf und legte das Messer beiseite. »Das kann ich tun, aber er hat mir gesagt, dass er allein sein möchte und dass er runterkommt. Geben wir ihm noch einen Augenblick. Ilka ist schon da und kann die Gäste reinlassen und die Bestellungen aufnehmen.«

Jadoo nickte. »Einverstanden. Es ist sehr schwer für uns alle.«

»Das stimmt. Ich kann es immer noch nicht glauben.« Lali überlegte, ob sie Jadoos sanftmütige Stimmung nutzen sollte, um endlich ein wenig Licht ins Dunkel zu bringen. Was sollte schon passieren? Im schlimmsten Fall würde Jadoo sie wieder anbrüllen oder bedrohen. Aber damit konnte sie umgehen, richtig eskaliert war die Situation zwischen ihnen noch nie, ganz im Gegensatz zu der Prügelei zwischen ihm und Amal. »Jadoo, ich muss dich etwas fragen und du brauchst mir nicht zu antworten, wenn du das nicht möchtest.«

»Frag einfach«, antwortete Jadoo kurz und knapp. »Ich kann mir denken, um was es geht.«

»Was ist da in meiner Wohnung passiert? Was ist zwischen Amal und dir vorgefallen, dass du so wütend geworden bist?«

Jadoo hielt für einen Augenblick inne, schloss die Augen und atmete tief durch. »Kannst du es dir nicht denken?«

»Nein, das kann ich nicht. Sonst würde ich nicht fragen.« Lalis Antwort war ehrlich und sie war authentisch, das spürte Jadoo sofort. Für ihn bestätigte sich nun endgültig, dass Esha es gewesen war, die sie damals erwischt hatte, nicht Lali. »Veronika und ich, wir haben uns geliebt.«

»Ihr habt was?« Lali stützte sich auf der Arbeitsplatte auf und schaute Jadoo entgeistert an.

»Ja, wir hatten eine Beziehung. Veronika wollte sich

trennen, sobald sie alles geregelt hatte. Und Amal, er hat das geahnt.«

»Wieso ...« Lali suchte die richtigen Worte. »Habt ihr Amal denn die Wahrheit gesagt?«

»Nein, das wollten wir noch. Also Veronika wollte das. Aber jetzt noch nicht. Sie hatte mir gegenüber aber angedeutet, dass sie sicher ist, dass Amal etwas weiß. Er hat sich merkwürdig verhalten, und dann wurde Veronika ja auch verfolgt.«

»Sie wurde verfolgt? Wieso hat Amal sich merkwürdig verhalten? Jadoo? Was ist passiert?«

»Er hat angefangen, Veronika komische Fragen zu stellen, und ist ihr wohl auch mal hinterhergegangen, als sie einen Termin in der Stadt hatte. Dann hat er häufiger als sonst im Harz angerufen und sich sogar bei Veronikas Freundin Silke gemeldet und nach ihr erkundigt.«

»Und das hat Silke Veronika natürlich erzählt.«

»So war es, ja. Das alles zusammen hat Veronikas Verdacht bestärkt, dass Amal etwas von unserer Beziehung wusste.«

»Und warum wurde Veronika verfolgt?«

»Sie hat mir erzählt, dass sie ein paarmal das Gefühl hatte, dass ihr jemand nachstellt. Anfangs in Braunschweig, später sogar im Harz. Zuerst dachte sie, dass sie sich das alles nur einbildet, aber dann hat sie diesen Typen auf dem Klinikparkplatz erwischt, wie er sich an ihrem Auto rumgedrückt hat.«

»Diesen Typen? Ein Privatdetektiv, oder was?«

»Zumindest ein zwielichtiger Typ, der sich damit rausgeredet hat, dass Veronikas Wagen von Weitem so aussah, als hätte er vielleicht einen Platten, und da wollte er mal nach dem Rechten sehen. Als der Typ dann weg war, haben Veronika und Silke sich das Auto von allen Seiten angeschaut und einen GPS-Tracker gefunden.«

»Bitte was?« Lali ließ sich langsam mit offenem Mund auf ihren Küchenhocker sinken.

»Wenn ich es dir doch sage. Der Typ hatte das Teil offensichtlich angebracht, um das Auto orten zu können.«

»Ich fasse es nicht. Es klingt fast so, als sollte überwacht werden, was Veronika so treibt.«

»Wohl eher, mit wem sie es treibt«, sagte Amal, der plötzlich in der Küchentür stand.

32. KAPITEL

Markus Overkamp hatte ein dickes Schlüsselbund in der Hand und suchte nach dem richtigen Schlüssel.

»Also eigentlich darf ich das ja nicht einfach so ohne Durchsuchungsbeschluss!«, nörgelte er und war genervt, dass die Polizei ihn an einem Samstagnachmittag bei seinem Fernsehritual gestört hatte. Dieser Nachmittag war jede Woche fest reserviert für die Spiele der Eintracht, die regelmäßig im Dritten übertragen wurden.

»Herr Overkamp, wenn ich Ihnen sage, dass Sie jetzt bitte diese Wohnung aufschließen, dann geht das in Ordnung«, sagte Rosalie und formulierte im Geiste schon einmal die entsprechende Passage in ihrem Einsatzbericht, wo es auf jeden Fall darum gehen musste, dass »Gefahr im Verzug« nicht von der Hand zu weisen war.

»Wenn Sie meinen! So, der hier müsste es sein«, entgegnete der Hausmeister. »Dann wollen wir mal.«

»Bitte schließen Sie nur auf und treten dann zur Seite. Wir gehen ohne Sie in die Wohnung«, sagte Mads in aller Deutlichkeit und erntete einen wohlwollenden Blick von Rosalie, die alle Muskeln anspannte, als Markus Overkamp die Tür öffnete.

»Werde ich denn noch gebraucht?«

»Ja, Herr Overkamp, bitte warten Sie hier einfach«, antwortete Rosalie und ging als Erste in die Wohnung. Mads folgte ihr und konnte über Rosalies Kopf hinweg sofort erkennen, dass ihnen jemand zuvorgekommen war.

»Alles klar, hier wurde aufgeräumt, und zwar penibel«, stellte Rosalie enttäuscht fest und sprach aus, was Mads gedacht hatte.

»Das glaube ich auch. Alles tipptopp sauber, kein Staubkorn, man kann das Putzmittel ja noch riechen. Ich zieh mir mal meine Handschuhe über und checke den Flur.«

»Okay, dann nehme ich mir zuerst Küche und Bad vor«, entschied Rosalie.

»Alles clean.« Mads öffnete verschiedene Schubladen in einer Kommode, die alle leer waren, und schaute sich anschließend in dem großen Wohn-Schlafraum um, von dem ein Balkon abging. »Interessantes Bett! Rund und mitten im Raum, so was sieht man selten.«

Rosalie schaute um die Ecke. »Im Badezimmer gibt es

nicht mal eine Zahnbürste. Alles porentief rein. Und schau mal, es gibt auch überhaupt keine persönlichen Gegenstände. Keine Fotos an den Wänden, keine Postkarte am Kühlschrank, kein Sportpokal im Regal, hier ist einfach alles neutral. Und es soll auch genau so sein, wenn du mich fragst.«

»Ich weiß, was du meinst. Keine Rückschlüsse auf irgendwen. Wenn überhaupt, dann ist es dieses französische Bett, das auffällig ist und mich vielleicht an einen Puff erinnert.«

Rosalie nickte. »Lass uns mal auf den Balkon gehen. Mich interessiert die Aussicht. Vor allem die nach unten.«

Mads öffnete die Balkontür und trat nach draußen. »Diese Fernsicht ist nach wie vor echt mega. Aber ich bleibe dabei. Ich kann so einem Hochhaus ansonsten nichts abgewinnen.«

»Ich auch nicht«, antwortete Rosalie, die Mads gefolgt war und sich über die Balkonbrüstung lehnte. »Die Flugbahn stimmt schon mal. Da unten ist Maschke aufgeschlagen.«

»Ja, schon. Aber genau hier drüber könnte er ja wohl auch auf dem Dach gestanden haben, oder?«

Rosalie nahm ihr Handy aus der Gesäßtasche und entsperrte das Display. »Ich mache trotzdem mal ein Foto von hier oben. Ich bin mir einfach sicher, dass in dieser Wohnung Prostitution betrieben wird und dass Maschke hier war. Vielleicht hat Herr Jacobi, oder wie auch immer der vermeintliche Zuhälter heißt, mitbekommen, dass wir im Haus unterwegs waren und Fragen gestellt haben, und da hat er kalte Füße bekommen und alles geräumt.«

»So könnte es gewesen sein.«

»Eben. Und es würde irgendwie auch zu dem passen, was du mit Hilfe deines Mitbewohners herausgefunden hast. Was bekommt der eigentlich als Belohnung?« Rosalie grinste Mads an. »Ein Lollipop-Eis?«

»Haha, das müssen wir noch mal sehen. Aber ja klar, dass Jans Tante mit dem Namen Berthold Maschke sofort etwas anfangen konnte, ist schon echt ein Wahnsinnszufall.«

»Ein Zufall, der uns so was von gelegen kommt! Zum ersten Mal haben wir einen winzigen Einblick in sein Privatleben. Und Jans Tante war offensichtlich eine Vertrauensperson für ihn. Dass er mit ihr Kontakt gehalten hat, obwohl er längst kein Kirchenmitglied mehr war, und dass er ihr Privates erzählt hat, spricht dafür.«

»Aber das mit dem Gemeindebrief finde ich schon sehr schräg«, sagte Mads.

»Hör mir auf, das ist es wirklich. Aus der Kirche austreten, aber sich schön bei Kaffee und Kuchen von Tante Stratmann den Gemeindebrief zustecken lassen, damit man weiß, wer verstorben ist und geheiratet hat.«

»Ich schätze mal, dass der Maschke einfach sehr einsam war und Jans Tante ihm Halt gegeben hat.«

»Vermutlich hast du recht. Die Tante fühlte sich vielleicht auch verpflichtet, weil sie um Maschkes Einsamkeit wusste. Vielleicht mochten sie sich aber auch einfach und aus der gemeinsamen Zeit in der Kirchengemeinde ist irgendwann sogar eine Freundschaft geworden. Auf jeden Fall sind das alles unglaubliche Zufälle. Ich stelle mir gerade vor, wie die beiden zusammenhocken und Kaffeeklatsch halten. Sehr skurril.«

»So verliebt war der Berti«, äffte Mads die Stimme von Jans Tante nach, mit der er vorhin kurzerhand telefoniert hatte. »Heiraten wollte er sie, seine Oksana, aber sie sei ja noch so jung und da wolle er noch ein wenig warten. Aber wo die Liebe halt hinfällt.«

»Ich muss gleich kotzen. Wahrscheinlich war Oksana noch keine 18, wurde minderjährig in dieser Wohnung zur Prostitution gezwungen und Maschke hat sich bei ihr geholt, was er sonst nur aus seinen Heftchen kannte. Widerlich!« Rosalie verzog den Mund zu einer Grimasse.

»Und weil er nicht nur das, sondern vielleicht auch einen Anflug von menschlicher Wärme und Zuneigung bekam, hat er sich Hals über Kopf verliebt und in Oksana die perfekte liebenswerte Frau gesehen. Die war halt was fürs Bett und fürs Herz«, schlussfolgerte Mads.

»Womit vermutlich geklärt wäre, für wen oder was er das Bargeld in seiner Wohnung gebunkert hat. Wo er das aber herhatte, das ist mir immer noch ein Rätsel.«

Ilka Korte arbeitete erst seit ein paar Monaten als Aushilfskellnerin im Mumbai Palace, um sich zu ihrem Studium noch etwas dazuzuverdienen. Aber mittlerweile hatte sie so viel Routine, dass sie mit den eintrudelnden Gästen an diesem frühen Samstagabend sehr gut allein zurechtkam. Die erste Stunde nach Öffnung war meistens noch recht ruhig, was sich aber schlagartig änderte, wenn es auf 18.00 Uhr oder sogar 19.00 Uhr zuging, des Deutschen liebste Essenszeit. Daher wurde Ilka allmählich nervös, weil sie noch immer allein im Gastraum stand und ihr Chef sich überhaupt nicht blicken ließ. Sie hatte natürlich mitbekommen, dass die Chefin tödlich verunglückt war, und mochte sich gar nicht ausmalen, wie es Amal Kumar gehen musste, aber sie hier einfach allein stehen zu lassen, fand sie nicht in Ordnung. Dann hätte der Chef den Laden einfach noch nicht wieder öffnen sollen.

Wenige Minuten bevor sie vorhin aufgeschlossen hatte, hatte es einen handfesten Streit in der Küche zwischen ihrem Chef und Jadoo, dem arroganten Koch, gegeben, aber auch das war nichts Neues, denn Jadoo hatte sich häufiger nicht im Griff. Danach war der Chef wutentbrannt nach oben in seine Wohnung verschwunden und seitdem nicht wieder aufgetaucht. Die Einzige, die irgendwie normal tickte, war Lali, die Küchenhilfe. Ilka und sie verstanden sich sehr gut und bei einem kleinen Plausch im Aufenthaltsraum hatte Lali ihr neulich gesteckt, dass Amal Kumar Jadoo schon längst auf die Straße gesetzt hätte, wenn er nicht auf ihn angewiesen wäre. Jadoo hatte die Küche des Mumbai Palace auf eine neue Ebene gehoben und damit auch neues und zahlungswilliges Publikum angelockt. Mit Jadoos Kochkünsten konnte Amal nicht mithalten. Warum man bei so einem exquisiten Essen die Preise auf der Speisekarte aber noch nicht angepasst hatte, das war Ilka irgendwie nicht ganz klar. Aber das, was sie wegen des erheblichen Geräuschpegels vorhin nicht überhören konnte, das toppte wirklich alles: Jadoo hatte die Chefin gevögelt.

»Ich kann hier wirklich nicht jeden persönlich kennen, das ist ein verdammtes Hochhaus! Wissen Sie eigentlich, was das hier für ein Kommen und Gehen ist?«, sagte Markus Overkamp gereizt und schaute nervös auf seine Armbanduhr, deren Lederarmband schon bessere Tage gesehen hatte.

»Das verstehen wir ja auch, Herr Overkamp. Aber bitte verstehen Sie auch uns, wir müssen dringend herausfinden, was es mit dieser Wohnung auf sich hat.«

»Hören Sie, ich habe eigentlich keine Zeit mehr, Sie haben mich am Wochenende belästigt, an meinen freien Tagen, ich kann nicht erkennen, dass das hier eine Notsituation oder sonst irgendetwas Brandeiliges ist, und auch auf die Gefahr hin, dass ich mich wiederhole, aber ich habe wirklich gerade kein Gesicht zu Ronald Jacobi und irgendwelche Herrenbesuche oder leicht bekleidete Weiber habe ich auch nicht bemerkt. Ich bin nicht von der Stasi. Und jetzt würde ich wirklich sehr gerne meine Sportsendung zu Ende schauen.«

»Eine letzte Frage noch«, begann Mads. »Wir können ja auch schon mal nach unten fahren, damit sie nicht noch mehr Zeit verlieren. Wie läuft das hier mit dem Abschluss der Mietverträge?«

Markus Overkamp schnaufte und ging in Richtung Fahrstuhl. »Wie soll das laufen? Man unterschreibt den Mietvertrag bei der Hausverwaltung oder manchmal bei mir im Büro.«

Rosalie stutzte. »Bei Ihnen im Büro?«

»Ja, in meinem Hausmeisterbüro, kommt selten vor, aber es kommt vor. Wissen Sie, diese Hausverwaltung ist eher dünn besetzt und dann dieser Riesenkomplex hier, das ist ein Heidenaufwand. Neue Mietverträge, Kautionszahlungen, Wohnungsbesichtigungen, Wohnungsabnahmen, was eben alles so dazugehört. Und die von der Verwaltung sind dann ganz froh, wenn ihnen ab und zu mal einer was abnimmt. In Urlaubszeiten oder so. Die kennen mich schon lange und die vertrauen mir blind. Das alles gegen Zahlung einer Zulage, versteht sich.«

»Versteht sich«, bestätigte Mads und trat als Erster in den Fahrstuhl, als dieser sich öffnete.

»Und lassen Sie sich bei Abschluss eines Mietvertrages einen Personalausweis vorlegen?«, fragte Rosalie auf der Fahrt nach unten.

»Nö, solche Vorarbeiten erledigt die Verwaltung. Mit diesem ganzen Papierkram, mit Dokumenten und so, will ich nichts zu tun haben. Ich bekomme die Termine von denen genannt, wenn einer vorbeikommt, und wenn es richtig gut läuft, auch den vorgefertigten Mietvertrag zur Unterzeichnung. Aber meistens mache ich das selbst. Na ja, und das war's dann auch schon.«

»Okay, dann müssen wir wohl noch mal mit der Hausverwaltung sprechen«, erwiderte Rosalie und war erleichtert, als der Fahrstuhl im Erdgeschoss angelangt war. Markus Overkamp war nach Wim Schneider schon der zweite Mann in ihrem Umfeld, der tatsächlich einen Hauch zu viel Rasierwasser benutzte.

»Dann danke erst mal für ihre Kooperationsbereitschaft, Herr Overkamp, und noch ein schönes Wochenende!«, sagte Mads, als der Hausmeister seine Wohnungstür aufgeschlossen hatte und ihnen zum Abschied die Hand reichte.

Auf dem Weg nach draußen klingelte Rosalies Handy. »Oh, das ist Anne!«

»Geh ran, ich warte draußen bei den Rädern«, sagte Mads und beschleunigte seine Schritte.

Anne hatte den langen Strandspaziergang und jeden einzelnen Meter durch den Sand von Langeoog mit ihrer Mutter genutzt, um sich all ihren Frust und ihren Kummer von der Seele zu reden. Ihre Mutter war schon immer eine gute Zuhörerin gewesen, aber dieses Mal hatte sie auch genau die richtigen Fragen gestellt. Ulli Thormeyer war der Fels in der Brandung, hinter dem Anne sich beschützt und geborgen fühlte, und sie wusste nun, was zu tun war. Für ihr Telefonat mit Rosalie hatte Anne es sich auf der weißen Bank im Garten bequem gemacht und der Nordseewind trieb einen Schwall von Rosenduft zu ihr hinüber, die Lieblingsblumen ihrer Mutter, die hier überall in voller Blüte standen. Ausgerechnet Rosen – Rosen und Rosalie. Anne musste schmunzeln, auch wenn ihr unfassbar schwer ums Herz wurde, als sie Rosalies unsichere Stimme schließlich am anderen Ende der Leitung hörte.

»Na du, wie ist es auf der Insel?«

»Es ist wunderbar. Es ist einfach Heimat. Meine Mutter kümmert sich rührend um mich. Und wie ist es bei dir?

»Turbulent. Die Ereignisse überschlagen sich ein wenig, aber gleich gehe ich mit Mads essen.«

»Ihr trefft euch privat?«

»Ja, warum nicht? Wobei das heute Abend sogar einen dienstlichen Touch hat. Aber wir können mittlerweile echt gut miteinander, vor allem, weil er wohl auch zu unserer queeren Community gehört.«

»Ach was? Ist er schwul?«

»Ich glaube, das weiß er gerade noch nicht so genau. Er bezeichnet sich selbst als ›ziemlich sicher bi‹, aber so ist das ja oft in den Anfangszeiten der sexuellen Selbstfindung. Mal schauen, wohin die bunte Reise ihn noch führt. Auf jeden Fall sammelt er gerade Erfahrungen und da hat Tante Rosalie natürlich ein offenes Ohr.«

Anne schloss die Augen und dachte für den Bruchteil einer Sekunde darüber nach, ob sie wirklich im Begriff war, das Richtige zu tun. Doch dann schoss ihr wieder das Gespräch mit ihrer Mutter durch den Kopf und sie gab sich einen Ruck.

»Du bist ganz sicher eine großartige Stütze, denn du bist ein toller Mensch, Rosalie.«

»Danke, mein Schatz, du auch!«, erwiderte Rosalie.

»Er kann sich glücklich schätzen, dich als Kollegin zu haben.«

»Danke, danke. Sind wir heute in Komplimente-Laune?«

»Hör zu, es tut mir wahnsinnig leid, aber ich habe viel nachgedacht. Während der Autofahrt nach Bensersiel, auf der Fähre nach Langeoog, heute am Strand mit Mama.«

Rosalie schnappte hörbar nach Luft. »Du musst nicht weitersprechen, Anne. Ich weiß, was jetzt kommt. Ich weiß, dass wir uns trennen müssen.«

33. KAPITEL

Nachdem sich die große Glasschiebetür automatisch hinter Rosalie geschlossen hatte, handelte Mads intuitiv. Rosalie hatte sich zunächst in das Innere des Treppenhauses zurückgezogen und Mads hatte geduldig auf seine Ausbilderin gewartet, auch wenn ihm die wenigen Minuten, die sie außer Sichtweite gewesen war, wie eine halbe Ewigkeit vorgekommen waren. Als sie nun vor ihn trat, mit glasigen Augen und ihr Smartphone krampfhaft umklammert, breitete Mads spontan seine Arme aus und gab ihr das, was sie in diesem Augenblick am allernötigsten brauchte: Geborgenheit. Eng umschlungen standen sie nun im Schatten des Hochhauses und ohne jeden Zweifel hätte man sie auf den ersten Blick für ein verliebtes Paar halten können. Doch statt Verliebtheit spürte Rosalie nur den mächtigen Trennungsschmerz, der sich vom Magen ausgehend in ihrem Körper ausbreitete. Sie legte ihre Stirn auf Mads' Brustkorb und ließ ihren Emotionen freien Lauf. Ihr Körper zitterte, als die Flut an Tränen ihren vorläufigen Höhepunkt erreichte, und Mads verstärkte noch einmal den Druck seiner Umarmung.

»Ich habe es gewusst«, stotterte sie und japste nach Luft.

»Lass es einfach raus, so ist es gut, ich bin da«, beruhigte Mads Rosalie und schaute über ihren Kopf hinweg auf die verdreckten Schaufenster eines leer stehenden Geschäftes. Sanft legte er sein Kinn auf ihrem Scheitel ab.

»Was habe ich nur falsch gemacht?« Rosalie klang verzweifelt und Mads suchte nach den richtigen Worten.

»Ich weiß es nicht so genau. Dafür kenne ich euch zu wenig. Aber nach dem, was du mir alles berichtet hast, würde ich die Schuld nicht ausschließlich bei dir suchen.«

»Schuld ist ein großes Wort«, entgegnete Rosalie, während sie in den Seitentaschen ihrer Jacke kramte. »Hast du mal ein Taschentuch? Mir läuft der Schnodder aus beiden Nasenlöchern und ich möchte deine Klamotten nicht einsauen.«

»Bedaure«, antwortete Mads, »ich befürchte, du musst hochziehen.«

Rosalie schmunzelte verhalten. »Auch das noch. Wahrscheinlich liegst du da richtig. Das Timing bei Anne und mir war einfach beschissen. Vor lauter Kribbeln im Bauch habe ich nicht gesehen, in welcher beruflichen Situation Anne steckt, und für sie waren unser Kennenlernen und alles Positive, was damit zusammenhing, wahrscheinlich nur eine kurze Episode, um sich von ihrem bevorstehenden Zusammenbruch abzulenken und ihn einfach nur hinauszuschieben.«

»So kann man das sehen. Wer einen Menschen kennenlernt, bewegt sich anfangs immer auf unbekanntem Terrain. Niemand kann so schnell erfassen, was sich hinter den Kulissen vielleicht abspielt.«

Rosalie löste sich langsam aus der Umarmung und wischte sich die Tränen von den Wangen. »Und bei manchen Menschen kommst du nie dahinter, wie bei Maschke.«

»Dass du jetzt schon wieder dienstlich werden kannst, aber ja, im Grunde wie bei Maschke. Wobei ich den Vergleich jetzt schon schräg finde.«

»Ist er auch, aber es fiel mir gerade spontan ein«, erwiderte Rosalie schniefend. »Denkst du eigentlich wegen des Mieters der Prostituiertenwohnung das Gleiche wie ich?«

»Okay, du willst anscheinend wirklich dienstlich werden«, stellte Mads fest. »Ich denke, wir sind uns einig, dass Hausmeister Overkamp von Ronald Jacobi irgendwie reingelegt wurde. Der Typ hat garantiert unter falschem Namen im Hausmeisterbüro einen Mietvertrag abgeschlossen. Das ist die Erklärung, die sich förmlich aufdrängt. Deshalb ist ein Ronald Jacobi für uns nicht zu ermitteln. Der Name ist ein Fake.«

Rosalie hatte sich allmählich beruhigt und schaute Mads mit roten Augen an. »Genau so und nicht anders sehe ich das auch. Ich schätze mal, der Overkamp nimmt das mit den Verträgen alles nicht so genau, wie er es in dieser Angelegenheit vielleicht müsste. Wer weiß, welche Story Ronald Jacobi ihm aufgetischt hat.«

»Puh!« Mads deutete an, sich mit dem Handrücken den Schweiß von der Stirn zu wischen. »Dann bin ich ja beruhigt, dass wir uns einig sind. Aber nun tu mir bitte einen

Gefallen und richte doch mal deinen Pferdeschwanz. Der ist nach unserer Umarmung ziemlich windschief und so kann ich mit dir nicht essen gehen.«

Rosalie lächelte dankbar und legte noch einmal ihre Arme um Mads' Oberkörper. »Danke, von ganzem Herzen danke.«

Wim konnte Tieren in Käfigen genauso wenig abgewinnen wie völlig überfüllten Außenterrassen in gastronomischen Betrieben und Warteschlangen vor öffentlichen Toiletten. Mit all diesen Phänomenen sah er sich an diesem späten Samstagnachmittag jedoch konfrontiert und schickte still und leise ein Stoßgebet zu Oma Inge in den Himmel, dass sie bitte eine Schlechtwetterfront aufziehen lassen möge. Manchmal funktionierte das tatsächlich.

Nach einer Fotosafari rund um das Luchsgehege inklusive der Besteigung eines Aussichtsturmes, um die armen Wildkatzen auch aus der Vogelperspektive beobachten zu können, waren sie zunächst gemütlich in Richtung Molkenhaus gewandert. Wie er es schon geahnt hatte, waren es nach wenigen Kilometern seine Knie, die sich ordentlich meldeten. Vor allem das rechte machte immer wieder Ärger. Seitdem die Schmiere in den Gelenken nicht mehr die beste war, fiel ihm das Bergabgehen zunehmend schwerer, und so hatte er die Zähne zusammenbeißen müssen, um den beiden Frauen die gute Laune nicht zu verderben. Bewusst hatte er ein wenig getrödelt und das Tempo verlangsamt, damit er seinem Körper zumindest auf diesem Wege etwas Gutes tun konnte. Sigrid hatte von Wims stillem Leiden nichts bemerkt und war unterwegs in einen regelrechten Fotowahn verfallen. Sie hatte sich nach den Luchsen jedes erdenkliche Motiv am Wegesrand vorgenommen, aber als sie mit ihrem Smartphone die Nahaufnahme eines besonders schönen Tannenzapfens ausprobiert hatte, hatten Biggi und Wim sich nur noch kopfschüttelnd angeschaut. Zwischenzeitlich hatte Wim immer wieder auf sein eigenes Telefon geschielt, nicht etwa, um ein Foto zu machen, sondern in der Hoffnung auf eine Nachricht aus Braunschweig. Aber das Handy hatte geschwiegen. Biggi war immer noch bester Laune und hatte ihre unstete Verfassung des Vortages heute offenbar im Hotel gelassen. Sie wirkte auf Wim schon fast übertrieben fröhlich. Er wertete dies als gutes Zeichen, auch wenn er dem Frieden nicht traute, denn Biggis Wechselbäder der Gefühle waren in letzter Zeit unberechenbar.

Am Molkenhaus angekommen hatte Wim nicht nur einen gehörigen Druck auf der Blase verspürt, sondern vor allem Sigrid hatte mehrfach betont, dass sie ganz dringend mal wohin müsse. Wim sollte seine Blase eh regelmäßig entleeren und den Beckenboden trainieren, und so hatten die Geschwister beschlossen, das stille Örtchen ohne Umwege aufzusuchen, während Biggi nach einem freien Tisch auf der Terrasse Ausschau halten wollte. Mit der Stille des Örtchens war es dann allerdings so eine Sache gewesen, denn als Wim die Menschenmassen vor den Toiletten sah, hatte er auf dem Absatz kehrtgemacht und seine verdutzte Schwester einfach stehen lassen.

»Musst du jetzt doch nicht mehr so dringend?«, hatte sie ihm hinterhergerufen und Wim hatte nur abgewunken und entgegnet, dass er noch einen Augenblick warten könne und lieber erst mal Biggi suchen gehen würde. Sofort nachdem er außer Sichtweite gewesen war, hatte er einen kleinen Weg eingeschlagen, der hinter dem Gebäude in den Wald hineinführte. In akzeptablem Abstand hatte er sich dann zu einem jungen Mann gesellt, der seinen Pissstrahl bereits in einem beachtlichen Bogen auf den vermoosten Stamm eines Nadelbaums gerichtet hatte und Wim freundlich zunickte. »Wir Männer haben's gut, oder?«

Wim hatte zurückgenickt und sich ein Lächeln abgerungen, bevor er hinter einem Gebüsch verschwunden war, um sich endlich erleichtern zu können. Aus der Macht der Gewohnheit hatte er sich einmal mehr dabei erwischt, wie er auf das Brennen im Unterleib wartete, aber das ungeliebte Feuerwerk war ausgeblieben. Am Ende hatte er den vermeintlich letzten Tropfen erleichtert abgeschüttelt und dabei auf ein modriges Blatt am Boden gezielt, bevor er seine Männlichkeit wieder dahin verfrachtet hatte, wo sie hingehörte.

Zufrieden spazierte Wim nun zurück in Richtung Gaststätte und erblickte Biggi, die am Rand der Außenterrasse stand und ihren Kopf immer wieder in alle Himmelsrichtungen ausrichtete.

»Hier ist nichts zu holen. Alles voll!«, begrüßte sie ihn, ohne zu hinterfragen, warum er aus dem Wald und nicht aus den Toilettenräumen kam.

»Wir müssen eh noch auf Sigrid warten, vielleicht tut sich noch etwas.«

»Kann gut sein, aber bis man dann Kaffee und Kuchen vor der Nase stehen hat, das kann dauern.«

»Dafür ist es doch eh zu spät. Schau mal auf die Uhr. Wir haben ja auch noch ein ganzes Stück vor uns und ich bin ja sowieso kein Freund von Menschenansammlungen, wie du weißt. Aber willst du riskieren, dass Sigrids perfekte Planung an Ort und Stelle scheitert?«

»Wenn wir beide gemeinsam auf sie einreden, wird sie das schon verstehen. Wir wollen zum Abendessen doch wieder in Clausthal sein. Vielleicht sollten wir den Baumwipfelpfad einfach canceln und für den Rest der Strecke tatsächlich den Bus nehmen. Ich sehe doch, dass du Knieschmerzen hast.« Biggi lächelte ihn an und Wim erkannte, dass sie ihn nicht nur durchschaut hatte, sondern im Gegensatz zu gestern einmal mehr an diesem Tag gelassener wirkte.

»Das klingt nach einem guten Plan. Aber sag mal, dass wir hier nicht mehr im Wald sind und du rein theoretisch eine rauchen dürftest, das hast du mitbekommen?«, fragte Wim, der sich wunderte, dass Biggi noch gar nicht zur Zigarette gegriffen hatte.

»Ja, das habe ich, aber ich will einfach gar nicht. Ich möchte nämlich, dass dieser Tag das Gegenteil der gestrigen Ansammlung von Katastrophen wird, und dazu gehört dann auch, dass ich mich jetzt mal zusammenreiße und nicht gleich dem Jieper wieder nachgebe, um mir alles schönzurauchen.«

Verwundert schaute Wim sie an. »Aus dir soll mal einer schlau werden.«

»Meine Zigaretten sind dein Ouzo, Wim. Und du bist doch auch abstinent oder irre ich mich da?«

Lali hatte Jadoo in der Küche allein gelassen, damit der Betrieb im Gastraum nicht gänzlich kollabierte. Vollkommen gestresst war Ilka vor einer halben Stunde zu ihr gekommen und hatte erneut nach Amal gefragt, der noch immer verschwunden war. Nun bediente Ilka die Gäste und Lali hatte den Empfang und die Getränke am Tresen übernommen. Auf der einen Seite zog es Lali nach oben in die Wohnung, um nach Amal zu sehen, auf der anderen Seite mochte sie sich gar nicht ausmalen, wie es in ihm aussah, und war unsicher, wie sie sich am besten verhalten sollte. Sie hatte großes Mitleid mit ihm und Verständnis dafür, dass er allein sein wollte. Er hatte immer betont, dass sie so etwas wie eine Familie waren, und eine Familie musste zusammenhalten. Gerade deshalb wollte sie ihm beweisen, dass sie für ihn da war. Es ging vermutlich nur um diesen einen Abend und den würden sie auch zu dritt schaffen. Selbst Jadoo riss sich heute ausnahmsweise mal zusammen, obwohl es Lali nach der Auseinandersetzung mit Amal in der Küche nicht gewundert hätte, wenn er einfach nach Hause gegangen wäre. Aber dafür war Jadoo seine Küche dann doch zu wichtig.

»Lali, Tisch 15 will zahlen. Alles zusammen und mit Karte. Kannst du das bitte übernehmen?«, sagte Ilka und stellte einen Stapel benutztes Geschirr in die Durchreiche zur Küche. »Ich komme hier ansonsten nicht mehr hinterher.«

»Klar, das kann ich übernehmen.« Lali schnappte sich das EC-Kartenlesegerät und machte sich auf den Weg. In dem Augenblick, als sie um den Tresen herum am Restauranteingang vorbeikam, öffnete sich die Tür und ein junges Pärchen kam herein. Lali stockte der Atem. Waren das nicht die beiden Polizisten aus dem Hochhaus?

34. KAPITEL

Als sie das Bewusstsein wiedererlangte und die Augen aufschlug, lag sie auf dem Sofa und schaute ihm direkt ins Gesicht. Ein eiskaltes Rinnsal lief seitlich an ihrer Stirn hinunter und hatte bereits einen kleinen feuchten Fleck auf dem Laken unter ihr gebildet. Mühsam versuchte sie, den Kopf zu heben, und wurde von einem pochenden Schmerz an ihrer rechten Schläfe ausgebremst. Er saß ihr gegenüber auf dem Sessel, hatte eine Schüssel mit Wasser und einen Waschlappen auf den Tisch zwischen ihnen gestellt und beobachtete sie voller Argwohn.

»Ich hatte dich nur um eine einzige Sache gebeten. Um eine einzige lächerliche Sache. Und was machst du? Natürlich nicht das, um was man dich bittet! Nein, das Fräulein kann Regeln nämlich nicht einhalten. Wolltest du mich reizen? Wolltest du austesten, wie weit du gehen kannst? Oder wolltest du mich einfach nach Strich und Faden verarschen?«

»Was … was meinst du?«, stammelte sie und spürte, dass ihre Oberlippe angeschwollen war und ihr rechtes Kiefergelenk höllisch schmerzte.

»Jetzt tust du auch noch unschuldig! Willst du mir allen Ernstes erzählen, dass du dich an nichts mehr erinnern kannst, nur weil du dir aus Versehen den Kopf gestoßen hast?«

Angestrengt versuchte sie, Ordnung in ihre Gedanken zu bringen und nachzuvollziehen, was eigentlich passiert war. »Du hast mich geschlagen«, wisperte sie mit leiser Stimme.

»Geschlagen? Ich habe dir gesagt, dass das Folgen für dich haben wird, wenn du dich nicht an das hältst, was man dir sagt, Maria!«

Maria, wie lange hatte er sie nicht mehr bei ihrem richtigen Namen genannt? Maria, die heilige Jungfrau, die Mutter Gottes, die sie irgendwann im Stich gelassen hatte und die ihr nie beistand. Niemand stand ihr bei. Niemand, außer Berti.

»Du hast mich geschlagen und dann bin ich gegen die Tischkante geknallt. So ist es gewesen.«

»Weil du nicht gehorcht hast! Was ist so schwer daran, sich an Regeln zu halten? Wer sich nicht an die Regeln hält, muss die Konsequenzen tragen. So einfach ist das!«

Sie überlegte krampfhaft, was er meinte und welche Regeln sie verletzt hatte. Erneut versuchte sie, den Kopf anzuheben, und sah das Fenster, das einen Spalt geöffnet war.

»Einen Moment, ich bin gleich bei Ihnen«, Lali versuchte zu lächeln, als sie die beiden neuen Gäste an der Tür begrüßte, und dachte für einen Augenblick schmerzlich an Esha. Was sie wohl heute Abend essen würde?

»Die sieht unserer Flüchtenden aus dem Hochhaus aber sehr ähnlich, findest du nicht auch?«, flüsterte Mads und beobachtete, wie Rosalie sich bereits im Restaurant umschaute und jeden Winkel mit ihren Adleraugen zu scannen schien.

»Ich schaue gleich mal unauffällig hin. Und ich bin auch gerade noch dabei, meine ersten Eindrücke zu verarbeiten. Also bei der Inneneinrichtung wurde offensichtlich nicht gespart, meine Fresse.«

»Ja, das stimmt, aber jetzt schau dir bitte wirklich mal die Kellnerin an. Was sagst du dazu?«

Rosalie drehte den Kopf und fixierte Lali, die in etwa zehn Metern Entfernung einen Kundenbeleg erstellte und ihn den zahlenden Gästen auf den Tisch legte.

»Die Ähnlichkeit ist da. Aber wir haben die flüchtige Frau ja auch nur ganz kurz gesehen. Festlegen würde ich mich daher nicht. Und deshalb fragen wir die Kellnerin jetzt auch bitte nicht direkt, ob sie zufällig in einem Hochhaus in der Kurt-Schumacher-Straße wohnt, okay? Das ist mir zu heikel.«

»Okay«, erwiderte Mads ein wenig enttäuscht und schaute sich nun ebenfalls um. »Oh Gott, sitzt da vorne nicht der Krautwurst aus der Bank?«

»Wo?«

»Na, da vorne in der Nische.«

»Stimmt, das ist er, und sein Begleiter sieht wirklich sehr adrett aus. Ich hab's ja gleich gewusst«, flüsterte Rosalie fast schon triumphierend.

»Was denn?«

»Meine Güte, Mads, dass der Krautwurst …«

»So, guten Abend noch mal, Sie haben reserviert?«

Rosalie unterbrach ihren Satz und antwortete prompt. »Ja, auf den Namen Helmer. Zwei Personen.«

»Alles klar. Ich bin Lali und bringe Sie zu Ihrem Platz. Kommen Sie bitte mit.«

Mads und Rosalie folgten Lali durch den pompösen Gastraum und wurden zu einem Tisch am Fenster geführt. Gordon-Lee Krautwurst schaute kurz auf, als sie an seinem Tisch vorbeikamen, und Rosalie fühlte sich in ihrer Vermutung bestätigt. Der Krautwurst schaute Mads eindeutig zu lange hinterher, bevor er kurz nickte. Das Restaurant war um diese Uhrzeit gut gefüllt und die Gäste wurden aus Lautsprecherboxen, die in jeder Ecke des Raums unterhalb der Decke angebracht waren, von seichter indischer Musik beschallt. Mads rümpfte die Nase.

»Es riecht sehr interessant hier. Ob das aus der Küche kommt?«

»Nein, das sind sicher unsere indischen Räucherstäbchen, die wir unterhalb unseres kleinen Shiva-Altars an der Bar angezündet haben. Wenn Sie das stört, kann ich gerne das Fenster kippen«, entgegnete Lali verunsichert.

»Um Gottes willen, nein«, antwortete Mads, »so war das nicht gemeint. Ich mag den Duft.«

»Gut, dann bringe ich Ihnen die Speisekarten. Meine Kollegin wird dann Ihre Bestellungen aufnehmen. Oder haben Sie jetzt vielleicht schon einen Getränkewunsch?«

»Wir nehmen zwei Mango-Lassi«, sagte Rosalie und setzte sich, nachdem sie ihre Jacke über die Stuhllehne gehängt hatte.

»Zwei was?« Mads schaute ungläubig, als er gegenüber Platz nahm.

»Du bist wohl wirklich zum allerersten Mal beim Inder?« Rosalie zwinkerte ihm zu und lächelte Lali freundlich an.

»Jetzt schau doch nicht alle fünf Minuten auf dein Handy! Auf wen oder was wartest du denn überhaupt? Das hat ja wohl nichts mit der Arbeit zu tun?« Sigrid warf ihrem Bruder einen empörten Blick zu und konzentrierte sich dann wieder auf den Verkehr.

»Schau du lieber auf die Straße und nicht ständig zu mir. Ein tödlicher Unfall im Harz genügt fürs Erste.«

»Nicht streiten, ihr zwei«, ermahnte Biggi von der Rückbank aus.

»Wir streiten nicht, wir diskutieren«, erwiderte Wim und klopfte seiner Schwester auf den Oberschenkel. »Nicht wahr, mein Lieblingsklops?«

»Ich hasse dich manchmal wirklich, Wim Schneider. Gott sei Dank sind wir in einer Viertelstunde in Clausthal. Ich lasse dich an der Klinik raus und dann kommst du später mit Ludger Pohl ins Hotel?«

»Ja, den hatte ich zwar den Tag über erfolgreich aus meinem Gedächtnis verdrängt, aber versprochen ist versprochen. Um 21.00 Uhr sind wir in der Hotelbar, okay? Dann können wir alle vorher noch etwas essen. Nachdem Kaffee und Kuchen ja ausgefallen sind, bekomme ich langsam Hunger.«

»Passt!«, sagte Biggi. »Dann habe ich noch genug Zeit für eine ausgiebige Schminksession und vielleicht hopse ich noch mal schnell in die Badewanne. Das hat mir gestern schon so gutgetan. Ich hatte richtig Spaß. Perfetto, sag ich euch!«

»Du hast im Hotelzimmer gebadet?« Sigrid schien überrascht.

»Ja, warum denn nicht? Die haben da großartige Badezusätze und ich habe in Hannover keine Wanne. Außerdem bezahlen wir für den Spaß ja auch.«

»Also dann kannst du wirklich noch nicht so alt sein, wie du immer betonst, meine Liebe. Ich käme niemals wieder aus einer Badewanne heraus. Jedenfalls nicht ohne fremde Hilfe.«

»Ach, komm! Ich bitte dich, Sigrid. Im Ernst?«

»Im Ernst, Biggi. Komm du mir erst mal in mein Alter, dann sprechen wir uns noch mal. Ich weiß schon, warum ich mir zu Hause eine bodentiefe Duschkabine habe einbauen lassen.«

»Eure Sorgen möchte ich haben«, bemerkte Wim und spielte mit dem Handy in seiner Hand.

»Du hast sicherlich genug eigene Sorgen«, sagte Biggi und schaute aus dem Seitenfenster auf die vorbeirauschende Landschaft.

»So ist es«, antwortete Wim und überlegte, ob er eine Bewerbung heutzutage wohl elektronisch würde einreichen müssen.

»Möchten Sie Ihr Essen mild, mittelscharf, scharf oder indisch scharf?« Erwartungsvoll schaute Ilka Korte auf Mads, der im Gegensatz zu Rosalie immer noch in die Speisekarte vertieft war.

»Also wenn ich schon mal hier bin, dann möchte ich authentisch essen. Indisch scharf bitte.«

»Bist du dir sicher?«, fragte Rosalie. »Ich finde scharf schon grenzwertig, mal ganz davon abgesehen, dass es fraglich ist, was deine Verdauung zu der Schärfe sagen wird, wenn du dieses Essen nicht gewöhnt bist.«

»Da muss ich Ihrer Begleiterin beipflichten«, sagte Ilka.

»Und warum werde ich gefragt, wenn die Entscheidung mehr oder weniger feststeht?« Mads fühlte sich übergangen.

»Entscheide du, wie es für dich am besten ist. Wir haben dich jedenfalls gewarnt.« Rosalie lehnte sich zurück und grinste Mads an.

»Wir empfehlen unseren unsicheren Gästen mittelscharf als Einstieg, da gibt es dann selten Probleme«, ergänzte Ilka und zückte Zettel und Stift, um Mads' Bestellung aufzunehmen.

Mads hob die Hände. »Probleme? Also gut, ich ergebe mich, dann mittelscharf, und zwar die Nummer 45 bitte.«

»Chicken Jalfrezi nach Art des Hauses, notiert. Und bei der Dame dann das Chicken Tikka Masala.«

Rosalie nickte zufrieden. »Vielen Dank. Und ach, bringen Sie uns als Vorspeise doch bitte noch eine Portion Samosa. Wir teilen uns die dann.«

»Geht in Ordnung.« Ilka entfernte sich in Richtung Tresen und Mads schaute verstohlen zu Gordon-Lee Krautwurst.

»Schwul, Mads. Der ist schwul. Das ist so sicher wie das Amen in St. Aegidien.«

»Wieso in St. Aegidien?«

»Weil wir Hinter Liebfrauen sind? Hast du unsere Heimatkundeeinheit heute schon vergessen?«

»Ach so, ja. Entschuldige, ich bin wohl nicht ganz bei der Sache.« Mads nahm einen Schluck Mango-Lassi, das ihnen inzwischen serviert worden war.

»Wo bist du denn dann mit deinen Gedanken? Bei Jan?«, fragte Rosalie neugierig. »Ich bin dir übrigens echt dankbar für dieses Abendessen. Das lenkt mich ganz gut ab.«

»Auch bei Jan, ja. Und was das Essen angeht: natürlich, sehr gerne, hatten wir uns ja so vorgenommen. Wie du bemerkt hast, ist das hier und heute meine indische Premiere und ich freue mich schon sehr auf das Essen.«

»Ich bin gespannt, wie es dir schmeckt.«

»Das bin ich auch. Also das Mango-Lassi ist schon mal ein super Einstieg. Echt lecker! Neben der Frage, wie scharf das Essen denn nun wirklich sein wird, gehen mir aber gerade noch verschiedene andere Dinge durch den Kopf, wenn ich mich hier umschaue. Ich frage mich zum Beispiel, wie man nach dem Tod der Chefin in so einem Restaurant einfach so wieder zur Tagesordnung übergehen kann. Es scheint, als ob nichts gewesen wäre. Alle sind richtig freundlich und wirken gefasst.«

»Das stimmt, aber du weißt nicht, was im Hintergrund rumort. Außerdem kann ich dir aus eigener Erfahrung sagen, dass Ablenkung die beste Medizin ist. Ablenkung und Arbeit.«

»Darauf sollten wir anstoßen«, beschloss Mads und hob den silbernen Trinkbecher.

Rosalie lächelte und prostete Mads zu. Als ihre beiden Trinkbecher aneinanderstießen, durchdrang plötzlich ein unverkennbarer Knall das Stimmenwirrwarr im Mumbai Palace. Einen Moment herrschte Stille, bevor sich im Gastraum Unruhe breitmachte und vereinzelte Schreie ertönten.

»Was war das?« Ungläubig schaute Mads zu Rosalie.

»Das war ein Schuss«, entgegnete Rosalie erschrocken und beobachtete, wie die Kellnerin Lali mit aufgerissenen Augen und offenem Mund am Zapfhahn stand. Das Bierglas vor ihr war auf dem besten Weg überzulaufen.

35. KAPITEL

Jadoo stürmte aus der Küche und stieß beinahe mit Ilka zusammen, die gerade ein Tablett mit leeren Gläsern in den Händen hielt. Die Augen aller Gäste waren auf ihn gerichtet, als er auf Lali zurannte und sie an den Oberarmen packte. »Was ist passiert? Wer hat hier gerade geschossen?«

»Rosalie Helmer, Kripo Braunschweig! Bitte bleiben Sie ruhig und bitte bleiben Sie auf Ihren Plätzen. Das hier ist mein Kollege Mads Johannsen. Wir sind privat hier, wir werden uns der Sache aber jetzt annehmen. Ich wiederhole: Alle bleiben bitte auf ihren Plätzen. Mads, rufst du Verstärkung?«

Rosalie hatte sich von ihrem Stuhl erhoben und ging zielstrebig auf Lali und Jadoo zu. Ilka hielt sich verängstigt im Hintergrund. Sie war aschfahl im Gesicht.

»Wer ist hier der Chef?«, fragte Rosalie.

»Amal Kumar«, antwortete Lali zaghaft. »Er ist oben in seiner Wohnung über dem Restaurant. Er fühlte sich nicht wohl.«

»Oben, sagen Sie? Also wenn mich mein Gehör nicht im Stich gelassen hat, dann würde ich sagen, dass der Schuss von oben kam.«

»Ja! Das war direkt über uns!«, mischte sich plötzlich Gordon-Lee Krautwurst von seinem Platz aus ein. »Hallo, Frau Helmer, wir kennen uns von der Bank, ich bin …«

»Ja, ich erinnere mich«, würgte Rosalie Gordon-Lee Krautwurst ab. »Danke für Ihren Hinweis. Wie gesagt, wir kümmern uns jetzt.«

Beleidigt schaute Gordon-Lee Krautwurst seinen Begleiter an.

»Die Kollegen sind unterwegs.« Mads war nun ebenfalls aufgestanden und ging durch den Gastraum in Richtung Rosalie.

»Und wir gehen jetzt nach oben«, erwiderte Rosalie bestimmt.

»Hat jemand einen Schlüssel?«

Jadoo schaute Lali fragend an, die den Kopf schüttelte und mit den Tränen kämpfte. »Amal ist ja immer da und lässt mich jederzeit rein. Ich hatte lange Zeit einen Schlüssel, aber Veronika, also die gerade verstorbene Ehefrau von Amal Kumar, wollte, dass wir ihn wieder abgeben.«

»Wer ist wir?«, erkundigte sich Mads.

»Meine Schwester Esha und ich.«

»Arbeitet sie auch hier?«

»Nein, wir haben eine Zeit lang hier gewohnt, aber jetzt nicht mehr. Ist das wichtig?«

»Lali, es geht uns im Moment nur darum, wie wir in die Wohnung kommen, alles andere ist zweitrangig«, sagte Rosalie und blickte sorgenvoll in Mads' Richtung.

»Wir haben keine Dienstwaffe dabei. Das ist riskant«, sagte Mads mit gesenkter Stimme und trat noch näher an Rosalie heran.

»Ich weiß, aber wenn jetzt nicht Gefahr im Verzug ist, wann dann?«

»Aber wir gefährden uns selbst! Willst du das? Die Kollegen sind doch gleich da.«

Rosalie zögerte und ließ schließlich resigniert ihre Schultern hängen, als sie an ihren völlig missglückten Alleingang am Gaußberg denken musste.

»Du hast recht. Wir warten.«

Esha genoss die Endorphine, die ihren Körper durchströmten, und kam aus dem Grinsen nicht mehr heraus. Gelassen schlenderte sie in den Abendstunden über den Potsdamer Platz und staunte. Immer wieder legte sie den Kopf in den Nacken und schaute in den Himmel über Berlin, um die unfassbare Höhe der Häuser besser erfassen zu können. Ihre Wahl war nicht zufällig auf die Hauptstadt gefallen. Berlin war eine Weltmetropole und wohl der beste Ort in Deutschland, um unerkannt zu bleiben. Noch im Zug war sie mit zwei jungen Frauen ins Gespräch gekommen, die ihr von einem Online-Portal berichteten, auf dem die Mitglieder jungen Rucksacktouristen kostenlos ihre Couch zum Übernachten anboten. Esha bat um Hilfe und bekam sie auch. Ihr Handy habe sie verloren und ob es wohl möglich wäre, sie auf diesem Portal anzumelden und ihr eine Unterkunft zu buchen. Einen Rucksack und die nötigen Utensilien waren am Berliner Hauptbahnhof schnell gekauft, und da sie vorher an einem Automaten der Reisebank in Braunschweig noch Geld abgehoben und ihr Konto geräumt hatte, würde man ihren Reiseweg nicht ohne Weiteres nachvollziehen können. In einer WG in Kreuzberg hatte man sie dann herzlich willkommen geheißen und ihr die Geschichte der jungen Inderin auf Europareise anstandslos abgenommen. Schon morgen wollte sie sich einen Job suchen. Das sollte mit ihren Vorkenntnissen kein Problem sein, denn sie konnte Gastronomie, sie konnte Kinokasse und Popcorn verkaufen und sie war sicher, mit ihrem Aussehen und ihren Modekenntnissen auch ganz schnell Arbeit in einem Klamottenladen zu finden. Esha fühlte sich endlich frei, breitete die Arme aus und drehte sich im Kreis. Die verwunderten Blicke einer Reisegruppe, die gerade das Sony Center aus allen erdenklichen Perspektiven fotografierte, interessierten sie nicht. Das hier war Berlin, das hier war ihr neues Leben. An Lali und Braunschweig dachte sie in diesem Augenblick nicht mehr.

Ludger Pohl hatte sich zähneknirschend an die Abmachung gehalten und den Tag allein verbracht. Dabei wäre eigentlich noch ein Plätzchen im Auto für ihn frei gewesen. Andererseits konnte er sich beim besten Willen nicht vorstellen, auf der Rückbank neben dieser merkwürdigen Kollegin von Wim zu sitzen, die ihn vermutlich noch vor der Ankunft in Bad Harzburg mit Blicken getötet hätte. Biggi Höfgens war für Ludger der Inbegriff einer unattraktiven Nervkuh. Klapprig und nichts zum Anfassen, das war ihm schon beim ersten Anblick aufgefallen. Dabei hatten es ihm ja gerade die weiblichen Rundungen besonders angetan. Und der Kopf, der auf diesem Klappergestell thronte, setzte dem Ganzen dann noch das berühmte i-Tüpfelchen auf. Hagere Gesichtszüge, ein faltiger Hals und Stirnfalten so tief wie der Grand Canyon. Von der Zornesfalte zwischen den völlig übertrieben geschminkten Augen mal ganz zu schweigen. Wenn das seine Erika wäre, hätte er sie schon längst zum Schönheitschirurgen geschleift. Aber an Erika war ordentlich was dran und Fett polsterte eben auch aus, sodass Falten erst später oder gar nicht entstanden. Vermutlich war diese Biggi jemand, die ganz verbissen auf ihr Gewicht achtete und jedes Gramm zu viel mit Diäten oder Sport bekämpfte. Heute ein Blatt Salätchen, morgen zwei Möhrchen und übermorgen ein Teelöffelchen Risotto. Kein Wunder, dass sie bei dieser Selbstgeißelung so gefrustet und vor allem völlig spaßbefreit war.

Ludger seufzte und setzte den Kamm an seinem Seitenscheitel an. Ein bisschen schick machen konnte nicht schaden, wenn es heute Abend in die Hotelbar ging. Wer wusste schon genau, welche Gelegenheiten sich ergeben würden. Sollten alle Stricke reißen, so war da ja noch Wims Schwester, eine recht sympathische Wuchtbrumme. Zwar hatte auch sie ein wenig empfindlich reagiert, als Ludger von Oswald Kolle angefangen hatte, aber das konnte ja auch an der gereizten Grundstimmung gelegen haben, an der Biggi mit ihrem Gezicke maßgeblich Schuld hatte.

Als es an der Tür klopfte, schaute Ludger ein letztes Mal kritisch in den Spiegel, richtete den Kragen seines gelben Polo-Shirts und ging zur Tür, um zu öffnen.

»Frau Bley?« Ludger Pohl war sichtlich überrascht, als er die Chefin der Kurklinik vor seiner Tür erblickte.

»Guten Abend, Herr Pohl, haben Sie einen Moment für mich? Wir müssten uns mal dringend unterhalten.«

»Hoffentlich ist nichts passiert!« Lali stand hinter Jadoo auf halber Treppe und beobachtete, wie die Wohnungstür geöffnet wurde. Trotz mehrmaligen Klingelns hatte niemand reagiert.

»Was glaubst du denn, was passiert ist? Der hat sich eine Kugel in den Kopf gejagt«, antwortete Jadoo, ohne eine Miene zu verziehen.

»Lali, hier ist jemand von der Zeitung.« Ilka rief von unten und wirkte verzweifelt.

»Wieso Zeitung? Ich kann jetzt nicht«, entgegnete Lali. »Der soll verschwinden. Hier gibt es nichts zu sehen.«

»Das sehe ich aber anders«, tönte es von unten. »Bauer mein Name, Braunschweig News. Ich wurde informiert, dass es hier zu einer Schießerei gekommen ist. Gibt es Tote? Gibt es Verletzte?«

»Verschwinden Sie! Haben Sie nicht gehört, was die

Frau gerade zu Ihnen gesagt hat?« Jadoo hatte sich umgedreht und schaute den Journalisten zornig an, der sich mittlerweile an Ilka vorbeigedrängelt hatte und auf dem unteren Treppenabsatz stand.

»Und Sie sind?«

»Ich poliere dir gleich deine dämliche Hackfresse, wenn du nicht augenblicklich verschwindest!« Nur mit Mühe konnte Lali Jadoo davon abhalten, auf den Journalisten loszugehen.

»So, jetzt reicht es«, mischte sich Mads ein. »Johannsen, Kripo Braunschweig. Sie gehen jetzt bitte, Herr Bauer, und warten draußen vor der Tür. Wir werden die Presse zu gegebener Zeit unterrichten.«

»Hast du nicht gehört, was der Polizist gesagt hat? Verschwinde, Mann!« Jadoo war in Rage.

»Und Sie beruhigen sich jetzt bitte auch mal«, sagte Mads und warf Jadoo einen strengen Blick zu.

Lali schluchzte. »Bitte, lieber Gott, mach, dass Amal nichts zugestoßen ist.«

»Mads, kommst du bitte? Und Sie beide bleiben jetzt hier!«, sagte Rosalie und folgte den mittlerweile eingetroffenen Kollegen in die geöffnete Wohnung. Ihre Dienstwaffen hatten sie vorsichtshalber entsichert.

»Ich soll bitte was?« Perplex ließ sich Ludger Pohl auf den Sessel sinken und sah zerknirscht aus. Silke Bley war mitten im Zimmer stehen geblieben und hatte die Hände in die Hüften gestemmt.

»Sie wissen ja, was hier los war, Herr Pohl. Ich bin erst heute Abend dazu gekommen, mein Postfach durchzuschauen und den Anrufbeantworter abzuhören. Es liegt nicht nur eine Beschwerde gegen Sie vor, es ist ein halbes Dutzend. Da ist von sexueller Belästigung in mehreren Fällen die Rede. Das sind schwerwiegende Vorwürfe, denen ich nachgehen muss, oder meinen Sie, dass es mir Spaß macht, am Samstagabend mit Ihnen dieses Gespräch führen zu müssen?«

»Sexuelle Belästigung? Das kann ja gar nicht sein!«, antwortete Ludger Pohl trotzig und rang immer noch nach Fassung.

»Ich will jeden einzelnen Namen von diesen Weibern. Die dichten mir was an, so eine Unverschämtheit!«

»Überdenken Sie bitte Ihre Wortwahl! Ich spreche hier nicht von Weibern, sondern von Patientinnen dieser Klinik. Kurgäste meines Hauses, genau wie Sie. Also, was sagen Sie zu den Vorwürfen? Haben Sie im Schwimmbecken mit Absicht Ihren Körper an den Körpern anderer Frauen gerieben? Haben Sie sich aus Versehen in der Tür geirrt, als Sie plötzlich in der Damendusche standen? Ach, und ist Ihnen das eventuell bei der Damenumkleide auch passiert?«

»So war das alles nicht«, stammelte Ludger und hoffte inständig, dass Wim bald erscheinen und ihm aus der Patsche helfen würde.

»Dann sagen Sie mir doch bitte, wie es war! Darum bin ich ja extra persönlich zu Ihnen gekommen.«

»Die wollen mir bestimmt einen reinwürgen, weil die bei der Wassergymnastik unter sich sein wollen. So viel zum Thema Gleichberechtigung!«

»Ach so, Sie unterstellen diesen Frauen also, dass sie sich alle hinter Ihrem Rücken gegen Sie verbündet haben, um Sie auf diesem Weg aus der Wassergymnastikgruppe hinauszumobben?«

»Ja, genau! So wird es sein. Ich hätte gerne mal Beweise für diese haltlosen Unterstellungen. Jawohl, ich fühle mich gemobbt, Frau Bley! Dagegen müssten Sie als Klinikchefin ja jetzt eigentlich auch vorgehen, oder?«

Verdattert wandte Silke Bley ihren Blick in Richtung Fenster und registrierte, dass sie sich selbst gerade ein Bein gestellt hatte. Ohne Absicht hatte sie ihrem Gegenüber Argumente in die Hand gespielt, mit denen sie nun umgehen musste und die Ludger Pohl in die Situation versetzten, Oberhand zu gewinnen. Er hatte den Spieß einfach umgedreht.

36. KAPITEL

Geliebte Lali,

es tut mir in der Seele weh, dass ich mich auf diesem Wege von Dir verabschieden muss. So gerne hätte ich Dich ein letztes Mal in meine Arme geschlossen, kleine Lali.
Die Last, die ich zu tragen habe, wiegt schwer, zu schwer. Sie ist für mich unerträglich geworden. Ich

kann mit meiner Schuld nicht länger leben und ich habe es nicht besser verdient. Die Welt um mich herum ist nur noch dunkel. Bitte glaube mir, dass ich keinen anderen Ausweg wusste. Es wird vielleicht der Tag kommen, an dem Du mich verstehst.

Es wäre mir ein Herzenswunsch, wenn Du das Mumbai Palace weiterführst. Gehe aber auf jeden Fall zur Bank, es findet sich bestimmt eine Lösung. Vielleicht hilft es Dir, wenn Du die Yogaschule verkaufst. Du bist noch jung, Du bekommst das hin! Suche Dir einen neuen Koch, denn Jadoo ist ein schlechter Mensch. Er wird Dir schaden, so wie er Veronika und mir geschadet hat. Er hat mir meine große Liebe genommen und er wird Dir auch das Restaurant nehmen, wenn Du ihm nicht zuvorkommst.

Halte Dich auch von Esha fern. Sie verkehrt in schlechten Kreisen und hätte ich nicht auf sie gehört, dann wäre alles anders gekommen. Traue niemandem außer Dir selbst!

Pass auf Dich auf, kleine Lali. Ich werde Dich immer lieben!

Dein Amal

P.S.: Das Testament liegt auf meinem Nachttisch.

Die Buchstaben verschwammen vor ihren Augen, und erst als die Polizistin ihr behutsam Amals Abschiedsbrief aus der Hand nahm und ihr sanft den Rücken streichelte, hörte Lali allmählich auf zu zittern.

»Ich … ich muss in das Schlafzimmer«, sagte sie leise zu Rosalie.

»Da können Sie jetzt nicht rein. Der Leichnam liegt noch auf dem Bett und die Kollegen des Kriminaldauerdienstes sind noch nicht durch.«

»Er hat das alles vorbereitet. Der Brief, das Testament. Er hat mich im Stich gelassen.« Lali schlug sich die Hände vor das Gesicht und begann bitterlich zu weinen. »Was muss ich denn noch alles ertragen?«

Rosalie konnte die sich ihr bietende Szene kaum aushalten und musste sich zusammenreißen, um nicht ebenfalls loszuheulen. »Möchten Sie psychologischen Beistand? Ich könnte jemanden anrufen.«

»Nein, ich will Amal zurück«, schluchzte Lali und fiel Rosalie in die Arme, die es Mads in diesem Moment gleichtat und Lali genauso eine Schulter anbot, wie er es Stunden zuvor bei ihr getan hatte.

»Was ist denn mit Ihrer Schwester?«, erkundigte sich Mads, der aus dem Schlafzimmer kam und sich zu den beiden Frauen in den Flur stellte.

»Meine Schwester ist abgehauen«, entgegnete Lali und ihre Worte klangen gedämpft, weil sie ihr Gesicht in Rosalies Jacke vergraben hatte.

»Abgehauen?«

»Ja, und wer weiß, warum. Lesen Sie den Brief!«

Wim erkannte bereits aus sicherer Entfernung, dass bei Ludger Pohl irgendetwas nicht stimmte. Die Zimmertür war nur angelehnt und laute Stimmen drangen auf den Klinikflur.

»Sie können doch nicht allen Ernstes behaupten, dass ein Komplott gegen Sie gesponnen wird! Das ist doch lächerlich!«

Es handelte sich um die Stimme der Klinikchefin, da war Wim sicher.

»Wie würden Sie diese Aktion denn bitte sonst bezeichnen, gute Frau? Ein Komplott ist in meiner Welt eine Verschwörung und nichts anderes ist doch hier passiert! Diese ach so armen Frauen haben sich hinter meinem Rücken gegen mich verschworen, jawohl!« Ludger war fast am Brüllen. So aufgeregt hatte Wim ihn noch nie erlebt. Nur wenige Meter von der Zimmertür entfernt klingelte plötzlich Wims Handy. Ausgerechnet jetzt! Wenigstens hatte er die Lautstärke leise gestellt. Ein Blick auf das Display verriet ihm, dass es Rosalie Helmer war – immerhin. Es war der Anruf, auf den Wim den ganzen Tag gewartet hatte.

»Ja, Schneider! Was haben Sie herausgefunden?«

»Hallo, Herr Schneider. Hier herrscht Katastrophenalarm!«, meldete sich Rosalie am anderen Ende der Leitung.

»Katastrophenalarm? Das klingt ja dramatisch!«

»Ist es auch. Amal Kumar ist tot. Der Mann der Yogalehrerin.«

Wim entfernte sich wieder von Ludgers Zimmertür. Dieses Gespräch war ausschließlich für seine Ohren bestimmt. »Tot? Was ist passiert?«

»Selbstmord. Er hat sich in seiner Wohnung über dem Restaurant erschossen, als mein Kollege und ich gerade auf unser Essen gewartet haben.«

»Das ist jetzt nicht Ihr Ernst?«

»Leider doch. Ein sauberer Schuss in den Mund mit Austrittspforte am Hinterkopf. Er hat auf der Bettkante gesessen und ist dann seitlich weggekippt.«

»Gibt es einen Abschiedsbrief?«

»Den gibt es und ein ganz frisches Testament. Die Ziehtochter wurde kurzfristig als Alleinerbin eingesetzt. Das erscheint mir aber alles nicht so einfach. Da muss noch mal ein Experte draufschauen, denn auch Veronika Vogel-Kumar hatte wohl ein Testament. Zumindest nach Aussage der Ziehtochter. Dieses Testament soll im Restaurantsafe liegen und natürlich kennt niemand die Zahlenkombination.«

»Ach, das ist ja ein Ding! Und was steht in dem Brief? Gibt es ein Motiv?«

»Ich kann Ihnen gerade nicht alles wortwörtlich vorlesen, aber wenn ich das mal zusammenfasse und mit dem in Verbindung bringe, was die Ziehtochter uns gesagt hat, dann spielen Verzweiflung, Schuld, Geldsorgen und Eifersucht die tragenden Rollen.«

»Aber wie steht das in Zusammenhang mit dem Autounfall?«, fragte Wim.

»Amal Kumar hat sinngemäß geschrieben, dass er mit seiner Schuld nicht länger leben könne. Das ist für mich aus ermittlungstechnischer Sicht eine der Kernaussagen.«

»Mmh, okay. Da kann ich vielleicht helfen. Ich habe da eine Idee. Lassen Sie mich mal machen.«

»Und dass er nicht auf Esha hätte hören sollen, weil dann alles anders gekommen wäre«, ergänzte Rosalie.

»Wer ist denn Esha?«

»Die andere Ziehtochter. Zwei Schwestern sind das.«

»Jetzt wird's aber kniffelig. Also, Frau Helmer, vertrauen Sie mir? Ich habe einen Plan.«

»Ich vertraue Ihnen, aber denken Sie an Ihre nicht vorhandene Zuständigkeit in diesem Fall!«

So musste es sich anfühlen, wenn man einem Jungbrunnen entstiegen war. Dank der exquisiten Bodylotion des Hotels roch Biggis Haut nach einer Mischung aus Mandelaroma und Kirschblüten und fasste sich butterweich an. Die Gesichtsmaske, die sie in ihrer Kulturtasche gefunden hatte, bescherte ihr einen frischen Teint. Für das restliche Wohlbefinden und gute Laune hatte der gelbe Duschschwamm gesorgt, mit dem Biggi sich vorab ein extralanges Verwöhnprogramm in der Badewanne gegönnt hatte. Zufrieden schaute sie mit ihren perfekt geschminkten Augen auf das schwarze Etuikleid, dass sie auf einem Bügel außen an den weißen Kleiderschrank gehängt hatte. Die beiden Brustpolster zum Aufhübschen ihres ansonsten kaum sichtbaren Dekolletés lagen griffbereit auf ihrem Kopfkissen. Wim würde Augen machen. Vorsichtig nahm sie ihre Halskette aus hellblauen Swarovski-Kristallen aus dem kleinen Reiseschmuckkästchen und hielt sie vor dem Spiegel an den Hals. Das war dann für eine Harzer Hotelbar vielleicht doch zu viel des Guten. Ein Blick auf die Uhr verriet ihr, dass sie in 20 Minuten Sigrid abholen musste. Zeit genug, um auf dem Balkon noch eine Zigarette zu genießen. Biggi war gerade auf dem Weg zu ihrer Handtasche, als das Handy klingelte. Wim! Musste er immer anrufen, wenn sie halb nackt durch ihr Hotelzimmer ging? Hoffentlich war nun nichts dazwischengekommen. Nur für Sigrid hätte Biggi diesen kosmetischen Aufwand nicht betrieben.

»Hallo, Wim, was gibt's?«

»Biggi, du musst bitte kommen, wir müssen den Cocktailabend verschieben!«

»Wie bitte?« Biggi entglitten alle Gesichtszüge.

»Bitte komm schnell in die Klinik, es ist ein Notfall.

Und lass Sigrid aus dem Spiel, die kann dich fahren, mehr aber auch nicht.«

»Sag mal, spinnst du jetzt völlig? Wie stellst du dir das denn vor?«

»Mensch Biggi, es ist wirklich wichtig. Ich brauche dich jetzt.«

»Na dann bin ich ja mal gespannt«, erwiderte Biggi und warf einen enttäuschten Blick auf ihr Etuikleid.

Nachdem der Leichnam abtransportiert und die Wohnung freigegeben worden war, blieb Lali mit Rosalie und Mads allein in der Wohnung zurück. Jadoo und Ilka kümmerten sich um die Gäste im Restaurant und schickten nach und nach alle heimwärts. Für heute würde der Betrieb eingestellt werden. Selbst der nervige Journalist war mit ein paar wenigen, aber gezielten Informationen im Gepäck wieder verschwunden. Irgendein Gast musste ihn direkt nach der Tat informiert haben und zwischen den Polizeibeamten war eine kurze, hitzige Diskussion über Sensationsgier und Pietätlosigkeit entbrannt.

»Können Sie sich denn erklären, was hier geschehen ist?« Rosalie hatte eine Decke um Lalis Schultern gelegt und sich neben sie auf das Sofa gesetzt, während Mads im Türrahmen stehen geblieben war.

»Amal stand natürlich den ganzen Tag über unter Schock. Erst die Nachricht von Veronikas Tod, dann noch das mit den Bremsen. Er war total verzweifelt und hat sich Stunde um Stunde immer mehr in sich zurückgezogen. Ihre Kollegen aus dem Harz haben bei ihrem Besuch auch immer wieder sehr darauf gedrungen herauszufinden, wo er an dem Unfalltag war. Dass er womöglich verdächtigt wurde, hat ihm sehr zugesetzt.«

»Das glaube ich Ihnen sofort. Wobei die Fragen der Kollegen reine Routine sind, das können Sie uns glauben. Soweit wir das nachvollziehen können, lag kein erhärteter Verdacht gegen ihn vor«, erklärte Rosalie.

»Aber warum hat er denn geschrieben, dass er mit seiner Schuld nicht leben kann?« Lali schüttelte den Kopf und schaute betrübt auf den Teppich.

»Wir hatten gehofft, dass Sie uns das vielleicht sagen können«, sagte Mads. »Was ist zwischen den Eheleuten Kumar vorgefallen? War die Ehe intakt? Wissen Sie etwas von irgendwelchen Schwierigkeiten?«

Plötzlich musste Lali an das Gespräch denken, dass sie mit Jadoo in der Küche geführt hatte. Ein Gespräch so offen und ehrlich, dass sie Jadoo kaum wiedererkannt hatte. Er musste Veronika wirklich geliebt haben und er hatte Lali aufrichtig leidgetan. Aber hatte Amal tatsächlich jemanden auf Veronika angesetzt? Zugegeben hatte er dies nicht, als es zu dem lautstarken Streit in der Küche gekommen war, sondern Jadoo pausenlos beschimpft, dass dieser ihm seine Frau weggenommen habe. Aber jetzt, wo Amal tot war, ging es nicht mehr um verletzte Gefühle oder darum, wie Amal aus vermeintlicher Eifersucht gehandelt hatte. Es ging für Lali jetzt um ihre Zukunft und sie machte sich große Sorgen, dass Amals Andenken beschädigt werden könnte. Er war zeit seines Lebens immer gut zu ihr gewesen und hätte keiner Fliege etwas zu Leide tun können, davon war sie überzeugt. Lali registrierte die erwartungsvollen Blicke der Polizistin, nahm sich mit ihrer Antwort aber noch einen Moment Zeit. Sie durfte jetzt nichts Falsches sagen und konnte nicht einschätzen, was Jadoo wohl der Polizei in seinem Hass alles erzählen und vielleicht sogar noch Lali andichten würde. Sie hatte nicht vergessen, wie Jadoo sie über Jahre schikaniert hatte und nicht nur einmal übergriffig geworden war. Und Jadoo hatte Amal verprügelt, er hatte ihn mit Füßen getreten und er hatte ihre Wohnung verwüstet. Jadoo war einfach unberechenbar. Nein, dieses eine vertrauensvolle Gespräch in der Küche konnte das Leid, das Jadoo über sie gebracht hatte, nicht wettmachen. Und so nahm Lali all ihren Mut zusammen und begann Rosalie und Mads ihre Version der Geschichte zu erzählen.

37. KAPITEL

Biggi hatte Sigrid nicht länger etwas vormachen wollen und ihr vor der Abfahrt im Hotel reinen Wein eingeschenkt. Zu ihrer Überraschung hatte Sigrid sich nicht sofort wieder aufgeplustert, sondern zugehört und Biggi ausreden lassen. Am Ende hatte sie eingesehen, dass dies ein echter Notfall war und Wim und Biggi die Chance hatten, hier und heute Abend einen maßgeblichen Beitrag zur Aufklärung eines Verbrechens beizusteuern.

»Ich danke dir nochmals für dein Verständnis«, sagte Biggi, als sie sich im Auto zu Sigrid hinüberbeugte und sie herzlich drückte.

»Schon gut. Ich merke ja, dass ein bisschen Arbeit Wim vermutlich auch bei der Genesung hilft. Und ihr zusammen, ihr seid halt ein Dream-Team, und nun geh und beweise ihm, dass er gut beraten wäre, bei dir in Hannover zu bleiben und nicht nach Braunschweig zu wechseln. Ihr gehört doch zusammen! Ich warte hier im Auto.«

»Das darf man echt keinem erzählen: zwei in die Jahre gekommene alte Schachteln, an einem Samstagabend auf einem Klinikparkplatz im Harz«, entgegnete Biggi und lachte los. »Also bis später!«

Wim wartete bereits am Haupteingang auf Biggi und öffnete ihr die Tür. »Komm rein, ich habe die Bley in Ludgers Zimmer festgesetzt.«

»Das klingt, als ob du sie gefesselt hättest.«

»Na ja, ganz so ist es nicht, aber ich habe sie ziemlich eingeschüchtert mit meinen Drohungen. Du siehst übrigens klasse aus.« Wim lächelte sanftmütig und ließ Biggi auf dem Weg in den Fahrstuhl den Vortritt. »Drück mal auf die 2, bitte.«

»Danke, konnte ja keiner ahnen, dass ich heute Abend noch in eine Art Kreuzverhör muss. Und mein Etuikleid habe ich nicht umsonst mitgeschleppt. Warte erst mal ab, wenn du Sigrid siehst.«

»Ach du meine Güte. So schlimm?«

»Es ist doch schön, wenn wir uns mal so richtig herausputzen, oder?«

»Also ich beschwere mich ja auch gar nicht!«

Ein kurzer Signalton kündigte die Ankunft in der zweiten Etage an und Biggi konnte sich nicht mehr beherrschen. »Wim?«

»Ja?«

»Bitte geh nicht nach Braunschweig.«

Wim wurde schwer ums Herz. »Komm, lass uns das hier jetzt erst mal durchziehen und dann reden wir noch mal ganz in Ruhe und wie zwei Erwachsene über alles, okay?«

Biggi nickte. »Okay, dann los. Es ist wohl in der Tat der falsche Augenblick für solche Gespräche. Also, du gehst vor, du kennst den Weg.«

»Einen Augenblick, mein Handy.«

»Es ist nicht zu überhören«, murmelte Biggi und wäre beim Verlassen des Fahrstuhls beinahe umgeknickt. »Immer diese Absätze! Ich sollte vielleicht doch irgendwann auch flache Trittchen umsteigen.«

»Schneider! Ja, natürlich, erzählen Sie. Wir haben noch nicht angefangen und können jede Information gebrauchen.«

Fragend schaute Biggi zu Wim, der ihr kurz das Display zeigte: Rosalie Helmer.

Nachdem die Polizei die Wohnung verlassen hatte, war Lali noch nicht in der Lage gewesen, das Schlafzimmer der Kumars zu betreten. Amals Testament hatte man tatsächlich auf dem Nachttisch gefunden und ihr ausgehändigt, seinen Abschiedsbrief hingegen hatte er so offensichtlich im Flur platziert, dass man darüber stolpern musste. Lali steckte beide Papiere in ihre Tasche und zog die Wohnungstür hinter sich zu. Im Restaurant wurden Stühle gerückt und in der Küche klapperte Geschirr. Ilka und Jadoo waren noch da. Leise ging Lali die Treppe hinunter und blieb auf der letzten Stufe stehen. Von hier aus hatte sie einen guten Überblick über den Gastraum. Sollte das alles hier jetzt wirklich ihr gehören? Die Polizei hatte sie deutlich darauf aufmerksam gemacht, dass man noch das Testament von Veronika sichten müsse. Der Safe befand sich hinter einem indischen Wandteppich in Amals kleinem Büro neben der Abstellkammer. Aber wie lautete die Zahlenkombination? Was verbarg sich hinter der dicken Safetür? Lag dort tatsächlich noch ein Testament? Zumindest hatte Amal nun eine reine Weste. Dafür hatte Lali gesorgt, niemand würde mehr schlecht über ihn reden. Sie hatte im Gespräch mit der Polizei mehrfach betont, wie gekränkt und verzweifelt Amal wegen der Affäre seiner Frau gewesen war, er diese außereheliche Beziehung aber aus tief empfundener Liebe zu ihr toleriert habe. Ununterbrochen habe er die Schuld für den Fehltritt seiner Frau bei sich gesucht und gemutmaßt, dass Veronika wegen Jadoo in schlechte Kreise geraten und das am Ende sogar mit dem Leben bezahlt habe. Amal habe immer wieder die Vermutung geäußert, dass sein Koch in zwielichtige Geschäfte verwickelt sein könnte. Niemals hätte er seiner Frau etwas anhaben können und am Ende konnte und wollte er ohne sie vermutlich einfach nicht mehr leben. Warum Amal sie aber vor Esha gewarnt hatte, erschloss sich Lali nicht und das hatte sie der Polizei auch genau so gesagt.

»Na, du kannst ja sogar schon wieder ein bisschen lächeln.« Ilka hatte Lali erblickt und kam direkt auf sie zu. »Lass dich mal drücken!«

»Danke, Ilka, komm her, von dir lasse ich mich gerne in den Arm nehmen.«

»Was für ein Tag, oder?« Ilkas Umarmung war kurz, aber herzlich und Lali spürte, dass der Zuspruch, der ihr entgegengebracht wurde, aufrichtig war. »Soll ich dich nach Hause bringen? Oder möchtest du jetzt lieber allein sein?«

Lali überlegte kurz. »Ach, weißt du was? Gegen einen gemeinsamen Spaziergang habe ich nichts einzuwenden. Ich glaube, ich kann die Ablenkung gebrauchen. Und das macht dir auch nichts aus?«

»Nein, warum? Ich wohne doch in der Schillstraße. Also ist es für mich kein großer Umweg, dich zu begleiten.«

»Super, abgemacht. Vielleicht können wir bei mir auch noch etwas trinken? Ist eine Megaaussicht aus meiner Wohnung und ich glaube, ich könnte ein bisschen Gesellschaft wirklich gebrauchen.«

»Gerne, alles, was dir gerade guttut. Und was wollte die Polizei jetzt noch? Ihr wart ja ganz schön lange da oben.«

Lali schaute zur Küche und hielt sich einen Finger vor den Mund.

»Nichts Spektakuläres. Formalitäten und so.«

Ilka hatte verstanden und nickte. »Alles klar, ich ziehe mich mal um und dann können wir los.«

Jadoo stand an der Küchenschwingtür und lauschte. Er hörte die beiden Mädchen tuscheln und hoffte, dass sie bald gehen würden. Noch mehr hoffte er aber, dass er Lali heute nicht mehr würde sehen müssen, denn mit seiner Wut im Bauch konnte er für nichts garantieren. Immerhin war es ihm gelungen, sich vorhin erfolgreich im Hinterhof versteckt zu halten, als die Polizei noch da war. Auf blöde Fragen konnte er gut und gerne verzichten.

»Tschüss, Jadoo, wir gehen jetzt! Ich rufe dich an!«, hallten Lalis Worte durch das Restaurant, bevor die Tür ins Schloss fiel.

Stumm äffte Jadoo sie nach und verzichtete auf eine Antwort. Er wartete noch weitere fünf Minuten und löschte dann das Licht in Gastraum und Küche, bevor er seine weiße Kochjacke auszog und sie an den dafür vorgesehenen Haken an der Wand hängte. Als sein Blick in die offene Abstellkammer fiel, holten die Erinnerungen ihn wieder ein und er konnte Veronikas Haare förmlich riechen und ihre weichen Lippen schmecken. Jadoo schloss die Augen und begann, sich erst langsam, dann kräftiger den Schritt zu massieren. Leise stöhnte er auf, als die Erektion sich aufbaute, brach sein Unterfangen aber ab, als ihn Kummer und Schmerz in null Komma nichts wieder einholten. »Reiß dich zusammen«, murmelte er vor sich hin und atmete tief durch. Er schlug sich mit beiden Händen zweimal auf die Wangen und verschloss die Tür zur Abstellkammer. Er durfte sich jetzt nicht von seinen Gefühlen leiten lassen, sondern nur von seinem Verstand. Zielstrebig richtete er seinen Blick auf das Büro. Der Abend könnte noch lang werden, aber er war allein und ungestört.

Mads und Rosalie hatten sich nebeneinander auf eine der hölzernen Sitzkuben am Ägidienmarkt gesetzt und schauten auf die vorbeifahrenden Trambahnen, die in der scharfen Kurve der Auguststraße eine leichte Seitenneigung einnahmen. Nachdem ein paar innovative Stadtplaner sich hier vor einigen Jahren ausgetobt hatten, fehlte es auf dem Platz vor St. Aegidien vor allem an Parkplätzen, die durch die modernen, stufenartig angeordneten Sitzmöglichkeiten ersetzt worden waren.

»Die Aussage der Kellnerin wirft tatsächlich ein anderes Licht auf die tote Yogalehrerin, oder?«, sagte Mads.

Rosalie nickte zustimmend. »Ja, absolut. So habe ich das dem Schneider am Telefon gerade auch noch mal gesagt. Im Grunde hat die eine Art Doppelleben geführt.«

»Ich würde eher sagen, die Gute ist zweigleisig gefahren. Jadoo war ihr Toy Boy.«

»So groß war der Altersunterschied ja nun nicht.«

»Ist ja eigentlich auch egal. Warum sollen sich Frauen nicht auch jüngere Lover gönnen?«

»Eben. Für den Fall ist eher interessant, dass Amal Kumar offenbar sehr unter der Affäre gelitten, das Theater aber dennoch mitgemacht hat.«

»Aber warum? Ich meine, hatte er das nötig? Ich fand die Story dieser Lali irgendwie ein bisschen sehr weichgespült. Amal Kumar, der gestandene Besitzer eines Restaurants und Geschäftsmann in der Rolle des Opfers und emotionalen Wracks. Passt das?«, fragte Mads skeptisch.

»Ich weiß genau, was du meinst. Vielleicht hätten wir doch noch mal nach diesem Koch suchen sollen.«

»Tja, der war ja dann weg und irgendwie keimte mein komisches Bauchgefühl erst im Nachgang so richtig auf. Vor allem möchte ich wissen, was für zwielichtige Kreise das denn bitte sein sollen, in die Veronika Kumar angeblich hineingeraten ist. Da war Lali ja sehr vage. Auch zu ihrer Schwester und Amals ominöser Warnung konnte oder wollte sie nichts beisteuern. Und dann das mit den Bremsen«, entgegnete Mads. »Also je mehr ich drüber nachdenke, die Sache hat doch einen Haken.«

»Mach dir nicht so einen Kopf. Erstens ist der Unfall nach wie vor eine Angelegenheit der Kollegen aus Goslar und zweitens wird Wim Schneider in diesen Minuten Licht ins Dunkel bringen, da bin ich mir sicher.«

38. KAPITEL

Er hatte ihr keine Pause gegönnt. Nicht mal unter diesen Umständen. Mit einer Pistole in der Hand hatte er hinter ihr gestanden und sie genötigt, sich vor dem kleinen Spiegel über dem Waschbecken zurechtzumachen. Mit genügend Schminke könne man schließlich alles kaschieren. Sie hatte gebettelt und ihn auf Knien angefleht, ihr noch ein paar Tage zu geben, aber er war unerbittlich gewesen, hatte sie nur ausgelacht und an den Haaren gepackt. Ganz nah war er an ihr geschundenes Gesicht herangekommen und sie hatte seinen faulen Atem riechen können.

»Du willst doch deinen Berti wiedersehen, oder? Soll ich dir was sagen? Dein Berti ist tot! Matsch ist der, vom Hochhaus gesprungen. Dein Berti hat dich im Stich gelassen! Der kann dich gar nicht geliebt haben!«

Mit aufgerissenen Augen hatte sie ihn ungläubig angestarrt, nicht wahrhaben wollen, was sie da hörte. Berti, ihr Berti, sie hatte sich in den letzten Stunden immer an diesen letzten Strohhalm, ihren einzig verbliebenen Hoffnungsschimmer geklammert. Und nun sollte Berti tot sein? Den Mut, Fragen zu stellen, brachte sie nicht mehr auf. Aber sie hatte sich in diesen Minuten noch einmal erinnert, konnte er ihr doch alles nehmen, aber nicht ihre Gedanken: Irgendwann, es war wohl einige Monate her, hatte sie angefangen, Ronald, wie sie ihn damals aus Unkenntnis heraus noch genannt hatte, vorsichtig von einem Stammfreier zu erzählen, der sich anscheinend in sie verliebt hatte. Es hatte damit begonnen, dass er ihr Blumen und Pralinen mitgebracht hatte, später dann teure Dessous. Er war immer sehr großzügig und liebevoll zu ihr gewesen, hatte dann aber im Gegenzug manchmal auch ausgefallene Sachen erwartet. Fesselspiele gehörten bei ihr zur Routine, Berti zu beißen, war ihr hingegen besonders schwergefallen. Aber Berti hatte dann immer einen Extra-Geldschein auf den Tisch gelegt. Das Geld hatte sie versteckt und sich so ein wenig angespart. Ob es noch immer im Hochhaus war?

Seine Gefühle hatte sie aber nicht erwidern können, auch wenn sie sich Mühe gegeben hatte. Berti war einfach zu alt gewesen und körperlich hatte sie ihn unattraktiv gefunden, aber sie hatte ihn gemocht und hatte um ihre Chance gewusst, mit seiner Hilfe vielleicht der Hochhaushölle entfliehen zu können. Mit der Zeit war Berti immer fordernder geworden, hatte sie immer häufiger besuchen wollen und hatte ihr etwas von der großen Liebe und einer gemeinsamen Zukunft vorgesäuselt. Er war aber auch immer emotionaler geworden und manchmal hatte er gar keinen Sex mehr verlangt, sondern nur nackt in ihrem Arm liegen und reden wollen. Zum ersten Mal in ihrem Leben hatte sie das Gefühl gehabt, aufrichtig geliebt zu werden, und so hatte sie immer mehr Mut geschöpft und eines Tages begonnen, ihre Fluchtpläne konkreter zu durchdenken. Mit der Absicht, noch mehr Geld verdienen und beiseitelegen zu können, hatte sie in einem ersten Schritt Berti stärker an sich binden, ihn noch abhängiger von sich machen und deshalb mehr Zeit mit ihm verbringen wollen. Bei einer sich bietenden Gelegenheit hatte sie Ronald daher vorgerechnet, was sie bei Berti nicht alles als Extraleistungen würde abrechnen können und welche Vorteile es mit sich brächte, einen zuverlässigen Stammfreier an festen Wochentagen und zu festen Uhrzeiten zu empfangen. Zu ihrer Überraschung war Ronald das vollkommen egal gewesen, solange im Voraus bezahlt wurde. Berti hatte seine regelmäßigen Termine bekommen, manchmal sogar eine Doppelstunde. Als Berti dann aber nur ein einziges Mal das Geld zu Hause vergessen hatte und sie sich ihm dennoch hingab, hatte sie die Konsequenzen umgehend zu spüren bekommen. Damals war ihr auf brutale Art und Weise klar geworden, welche gravierenden Folgen es für sie haben konnte, gegen Ronalds Regeln zu verstoßen. Hinterher hatte er sie sogar zu einem Arzt bringen müssen, um die Platzwunde an der Stirn nähen zu lassen. Und obwohl die Gelegenheit zur Flucht ihr auf dem Silbertablett serviert worden war, hatte sie sie nicht genutzt. Sie war damals wie gelähmt vor Angst gewesen, hatte sich einfach nicht getraut, wegzulaufen oder wenigstens um Hilfe zu bitten. Aber sie hatte bei der Anmeldung im Krankenhaus etwas aufgeschnappt: Ronald hieß nämlich gar nicht Ronald, sondern Friedhelm, den alle nur Freddy nannten. Und dass Freddy nicht mitbekommen hatte, was ihr da zu Ohren gekommen war, hatte ihr an jenem Abend vermutlich das Leben gerettet.

Gerade weil sie seine Wutausbrüche kannte, hatte sie sich auch jetzt, in all den quälenden Stunden voller Schmerzen und Verzweiflung, immer wieder gefragt, warum sie so dämlich gewesen war, das Fenster in der Laube einen Spalt zu öffnen. Dabei hatte sie doch nur etwas frische Luft atmen wollen.

Als sie sich mehr schlecht als recht fertig gemacht hatte, zog sie noch einmal den roten Lippenstift nach. Die Oberlippe war zwar noch geschwollen, aber schmerzte nicht mehr so sehr, immerhin hatte er ihr vorhin noch eine Tablette gegeben, damit sie nicht rumjammerte.

Als es dreimal an der Tür klopfte, war er immer noch da, was ihr merkwürdig vorkam, weil er im Hochhaus für gewöhnlich auf Kundenkontakt verzichtete.

»Setzt dich da auf das Sofa und lächele«, ranzte er sie an und ging zur Tür, die sich außer ihrer Sichtweite in einem kleinen Windfang befand.

Dem älteren, stämmigen Mann, mit dem er zurückkehrte, klebte ein kaum sichtbarer Speichelfaden am Kinnbart und sein Blick machte ihr noch mehr Angst. Sie registrierte solche Kleinigkeiten immer sofort, und als der Kunde seinen Mantel ausgezogen hatte und eine Lederkluft zum Vorschein kam, da ahnte sie, dass sie heute neues Terrain würde betreten müssen. Fragend schaute sie zu Freddy hinüber, doch er grinste nur, öffnete seine Hose und wandte sich an den Kunden.

»Die Peitsche ist da vorne in der Schublade, ich halte mich im Hintergrund. Alles wie besprochen.«

Panisch schüttelte sie den Kopf und wollte aufstehen, doch er war schneller und drückte sie wieder auf das Sofa. »Gib mir mal 'nen Lappen aus der Küche. Ich glaube, wir sollten ihr das Maul stopfen, bevor sie ihre verdiente Strafe erhält.«

»Was wird das hier, Herr Schneider? Ein Verhör? Sie sind Patient in meiner Klinik und nicht im Dienst! Wie kommen Sie dazu, mir hinterherzuspionieren? Dazu sind Sie nicht befugt!« Empört hatte sich Silke Bley auf einen Stuhl gesetzt und spielte nervös mit dem breiten silbernen Ring an ihrem rechten Mittelfinger.

»Frau Bley, bitte beruhigen Sie sich. Wie ich Ihnen vorhin schon sagte, bin ich nur zufällig Zeuge Ihrer unschönen Auseinandersetzung mit Herrn Pohl geworden. Das sind schwere Vorwürfe, die Sie da erheben. Kommen einfach in sein Zimmer geschneit, an einem Samstagabend.« Wim schaute auf seine Armbanduhr. »Und mittlerweile ist es fast 22.00 Uhr und ehrlich gesagt möchte ich das hier nicht unnötig in die Länge ziehen.«

»Genau! So eine Frechheit!«, mischte sich Ludger Pohl ein, der sich wieder ein wenig gefangen hatte und nach wie vor auf dem Sessel saß.

»Du hältst jetzt mal die Klappe!« Wims Tonfall war streng und Ludger Pohl zuckte kurz zurück.

»Also, Frau Bley, ich habe ein paar Fragen an Sie, ob ich nun Patient bin, Polizist oder der Papst. Das hier ist meine Kollegin, Frau Höfgens, die Sie ja schon kennen. Frau Höfgens hat mir gegenüber einen entscheidenden Vorteil: Sie ist nämlich dienstfähig und es liegt ein Amtshilfegesuch der Kollegen aus Braunschweig vor. Was sagen Sie nun?«

Biggi schaute Wim mit großen Augen an. Das war zwar so nicht abgesprochen, aber das angebliche Amtshilfegesuch jetzt zu diskutieren, war keine gute Idee.

Silke Bley verschränkte die Arme und schaute trotzig zu Ludger Pohl. »Haben Sie die beiden hier einbestellt? Und warum denn überhaupt Amtshilfe? In welcher Angelegenheit?«

»Frau Bley, wenn ich mich da jetzt auch mal einmischen darf.« Biggi hatte sich den zweiten und letzten Stuhl im Zimmer genommen und setzte sich gegenüber der Klinikchefin, während Wim mit dem Rücken zur geschlossenen Tür stehen blieb. »Dass Herr Schneider vorhin in Ihre Auseinandersetzung mit Herrn Pohl geraten ist, war wirklich reiner Zufall. Wir waren alle heute Abend in unserer Hotelbar in Zellerfeld verabredet und Herr Schneider wollte Herrn Pohl nur abholen. Er hat Ihnen nicht hinterherspioniert. Aber das, was er dann zu hören bekommen hat, war natürlich unschön und sollte aufgeklärt werden. Eigentlich sind wir aber hier, um …«

»Ich sage gar nichts mehr, das ist ja wohl die Höhe, Frau Höfgens«, unterbrach Silke Bley Biggis Ausführungen. »Erst lassen Sie sich scheinheilig von mir die Klinik zeigen und quetschen mich über Veronika Vogel-Kumar aus und dann setzen Sie sich in aller Seelenruhe hierhin und wollen mich offiziell befragen? Ich gehe jetzt!« Silke Bley fixierte Biggi mit einem wütenden Blick und war im Begriff aufzustehen.

»Sie werden nicht gehen, Frau Bley«, entgegnete Wim. »Oder möchten Sie, dass der Betreiber dieser Klinik oder sogar die Presse davon Wind bekommt, dass einigen ihrer Mitarbeiter das vertraglich zugestandene Weihnachtsgeld nicht gezahlt wurde? Und wie war das doch gleich mit den Schichtzulagen an Sonn- und Feiertagen? Ach ja, wie würden Sie nach Ihrem Auftritt bei Herrn Pohl eigentlich Ihr Konfliktmanagement selbst bewerten? Wann steht noch mal die nächste Evaluierung und hoffentlich auch Zertifizierung Ihres Hauses an, wie Sie diesen Kasten hier immer so schön nennen? Qualitätsmanagement ist so wichtig heutzutage, wenn man mit der Konkurrenz mithalten möchte, oder?«

Silke Bley wurde blass und ließ sich wieder auf ihren Stuhl sinken. »Wer hat Ihnen das erzählt?«

»Ach, wissen Sie, wenn man als Patient in dieser Klinik für eine gewisse Zeit lebt, dann bekommt man so einiges mit, nicht wahr, Ludger?«

»Ja, genau! Shakuntala hat es mir selbst erzählt!«

Wim schaute kurz zu Ludger. »Tote soll man doch ruhen lassen, aber wenn wir schon mal bei dem Thema sind: Es tut mir leid, dass Sie das auf diesem Wege erfahren müssen,

Frau Bley, aber Amal Kumar, der Ehemann ihrer Freundin Veronika, hat sich heute Abend das Leben genommen.«

Wim hatte eine ernste Miene aufgesetzt und hoffte, dass sein Spiel mit dem Feuer gutgehen würde.

»Er hat was?« Silke Bleys Stimme überschlug sich und erschrocken hielt sie sich eine Hand vor den Mund.

»Ja, das ist leider die Wahrheit«, sagte Biggi, beugte sich nach vorne und reichte Silke Bley ein Taschentuch, als ihr die ersten Tränen über die Wange liefen.

»Entschuldigen Sie, können wir kurz eine Pause machen? Ich bräuchte mal einen Moment«, sagte Silke Bley und faltete das Taschentuch auseinander.

»Sicher! Ludger, öffnest du mal eben das Fenster, dann kommt ein bisschen frische Luft in dieses Zimmer«, entgegnete Wim.

»Ja, natürlich«, antwortete Ludger Pohl und erhob sich schwerfällig aus seinem Sessel.

»Wenn Sie einen Augenblick allein sein möchten, dann warten wir drei vor der Tür, einverstanden?« Biggi deutete den beiden Männern mit einer Kopfbewegung an, das Zimmer zu verlassen.

Silke Bley nickte. »Ja, danke! Das wäre nett.«

Auf dem Klinikflur zögerte Biggi nicht lange und schnappte sich Wim. »Herr Pohl, ich müsste mit Wim mal eben unter vier Augen reden. Lagebesprechung, Sie verstehen?«

Ludger Pohl hob die Hände und entfernte sich einige Meter. »Schon gut, ich habe verstanden.«

»Wim, was machst du? Amtshilfegesuch? Nicht gezahlte Zulagen?«

»Ich gebe zu, dass das mit dem Amtshilfegesuch ganz schön gewagt ist, aber ich hoffe, dass sie das nicht schnallt.

Und ich habe von unserer Gymnastiktante Gudrun tatsächlich vertraulich erfahren, dass es Unregelmäßigkeiten bei den Gehaltszahlungen gegeben hat. Die Klinik ist wohl in einer angespannten finanziellen Lage, hier und da wurden einige Sanierungsmaßnahmen schon auf Eis gelegt. Tja, und Personalkosten sind immer der größte Posten in so einem Betrieb. Da hat die Bley wohl anscheinend einfach versucht, noch etwas einzusparen«, flüsterte Wim. »Angeblich sollte es dann zeitnahe Nachzahlungen geben, aber in Sachen Weihnachtsgeld ist bisher nie was passiert. Der Unmut in der Belegschaft wächst und die Bley steht intern ganz schön unter Druck. Der Betriebsrat tanzt ihr auf der Nase rum, zu Recht, wenn du mich fragst, und es ist nur noch eine Frage der Zeit, bis das hier alles öffentlich wird.«

Sanft legte Biggi eine Hand auf Wims rechte Wange. »Okay, Wim Schneider, wir ziehen das hier durch, aber ab jetzt rede ich!«

Wim lächelte dankbar und legte seine Hand auf Biggis. »Ich halte mich zurück, im Rahmen meiner Möglichkeiten, versprochen.«

»Wir können jetzt weitermachen, es geht schon.« Silke Bley erschien in der offenen Zimmertür. »Aber ohne Herrn Pohl. Das ist mir zu vertraulich.«

Wim schaute zu Ludger. »Es ist dein Zimmer, bist du einverstanden?«

Ludger Pohl kehrte vom anderen Ende des Flures zurück und zuckte mit den Schultern. »Habe ich eine Wahl? Ich verlasse mich darauf, dass du mir jetzt aber aus der Patsche hilfst.«

Wim wandte sich an die beiden Frauen. »Ich komme

gleich nach, Ludger und ich müssen noch mal kurz etwas allein besprechen.«

Während Wim die verwunderten Blicke von Ludger Pohl erntete, ging Biggi mit Silke Bley in das Zimmer zurück und schloss die Tür hinter sich.

»Jetzt pass mal auf, Ludger. Ich glaube der Bley ehrlich gesagt jedes Wort! Du bist nämlich wirklich ein Sexist und es würde mich überhaupt nicht wundern, wenn die Frauen, die du belästigt hast, nur die Spitze des Eisbergs sind. Ich werde dir ganz sicher nicht aus der Patsche helfen, sondern du wirst dich diesen Anschuldigungen stellen müssen. Du kannst von Glück reden, wenn Biggi und ich es darauf beruhen lassen, solange es keine offizielle Anzeige wegen sexueller Belästigung gegen dich gibt. Haben wir uns verstanden? Und darum wirst du jetzt hier auch keine Anstalten wegen irgendwas machen. Wir bleiben so lange in deinem Zimmer wie nötig.«

Ludger Pohl bekam einen roten Kopf. »Also wirklich! Du glaubst dieser Person? Du hast doch selbst gesagt, dass ihr Auftreten unmöglich war.«

»Die Art und Weise war auch nicht in Ordnung, dabei bleibe ich. Aber am Wahrheitsgehalt ihrer Aussagen ändert das nichts.«

»Dass du so von mir denkst, Wim, das kränkt mich jetzt aber!«

»Ich habe mir hier lange genug mein eigenes Bild von dir machen können. Meinst du, ich bin blind? Ich habe es an der Blase, nicht an den Augen. Wie du den Frauen hinterhergaffst, wie du dich gegenüber meiner Schwester aufgeführt hast. Oswalt-Kolle-Filme, sag mal, spinnst du?«

»Ach, die hat das in den völlig falschen Hals bekommen!« Auf Ludger Pohls Stirn hatten sich Schweißperlen gebildet.

»In den falschen Hals? Du stehst mit dem Rücken zur Wand und bist nach wie vor um Ausreden nicht verlegen. Du widerst mich an!«

Ohne die Gelegenheit einer Antwort ließ Wim Ludger auf dem Flur stehen und betrat das Zimmer. Von einer Sekunde auf die andere fühlte er sich befreiter. Das hatte mal rausgemusst.

39. KAPITEL

Lali wurde von Albträumen geplagt und wälzte sich in ihrem Bett hin und her. Irgendwann schreckte sie hoch und spürte das schweißnasse T-Shirt an ihrem Oberkörper kleben. Von ihrem Bett aus fiel ihr Blick auf den kleinen Couchtisch, auf dem noch zwei benutzte Gläser standen. Erst hatte sie allen Ernstes darüber nachgedacht, mit Ilka eine Flasche Prosecco zu öffnen, um den unbeschreiblichen Schmerz einfach zu betäuben. Endlich nicht mehr allein. Esha war immer an ihrer Seite gewesen und die Angst davor, einsam zu werden, kroch allmählich in Lali empor. Doch dann hatten sie noch auf dem Heimweg die

Geschehnisse der letzten Tage mit einer unbeschreiblichen Wucht wieder eingeholt und bereits auf Höhe des John-F.-Kennedy-Platzes war Lali in Tränen ausgebrochen. Ilka hatte sie an Ort und Stelle zu trösten versucht und zunächst einfach nur zugehört. Dann hatte sie ihr gut zugeredet und sie schließlich noch bis in die Wohnung begleitet. Statt des Proseccos hatte es dann als Absacker ein Glas Saft und ein aufbauendes Gespräch unter Kolleginnen gegeben, von dem Lali sich erhoffte, dass es bald eines unter Freundinnen werden könnte.

Sie schob diese noch frische Erinnerung beiseite, stand auf und räumte die Gläser in die Küche. Ihr verschwitztes T-Shirt zog sie aus und schmiss es in die Waschmaschine. Bis auf einen String bekleidet stand sie nun nackt und verloren mitten in ihrer kleinen Wohnung und war sicher, dass sie so schnell nicht mehr in den Schlaf finden würde. Der Teppich unter ihren Füßen gab bei jedem Schritt ein wenig nach, als sie sich der Balkontür näherte und ins Freie trat. Die Nacht war angenehm kühl und der leichte Wind sorgte dafür, dass sie ein kalter Schauer überkam und sich die dünnen Härchen auf ihren Unterarmen aufrichteten. Langsam näherte sie sich der Balkonbrüstung, kletterte auf die unterste Betonstrebe und wurde nur noch von dem Druck ihrer Oberschenkel gehalten, die sie gegen den kalten Stein presste. Als sie ihre Arme ausbreitete und eine Windböe ihre Haare durcheinanderwirbelte, fühlte sie sich frei und wusste, dass das Leben einfach zu kostbar war, um sich vornüberfallen zu lassen.

Markus Overkamp war vor dem Fernseher eingeschlafen und wachte erst auf, als die Fernbedienung von seinem Schoß auf den Fußboden fiel. Sein Nacken tat weh und war verspannt, irgendwie musste er sich verlegen haben. Ein Blick auf die Uhr verriet ihm, dass es bereits nach 02.00 Uhr war, und so war es nicht verwunderlich, dass nur noch Werbung und »Sexy Clips« über den Bildschirm flackerten. Nachdem er die Fernbedienung aufgehoben und die Flimmerkiste ausgeschaltet hatte, wanderte er schlaftrunken durch das dunkle Wohnzimmer und stoppte am Fenster, als er auf der gegenüberliegenden Seite im Lichtschein einer Straßenlaterne zwei Männer stehen sah. Beide waren auffällig groß und stämmig und schienen sich angeregt zu unterhalten. Markus Overkamp kniff die Augen zusammen und versuchte sich an die schlechten Lichtverhältnisse zu gewöhnen. War das nicht …? Ja, doch, das war doch sein Kollege Freddy Gallhof. Er gestikulierte wild durch die Gegend und allmählich schien die Situation in eine handfeste Auseinandersetzung zu eskalieren. Als Freddy von seinem Gegenüber geschubst wurde, beschleunigte sich der Puls von Markus Overkamp schlagartig und er überlegte krampfhaft, ob er dem Hausmeister von gegenüber irgendwie zu Hilfe kommen sollte. Aber Freddy war kräftig, fackelte nicht lange und versetzte dem anderen Mann, der einen langen Mantel und auffällige schwarze Lederstiefel trug, einen gezielten Faustschlag in das Gesicht. Vorsichtig kippte Markus Overkamp das Wohnzimmerfenster und hoffte etwas von dem Streit mitzubekommen. Was hatte denn Freddy bloß um diese Uhrzeit mit diesem zwielichtigen Kerl zu schaffen? Und warum prügelten sie sich auf offener Straße? Angestrengt lauschte Markus durch den Fensterspalt in die Stille der Nacht und traute seinen Ohren nicht, als ihn die ersten Worte erreichten.

»Die Kleine ist abgehauen! Verstehst du das, du Idiot? Was ist, wenn die uns verpfeift?«

Der Kerl mit den Lederstiefeln war sichtlich angeschlagen, wankte ein wenig und hielt sich eine Hand vor das Auge, genau an die Stelle, an der Freddy Gallhof kurz zuvor seine Faust platziert hatte. »Mensch Ronald, ich habe die Hosen voll. Wenn das rauskommt, bin ich geliefert. Versteh das doch!«

»Wie oft denn noch: Sei leise! Jetzt reiß dich zusammen, wenn die Nachbarn das hier mitkriegen, sind wir beide geliefert.«

»Ja doch! Und wie geht's jetzt weiter?«

»Du gehst nach Hause, wir haben uns nie getroffen. Ich fahre jetzt noch mal zur Laube und beseitige alle Spuren. Du meldest dich nicht bei mir, und wenn ich dir noch einen Ratschlag geben darf: Entsorge diese auffällige Lederkluft. Damit identifiziert die kleine Schlampe dich im schlimmsten Fall doch zehn Meilen gegen den Wind.«

»Ist gut, Ronald, dann gehe ich jetzt mal.« Mit gesenktem Kopf machte der große Mann auf den Absätzen seiner Lederstiefel kehrt und verschwand in der Dunkelheit.

Markus Overkamp versuchte zu begreifen, was er da gerade gehört hatte. Welche Kleine? Und warum wurde sein Kollege Ronald genannt? Verwundert ließ er seinen Hintern auf die Fensterbank sinken und stützte seine Hände auf den nackten Oberschenkeln ab. Das kleine Standby-Licht des Fernsehers leuchtete rot. »Sexy Clips« im Nachtprogramm: Wie lange hatte er sich dazu keinen mehr runtergeholt? Als er an vollbusige Blondinen in weißen Strapsen dachte, wanderten seine Gedanken plötzlich in die Nuttenwohnung in Etage 10.

Nachdem die beiden Männer mit ihr fertig gewesen waren, hatte sie vor Schmerzen fast das Bewusstsein verloren. Blutige Striemen und blaue Flecken übersäten ihren Rücken, vor allem aber die zarte Haut ihres Pos und ihrer Innenschenkel. Sie hatte ihre Lektion verstanden. Sie hatte verstanden, dass Freddy ab jetzt eine andere Gangart anschlagen würde, wenn sie nicht gehorchte, und vor allem, dass er in kurzer Zeit potenzielle neue Kunden angeheuert hatte. Zahlungswillige Kunden, die auf das erotische Ambiente eines sauberen Apartments offenbar keinen Wert legten, sondern für die es zweitrangig war, wo sie ihre perversen Fantasien auslebten. Mit jedem Peitschenhieb, der auf sie niedergerasselt war, hatte man ihr das letzte Stückchen Lebensmut aus dem Leib geprügelt, und als sie umnebelt von Schmerzen die warmen Körperflüssigkeiten ihrer Peiniger auf sich gespürt hatte, war ihr Entschluss endgültig gewesen.

Die Männer hatten sich nicht länger für sie interessiert, als sie befriedigt mit ihren immer noch glühenden und triefenden Schwänzen in der Kochnische verschwunden waren, um sich zwei Biere aus dem Kühlschrank zu nehmen. Sie hatte sie lachend Pläne schmieden gehört und mitbekommen, was sie als Nächstes mit ihr anstellen wollten. Nur mit Hilfe ihrer allerletzten Energiereserven hatte sie sich ihren Slip, eine kurze Hose und ein Oberteil übergezogen und war so leise wie möglich in den kleinen Nebenraum mit der Chemietoilette und dem Waschbecken verschwunden. Die Tür hatte sie von innen verriegelt, bevor sie für einen Moment die Augen geschlossen und durchgeatmet hatte. Unzählige einsame Stunden in der Laube hatten genügt, um einen Ausweg zu finden. Dass sie sich mit ihren halb nackten Beinen auf den versifften Fußboden neben die stinkende Toilette knien musste, war ihr egal gewesen. Vorsichtig hatte sie die beiden morschen Bretter gelöst, die sie in mühevoller Kleinarbeit über Tage aus ihrer Befestigung gelockert hatte, und sich ein paar Sandalen geschnappt, die unter einem kleinen Stapel Handtüchern versteckt waren. Als sie endlich draußen angekommen war, hatte sie die Männer immer noch lachen und grölen gehört und war einfach losgerannt. Auf dem langen Schotterweg, der vor ihr lag, hatte sie nicht mehr zurückgeschaut.

Es war so dunkel, dass sie die eigene Hand vor Augen kaum erkennen konnte. Aber das war gut so, denn sie wollte nicht gesehen werden. Die Nacht sollte sie verschlucken, sie wollte verschwinden und unsichtbar sein.

Ihr Weg führte sie einen Bahndamm hinauf, und als sie mit ihrem Oberteil an einem dornigen Gebüsch hängen blieb, kam sie ins Stolpern, strauchelte und stürzte fast zu Boden. Im Gleisbett angekommen folgte sie den Bahnschienen, die eine Schneise in das vor ihr liegende dichte Waldgebiet geschlagen hatten. Der Ruf eines Uhus durchdrang die Stille und ließ sie kurz zusammenzucken. Ihre Hand brannte wie Feuer, aber der Schmerz kümmerte sie nicht mehr. Kurz vor einer Kurve hielt sie an und ließ sich erschöpft auf die Knie sinken. Noch einmal alle Kräfte sammeln, sich noch ein letztes Mal konzentrieren. Langsam beugte sie sich nach vorne, drückte das linke Ohr behutsam auf die Schienen und versuchte angestrengt, die Vibrationen wahrzunehmen. Nichts. Noch nichts. Nur die Rufe des Uhus und ihr eigener Atem drangen zu ihr durch. Ihr Atem, den sie noch einmal ganz bewusst spürte, bevor ihr Kontakt zur Welt da draußen endgültig abreißen sollte. Hier, genau an diesem Ort, dem perfekten Ort für Lethargie und Hoffnungslosigkeit. Erschöpft ließ sie sich auf die Seite fallen und legte sich auf den Rücken. Über ihr die Sterne und ein abnehmender Mond. Dann schloss sie die Augen und zog den Stecker. Kapitulation.

40. KAPITEL

Konnte man denn nicht mal an einem Sonntag ausschlafen? Rosalie zog sich das Kissen über den Kopf und streckte ihren Arm nach dem Smartphone aus, das auf ihrem Nachttisch lag und vibrierte.

07.30 Uhr. Eigentlich eine Unverschämtheit, aber der Name auf dem leuchtenden Display verriet ihr, dass sie das Gespräch wohl würde annehmen müssen.

»Helmer!«

»Schneider, guten Morgen, Frau Kollegin. Ich hoffe, ich habe Sie nicht geweckt.«

»Machen Sie Witze? Es ist Sonntagmorgen und offen gestanden liege ich noch im Bett. Das ist mein einziger freier Tag in dieser Woche und eigentlich wollte ich ohne Weckruf aufwachen.«

»Tut mir leid, ich kann gerne später noch mal anrufen, aber ich dachte, dass es Sie brennend interessiert, was wir gestern noch herausgefunden haben.«

»Jetzt, wo ich Sie am Apparat habe, legen Sie los. Allerdings hatte ich gehofft, dass Sie sich gestern Abend noch mal melden.«

»Ich hatte kurz darüber nachgedacht, aber wir haben uns bis Mitternacht mit Silke Bley unterhalten und Biggi Höfgens – schöne Grüße übrigens – hat mich ermahnt, Sie zu so später Stunde nicht noch mal anzurufen. Wie man's macht, macht man's verkehrt.«

Rosalie hatte sich im Bett aufgerichtet und sich ihr Kopfkissen mittlerweile in den Rücken gepackt. »Grüßen Sie bitte ganz lieb zurück und legen Sie einfach los. Ich habe es mir gerade bequem gemacht.«

»Also gut. Dann wollen wir mal. Die Bley konnte tatsächlich einiges zur Aufklärung des Sachverhaltes beitragen, und bevor Sie mich ermahnen: Biggi hat die Kollegen in Goslar bereits über unser etwas eigenwilliges Gespräch informiert.«

Rosalie schmunzelte. »Ich sage doch gar nichts.«

»Nun gut, es war ja auch Biggi, der es wichtig war, das hier noch mal in aller Deutlichkeit zu betonen. Also, wir wissen jetzt, dass die Yogalehrerin nicht nur eine Affäre mit dem Koch hatte, wahrscheinlich verfolgt wurde und auch hoch verschuldet war, sie wurde offenbar auch erpresst!«

»Erpresst?« Rosalie war plötzlich hellwach.

»Jawohl! Und halten Sie sich fest, ach nein, Sie sitzen ja schon. Sie wurde von einem Versicherungssachbearbeiter erpresst.«

Rosalie blieb der Mund offen stehen. »Von wem?«

»Tja, das ist der Haken an der Sache, einen Namen haben wir nicht. Aber Sie müssen zugeben, dass Sie gerade mindestens genauso geplättet sind, wie ich es gestern Abend war. Ich musste natürlich sofort an Ihren aktuellen Fall denken.«

»Ich brauche mehr Details, Herr Schneider. Vielleicht schließt sich dann der Kreis. Erzählen Sie weiter.«

Jadoo hatte es geschafft und das Gefühl des Triumphes wie ein Schwamm in sich aufgesogen. Voller Euphorie war er in der Nacht noch in einer Bar im Kultviertel am Alten Bahnhof versackt und nun einfach nur noch todmüde, aber glücklich. Er hatte die Vorhänge in seinem Schlafzimmer bereits zugezogen, um die Morgensonne nicht hereinzulassen, und sich mit dem Foto von Veronika auf sein Bett gelegt. Bis das

Mumbai Palace, bis sein Restaurant am Mittag wieder öffnen würde, waren es eigentlich nur noch wenige Stunden, aber Lali zeigte sich als neue Möchtegern-Chefin großzügig und hatte ihm per WhatsApp-Nachricht für den Rest des Tages freigegeben, weil sie heute aus gegebenem Anlass nicht öffnen wollte. Die dumme Kuh hatte keine Ahnung, wer demnächst das Sagen haben würde. Jadoo küsste zärtlich das Foto und legte es auf sein Herz. Veronika hatte es ihm leichtgemacht und das Datum der Restauranteröffnung als sechsstelligen Zahlencode für den Safe gewählt. Zunächst war Jadoo alle Geburtstage durchgegangen, die ihm eingefallen waren, dann den Hochzeitstag der Kumars und schließlich den Tag des ersten Kusses von Veronika und ihm. Das war dann aber wohl doch zu abwegig. Schließlich hatte er sich eine Pause gegönnt und eine gekühlte Flasche Weißwein geöffnet. Als er mit dem ersten Glas wieder auf dem Bürostuhl saß, fiel sein Blick auf eine Fotocollage, die die Kumars aus verschiedenen kleinen Presseartikeln über die Restaurant- und Yogaschuleneröffnung erstellt und eingerahmt ins Büro gehängt hatten. Und das war er dann, der Volltreffer. Neben ein paar Dokumenten, wie dem Grundbucheintrag und der Notarurkunde über den Kauf des Hauses, lag tatsächlich ein Testament im Safe. Und nicht nur das. Veronika hatte das Testament kurz vor ihrem Tod tatsächlich so geändert, dass sie Jadoo als Restaurantbesitzer und Amal als Besitzer der Yogaschule vorgesehen hatte. Wie auch immer das rechtlich zu bewerten war, aber mit diesem Trumpf im Ärmel würde er Lali fertigmachen. Er wusste genau, dass es zwischen Lali und ihm nur diese eine Gemeinsamkeit gab: Es ging ihnen beiden um das Restaurant, nicht um die Yogaschule, und daher saß Jadoo ab jetzt am längeren Hebel.

Sigrid stand am Büffet und war gerade im Begriff, sich zwei extra dicke Scheiben Harzer Käse abzuschneiden. Sie liebte den pikanten Geschmack und die geschmeidige Konsistenz, und nachdem man sie gestern Abend allein im Auto hatte versauern lassen, wollte sie sich zum Abschluss ihres Kurzurlaubs wenigstens ein ordentliches Frühstück gönnen.

Biggi saß bereits am Tisch und genoss ihr allmorgendliches Leberwurstbrötchen, ein Ritual, das sich aus Kindertagen erhalten hatte – buon appetito! Sie plagte das schlechte Gewissen, nicht nur, weil Sigrid hatte warten müssen. Die Ärmste hatte sich auch schlafend stellen müssen, als Ludger Pohl irgendwann vor der Klinik aufgetaucht und direkt in Richtung des Autos gegangen war. Daher hatte Biggi es sich auch nicht nehmen lassen, Sigrids Gang zum Büffet zu nutzen und hinter ihrem Rücken zwei Piccolo zu bestellen. Hoffentlich würde Sigrid diese Geste der Wiedergutmachung annehmen und sich darauf einlassen, dass Biggi sie noch einmal allein lassen müsste. Ein letztes Mal für dieses Wochenende und für den Spaziergang mit Wim.

»Oh, ein Sektchen? Gibt es was zu feiern?«, war Sigrids erste Reaktion, als sie mit ihrem Teller an den Tisch zurückkehrte.

»Wie man es nimmt«, entgegnete Biggi. »In erster Linie wollte ich dich und deine Geduld mit mir feiern, dann wollte ich dich und deine Geduld mit deinem Bruder feiern und dann wollte ich mich nochmals für gestern Abend entschuldigen.«

Sigrid setzte sich auf die rustikale Eckbank, die Biggi ihr extra überlassen und stattdessen auf einem eher unbequemen gedrechselten Holzstuhl gegenüber Platz genommen hatte. Sie zögerte mit einer passenden Antwort und faltete zunächst die weiße Stoffserviette auseinander, um sie dann auf ihrem Schoß zu platzieren und in aller Seelenruhe glatt zu streichen. Schließlich nahm sie das Sektglas in die Hand und prostete Biggi zu. »Na, dann Prost, meine Liebe. Das sind ja gleich drei Dinge auf einmal. In diesem Sinne: auf ein ganz sicher unvergessliches Wochenende im Harz.«

Unsicher hob Biggi ihr Glas und stieß mit Sigrid an. »Ja, dann Prost. Hast du vielleicht noch etwas zu sagen?«

Sigrid nippte an dem Sekt und lächelte Biggi an. »Ich hätte nur eine einzige Bitte.«

»Ja?«

»Bitte sprich dich mit meinem Bruder aus. Allein und ohne mich. So viel Zeit muss heute noch sein.«

Mads schob den Arm auf seinem Brustkorb vorsichtig an die Seite und schaute auf sein Handy, das zum wiederholten Mal den Eingang einer WhatsApp-Nachricht angekündigt hatte. Er hatte zwar keine Lust auf irgendeine Form von Kommunikation an diesem Sonntagmorgen und wollte viel lieber für immer und ewig mit Jan im Bett liegen bleiben, aber seine Neugier war einfach zu groß.

»Bitte ruf mich mal an, wenn du wach bist. R.«
08.02 Uhr

»Sorry, wollte dich nicht wecken, aber falls du ganz eventuell mal anrufen könntest, wäre das klasse. Es gibt Neuigkeiten. R.«
09.48 Uhr

Mads seufzte. Was um alles in der Welt war so wichtig, dass Rosalie sich an diesem Tag, um diese Uhrzeit, gleich zweimal bei ihm meldete? Eigentlich konnte es nur um die Sache im Harz gehen, die sich mittlerweile nach Braunschweig bis Hinter Liebfrauen verlagert hatte und mehr Raum bei ihrer Arbeit einzunehmen schien als die eigentlichen Ermittlungen im Fall Berthold Maschke. Als Mads schließlich aufstand, um nebenan ungestört zu telefonieren, schmatzte Jan kurz und drehte sich auf die andere Seite. Mads konnte ein breites Grinsen nicht unterdrücken und fischte auf den Holzdielen nach seiner Boxershorts, die Jan ihm in der Nacht regelrecht vom Leib gerissen und quer durch das Zimmer geworfen hatte. Was auch immer das mit den beiden werden würde, diese Nacht konnte ihnen niemand mehr nehmen. Auf Zehenspitzen schlich er sich aus dem Zimmer und ging in die Küche, um eine Kanne Kaffee aufzusetzen. Zumindest das hatte er während seiner Praxiszeit bei der Kripo schon in aller Perfektion gelernt. Die Ereignisse der letzten Tage hingegen hatte er verdammt nah an sich herangelassen und wusste, dass er darüber und wie man noch mehr professionelle Distanz zu den Fällen erlangen konnte, mit Rosalie würde reden müssen. Aber zuerst wollte er von ihr wissen, was denn so wichtig war, dass sie ihn am Sonntagmorgen schon kontaktierte.

Mads setzte sich auf einen der bunten Küchenstühle, beobachtete, wie die ersten Tropfen Kaffee allmählich die Glaskanne füllten, und legte die Füße auf den Tisch. Gerade, als er Rosalie anrufen wollte, hörte er Geräusche im Flur und sah einen Schatten an der Küche vorbeihuschen. Jan war offenbar doch wach geworden und auf dem Weg zur Toilette. Sollte er zunächst noch auf ihn warten? Zu gerne würde er sich jetzt von Jans vollen, verführerischen Lippen küssen lassen. Mads seufzte, ignorierte die sich anbahnenden Wellen der Erregung und versuchte seine Fantasien zu ignorieren. Erst die Arbeit, dann das Vergnügen. Nachdem er ihre Nummer gewählt hatte, ließ Rosalie nicht lange auf sich warten.

»Guten Morgen! Danke für deinen Rückruf!«

»Moin, hattest du das Telefon schon in der Hand?«

»Es lag neben mir. Ich wusste einfach, dass du dich meldest.«

»Was gibt es denn so Wichtiges am frühen Sonntagmorgen?«, fragte Mads und musste ein Gähnen unterdrücken.

»Witzig, das habe ich Wim Schneider auch gefragt, als er mich vor etwa zwei Stunden angerufen hat.«

»Vor zwei Stunden? Geht's noch?«

Rosalie lachte auf. »Das kannst du den großen Meister bei Gelegenheit ja mal selbst fragen.«

»Nein, danke. Ich will es mir ja nicht verscherzen.«

»Würde ich dir auch nicht raten. Seine Launen sind legendär. Womit ich die perfekte Überleitung habe. Der Schneider war wegen der neuen Informationen, die er gestern spät am Abend noch herausbekommen hat, fast euphorisch. Ich glaube, ein bisschen Ermittlungsarbeit tut ihm wirklich gut.«

Mads schaute auf, als Jan seinen Kopf zur Küchentür hineinstreckte, und warf ihm einen Luftkuss zu. »Entschuldige, euphorisch, habe ich das richtig verstanden? Ich war kurz abgelenkt.«

»Jan?«, fragte Rosalie neugierig.

»Ja, genau. Aber erzähl weiter, ich bin jetzt wieder allein.«

»Okay, also die Yogalehrerin hat versucht, Versicherungen zu bescheißen.«

»Betrug?« Mads stutzte.

»Exakt! Der stand finanziell das Wasser dermaßen bis zum Hals, dass ihr offenbar viele Mittel recht waren, um an Geld zu kommen. Silke Bley hat berichtet, dass sie nicht nur den Nebenjob im Harz deswegen angenommen hatte, sondern wohl auch hier und da versucht hat, sich kleinere Versicherungssummen zu erschleichen.«

»Ach, und wie das?«, erkundigte sich Mads.

»Das müssen wir noch herausfinden, aber wir kennen ja jetzt ein paar Leute aus der Branche und das Beste kommt erst noch.« Mads konnte an Rosalies Stimmlage erkennen, dass es ihr offensichtlich Spaß machte, die Spannung aufrechtzuerhalten.

»Nun sag schon!«

»Veronika ist irgendwann aufgeflogen. Ein Versicherungssachbearbeiter ist ihr auf die Schliche gekommen und hat sie erpresst.«

»Bitte was? Jetzt sag noch, dass sie ihm was zahlen musste.« Mads war augenblicklich hellwach.

»So ist es!«, entgegnete Rosalie triumphierend. »Wenn das kein Zufall ist? In ihrer Not hat sich Veronika ihrer Freundin Silke anvertraut und um einen Gehaltsvorschuss gebeten. Der konnte ihr aber nicht gewährt werden, denn die Klinik hat ihre eigenen Geldnöte. Also ist Veronikas Nebenjobverdienst fast eins zu eins für die Erpressung draufgegangen. Angeblich hatte der Versicherungsmensch ihr gedroht, sie anzuzeigen und dass sie das ihre Gewerbezulassung kosten könnte und so weiter.«

»Und lass mich raten: Veronika musste nur in bar bezahlen und immer Beträge, die sich aus 100- und 50-Euro-Scheinen zusammensetzen?«

41. KAPITEL

Nadja Meister hatte sich ihren cremefarbenen Morgenmantel angezogen und stand mit einem Glas Milch in der Hand auf der Dachterrasse ihrer Penthousewohnung im Stadtteil Heidberg.

»Ich liebe ja den Blick auf den See. Aber noch mehr liebe ich es, wie dein Traumkörper sich unter diesem Satinstoff abzeichnet«, sagte Jonas Wildhagen und schlang von hinten seine Arme um ihren Oberkörper.

»Gut, dass man uns hier oben nicht sehen kann. Denn ansonsten wäre das ja fast schon Erregung öffentlichen Ärgernisses«, entgegnete Nadja Meister und schmunzelte. »Dagegen haben wir wohl noch keine Versicherung im Programm.«

»Ich weiß gar nicht, was du meinst.« Jonas Wildhagen rückte noch näher an seine Geliebte heran und presste seinen Unterkörper gegen ihren Steiß.

»Genau das meine ich. Denkst du, die ahnen was in der Firma?« Nadja Meister drehte sich um, stellte sich auf die Zehenspitzen und schaute ihrem Chef und Personalvorstand der BS-Insurance-AG verführerisch in die Augen.

»Hauptsache, Tina ahnt nichts. Das ist mir gerade wichtiger.«

»Tina ist dein Zuständigkeitsbereich und dein Problem. Die Firma ist unser beider Problem. Wie lange kann man so eine Liebelei vor der Belegschaft geheim halten?«

»Liebelei? Na, hör mal. Ich dachte, wir lieben uns«,

erwiderte Jonas Wildhagen und gab Nadja einen Kuss auf die Stirn.

»Ja, sicher, aber wir sind doch beide alt genug, um zu wissen, dass man so was nicht ewig durchhält. Sich nichts anmerken lassen, keine verräterischen Blicke, Gesten oder sonst was.«

»Also so alt sind wir ja auch noch nicht. Mach dir einfach nicht so einen Kopf. Lass uns lieber mal unter die Dusche springen und uns anziehen. Tina kommt erst heute Abend von ihrer Mutter aus Leverkusen zurück und solange möchte ich den Tag mit dir noch genießen.«

»Da habe ich keine Einwände. Ach, aber schau mal da. Was machen die denn hier?«, sagte Nadja Meister und richtete ihren Blick auf den Parkplatz vor dem viergeschossigen Neubau.

Jonas Wildhagen trat an die Balustrade heran. »Wen meinst du denn?«

»Die beiden Herrschaften da unten. Ich ahne nichts Gutes«, entgegnete Nadja Meister und zeigte auf Mads und Rosalie, die gerade aus dem Auto ausstiegen.

»Wir wollten uns noch mal unter vier Augen über unsere Zukunft unterhalten. Also, du wolltest das«, sagte Biggi und versuchte, den Small Talk über das Wetter und Sigrids nächtliche Wartetortur in ein ernstes Gespräch überzuleiten. Schulter an Schulter spazierten Wim und sie am südlichen Ortsrand von Clausthal-Zellerfeld an einem Reitstall vorbei und näherten sich einem Waldstück. Beide hatten die Köpfe gesenkt und schauten auf den Fußweg, die verstohlenen Seitenblicke des anderen registrierten sie daher nicht.

Wim seufzte, nahm all seinen Mut zusammen und wollte

gerade zu einer Antwort ansetzen, als Biggi erneut das Wort ergriff. »Bevor das hier die nächste Katastrophe wird und weil ich ja weiß, dass wir beide unsere Launen haben und dass du vor allem nicht gerade ein Mann der großen Worte bist, lass mich es einfach sagen, wie es ist.«

»Biggi, warte. Ich … ich … empfinde, glaube ich, nicht so wie du. Also schon, aber anders. Ich hab dich lieb. Sagt man das so?«, stammelte Wim und rang nach den richtigen Worten. »Aber ich kann nicht mit dir zusammen sein.«

»Das weiß ich, Wim«, entgegnete Biggi um Fassung bemüht und blieb stehen. Vorsichtig, fast zärtlich nahm sie seine Hand. »Du hast ja ganz schwitzige Hände.«

»Du weißt das?«, fragte Wim und schaute verlegen zur Seite.

»Ich für meinen Teil empfinde sehr viel für dich. Was es ist, das muss ich auch noch herausfinden. Vielleicht müssen wir das beide einfach noch herausfinden. Aber das ist es gar nicht, was ich dir sagen wollte.«

»Nicht?«, fragte Wim erstaunt.

»Nein. Ich wollte mich entschuldigen, dass ich mich wegen deiner mutmaßlichen Bewerbung nach Braunschweig so dämlich verhalten habe. Das ist einzig und allein deine Entscheidung, denn es ist dein Leben und es ist deine berufliche Zukunft. Mir war wichtig, dir das vor meiner Abreise noch zu sagen. War es nicht das, worüber du auch mit mir sprechen wolltest?«

»Auch, ja. Puh! Du machst es mir gerade ziemlich leicht. Danke. Also ich habe natürlich über alles noch mal nachgedacht und ich denke, dass ich meinen Hut tatsächlich in den Ring werfen werde. Die Stellenausschreibung ist jetzt auch draußen, seit Freitag. Ich habe mich nur nicht getraut, sie dir zu zeigen.«

»Was ich übrigens komplett nachvollziehen kann. An deiner Stelle hätte ich sie mir auch vorenthalten, nach dem Theater. Aber vielleicht magst du sie mir ja jetzt mal zeigen oder in den nächsten Tagen. Ich bin dank meines 10-Finger-Tipp-Turbos ja auch ziemlich gut im Aufsetzen von Anschreiben, und wenn du Hilfe brauchen solltest …«

»Ich danke dir! Ich danke dir so sehr!«, entgegnete Wim erleichtert und nahm Biggi spontan in den Arm.

»Hauptsache, du bist glücklich«, antwortete Biggi und legte ihr Kinn auf Wims Schulter. Als sie die ersten Tränen nicht länger zurückhalten konnte, schloss sie die Augen und drückte Wim noch ein bisschen fester.

»Frau Meister, hier sind Rosalie Helmer und Mads Johannsen von der Kripo. Entschuldigen Sie bitte die Störung an einem Sonntagmittag, aber wir hätten noch ein paar ganz dringende Fragen zum Fall Berthold Maschke.« Rosalie und Mads standen vor einer Überwachungskamera und hatten ihr breitestes Lächeln aufgesetzt.

»Kommen Sie hoch. 4. OG.« Nadja Meisters Antwort war kurz und klang genervt.

»Das ging ja einfach«, stellte Mads fest und drückte die Haustür auf.

»Was soll die Meister auch machen? Wir sind die Polizei«, entgegnete Rosalie.

»Aber immerhin ist Sonntag!«

Rosalie verzog den Mund und ging in Richtung Fahrstuhl, der gerade auf dem Weg nach unten war.

»Schon gut«, sagte Mads. »Ich bin doch auch gespannt, was da jetzt bei rauskommt.«

Als sich die Fahrstuhltür öffnete, kam ihnen zu ihrer Überraschung kein Unbekannter entgegen.

»Herr Wildhagen?« Rosalie konnte ihre Verwunderung kaum verbergen.

»Oh, in der Tat, Frau …?« Jonas Wildhagen geriet bei der Erinnerung an Rosalies Namen ins Schlingern.

»Helmer, Rosalie Helmer. Wohnen Sie auch hier?«

»Ich? Nein, nein, ich habe Frau Meister nur kurz ein paar wichtige Unterlagen vorbeigebracht. Für morgen, denn da haben wir ein Meeting. Strategisch sehr wichtig, verstehen Sie?«

»Aber klar. Dann geben wir uns bei Frau Meister ja die Klinke in die Hand.«

Jonas Wildhagen wirkte verunsichert. »Sie wollen auch zu Nadja, also zu Frau Meister?«

»Allerdings, wir haben noch ein paar Fragen«, entgegnete Mads und stellte sich in die Lichtschranke der Fahrstuhltür.

»An einem Sonntag?«

»Manche Dinge dulden keinen Aufschub«, sagte Rosalie und ging an Mads vorbei. »Komm, wir fahren hoch. Einen schönen Tag noch, Herr Wildhagen.«

»Hast du seinen Gesichtsausdruck gesehen?«, fragte Mads auf dem Weg nach oben.

Rosalie zog eine Augenbraue hoch. »Natürlich habe ich das. Strategisches Meeting. Schon klar. So nennt man das also heutzutage.«

Auch in ihrem Jogginganzug machte Nadja Meister eine perfekte Figur. Ihre Haare hatte sie zu einem strengen Zopf gebunden. Sie war ungeschminkt, und dafür, dass sie gerade ihren Chef bei sich in der Wohnung empfangen hatte, wirkte sie ein wenig zu leger.

»Guten Tag, kommen Sie rein.«

»Danke, dass Sie sich ausgerechnet heute die Zeit nehmen, vor allem, weil Sie ja wegen des Meetings morgen gerade so beschäftigt sind.« Rosalie konnte sich eine Spitze nicht verkneifen.

Nadja Meister ging gekonnt über Rosalies Anspielung hinweg und machte eine einladende Geste in Richtung Dachterrasse. »Gehen Sie einfach durch. Wir können uns bei diesem herrlichen Wetter draußen hinsetzen.«

»Danke, gerne«, entgegneten Rosalie und Mads im Chor und gingen durch das sehr geräumige Wohnzimmer in Richtung der bereits offen stehenden Schiebetür.

»Schön haben Sie es hier«, bemerkte Rosalie und wählte einen der Gartenstühle im Schatten. Mads bevorzugte einen Platz in der Mittagssonne.

»Vielen Dank, ja, ich wohne auch noch nicht so lange im Heidberg, aber ich habe es gut getroffen, das stimmt. Aber lassen Sie uns doch einfach zur Sache kommen. Vielleicht haben Sie an einem Sonntag ja auch noch etwas anderes vor?« Nadja Meister hatte eine verspiegelte Sonnenbrille aufgesetzt und setzte sich auf die blau-weiß gestreifte Hollywoodschaukel, die als weitere Sitzgelegenheit direkt am Esstisch stand.

»Also schön«, sagte Rosalie und räusperte sich. »Dann werde ich ganz direkt. Es steht der Verdacht im Raum, dass Herr Maschke einen Versicherungsbetrug aufgedeckt haben könnte, ihn aber nicht gemeldet, sondern die Situation für seine eigenen Zwecke genutzt hat.«

»Wie bitte?« Nadja Meister schien tatsächlich überrascht zu sein. Die Hollywoodschaukel quietschte ein wenig, als sie sich mit dem Fuß vom Boden abstieß. Rosalie hingegen machte das Hin und Her eher nervös.

»Was genau haben Sie an meiner Aussage nicht verstanden?«

»Ich habe alles verstanden. Bitte entschuldigen Sie. Ich bin nur gerade völlig baff. Wenn dem so war, dann habe ich davon überhaupt nichts gewusst.«

»Das wäre unsere nächste Frage gewesen«, ergänzte Mads.

»Wie muss ich mir die Arbeit in Ihrer Abteilung denn vorstellen? Wie könnte Herr Maschke auf einen Versicherungsbetrug aufmerksam geworden sein?«, legte Rosalie nach und hasste einmal mehr jene Gesprächssituationen, bei denen man seinem Gegenüber nicht richtig in die Augen schauen konnte.

»Nun ja, da fallen mir ad hoc zwei Möglichkeiten ein. Der Versicherungsbetrug ist so offensichtlich, dass er dem Sachbearbeiter direkt ins Auge springt. Nehmen wir als Beispiel die teure Ming-Vase, die aus Versehen von dieser Dachterrasse auf den Parkplatz da unten stürzt. Für wie hoch halten Sie die Glaubwürdigkeit eines solchen Schadensfalls?«

»Sehr gering«, sagte Mads. »Überzeugt mich nicht.«

»Richtig«, bestätigte Nadja Meister. »Hier ist die Wahrscheinlichkeit eines versuchten Versicherungsbetrugs sehr hoch. Ich rede wohlgemerkt nur von meiner Abteilung, also der klassischen Privathaftpflichtversicherung. Die vorgetäuschten Todesfälle zum Abkassieren von Lebensversicherungen sind eine ganz andere Hausnummer, wenn Sie verstehen.«

»Verstehen wir«, sagte Rosalie. »Was ist die zweite Möglichkeit?«

»Eine Schadensanzeige ist so unpräzise formuliert, dass sie Fragen aufwirft und nicht sofort bearbeitet werden kann. Hier ist dann der etwaige Betrugsversuch nicht so offensichtlich wie in dem Beispiel mit der Ming-Vase, aber es gibt Bedenken. Der Sachbearbeiter würde dann beim Versicherungsnehmer nachfragen, eine Ergänzung der Sachverhaltsdarstellung erbitten, Beweisfotos und so weiter. Das hängt immer ein bisschen von der Schadenssumme und in diesem Kontext vom Ermessen des Sachbearbeiters ab. Also was ich sagen will: Bei kleineren Summen wird weniger streng geprüft als bei höheren Summen. Solche Fälle kommen gegebenenfalls häufiger vor, wohingegen sehr offensichtliche Betrugsversuche eher die Ausnahme darstellen.«

»Und gibt es nicht so etwas wie einen Außendienst, der vor Ort überprüft, wenn Zweifel bestehen?«, erkundigte sich Rosalie.

»Ja schon, aber das kommt auch immer drauf an. Nicht unbedingt in meiner Abteilung. Das rechnet sich für uns nicht wegen der zusätzlichen Personalkosten. Wobei mir da doch ein schönes Beispiel einfällt: der fingierte Wasserschaden, um eine Renovierung oder Sanierung finanziert zu bekommen. Das ist auf den ersten Blick nicht zu erkennen, wenn es gut gemacht ist. Da braucht man in der Regel externen Sachverstand.«

»Okay, das habe ich grundsätzlich erst mal verstanden. Lassen Sie uns das Ganze mal eingrenzen und auf den Arbeitsplatz von Herrn Maschke beziehen. Für welchen Bereich war er denn genau zuständig?«, fragte Rosalie. »Ich nehme an, die Bearbeiter in Ihrer Abteilung haben eine eigene Buchstabenrate oder so etwas?«

Nadja Meister nickte zustimmend. »Genau. Herr Maschke hatte zuletzt die Nachnamen mit den Anfangsbuchstaben A-I. Und innerhalb dieser Rate alles an Versicherungsschäden, was bei uns so anfallen kann.«

»Mist, das passt nicht«, murmelte Mads.

»Was passt nicht?«, hakte Nadja Meister nach.

»Die Zuständigkeit«, erklärte Rosalie. »Unser Verdachtsfall beginnt mit dem Buchstaben K oder aber mit dem Buchstaben V.«

»Ach so, das ist kein Ausschlusskriterium. Wir wechseln die Zuständigkeiten spätestens alle fünf Jahre, um Befangenheiten gegenüber unseren Kunden zu vermeiden und Neutralität zu wahren«, entgegnete Nadja Meister mit einem gewissen Stolz in der Stimme. »Das einzuführen, war eine meiner ersten Amtshandlungen, als ich die Abteilung übernommen habe. Seitdem dürfte Herr Maschke daher schon mindestens einmal die Zuständigkeiten gewechselt haben und außerdem gibt es ja auch noch die Vertretungen im Krankheits- und Urlaubsfall.«

»Also könnte er sie theoretisch alle gekannt haben? Jeden Einzelfall?«

»Korrekt«, bestätigte Nadja Meister. »Das komplette Alphabet. Und er könnte auch gezielt im System gesucht haben. Es ist alles digitalisiert. Wollen Sie mir nicht vielleicht einfach sagen, um wen es geht? Dann kann ich mal nachschauen.«

»Nachschauen?«, fragte Rosalie.

»Ja, ich habe mein dienstliches Notebook hier. Arbeiten von zu Hause ist für mich keine Seltenheit. Warten Sie mal einen Moment, ich gehe kurz in mein Arbeitszimmer und hole das Gerät.«

42. KAPITEL

Die Nachmittagssonne hatte ihren Zenit bereits überschritten und strahlte in voller Kraft auf die Häuserzeile Hinter Liebfrauen. Die Straßen in diesem Teil der Braunschweiger Innenstadt waren sonntags menschenleer, und so begegnete auch Jadoo niemandem, als er den Schlüssel aus seiner Hosentasche fischte, um das Mumbai Palace aufzuschließen. Lali schien bereits vor ihm hier gewesen zu sein, denn ein neuer Aushang wies potenzielle Gäste darauf hin, dass das Lokal wegen eines Trauerfalls bis auf Weiteres geschlossen sei. Sie hatte ihrer WhatsApp also bereits Taten folgen lassen. Jadoo richtete den Schirm seines roten Basecaps und schüttelte den Kopf. Als ob Lali das einfach so bestimmen könnte. Montag war eh Ruhetag, aber Jadoo war fest entschlossen, das Restaurant am Dienstag wieder zu öffnen. Er brauchte die Einnahmen, aber für heute brauchte er vor allem seine heiß geliebte Currypaste, um sich zu Hause etwas kochen zu können. Eine warme Mahlzeit während der Arbeit fiel ja aus, auch dafür hatte Lali mit ihrem Vorgehen gesorgt. Als Jadoo den Schlüssel in das Türschloss stecken wollte, bemerkte er plötzlich, wie sich von der Seite eine Gestalt näherte und so dicht an ihn herantrat, dass es ihm unangenehm war.

»Ist Amal da?«, wisperte eine junge männliche Stimme in Jadoos Ohr und blieb direkt hinter ihm stehen.

»Was willst du?« Jadoo fühlte sich eingeengt und wollte sich umdrehen. Er bremste seine Bewegung aber abrupt, als er die Spitze eines Messers in seinem Rücken spürte.

»Beantworte einfach meine Frage. Ist Amal da?«

»Nein, ist er nicht, du Idiot.« Jadoos Gedanken überschlugen sich und er überlegte krampfhaft, wie er aus dieser Situation herauskommen sollte.

»Dann richte ihm was aus. Ich will mein Geld bis heute Abend, sonst ist er der Nächste.«

»Dein Geld? Der Nächste? Sag mal, Alter, wovon redest du?« Jadoo versuchte, die Zusammenhänge zu verstehen, und spürte, wie die Messerspitze sich durch den Stoff des T-Shirts noch ein bisschen tiefer in seine Hautschichten bohrte.

»Zum Mitschreiben: Ich habe meinen Job gemacht und will jetzt die zweite Rate. Die Alte dürfte ihre Affäre ja wohl beendet haben. Und zwar für immer«, sagte der Typ und lachte gehässig.

Jadoo begann zu schwitzen. »Welche Alte? Meinst du Amals Frau?«

»Wen sonst?«

»Wer bist du, verdammt? Hast du Veronika umgebracht? Bist du der Typ, der ihr nachgestellt hat? Ja, genau, du bist der Typ vom Klinikparkplatz! Hat Amal dich also tatsächlich beauftragt?« Jadoo spürte, dass der Druck des Messers sich noch einmal erhöhte.

»Du stellst zu viele Fragen! Umgebracht? Nachdem die Alte mich gesehen hatte, musste ich mich doch selbst schützen. Ich habe Amal immer gesagt, dass es für mich in dem Augenblick vorbei ist, wo ich mich selbst gefährde. Kein Risiko, so lautete die Absprache. Aber egal, ich will jetzt meine Kohle.«

»Du bist ein Mörder. Wegen deiner Schrauberei am Auto ist Veronika jetzt tot! Du Schwein!« Jadoo war außer sich und versuchte erneut, sich umzudrehen. Als sich etwas

Warmes auf seinem Rücken ausbreitete, unterdrückte er einen Schrei. Sein T-Shirt schien sich gerade mit Blut vollzusaugen. Dieser Typ hatte offenbar nichts mehr zu verlieren und schien wild entschlossen.

»So ist es gut! Bleib ganz ruhig stehen, dann passiert dir nichts. Die Alte hätte mich auf dem Parkplatz nicht anlabern sollen, so einfach ist das. Anzeigen wollte die mich, wenn ich sie nicht in Ruhe lasse. Stalking und was die mir nicht alles an den Kopf geknallt hat. Dabei kannte die nicht mal meinen Namen. Dann hat die einfach ihr Handy gezückt und wollte ein Foto von mir machen. Alter, geht's noch? Ich bin doch nicht wahnsinnig und riskiere, wegen den Eheproblemen irgendeines Trottels in den Knast zu wandern! Amal war ja nicht ganz dicht mit seiner krankhaften Eifersucht. GPS-Tracker, so ein Schwachsinn. So was kostet natürlich extra. Dabei hatte ich ihm doch längst gesagt, dass die Alte garantiert fremdvögelt und ich Fotos von ihr und ihrem Stecher im Park gemacht habe. Hat ihm aber natürlich nicht gereicht. Er wollte die totale Kontrolle und natürlich noch eindeutigere Beweise. Aber so sind die alten Säcke halt, wenn sie merken, dass ihnen der Saft ausgeht und die Frau abhaut. Aber was labere ich dich eigentlich damit zu? Ich will jetzt meine Kohle!«

»Amal ist tot! Das wird wohl nix mit deinem Geld.« Plötzlich spürte Jadoo, wie der Druck des Messers nachließ. Schneller, als er reagieren konnte, wurde er am Oberarm gepackt und herumgerissen.

»Jetzt hör mir mal gut …!« Für einen Moment hielt der Typ inne, als er begriff, wen er da vor sich hatte. »Ach, sieh mal einer an. Du bist doch derjenige, der die Alte geknallt hat, oder? Tut mir echt leid für dich. Aber sieh es mal so. Die Alte war schlecht. Die hat ihren eigenen Ehemann hinterlistig nach Strich und Faden betrogen. Solchen Frauen kannst du nicht trauen, die nutzen dich nur aus. Und jetzt ist Amal tot? Krass!«

Jadoo versuchte zu erkennen, wer da vor ihm stand und ihn bedrohte, aber der Typ hatte die Kapuze seines Pullis tief in das Gesicht gezogen und sich ein Halstuch vor Mund und Nase gebunden. Aus einem schmalen unbedeckten Schlitz funkelte Amal ein Paar hasserfüllte Augen an.

»Dafür wirst du bezahlen!« Jadoo raste vor Wut, aber noch bevor er einen neuen Versuch unternehmen konnte, sich aus der Situation zu befreien, hatte er das Messer an seiner Kehle.

»Bezahlen, das ist ein gutes Stichwort, mein Freund. Ich will meine Kohle, und wenn Amal tot ist, dann hat die kleine Esha jetzt wohl das Problem! Das kannst du ihr ausrichten.«

»Esha?« Jadoo konnte seine Überraschung nicht verbergen.

»Ja, die hat mir die Scheiße hier doch eingebrockt.«

Ein letztes Mal an diesem Wochenende stand Wim eingekesselt zwischen seiner Schwester und Biggi und konnte sich nicht dagegen wehren, dass er sich sogar wohlfühlte. Zum Abschluss dieses überraschend turbulenten Harzurlaubs waren die beiden Frauen noch einmal zur Klinik gekommen, um sich persönlich zu verabschieden. Im Augenwinkel erkannte Wim Ludger Pohl, der sich im Klinikpark herumdrückte und offenbar glaubte, dass er hinter einem großen Rhododendronbusch nicht zu erkennen war.

»Dreht euch nicht um, der Kanarienvogel beobachtet uns«, flüsterte Wim und zwinkerte Sigrid und Biggi zu.

»Auf welchem Ast sitzt er denn?«, fragte Sigrid amüsiert.

»Kein Ast dieser Welt hält den aus, aber sein gelbes Gefieder leuchtet durch den Busch dahinten«, entgegnete Wim.

»Was für ein Widerling!« Biggi konnte ihre Abneigung einmal mehr nicht verbergen.

»Solche Männer gibt es immer wieder und daran wird sich wohl leider nichts ändern«, stellte Sigrid fest.

Wim wollte gerade zu einem weiteren Kommentar ansetzen, als sein Handy klingelte. »Moment mal eben.«

»Das ist neben all den kleinen und großen Katastrophen dieses Wochenendes für mich die größte Überraschung«, sagte Sigrid.

Biggi schaute sie fragend an. »Was denn?«

»Dass mein Bruder so oft mit seinem verhassten Hosentaschencomputer beschäftigt ist.«

Wim gab ihnen mit einem Blick zu verstehen, dass er jedes Wort gehört hatte.

»Rosalie Helmer?«, fragte Biggi.

Wim nickte und nahm das Gespräch an.

»Schneider!«

»Hallo, Herr Schneider, hier ist mal wieder Rosalie Helmer. Wollen Sie den aktuellen Stand unserer Ermittlungen? Oder störe ich gerade?«

»Was ist denn das für eine Frage? Natürlich will ich alle Neuigkeiten. Legen Sie los!«

»Also, dass Frau Vogel-Kumar erpresst wurde und auch von wem, das ist jetzt gesichert. Mein Polizeianwärter und ich haben mit der Vorgesetzten von Herrn Maschke gesprochen. Ob Sie es glauben oder nicht, aber die Fälle hängen tatsächlich an dieser Stelle zusammen.«

»Ach was? Und die Machenschaften des Herrn Maschke hat Ihnen seine Chefin mal eben so bestätigt? So, als ob

Versicherungsbetrug etwas ganz Normales wäre?«, fragte Wim überrascht.

»Nein, also ganz so einfach war das nicht. Im Gegenteil. Es war ein kleiner Krimi und ein ziemlicher Aufwand. Aber Frau Meister hat ihrem Namen alle Ehre gemacht und wusste genau, wo sie nachschauen musste«, erläuterte Rosalie.

»Na, dann bin ich ja mal gespannt!«

»Frau Meister hat herausgefunden, dass Frau Vogel-Kumar in den letzten Jahren verschiedene kleine Versicherungsschäden gemeldet hat. Wir wissen ja mittlerweile um ihre existenziellen Geldsorgen und hier vermute ich auch das Motiv. Sie ist bei ihren kleinen Betrügereien aber nicht nur als Veronika Vogel-Kumar, sondern auch als Veronika Kumar, als Veronika Vogel und sogar als Shakuntala Kumar unterwegs gewesen. Anscheinend ist sie damit durchgekommen, weil die Versicherungen beim Abschluss von Haftpflichtversicherungsverträgen die Vorlage eines Personalausweises nicht fordern. Allein bei der BS-Insurance-AG hatte sie daher drei zeitgleich laufende Versicherungsverträge abgeschlossen, jeweils unter anderem Namen. Dementsprechend hat sie nach und nach auch ganz unterschiedliche Versicherungsschäden geltend gemacht. Übrigens immer so niedrig angesetzt und plausibel erläutert, dass keine tiefergehende Überprüfung durch die Versicherung erfolgte, weil der Aufwand einer Überprüfung in keinem Verhältnis zur Schadenssumme gestanden hätte.«

Wim stutzte. »Und das hat sich rentiert? So nach dem Motto ›Kleinvieh bringt auch Mist‹? Klingt nach viel Aufwand und wenig Ertrag.«

»Richtig, das war auch unsere erste Reaktion. Aber Veronika hatte dieses System nicht nur bei der BS-Insurance-AG, sondern auch bei anderen Versicherungen. Es gibt ein unternehmensübergreifendes Melderegister bei den Versicherungen, in dem man Schadensfälle registrieren, aber auch stichprobenartig danach suchen kann, wenn einem zum Beispiel im Rahmen der Schadensregulierung etwas spanisch vorkommt. Da arbeiten die Versicherungen Hand in Hand, unter anderem auch, um Betrugsfällen auf die Schliche zu kommen.«

»Verstehe! Und so ist die Yogatante dann am Ende aufgeflogen!«

»Genau, und zwar sowohl bei Nadja Meister als auch sehr wahrscheinlich schon lange vorher bei Berthold Maschke. Vermutlich wurde er das erste Mal skeptisch, als er zwischendurch mal die Rate von A-I nach J-Z gewechselt hatte«, sagte Rosalie.

»A-I und J-Z?«

»Na ja, K wie Kumar und V wie Vogel. Allein die Anfangsbuchstaben der Nachnamen schlossen sich innerhalb der eigentlichen Zuständigkeit von Maschke ja zunächst aus.«

»Jetzt verstehe ich! Sehr gute Arbeit, Frau Kollegin!«, sagte Wim zufrieden. »Und was sagt Frau Meister zum Verhalten ihres ehemaligen Mitarbeiters?«

»Na ja, sie war natürlich sichtlich angefasst und konnte das alles gar nicht so richtig glauben. Aber neben den vielen verschiedenen Schadensfällen war im System auch offensichtlich, dass Berthold Maschke der letzte Sachbearbeiter war, der offiziell eine Schadensregulierung von Veronika bearbeitet hatte, und vor allem, dass es dann seit einem Dreivierteljahr plötzlich gar keine Fälle mehr zu verzeichnen gab. Daraus hat Frau Meister den Schluss gezogen, dass Maschke der Betrug zu diesem Zeitpunkt aufgefallen sein muss. Natürlich hätte er dem nachgehen und alles melden müssen. Versicherungsbetrug ist und bleibt eine Straftat. Aber er hat sein Wissen halt anders genutzt und Veronika vermutlich mit strafrechtlichen Konsequenzen gedroht, wenn sie nicht an ihn zahlte. Eine andere Erklärung haben wir nicht, aber dafür klingt diese logisch, oder?«

»Da gebe ich Ihnen absolut recht. Leider wissen wir aber jetzt noch immer nicht, warum die Bremsen bei der Yogatante manipuliert wurden, aber sie hatte ja offenbar mehrere Baustellen in ihrem Leben und diverse Probleme. Herr Maschke scheidet als Täter jedenfalls aus, da er ja bereits vorher das Zeitliche gesegnet hat.«

»Richtig, aber da fehlt mir auch das Motiv. Warum hätte Maschke Veronika umbringen sollen? Er hat doch von ihr profitiert und vermutlich Prostituierte mit der Erpressung finanziert. Ich finde, dass umgekehrt ein Schuh draus wird. Hatte Veronika nicht eventuell ein Interesse am Tod von Maschke?«, fragte Rosalie.

Wim überlegte kurz. »Guter Gedanke, aber Veronika hatte ein wasserfestes Alibi, denn am Mittwoch, als Maschke vom Hochhaus gesprungen oder gefallen ist, da hatte ich bei ihr Yogaunterricht. Und bitte ersparen Sie uns beiden jetzt jede Form von Kommentar!«

Jadoo schaute in den kleinen Spiegel über dem Waschbecken auf der Herrentoilette und klebte vorsichtig ein Pflaster über die Schnittwunde an seiner Kehle. Die Stichwunde am Rücken hatte er bereits mit Hilfe des Verbandskastens aus dem Büro provisorisch verarztet. Der Schock saß ihm noch in den Knochen. Es war nicht nur die skrupellose Brutalität dieses düsteren Typen, die ihn völlig aus der Bahn geworfen hatte, sondern auch das Wissen, mit dem er sich nun konfrontiert sah. Esha hatte Amal also nicht nur gesteckt, was sie in der Abstellkammer beobachtet hatte, sie hatte auch den Kontakt zwischen Amal und diesem Kleinkriminellen hergestellt, weil Amal jemanden gesucht hatte, um Veronika nachzuspionieren. Woher auch immer Esha diesen Typen kannte, aus dem Restaurant sicher nicht. Aber sie hatte ja noch ihr Leben als Kinokartenverkäuferin und kokettierte nur zu gerne mit allen möglichen Männern. Vermutlich brauchte die kleine Schlampe nur mit dem Finger zu schnipsen und man stand für sie parat.

Ganz anders als ihre brave Schwester Lali, auf dessen Reaktion Jadoo sich jetzt schon freute, wenn er ihr die ganze Wahrheit schonungslos an den Kopf knallen würde.

43. KAPITEL

Der freie Sonntag war eh so gut wie gelaufen und so hatten Rosalie und Mads sich entschieden, noch einmal ins Büro zu fahren und das Gespräch mit Nadja Meister umgehend zu protokollieren.

»An einen Haufen Überstunden kannst du dich in unserem Job schon mal gewöhnen«, sagte Rosalie zu Mads, während sie ihr Schreibprogramm öffnete.

»Puh, ja, ich merke das schon. Aber ehrlich gesagt stört es mich gerade gar nicht. Klar, es sprengt ein bisschen meine Freizeitplanung, aber es ist nichts, was ich nicht auch nachholen könnte. Da finde ich es spannender, bei unseren Ermittlungen am Ball zu bleiben.«

»Eine löbliche Einstellung. Das gibt ein weiteres Fleißkärtchen. Trotzdem pass bitte immer darauf auf, dass du deine freie Zeit hast und sie auch mal einforderst. Auch wenn das manchmal schwierig ist. Ich habe ja erlebt, wo das ansonsten hinführen kann.«

Mads schaute betrübt zu Rosalie. »Du meinst Anne?«

»Ja, genau«, entgegnete Rosalie und ließ ihren Blick auf den Computermonitor gerichtet.

»Wie geht's dir denn jetzt damit? Magst du darüber reden?«

»Offen gesagt war ich jetzt so mit unserem Fall beschäftigt, dass ich gar nicht so viel an sie gedacht habe. Aber natürlich tut es verdammt weh und das wird es auch einige Zeit. Ich kenne mich ja aus …«

»… im Showgeschäft«, vervollständigte Mads den Satz und lächelte. »Das heißt also Arbeit, Arbeit, Arbeit, um dich abzulenken?«

»Na ja, und Sport und so. Jedenfalls keine neue Liebe. Ich bin vorerst bedient und ich muss ja auch erst mal das Geschehene verarbeiten. Daher habe ich mich jetzt auch endgültig entschieden!«

»Entschieden?«

»Ja, entschieden. Ich werde mich auf die ausgeschriebene Stelle bewerben. Die Nachfolge von Manfred Wiegand. Ich traue mir das zu und ich habe gerade in den letzten Tagen noch mal gemerkt, dass ich das auch versuchen möchte. Es fühlt sich einfach richtig an.«

»Mensch, das ist großartig! Mach das bitte auf jeden Fall!« Zu Rosalies Überraschung war Mads ganz außer sich und von seinem Drehstuhl aufgesprungen. Freudestrahlend ging er um den Schreibtisch herum, bückte sich zu ihr herunter und nahm sie überschwänglich in den Arm.

»Huch, was ist denn nun los? Ich habe die Stelle doch noch gar nicht«, sagte Rosalie überrascht, freute sich aber insgeheim sehr über Mads Reaktion.

»Ach, weißt du, man muss im Leben die Feste einfach feiern, wie sie fallen, und dass das so ist, das habe ich erst durch die vielen Gespräche mit dir so richtig begriffen. Daher bin ich auch der festen Überzeugung, dass du diese Chance jetzt einfach nutzen musst. Und stell dir mal vor, wenn du noch mal dienstlich mit Wim Schneider zu tun hast, also ganz offiziell und nicht inkognito in einer Harzer Kurklinik, dann begegnet ihr euch auf Augenhöhe. Wie cool ist das denn, bitte?«

Rosalie seufzte und verspürte ein Unwohlsein bei dem Gedanken, dass jemand mit so viel mehr Erfahrung wie sie dienstlich auf einer Stufe mit ihr stehen könnte. »So habe ich das noch gar nicht gesehen, aber ja, da hast du recht. Wobei ihm den Vorsprung an Dienstjahren keiner nehmen kann.«

»Muss ja auch niemand. Wim Schneider zählt bestimmt die Tage bis zur Rente und dir gehört die Zukunft!«

Markus Overkamp hatte den ganzen Tag mit sich gehadert und war immer wieder in seiner Wohnung auf und ab getigert. Zwischenzeitlich hatte er sich an das Wohnzimmerfenster gestellt und vorsichtig hinter der Gardine vorgelugt, um einen Blick auf die gegenüberliegende Wohnung zu erhaschen. Aber bei Freddy Gallhof tat sich nichts. Wahrscheinlich schlief er einfach, wer wusste schon, was der für eine Nacht hinter sich hatte. Konnte es tatsächlich sein, dass sein Kollege unter einem falschen Namen eine Wohnung angemietet und eine Nutte dort gewohnt hatte? Hatte Markus sich ganz sicher nicht verhört und hatte er die Zusammenhänge auch richtig verstanden? Oder hatte Freddy am Ende vielleicht einfach nur eine Geliebte, die er sich mit anderen Männern teilte? Gruppensex? Nein, das war ja eigentlich auch Nonsens und vermutlich nur Fantasie und Schneegestöber. Markus Overkamp raufte sich die Haare und kratzte sich erneut am Oberschenkel, der bereits zu schmerzen begann. Ein Tick, der immer dann bei ihm durchkam, wenn er nicht mehr weiterwusste. Also versuchte er sich zu konzentrieren und noch mal alles ganz nüchtern für sich zusammenzufassen, was er wusste: Freddy war genauso Single wie er und warum sollte er dann nicht offen zu einer Freundin stehen? Und selbst wenn Freddy speziellen Vorlieben nachging und sogar eine Wohnung für was auch immer angemietet hatte, warum dann unter einem anderen Namen? Und warum war die Wohnung in der 10. Etage blitzeblank, als die Polizei noch mal da war? Und schließlich, warum kam es dann zu der nächtlichen Schlägerei und dem Wortgefecht zwischen Freddy und diesem Lederkerl? Markus konnte es drehen und wenden, wie er wollte, am Ende seiner unterschiedlichen Gedankengänge kam er immer wieder zum selben Ergebnis: Freddy Gallhof war Ronald Jacobi und Ronald Jacobi war ein Zuhälter.

Entschlossen stand Markus Overkamp von seiner durchgelegenen Couch auf und ging in den Flur. Er hatte sich eigentlich vorgenommen, den ganzen Tag zu Hause zu bleiben, aber es ließ ihm einfach keine Ruhe und der Weg in das Hausmeisterbüro war nicht weit. Seine Schlappen standen neben der Wohnungstür, das Schlüsselbund lag auf der Kommode und seine Lesebrille hatte er auf dem Kopf. Mehr brauchte er nicht. Noch einmal seufzte Markus Overkamp laut und deutlich, richtete den Gummizug seiner Jogginghose, die sich auf der Couch irgendwie verdreht hatte, und verließ ausnahmsweise an einem Sonntag seine Wohnung.

Einen Platz am Fenster zu ergattern war schwieriger als gedacht gewesen. Der Bahnsteig in Goslar war brechend voll, als Sigrid sich von ihr verabschiedet hatte, aber offensichtlich hatten sich sämtliche Wochenendurlauber und Tagestouristen gleichzeitig entschieden, gemeinsam mit Biggi den Harz zu verlassen. Nun saß sie umzingelt von einem pausenlos quasselnden Damenkränzchen an einem Tisch im Großraumwagen, kämpfte mit einer Hitzewallung und wünschte sich den berühmten Knall, um sofort und ohne Umwege auf dem heimischen Sofa in Hannover anzukommen. Aber das Gegenteil war der Fall, denn die Regionalbahn näherte sich seit ein paar Minuten nur im Schritttempo dem Bahnhof von Salzgitter-Ringelheim und Biggi dachte sehnsüchtig an eine ordentliche Dosis Nikotin. Schon wieder dieses Kaff. Als der Zug ruckartig und nur wenige Meter vor dem Bahnsteig plötzlich zum Stehen kam, ging ein lautes Raunen durch den Waggon und eine ihrer Mitreisenden wandte sich direkt an Biggi.

»Was war denn das?«

Biggi zuckte mit den Schultern und drehte sich ein wenig zur Seite, um der nach Wurst riechenden Frau neben sich ausweichen zu können. Warum mussten Menschen in Zügen immer belegte Brote essen? »Das weiß ich auch nicht. Es wird wohl gleich weitergehen.«

»Hoffentlich! Aber komisch, so kurz vor dem Bahnhof.«

Biggi schaute genervt aus dem Fenster. »Wie gesagt, keine Ahnung.«

Die Unruhe nahm hörbar zu und Biggi schickte Stoßgebete zum lieben Gott, dass der Zug seine Fahrt zeitnah fortsetzen würde, aber eine Durchsage des Zugchefs zerstörte ihre Hoffnungen binnen weniger Sekunden.

»Meine sehr verehrten Fahrgäste! Wegen einer technischen Störung sind wir kurz vor dem Bahnhof Salzgitter-Ringelheim stehen geblieben. Die Fahrt kann erst fortgesetzt werden, wenn eine technische Überprüfung der Lok stattgefunden hat. Bitte bewahren Sie die Ruhe, ich halte Sie auf dem Laufenden und danke für Ihr Verständnis.«

Biggi schloss die Augen und drückte ihre Stirn gegen die kalte Fensterscheibe – merda, merda, merda!

Nach einer unruhigen Nacht hatte sich Lali schon im Morgengrauen wieder auf den Weg ins Restaurant gemacht und wäre dabei an der Kreuzung Wolfenbütteler Straße/John-F.-Kennedy-Platz beinahe einer Horde betrunkener junger Männer in die Arme gelaufen. Relikte einer durchgefeierten Samstagnacht. Aber Lali kannte diese Ecke der Stadt wie ihre Westentasche, hatte mit zügigen Schritten und quer über die verwaiste Fahrbahn die Straßenseite gewechselt und war hinter der Aegidienkirche in einen Schleichweg eingebogen. Der Aushang im Mumbai Palace war schnell gemacht und Jadoo hatte sie ohne Rücksicht auf die frühe Uhrzeit einfach eine WhatsApp geschrieben. Noch bevor sich eine lange Schlange vor dem Bäcker bildete, war Lali bereits mit zwei frischen Croissants und einem Kaffee to go wieder in ihre Wohnung zurückgekehrt und fest entschlossen, sich ab sofort ihrer Zukunft zu widmen. All der Schmerz und der Verlust der letzten Tage durften nicht umsonst gewesen sein. Das Schicksal hatte diesen Weg für sie bestimmt, da war Lali sich jetzt ganz sicher, nachdem sie von der Brüstung wieder heruntergeklettert war und sich in einer windstillen Ecke ihres Balkons zusammengekauert hatte. Sie vermisste Esha ganz fürchterlich und wusste nicht, was mehr an ihr nagte, der Verlust der Schwester oder die Trauer um die Kumars. Aber immer dann, wenn die negativen Gefühle sie innerlich aufzufressen drohten, strengte Lali sich ganz besonders an, diese Gedanken nicht zuzulassen und sich stattdessen positive Glaubenssätze einzureden. Sie hatte nur dieses eine Leben, auch wenn es sie zum wiederholten Male gerade auf eine harte Probe stellte. Und dieses Leben wollte sie leben und im Rahmen ihrer Möglichkeiten das Beste daraus machen.

Dennoch suchte sie nach Erklärungen und so las sie im Laufe des Tages immer wieder Amals Abschiedsbrief. Dabei fiel es ihr unsagbar schwer zu akzeptieren, dass sie seinen Entschluss nicht hatte verhindern können. Offensichtlich hatten Trauer und Verzweiflung bei ihm viel tiefer gesessen, als Lali es registriert hatte, und die Aussichtslosigkeit und seine Schuldgefühle, die ihm anscheinend jeden Lebensmut genommen hatten, betrübten Lali zutiefst. Vielleicht war Amal auch ernsthaft depressiv gewesen und Lali hatte die Anzeichen nicht erkannt. Zudem war ihr noch immer nicht klar, wer Veronikas Bremsen manipuliert hatte, und der Gedanke, dass da draußen anscheinend noch immer jemand frei herumlief, der Veronika nach dem Leben getrachtet hatte, machte Lali Angst. Wenigstens befasste sich die Polizei mit dem Fall und im Gegensatz zu Esha hatte Lali hier nach wie vor Vertrauen. Esha – den Gedanken, dass sie eine Mitschuld tragen könnte, ließ Lali nicht zu.

Am Nachmittag meldete sich Ilka noch einmal bei ihr und bot ihre Unterstützung an. Lali war gerührt und glücklich. Vielleicht konnten aus den beiden wirklich noch Freundinnen werden. Ilka war es dann auch, die bei Lali einen kleinen Motivationsschub auslöste und mit ihrem Zuspruch dafür sorgte, dass Lali sich aufraffte, sich die ersten Unterlagen des Restaurants anzuschauen. Als potenzielle neue Besitzerin musste sie sich zeitnah einen Überblick verschaffen und verstehen, wie es finanziell wirklich um das Mumbai Palace stand. Sie hatte bereits gegoogelt, dass man ein Erbe auch ausschlagen konnte, aber was da jetzt genau auf sie zukam, das hatte sie noch nicht ganz verstanden. Vorsorglich hatte sie sich am Morgen im Büro den Ordner mit den Einnahmen und Ausgaben des laufenden Monats geschnappt und einen Stapel ungeöffneter Briefe, um sich auf den aktuellen Stand zu bringen. Amals Hinweis, dass sie notfalls die Yogaschule verkaufen könnte, hallte in ihr nach. Ob das die Lösung für mögliche finanzielle Engpässe sein könnte?

Das leere Glas auf dem Schreibtisch hatte sie für einen Moment stutzig gemacht, aber vermutlich hatte Jadoo sich hier nach dem turbulenten Abend einen Feierabendwein gegönnt. Lali wusste um den Tresor in der Wand, aber sie kannte die Zahlenkombination genauso wenig wie Jadoo und sie würde sich dringend darum kümmern müssen, ihn irgendwie öffnen zu lassen.

Wie vom Donner gerührt saß Markus Overkamp auf dem Schreibtischstuhl und starrte auf die Kopien der Mietverträge, die er vor sich ausgebreitet hatte. Kein Wunder, dass er sich an Ronald Jacobi nicht hatte erinnern können, als die Polizei ihn gefragt hatte. Der Mietvertrag für die Wohnung in der 10. Etage war während Markus' Urlaub abgeschlossen worden und es gab nur eine Person, die ihn bei Abwesenheiten vertrat: Freddy Gallhof. Wie hatte Markus sich so in einem Menschen täuschen können? Freddy war ein Eigenbrötler, ja, aber er war stets korrekt und eigentlich immer hilfsbereit gewesen. Sie waren keine Freunde, aber das musste unter Kollegen ja auch nicht sein. Sicher, Markus war auch schon mal im Puff gewesen. Das Angebot in der Bruchstraße war gar nicht so schlecht. Aber da ging es wenigstens gesittet zu. Alles hatte seine Ordnung, die Nutten waren bestimmt alle gemeldet und wurden hoffentlich auch immer mal vom Gesundheitsamt überprüft. Illegale Prostitution in einer Wohnung und dann auch noch in seinem Hochhaus, das war eine ganz andere Hausnummer und Markus schossen Bilder durch den Kopf, von viel zu jungen Mädchen aus Osteuropa und schmierigen Freiern, denen offenbar der Mumm fehlte, ihren fetten Arsch in ein geregeltes Bordell zu bewegen. Kollege hin, Kollege her, Markus konnte dieses Wissen nicht für sich behalten, und so öffnete er die Schublade seines Schreibtisches und suchte nach der Visitenkarte, die die Polizistin ihm gestern gegeben hatte. Die Polizei war schließlich rund um die Uhr im Dienst, da spielte es keine Rolle, dass es Sonntag war und die Uhr 17.30 Uhr anzeigte.

»Es tut mir wirklich leid, aber ich sichere Ihnen zu, dass der Schienenersatzverkehr sehr bald bereitgestellt wird.« Dem

Schaffner, der laut seines schief angebrachten Namensschildes auf den Namen Heinrich Kaminski hörte, stand der Schweiß auf der Stirn und unter seinen Achseln hatten sich große Flecken gebildet.

»Jetzt hören Sie mir mal zu. Wir sitzen seit zwei Stunden in diesem Zug fest. Ich muss heute noch nach Hannover und ich bin wirklich nicht bereit, auch nur eine Sekunde länger hier zu warten!« Biggi war außer sich und stand mit ihrem Koffer vor der verschlossenen Wagentür. Ein paar Haarsträhnen hatten sich aus ihrem Haarknoten gelöst und klebten ihr an der Stirn. Die Luft im Zug war stickig und verbraucht und Biggi war bis auf den Schlüpfer durchgeschwitzt. »Öffnen Sie jetzt wenigstens diese Tür, damit wir hier nicht noch länger wie in einem Viehtransporter hausen müssen.«

»Aber wir stehen auf offener Strecke, da darf ich das eigentlich nicht. Ich habe noch keine Freigabe von der Zentrale bekommen.«

»Wollen Sie mich verarschen? Auf offener Strecke? Da vorne ist der Bahnsteig von fucking Salzgitter-Ringelheim. Das sind vielleicht zehn Meter. Ich will jetzt hier raus! Sofort!« Biggi griff zum letzten Mittel, auch wenn sie nur ungerne von ihrem Dienstausweis Gebrauch machte. »Sehen Sie den hier? Ich sage Ihnen, dass das Konsequenzen für Sie und Ihren Scheißladen haben wird, wenn ich jetzt nicht augenblicklich aus dem Zug aussteigen kann.«

»Einen Moment noch, bitte. Ich muss noch einmal telefonieren«, sagte Heinrich Kaminski und wurde immer unsicherer, als auch andere Fahrgäste Biggi beipflichteten.

»Tun Sie das, aber tun Sie das hier, in unserer Gegenwart, damit wir Sie auch alle gut hören können«, ranzte Biggi zurück und hoffte inständig, dass es am Bahnhof von Salzgitter-Ringelheim einen Taxistand gäbe.

44. KAPITEL

Das handgeschriebene Testament hatte Jadoo mit seinem Smartphone abfotografiert, denn das Original wollte er lieber nicht mehr aus der Hand geben. Aber er würde Lali die Fotos des Schriftstücks unter die Nase halten und wollte den Moment, wenn ihr alle Gesichtszüge entglitten, auskosten und in vollen Zügen genießen. Bis in das Innere des Hochhauses hatte er es dank eines turtelnden Pärchens, das gerade Arm in Arm das Gebäude verließ, bereits geschafft. Die erste Hürde war genommen, aber der Anblick des jungen Glücks hatte Jadoo einen Stich verpasst und ihn für einen kurzen Augenblick schmerzlich an Veronika erinnert. Er durfte sich von Sentimentalitäten jetzt nicht aus dem Konzept bringen lassen, schließlich tat er das hier auch für Veronika, so wie er zeit ihres Lebens schon alles für sie getan hatte. Entschlossen drückte er den vergilbten Fahrstuhlknopf und fuhr nach oben. Als er in den Hausflur eintrat, erblickte er Lali, die gerade im Begriff war, ihre Wohnung zu verlassen. Sie hatte einen vollen Müllbeutel in der Hand und war anscheinend auf dem Weg zum Müllschlucker, der sich neben dem Fahrstuhlschacht befand. Jadoo räusperte sich überdeutlich, und als Lali sich umdrehte und ihn erkannte, ließ sie vor Schreck den Müllbeutel fallen.

»Na, Lali, entsorgst du deinen Abfall?«, sagte Jadoo zur Begrüßung. »Sind das die Reste deines jämmerlichen Lebens? Vielleicht dein Arbeitsvertrag? Ach, hattest du überhaupt jemals einen?«

Lali schaute Jadoo überrascht an und brauchte einige Sekunden, um sich wieder zu fangen. »Was willst du hier? Wieso hast du vorher nicht angerufen?«

»Wärst du denn rangegangen? Du wolltest mich doch eigentlich anrufen. Stattdessen diese lapidare WhatsApp am frühen Morgen und ein Aushang im Restaurant, ohne ihn mit mir abzustimmen. Stellst du dir so unsere künftige Zusammenarbeit vor?«

»Was willst du? Bist du nur hierhergekommen, um mich zu provozieren? Dann kannst du gleich wieder gehen.«

Jadoo grinste breit und näherte sich Lali langsam. »Ich wollte dich eigentlich nur wissen lassen, dass du nicht mehr zur Arbeit zu kommen brauchst. Du bist gekündigt. Und ich finde, dass es angebracht ist, solche Nachrichten persönlich zu überbringen.«

Lali lachte unsicher auf. »Du machst dich lächerlich. Das Restaurant habe ich geerbt, es gehört mir. Gleich morgen werde ich mich mit einem Anwalt in Verbindung setzen, um das zu klären, und dann bist du derjenige, der sich einen neuen Job suchen kann. Übrigens hat mir Amal auch die Yogaschule vermacht. Pech für dich.«

»Ach ja? Ist dem so? Die Yogaschule ist mir egal. Mein Leben ist das Mumbai Palace!« Jadoo hatte sich Lali mittlerweile bis auf wenige Meter genähert.

»Komm mir nicht zu nahe! Die Zeiten, in denen du mich angegrapscht hast, sind vorbei!«

»Na, na, na, wer behauptet denn so was? Angegrapscht? Ich kann mich an nichts erinnern. Du hast den Charme eines Putzlappens. An dir mache ich mir doch nicht die Hände schmutzig.«

»Tu nicht so. Du weißt ganz genau, was ich meine! Amal

hat dich mehrmals zurechtgewiesen, mich in Ruhe zu lassen, hast du das schon vergessen?«

»Amal? Lali, wach auf! Amal war in seiner eigenen Traumwelt unterwegs, fernab jeder Realität, vollkommen melancholisch. Der war nicht nur schwermütig, der war nicht ganz dicht im Oberstübchen und jetzt ist er tot. Und Tote kann man nicht mehr fragen. Also vergiss das mal lieber, denn dir glaubt sowieso niemand.«

Lali wich einen Schritt zurück, als Jadoo direkt vor ihr stehen blieb, spürte aber die Zarge ihrer Wohnungstür im Rücken.

»Ich schreie um Hilfe, wenn du mich nicht in Ruhe lässt.«

»Das würde ich nicht tun an deiner Stelle. Oder möchtest du, dass die Polizei erfährt, welche Rollen Esha und Amal bei Veronikas Tod gespielt haben?«

»Wieso Esha?« Lali überkam ein kalter Schauer und sie spürte plötzlich, dass Jadoo einen wunden Punkt bei ihr getroffen hatte. Was wusste er, was sie noch nicht wusste? »Lass Esha aus dem Spiel!«

»Das würde ich ja, aber sie steckt nun mal mit drin.«

»Niemals!« Lali schüttelte den Kopf und kämpfte mit den Tränen. Jadoo war mittlerweile so nah an sie herangetreten, dass sie seinen Atem auf ihrem Gesicht spüren konnte.

»Oh doch, sie steckt bis zum Hals in der Scheiße. Sie hat Amal diesen Kriminellen vermittelt, der Veronikas Bremsen manipuliert und sie auf dem Gewissen hat!«

»Nein, du lügst! Und jetzt lass mich in Ruhe!« In Lali brodelte es und plötzlich brach eine bisher nicht gekannte Wut aus ihr heraus. Von einer Sekunde auf die andere dachte sie nicht mehr nach, sondern schaltete in den Verteidigungsmodus um. Mit aller Kraft schubste sie Jadoo von sich weg und rannte los. Zum ersten Mal in ihrem Leben würde sie sich gegen einen Mann zur Wehr setzen. Sie würde sich nicht länger von Jadoo bedrohen und fertigmachen lassen, der offenbar von ihrer Reaktion völlig überrascht ins Straucheln geriet, stolperte und rückwärts auf den harten Boden fiel. Ein kurzer schmerzerfüllter Aufschrei hallte durch den Hausflur, dann rappelte Jadoo sich hoch und nahm die Verfolgung auf. Lali war in der Zwischenzeit bereits um die Ecke gebogen und aus seinem Sichtfeld verschwunden, aber als Jadoo eine schwere Brandschutztür ins Schloss fallen hörte, da wusste er, dass sie ins Treppenhaus gerannt war.

Rosalie und Mads hatten auf der gegenüberliegenden Seite des Schreibtisches Platz genommen und ließen sich den fingierten Mietvertrag zeigen.

»Mensch, da hatte ich ja richtig Glück, Sie beide heute im Büro zu erwischen«, sagte Markus Overkamp erleichtert. »Ich dachte mir, ich versuch es einfach mal.«

»Und wir hatten richtig Glück, dass Sie diese nächtliche Beobachtung gemacht und Ihre Rückschlüsse daraus gezogen haben«, stellte Rosalie anerkennend fest. »Wirklich gut, vielen Dank.«

»Es fällt mir sehr schwer zu glauben, dass Freddy Gallhof ein Verbrecher ist, aber wenn dem so ist, dann kann man das ja nicht durchgehen lassen, oder?«

»Sie haben alles richtig gemacht«, bestätigte Mads. »Es ist nun unsere Aufgabe, alles zu überprüfen, aber die Indizien sind zweifelsohne belastend.«

»So sehe ich das auch«, bestätigte Rosalie. »Wenn wir jetzt noch mit dem Suizid weiterkämen.«

»Sie meinen den Springer?«, fragte Markus Overkamp.

»Ja, genau. Wir haben einige Beweise sammeln und interessante Hintergrundinformationen ermitteln können. Wir können Ihnen gegenüber da jetzt nicht ins Detail gehen, aber vieles spricht dafür, dass er an seinem Todestag eine Prostituierte in der angemieteten Wohnung in der 10. Etage aufgesucht hat. Wir wissen aber noch immer nicht, ob er gesprungen ist oder gestoßen wurde, und vor allem nicht, wo das genau passiert ist.«

»Möchten Sie sich vielleicht alles erneut anschauen?«, fragte Markus Overkamp. »Wenn Sie schon mal hier sind, meine ich. Manchmal hilft ja ein zweiter Eindruck. Ich kann Ihnen die Wohnung wieder aufschließen und wir könnten auch noch mal auf das Dach.«

Rosalie schaute Mads an und nickte.

»Prima! Das ist eine wirklich gute Idee, aber vorher besuchen wir Ihren Kollegen gegenüber.«

Lali wusste bereits im Treppenhaus, dass sie womöglich einen fatalen Fehler begangen hatte. Ohne nachzudenken, war sie nach oben gerannt, obwohl ihr hätte klar sein müssen, dass auf dem Dach Endstation für sie war. Auf ihrer Flucht nahm sie aufwärts zwei Stufen auf einmal und ihre Lungen und Oberschenkel begannen zu brennen. Jadoo saß ihr bereits im Nacken und war auf dem besten Wege, zu ihr aufzuschließen. Lali hörte ihn schnaufen und immer wieder rief er ihr hinterher, dass sie stehen bleiben solle und dass es nichts bringen würde wegzurennen. Sich Jadoo in diesem schmalen Treppenhaus zu stellen, war für Lali aber eine denkbar schlechte Option, genauso, wie in einen der Hausflure zurückzukehren. Es würde zu lange dauern, bis der Fahrstuhl kam, und in den Gängen der jeweiligen Etagen gab es keine Möglichkeit zu entkommen. Während sie sich immer weiter dem Dach des Hauses näherte, dachte sie krampfhaft darüber nach, wie sie sich aus dieser Situation wieder befreien konnte. Aber ihr fiel nicht mehr ein, außer es darauf ankommen zu lassen. Wovor rannte sie eigentlich gerade weg? Hatte sie Angst, dass Jadoo ihr etwas antun würde, oder war es nicht die nackte Angst vor der Wahrheit. Was hatte Esha mit alledem zu tun? Lali wollte es nicht wissen und beschleunigte noch einmal auf ihrem Weg in die Sackgasse.

Als sie schließlich die schwere Metalltür zum Dach aufriss und ins Freie rannte, spürte sie Panik in sich hochsteigen. Ihr war klar, dass sie Jadoo einfach nicht zu nah an sich herankommen lassen durfte. Am besten, sie versuchte, besänftigend auf ihn einzureden. Was sollte schon passieren? Jadoo war jähzornig, aber er konnte ihr hier oben eigentlich nichts tun. Und wenn doch, wenn sie sich tatsächlich wehren würde, riskierten sie in dieser Höhe womöglich ihr Leben.

Der Wind kam aus Westen, pfiff Lali um die Ohren und wirbelte ihre Haare durcheinander. Angestrengt schaute sie in alle Himmelsrichtungen und suchte nach einer Möglichkeit, sich notfalls zu verstecken. Aber außer einer riesigen UMTS-Mobilfunkantenne und ein paar kleineren Flachdachlüftern war um sie herum weit und breit nur Schotter zu sehen. Als sie bemerkte, dass hinter ihr die Tür aufgerissen wurde, rannte sie los. Jadoo hier oben auf Abstand zu halten, hatte jetzt oberste Priorität.

»Festpreis? Hören Sie mal, das kann ich Ihnen an einem Sonntag auf der A 7 nun wirklich nicht zusichern«, sagte der Taxifahrer mit einem empörten Unterton, nachdem er

Biggis Koffer verstaut hatte. »Wenn wir jetzt in einen Stau geraten oder so, also da bitte ich schon um Verständnis. Da entgehen mir bei der Strecke ein paar Euros.«

Biggi schäumte innerlich vor Wut, wusste aber, dass dieser Mann, der seinen Bierbauch in ein viel zu enges Heavy-Metall-T-Shirt gepresst hatte, ihre einzige Möglichkeit war, so schnell wie möglich hier wegzukommen. Und wenn Biggi eines um jeden Preis wollte, dann nach Hause. Zähneknirschend nahm sie auf der Rückbank des Mercedes Platz.

»Also gut, dann schalten Sie halt Ihr Taxameter an.«

»Die Anfahrt aus Bad, die kann ich Ihnen ja erlassen«, sagte der Taxifahrer und setzte den Wagen in Gang.

»Alles, was Sie wollen«, sagte Biggi genervt. »Hauptsache, ich komme hier weg. Von Ringelheim, Bad, Lebenstedt, Thiede und wie diese ganzen Salzgitter-Dörfer hier heißen, bin ich erst mal bedient.«

»Also eigentlich ist es ganz schön hier. Man hat alles, was man braucht zum Leben, ohne den Trubel der Großstadt. Aber wenn Sie aus Hannover kommen, dann kann ich schon verstehen, dass das hier nichts für Sie ist.«

Biggi stand nicht der Sinn nach oberflächlichem Small Talk, und so ließ sie den Taxifahrer abblitzen. »Seien Sie mir nicht böse, aber ich bin total geschafft und werde jetzt ein bisschen dösen. Bitte sagen Sie mir doch kurz vor Hannover Bescheid, falls ich einschlafe.«

»Und was soll ich als Zieladresse ins Navi eingeben?«

»Nehmen Sie einfach den Hauptbahnhof. Von da komme ich überall hin, und jetzt entschuldigen Sie mich bitte.«

Der Taxifahrer nickte und begann auf seinem Bordcomputer herumzutippen. Als er einen Blick in den Rückspiegel warf, hatte Biggi bereits ihren Kopf gegen die Seitenscheibe gelehnt und die Augen geschlossen. Buona notte!

Die letzten Meter in Richtung Dach mussten sie wieder durch das Treppenhaus zurücklegen, da der Fahrstuhl nicht bis ganz nach oben fuhr. Nachdem Freddy Gallhof trotz mehrmaligen Klingelns nicht geöffnet hatte, wollten sie sich nun die etwaigen letzten Aufenthaltsorte im Leben von Berthold Maschke noch einmal von Neuem anschauen und begannen dabei ganz oben.

»So, gleich geschafft«, sagte Markus Overkamp schnaufend. Der Treppenaufstieg fiel ihm offensichtlich schwer. »Mann, Mann, Mann, jetzt geht mir schon nach zwei Treppen die Puste aus. Das kommt davon, wenn man im Erdgeschoss lebt und ansonsten nur den Fahrstuhl benutzt.«

»Und was ist mit Sport?«, erkundigte sich Mads. »Sie sind doch ein leidenschaftlicher Fußballzuschauer.«

»Jaja, aber Zuschauen ist was anderes als Mitmachen. Sport ist Mord, dabei bleibe ich. Oh, Entschuldigung, das mit dem Mord ist mir jetzt nur so herausgerutscht.«

»Kein Problem«, sagte Rosalie. »Wenn es Ihnen nichts ausmacht, dann würden wir uns gerne allein da oben umsehen. Falls wir doch noch irgendwelche Spuren finden. Na, Sie wissen schon. Bitte bleiben Sie einfach an der Tür stehen.«

»Klar, das ist kein Problem«, entgegnete Markus Overkamp und öffnete die Tür nach draußen, um Mads und Rosalie an sich vorbeigehen zu lassen. Als die beiden das Dach betraten, blieben sie jedoch schlagartig stehen. Am gegenüberliegenden Ende der großen Schotterfläche stand ein Mann, brüllte und gestikulierte wie wild durch die Gegend und bedrohte ganz offensichtlich eine junge Frau mit schwarzen Haaren, die auf dem Boden lag und schützend ihre Hände über den Kopf hielt.

Entgeistert schaute Mads zu Rosalie. »Mein Gott, das sind doch die beiden aus dem Mumbai Palace!«

45. KAPITEL

Sigrid hatte ihn per SMS wissen lassen, dass sie gut in Helmstedt angekommen war, und sich für das schöne und vor allem ereignisreiche Wochenende bedankt. Nur von Biggi hatte er noch nichts gehört. Wahrscheinlich brauchte sie ein wenig Abstand. »Ereignisreich« war wohl die passende Beschreibung für die vergangenen drei Tage, Sigrid hatte es auf den Punkt gebracht. Mit einem Hauch von schlechtem Gewissen nippte Wim an seinem Flachmann, genoss den Geschmack von Anis und Fenchelsamen, den er mehr vermisst hatte, als er sich eingestehen wollte, und legte sich auf sein Bett. Nach dem vollkornlastigen Abendbrot gängelte ihn mal wieder sein Blähbauch, aber so ganz allein auf dem Zimmer konnte man sich nicht nur ein klitzekleines Verdauungsschnäpschen gönnen, sondern auch ungeniert ein paar Winde wehen lassen. Bis auf die unüberhörbaren Geräusche in seinem Bauch hatte er nun endlich seine Ruhe, und wenn eines feststand, dann, dass er an diesem Abend und die restliche Zeit seines Aufenthaltes auf jegliche Gesellschaft verzichten wollte. Ludger Pohl hatte er daher nach einem erneuten Annäherungsversuch im Speisesaal eiskalt abblitzen lassen. Mit diesem Schmierlappen war er endgültig fertig.

Wim verschränkte die Hände hinter dem Kopf und schaute nachdenklich aus dem Fenster. Wie es jetzt wohl weitergehen würde? An der Wiederherstellung seiner Dienstfähigkeit zweifelte er nicht länger, denn zum einen brannte und schmerzte nichts mehr da unten und zum anderen fühlte er sich einfach von Tag zu Tag fitter. Ganz sicher würde irgendwann auch der Tag kommen, an dem er wieder einen gepflegten Urinstrahl hinbekommen würde und nicht so ein jämmerliches Rinnsal, wie es aktuell der Fall war. Und er hatte wieder Blut geleckt, denn die mehr oder minder verdeckten Ermittlungen in der Klinik hatten ihm Freude bereitet und Auftrieb gegeben. Dennoch waren sie am Ende aber auch ein Schlag in seine Magenkuhle gewesen, weil Wim wusste, dass es vielleicht das allerletzte Mal war, dass er mit Biggi zusammengearbeitet hatte. Sie mussten Freunde bleiben, um jeden Preis, wenigstens das. Biggi hatte am Ende nachgegeben und eingesehen, dass sie gegen Wims tief empfundenen Wunsch, in seine Heimat zurückzukehren, nichts ausrichten konnte. Nicht nur wegen ihrer verständnisvollen Reaktion war Wim ein riesiger Stein vom Herzen gefallen. Er wusste endlich, was er wollte.

»Was ist hier los? Polizei! Lassen Sie die Frau in Ruhe!«

Rosalie näherte sich Jadoo und Lali langsam und signalisierte Mads, hinter ihr zu bleiben.

»Sei vorsichtig«, flüsterte Mads, während Markus Overkamp sich wieder in das Treppenhaus zurückgezogen hatte und nur durch einen Türspalt das Geschehen auf dem Dach beobachtete.

»Amals Testament bedeutet gar nichts!«, waren die ersten Worte, die Rosalie erreichten und die Jadoo der noch immer am Boden liegenden Lali entgegenbrüllte.

Als Jadoo registrierte, dass Rosalie und Mads bis auf wenige Meter an sie herangekommen waren, machte er einen Satz nach vorne, schnappte sich Lali und zerrte sie hoch. Lali hatte keine Chance, als Jadoo sie schließlich von hinten in einen Schwitzkasten nahm und sie zum Rand des Daches schleifte.

»Haut ab! Das ist eine Angelegenheit zwischen uns beiden. Das geht euch nichts an!«

»Lassen Sie sie los! Die Frau hat Ihnen nichts getan, wir können über alles reden!«, rief Rosalie und blieb für einen Augenblick stehen.

»Was machen wir jetzt?«, fragte Mads nervös, nachdem er Schritt für Schritt zu ihr aufgeschlossen hatte.

»Wir müssen versuchen, die Situation zu deeskalieren. Jetzt ist Fingerspitzengefühl gefragt.«

»Haut endlich ab!«, brüllte Jadoo zurück.

»Aua, du tust mir weh«, jammerte Lali, die versuchte, auf dem Schotter Tritt zu fassen, aber immer wieder wegrutschte. »Komm, sag der Polizei doch, was du mir gerade gesagt hast.«

»Halt's Maul«, zischte Jadoo und riss an Lalis Haaren, die daraufhin einen spitzen Schrei von sich gab.

»Jadoo, bleiben Sie doch bitte ruhig. Was sollen Sie uns sagen?«, fragte Rosalie und wagte noch immer nicht, näher zu kommen. »Und bitte entfernen Sie sich vom Rand des Daches.«

»Das hättest du wohl gerne! Damit ihr mich gleich fertigmachen könnt. Ich bleibe genau hier stehen und die Schlampe auch!«

»Also noch mal, was sollen Sie uns sagen?«, hakte Rosalie nach.

»Er bildet sich ein, dass ihm das Restaurant jetzt gehört! So ein Schwachsinn! Angeblich hat Veronika ein Testament zu seinen Gunsten abgeändert«, entgegnete Lali, während sie von Jadoo noch ein Stück näher an den Rand des Daches geschleift wurde und er seinen Griff festigte.

»Das hat sie auch. Ich habe die Beweisfotos auf meinem Handy und das Original zu Hause. Veronika hat mir das Restaurant vererbt.«

»Aber dann konnte Amal ja logischerweise gar nicht mehr von ihr erben«, stellte Mads fest, der nun schräg hinter Rosalie stand und ihr ins Ohr flüsterte: »Wenn Veronikas Testament rechtmäßig ist und zeitlich zuerst erstellt wurde, dann steht Lali mit leeren Händen da, oder?«

Rosalie überlegte. »Das kann man alles juristisch überprüfen lassen, aber das ist doch kein Grund, Lali so anzugehen.«

»Einen Erbschleicher hat sie mich genannt, rausschmeißen will sie mich, weil Amal ihr ja jetzt das Restaurant vermacht hat. Aber das kann sie nicht, es ist mein Restaurant! Es gehört mir ganz allein. Das war Veronikas letzter Wille!«, fuhr Jadoo wutentbrannt fort.

Rosalie beobachtete, wie Lali keuchte und offenbar mit Atemnot zu kämpfen hatte. »Bitte lassen Sie sie los, dann reden wir über alles.«

»Ich kriege keine Luft mehr«, japste Lali. »Du bringst mich um!«

»Sie haben Veronika sehr geliebt. Ich verstehe Ihren Kummer«, sagte Rosalie so einfühlsam wie möglich und sorgte sich, dass Lali jeden Augenblick das Bewusstsein verlieren könnte.

»Sie war meine große Liebe«, entgegnete Jadoo und Rosalie nahm wahr, dass seine Stimme plötzlich sanft wurde und für den Bruchteil einer Sekunde seine Körperspannung nachließ. »Ich habe alles für sie getan.«

»Jetzt hast du ihn«, sagte Mads leise. »Mach da weiter.«

Rosalie atmete tief durch. »Ich weiß, Jadoo. Und deshalb verstehe ich Ihre große Trauer, Ihren Schmerz, Ihre Wut.«

»Gar nichts verstehst du«, antwortete Jadoo mit tränenerstickter Stimme. »Veronikas Leben war die Hölle. Amal war rasend eifersüchtig, er hat sie terrorisiert. Dabei hatte sie doch schon genug Probleme.«

»Probleme? Weil sie erpresst wurde?«, fragte Rosalie vorsichtig und warf einen erneuten Blick auf Lali, deren Augen mittlerweile geschlossen waren.

»Du hast ja keine Ahnung, wie scheiße das für sie war, jeden Monat Geld abdrücken zu müssen. Dabei hat sie hart und ehrlich für ihr Geld gearbeitet, das ihr dämlicher Ehemann mit vollen Händen ausgegeben hat. Den beiden Gören hier hat er jeden Cent in den Arsch gepfeffert, mindestens einmal im Jahr musste er nach Hause fliegen, mindestens Business Class, versteht sich, wegen der langen Strecke, und dann die vielen teuren Gastgeschenke.«

»Sie wussten also tatsächlich von der Erpressung?«

»Allerdings. Dieser Versicherungsfuzzi wurde immer dreister und fordernder, er wollte immer mehr Kohle in kürzeren Abständen.«

»Hat Veronika Sie gebeten, ihr deswegen zu helfen?«, fragte plötzlich Mads aus dem Hintergrund und erntete sofort einen strengen Blick von Rosalie.

»Ich konnte das doch nicht länger mit ansehen.«

Mads nickte, hielt sich nicht länger zurück und setzte alles auf eine Karte. »Wie haben Sie ihr genau geholfen? Waren Sie am Mittwoch im Hochhaus? Haben Sie den Mann von der Versicherung zur Rede gestellt?«

»Was tust du?«, wisperte Rosalie und beobachtete, wie Mads mit langsamen Schritten aus ihrem Schatten nach vorne trat.

135 Euro ärmer, eine unnütze Erfahrung reicher, aber endlich zu Hause. Biggi hatte den Koffer einfach mitten im Flur abgestellt und ihre Schuhe achtlos in eine Ecke gepfeffert. Barfuß war sie mit einem kleinen Umweg über die Küche direkt auf ihren Balkon gegangen und hatte es sich nun mit einem Glas eiskaltem Rosé, ihrem Keramikaschenbecher vom Gardasee und einer vollen Schachtel Zigaretten gemütlich gemacht. Sie würde jetzt einfach hier sitzen bleiben und sich den Rest des Abends sinnlos betrinken – saluti! Und sie würde eine nach der anderen rauchen, bis der Qualm ihr wieder zu den Ohren herauskam. Zum krönenden Abschluss dann noch eine ausgiebige Dusche, um sich den Schweiß der letzten Stunden vom Körper zu schrubben. Die Zeiten von entspannten Badewannensessions waren ja nun wieder vorbei.

Während der Taxifahrt war sie tatsächlich eingeschlafen und diffuse Bilder aus dem Harz hatten sie vor ihrem inneren Auge bis kurz hinter Hildesheim verfolgt. Noch vor ein paar Tagen war sie voller Hoffnung gewesen und nun hatte sie eine Bruchlandung auf den Boden der Tatsachen zurückgeholt. Sie würde Wim verlieren, dessen war sie sich sicher. Heimweh und Heimatliebe schienen übermächtig zu sein und ihm seinen Weg vorzugeben. Dass er nicht so fühlte wie sie, war ihr spätestens bei ihrem letzten Spaziergang bewusst geworden. Biggi nahm einen Schluck Wein und zog an ihrer Zigarette. Es war vorbei, bevor es angefangen hatte. Arrivederci, amore!

»Veronika hat mir irgendwann erzählt, wer er ist. Sie hat das nicht länger für sich behalten können. Immer diese Angst, weil Maschke ihr ständig mit der Polizei gedroht hat und damit, dass sie ihre Existenz verlieren würde.« Jadoo liefen die Tränen über das Gesicht und er kauerte am Rande des Hochhausdaches. Sein Jähzorn schien in Verzweiflung und Melancholie umgeschlagen zu sein. Lali, die er aber nach wie vor fest im Würgegriff hatte, atmete flach und bewegte sich nicht.

»Und wie ging es dann weiter?«, fragte Mads, der in sicherem Abstand in die Hocke gegangen war, um mit Jadoo auf Augenhöhe sprechen zu können.

»Maschke war der festen Überzeugung, am längeren Hebel zu sitzen. Er war sich seiner Sache ja sogar so sicher, dass er nicht mal aus seiner Identität ein Geheimnis gemacht hat. Dank eines Mitarbeiterfotos auf der Homepage der Versicherung hatte ich bald auch ein Gesicht zu seinem Namen. Eines Abends habe ich Maschke dann vor dem Versicherungsgebäude abgefangen, aber er hat mich nur ausgelacht, als ich ihm gesagt habe, dass wir den Spieß auch umdrehen und ihn wegen Erpressung anzeigen könnten. Keine Beweise würde es dafür geben, er würde ein Prepaidhandy nutzen, regelmäßig seine Nummer und den Kartenanbieter wechseln und das Schweigegeld, wie er es nannte, würde ja immer in einem Umschlag an wechselnden Orten hinterlegt werden. Daher sei sein Konto sauber. Er hingegen könne Veronikas Betrugsmasche wasserdicht beweisen. Das hat mich so unglaublich wütend gemacht, dass ich ihm an Ort und Stelle hätte eine reinschlagen können in seine dämliche Visage.«

»Und, haben Sie?«, fragte Rosalie angespannt, die sich nach wie vor nicht vom Fleck gerührt hatte und nun wenige Meter hinter Mads stand.

»Nein, aber ich musste dem Ganzen doch ein Ende setzen. Das ging doch so einfach nicht mehr weiter. Und daher wollte ich ihn irgendwie mit seinen eigenen Waffen schlagen. Also habe ich angefangen, ihm hinterherzuspionieren und seinen wunden Punkt zu suchen.«

»Verstehe, und dann sind Sie auf Maschkes Besuche im Hochhaus gestoßen«, stellte Mads fest.

»Ausgerechnet hier, wo die Mädchen wohnen. Ist das nicht der Wahnsinn?« Jadoo lachte kurz auf und wischte sich mit dem Handrücken die Tränen von den Wangen.

»Das ist es«, bestätigte Mads. »Was ist am vergangenen Mittwoch geschehen?«

»Es war ein Unfall, das müssen Sie mir glauben.« Jadoo ließ den Kopf hängen und begann plötzlich so sehr zu schluchzen, dass sein Körper bebte.

»Ganz ruhig. Erzählen Sie uns, was passiert ist, dann wird es Ihnen besser gehen, glauben Sie mir.«

»Ich … ich kam aus dem Fahrstuhl … Ich wollte ihn abpassen … auf frischer Tat ertappen. Ich war mir sicher … er hatte doch zuletzt immer Blumen dabei oder eine Tüte mit Geschenken … Dann stand er da plötzlich und starrte mich mit großen Augen an. Als ich auf ihn zugegangen bin, ist er einfach weggelaufen.«

»Hier oben auf das Dach?«, fragte Rosalie.

Jadoo nickte und rang nach Fassung. »Ich weiß nicht, warum er ausgerechnet nach oben gerannt ist, vielleicht ist das so eine Art Reflex? Lali ist ja auch nicht runter, sondern rauf, ach, keine Ahnung. Ich bin Maschke dann jedenfalls hinterher, aber ich wollte nicht, dass das passiert. Ich wollte ihn nur … ich wollte doch nur mit ihm reden. Ich war so wütend. Verstehen Sie?«

»Ja, wir verstehen das«, sagte Mads so verständnisvoll wie möglich. »Was ist dann hier oben geschehen?«

»Er hat mich wieder ausgelacht … er hat mit dem Finger auf mich gezeigt, er hat mich beschimpft als geisteskrank … dreckiger Ausländer … Hurensohn … und er hat mir gedroht, dass er mich auch anzeigen würde, dass er uns beide in den Knast bringen würde.«

Mads zog die Augenbrauen nach oben. »Und dann?«

»Dann habe ich einfach rot gesehen … ich … ich hatte mich nicht im Griff … manchmal ist das halt so bei mir … ich bin einfach auf ihn losgerannt und habe ihm eine reingeschlagen und ihn geschubst … Ich wollte, dass er endlich sein verdammtes Maul hält«, antwortete Jadoo und schniefte laut.

»So kam es dann also zum Sturz?«, fragte Mads.

»Ich habe ihn nicht vom Dach gestoßen. So war es nicht! Maschke … er kam ins Straucheln. Dann ist er ein paar Schritte rückwärts getaumelt … Er hat versucht … er wollte den Sturz abfangen, aber ist dabei auf eine Flasche getreten … eine Sektflasche oder so was. Die lag hier einfach rum. Den Rest können Sie sich ja denken.«

Mads drehte sich zu Rosalie um, die ihm stumm zunickte.

»Ein Unfall, Jadoo, so ist es wohl gewesen«, entgegnete Mads.

»Diese Flasche hat ihn regelrecht nach hinten katapultiert. Das habe ich doch nicht ahnen können! Ich habe niemanden umgebracht, wirklich nicht.«

»Das unterstellen wir ja auch gar nicht. Aber jetzt lassen Sie bitte das Mädchen los.«

Jadoo blickte zu Lali. »Erst wenn sie euch erzählt, was die kleine Esha mit Veronikas Tod zu tun hat! Ich habe meinen Beitrag zur Wahrheit geleistet. Jetzt ist das kleine Biest hier an der Reihe.«

»Halt die Klappe«, sagte Lali plötzlich mit krächzender Stimme und öffnete langsam ihre Augen. Rosalie war die Erleichterung, dass Lali noch bei Bewusstsein war, deutlich anzusehen.

»Lali?«, fragte Mads. »Was können Sie uns zum Tod von Veronika sagen? Was hat Ihre Schwester damit zu tun?«

»Jadoo erzählt Schwachsinn«, entgegnete Lali leise, aber bestimmt. Offenbar wollte sie ihre kleine Schwester immer noch beschützen.

»Jadoo, ich schlage vor, dass Sie Lali jetzt wirklich gehen lassen und dass wir uns dann ganz in Ruhe unterhalten. Was meinen Sie? Von Mann zu Mann.«

»Ich habe sie so sehr geliebt«, erwiderte Jadoo, der plötzlich wieder in sich zusammensackte und erneut bitterlich zu weinen begann.

»Jetzt!«, schrie Mads, der Blickkontakt mit Lali aufgenommen hatte und erkannte, dass Jadoo nicht länger in der Lage war, Lali festzuhalten.

Als es ihr gelang, die Spitze ihres rechten Ellenbogens mit letzter Kraft in Jadoos Bauch zu rammen, brach er plötzlich zusammen und blieb regungslos liegen. Zum zweiten Mal an diesem Tag und in ihrem gesamten Leben hatte Lali sich zur Wehr gesetzt.

46. KAPITEL

12 Tage später

Wim hasste es, Briefumschläge anzulecken, und so hatte er sich am Vorabend bei der Post in der Schlägerstraße einen Satz selbstklebende DIN-A4-Umschläge gekauft. Hier in Hannovers Südstadt waren die Wege wenigstens kurz und er hatte im Umkreis von wenigen Hundert Metern alles, was er zum täglichen Leben brauchte. Im Harz hingegen hatte er nicht mal eine Postfiliale aus der Ferne gesehen und in der Regel brauchte man für alles ein Auto. Trotz der vielen Vorzüge in seinem Stadtteil hatte Wim nach all den Jahren dennoch die Nase gestrichen voll. Er hatte vor allem die Ruhe im Harz sehr zu schätzen gewusst und konnte die kreischenden Kinder und herumbolzenden Teenager auf dem Stephansplatz keinen Tag länger ertragen. Deshalb würden eine besonders ruhige Lage und eine gute Infrastruktur die wichtigsten Kriterien bei der Wohnungssuche in Braunschweig sein. Nachdem er seine Bewerbungsunterlagen eingetütet hatte, verschloss Wim fast schon feierlich den Umschlag und lehnte sich erleichtert auf seinem Küchenstuhl zurück. Wehmütig dachte er für einen Moment an Biggi, die ihm beim Verfassen und vor allem beim Tippen der Dokumente eine große Hilfe gewesen war. Bedingungslose Loyalität. Wim wurde schwer ums Herz, und so beschloss er, zur Feier des Tages sein Ritual zu ändern, wenigstens das eine Mal. Als er das randvolle Schnapsglas ansetzte, prostete er Biggi zu, die ihn auf einem Fotomagneten am Kühlschrank anlächelte – manchmal waren Sigrids Ostergeschenke doch zu etwas nützlich –, und sagte laut und deutlich: »Prost, Gemeinde! Ich trinke heute auf Biggi!«

»Das Mumbai Palace hat nach wie vor geschlossen«, stellte Rosalie fest, als sie kurz nach Mads im Büro eintraf. »Dabei wollte ich dich doch gerne zum Essen einladen. Aber immerhin, wir könnten zum Yoga gehen. Die Kurse laufen weiter.«

Mads schaute von seinem Computerbildschirm auf. »Gibt es denn etwas zu feiern? Und Yoga? Ich stehe nicht so auf schmerzhafte Verrenkungen und Meditation. Guten Morgen erst mal!«

Rosalie stellte ihre schwarze Umhängetasche auf einen der Besucherstühle und setzte sich auf Mads' Schreibtischkante. »Jepp! Ich habe gestern Abend meine Bewerbung abgeschickt. Es war ein kleiner Kampf, bis ich alle Dokumente online hochgeladen hatte, aber dann hat es funktioniert. Außerdem hast du ja nach dem abrupten Ende unseres letzten Restaurantbesuchs noch immer nicht Indisch gegessen, oder?«

»Mensch, Rosalie, das freut mich echt total! Ab jetzt werden alle Daumen gedrückt. Und was das Essen angeht: Meinst du, die machen den Laden überhaupt noch mal auf?

Rosalie zog die Schultern nach oben. »Ich tippe erst mal auf eine juristische Schlammschlacht wegen der beiden Testamente und dann wird man sehen. Außerdem kann ich nicht einschätzen, wie schlimm es wirklich um die Finanzen steht. Da sind im Zweifel die Kompetenzen unseres Freunds Gordon-Lee Krautwurst und seiner Kollegen gefragt. Vielleicht ist es gar keine so gute Idee, das Erbe überhaupt anzutreten. Ich kann das nicht einschätzen.«

Mads schmunzelte. »Ich musste beim Thema Essen gerade sofort an den Koch denken. Ob Jadoo wieder fit ist?«

»Lalis Schlag auf den Solarplexus hat jedenfalls gesessen, das kann man nicht anders sagen. Ich denke, dass er sich aber in der Zwischenzeit wieder erholt haben dürfte. Trotzdem faszinierend, wie simpel man jemanden durch einen Schlag auf so ein Nervengeflecht ausknocken kann.«

»Ja, das stimmt. Ein kräftiger Schlag auf den Solarplexus kann sogar zu einem Atemstillstand führen.«

»Da hat unsere Lali ja gerade noch mal Glück gehabt! Oder aber Jadoo, je nachdem, aus welcher Perspektive man ihren Befreiungsschlag betrachtet. Aber mal im Ernst: Die körperlichen Blessuren sind das eine, aber es war ja offensichtlich, dass da auch ganz viele Emotionen im Spiel waren. Egal wie der Erbstreit jetzt ausgeht, zusammenarbeiten werden die beiden garantiert nicht mehr.«

»Das stimmt. Wie geht es denn jetzt bei uns hier weiter?«

»Das wollte ich dich auch gerade fragen. Gibt es seit gestern Abend noch irgendwas Neues?«

Mads schüttelte den Kopf. »Soweit ich mein E-Mail-Postfach jetzt durchhabe, Fehlanzeige. Freddy Gallhof ist nach wie vor verschwunden, die Fahndung läuft noch. Die Kollegen in Goslar haben sämtliche Klinikmitarbeiter und zum Teil auch Kurgäste befragt, ob sie auf dem Parkplatz etwas Verdächtiges gesehen haben und den zwielichtigen Typen, den Lalis Schwester Esha angeblich angeheuert hat, näher beschreiben können. Aber außer einem gewissen Ludger Pohl will niemand etwas beobachtet haben. Bleiben also nur seine Personenbeschreibung und natürlich die von Jadoo. Auch hier läuft die Fahndung noch. Und von Lalis Schwester gibt's auch nichts Neues. Ich hatte Lali vor dem Wochenende noch mal angerufen und gefragt, aber das weißt du ja schon. Esha bleibt verschollen und Lali ist tieftraurig. Zumindest wissen wir jetzt aber, dass es wirklich Esha war, die im Treppenhaus vor uns geflüchtet ist.«

»Das stimmt wohl. Dann schauen wir mal, ob wir wenigstens unsere Ermittlungen in Sachen Maschke zeitnah eingestellt bekommen.«

»Wir bleiben also bei der Unfalltheorie?«

»Ich weiß, dass ich da anfangs ganz schön gehadert habe, aber mich hat Jadoos Geschichte am Ende irgendwie doch überzeugt. Auch mangels anderer Indizien wüsste ich nicht, was gegen den Unfall spricht. Mal schauen, wie der Staatsanwalt das sieht. Da ist ja noch eine Rückmeldung offen. Es gibt meines Erachtens jedenfalls keinen hinreichenden Tatverdacht gegen Jadoo, auch wenn er ein Motiv gehabt hätte.« Rosalie seufzte. »Es ist kompliziert.«

»Klingt ein bisschen nach unserem Privatleben«, entgegnete Mads und lachte auf.

»Wem sagst du das? Wie läuft es denn mit Jan und dir?«, erkundigte sich Rosalie.

»Also horizontal läuft alles super, wenn ich das so ehrlich sagen darf, aber ob ich verliebt bin, das weiß ich nicht. Bei Lisa hat es sich damals einfach anders angefühlt.«

»Verstehe. Aber man kann ja Sex und Liebe auch trennen, solange das für beide in Ordnung ist.«

»Rosalie, was ist denn bloß, wenn ich bisexuell bin?«, platzte es aus Mads heraus und seine Wangen begannen zu glühen.

»Was soll dann sein? Dann bekommst du alle Stücke vom Kuchen. Ist doch großartig!«

»Aber werde ich dann jemals eine Familie gründen oder werde ich einen Partner oder eine Partnerin finden, der oder die das alles mitmacht?«

»Jetzt mach dir nicht schon wieder so viele Gedanken, Mads. Vielleicht fühlst du dich nur phasenweise zu Jan hingezogen, vielleicht wird ein Mann aber auch deine große Liebe sein. Und vielleicht taucht da plötzlich eine tolle Frau auf, die Schmetterlinge in deinem Bauch auslöst und mit der du sogar den Rest deines Lebens verbringen möchtest. Genieße den Augenblick, genieße die Erfahrungen, die du jetzt gerade sammelst. Es wird sich alles fügen, glaube mir.«

Mads seufzte und versuchte sich ein Lächeln abzuringen. »Okay, okay, ich vertraue dir. Du kennst dich ja aus im Showgeschäft.«

Ein Zug war nicht gekommen. Als es zu dämmern begonnen hatte, war ihr klar geworden, dass sie hier und heute auf diesem Gleisbett nicht vom Leben würde Abschied nehmen können. Also hatte sie sich irgendwann aufgerafft und war auf allen vieren den Bahndamm wieder nach unten gekrochen. Trotz allem, was ihr widerfahren war, glaubte Lydia, wie sie sich nun nannte, aus tiefstem Herzen immer noch an Gott. Und Gott hatte sie in jener verhängnisvollen Nacht noch nicht zu sich nehmen wollen.

Nun stand sie ein allerletztes Mal vor dem Hochhaus und fühlte sich in ihren neuen Klamotten sicher. Der Fundus der Kleiderkammer für Obdachlose hatte einiges zu bieten und mit ihrem neuen Kurzhaarschnitt und versteckt hinter einer großen Sonnenbrille würde er sie im Notfall nicht erkennen. Dennoch schaute sie aufmerksam zum Nachbargebäude und vermied es, in das Sichtfeld seines Wohnzimmerfensters zu gelangen. Als sie das Hochhaus betreten hatte, ging sie zielstrebig auf das Hausmeisterbüro zu. Die Tür war nur angelehnt und sie konnte den dicken Mann hinter dem Schreibtisch riechen, bevor sie ihn tatsächlich sehen konnte. Die Mischung aus Rasierwasser und säuerlichem Männerschweiß war ihr alles andere als fremd. Ohne auf eine Reaktion zu warten, betrat sie das Büro, nachdem sie kurz gegen den Türrahmen geklopft hatte, und legte dem Hausmeister eine ausgeschnittene Wohnungsannonce auf den Tisch.

»Guten Tag, ich interessiere mich für diese Wohnung in der 10. Etage.«

Der Hausmeister blickte von seiner Zeitung auf und sie überkam ein Anflug von Ekel, als sie seine gelben Zähne sah.

»Guten Tag, junge Frau, ja, da sind Sie hier genau richtig. Ich kann Ihnen die Wohnung gerne aufschließen. Durchgehen müssen Sie aber schon allein, ich habe noch was anderes zu tun, wenn Sie verstehen.«

Sie nickte nur und lächelte zufrieden. Unfassbar, wie reibungslos alles funktionierte. Ihr Plan schien aufzugehen und mit Glück lag der Anfang ihres neuen Lebens noch immer hinter dem unscheinbaren grauen Lüftungsgitter. Danke, Berti!

ENDE

NACHWORT

Mit meinem zweiten Kriminalroman bin ich ein Wagnis eingegangen. Zumindest hat es sich für mich im Schreibprozess immer so angefühlt. Ich habe ein Stück weit meine Komfortzone verlassen müssen, um mich Themen zu stellen, die unangenehm sind, die Menschen negativ berühren können, die vielleicht sogar abstoßend sind. Ich habe hinter die Fassaden schauen und aufzeigen wollen, dass Menschen zwei und mehr Gesichter haben können. Was ist Sein und was ist am Ende doch nur Schein?

Es war mir ein Anliegen, hierbei unterschiedliche Gesellschaftsschichten in den Blick zu nehmen und das Thema »Diversität« im regionalen Kontext einer mittelgroßen deutschen Stadt näher zu beleuchten und damit sichtbarer zu machen. Auf die Darstellung unterschiedlicher Frauenschicksale habe ich in diesem Zusammenhang einen besonderen Fokus gelegt. Themen wie zum Beispiel »Migration«, »Prostitution«, »sexueller Missbrauch« und »Gleichstellung« finden sich in »Hinter Liebfrauen« genauso wieder wie eine lesbische beziehungsweise bisexuelle Liebe oder das enge, fast schon symbiotische Zusammenleben von Mutter und Tochter.

Liebe Leserschaft,

neben einer hoffentlich spannenden Handlung, die jeder Krimi benötigt, ist der Reiz eines Regionalkrimis sicherlich auch darin zu finden, dass man die beschriebenen Örtlichkeiten persönlich kennt. Vielleicht gibt es sogar die Erwartungshaltung, die einzelnen Handlungsorte möglichst bildlich beschrieben im Text wiederzufinden und die Atmosphäre, die Eigenarten und die Sehenswürdigkeiten eines Ortes passgenau nachlesen zu können. Als Autor sehe ich es daher als meine Verpflichtung, das Lokalkolorit in meinen Büchern nicht zu kurz kommen zu lassen. Gleichwohl gilt auch für die Regionalliteratur, dass ein gewisses Maß an künstlerischer Freiheit immer möglich sein muss.

Ein Hochhaus als eine in sich geschlossene Blase, in der sich ein Querschnitt unserer Gesellschaft wiederfindet, hat sich für dieses Buch als einer der Haupthandlungsorte besonders angeboten. Aus persönlichen Gründen bin ich über viele Jahre regelmäßig in einem der Hochhäuser am Braunschweiger Hauptbahnhof zu Besuch gewesen und die Größe und Anonymität eines solchen Gebäudekomplexes haben mich stets fasziniert, aber auch geängstigt und letztlich inspiriert. Ich behaupte also, dass ich im Vorfeld recht gut einschätzen konnte, worüber ich in diesem Buch schreibe, dennoch habe ich mir erlaubt, einige Begebenheiten frei zu erfinden. Sehen Sie es mir also bitte nach, wenn Sie ein Hochhaus in seiner Komplexität persönlich anders wahrnehmen oder erlebt haben. Die künstlerische Freiheit gilt im Übrigen auch für die Kurklinik im Harz, die genauso meiner Fantasie entsprungen ist, wie das Restaurant Mumbai Palace, das es in der Straße Hinter Liebfrauen nicht gibt und nie gegeben hat. Die indische Gastronomie in Braunschweig weiß ich jedoch seit vielen Jahren sehr zu schätzen.

Mario Bekeschus

DANKSAGUNG

Wim Schneider darf weiterermitteln. Dass das so ist, habe ich einzig und allein meinen lieben Leserinnen und Lesern zu verdanken, die »Gaußberg«, den ersten Band der Reihe meiner Niedersachsen-Krimis, so zahlreich gekauft und wertgeschätzt haben. Ihnen allen gilt zuallererst mein aufrichtiger Dank – von Herzen.

Ein Buch entsteht zudem nie ohne fremde Unterstützung. Danken möchte ich daher einmal mehr meinen beiden Freundinnen und Hobbylektorinnen Claudia und Birgit, die mich auch beim Verfassen des zweiten Buches mit großem Engagement begleitet haben. An dieser Stelle sei verraten, dass die Figur des Ludger Pohl eine mehrfache Namensänderung durchlaufen musste, bis wir drei uns einig waren. Und dass wir uns bei allen Diskussionen am Ende immer einig sind, das macht die Freundschaft und die Zusammenarbeit mit Euch für mich so wertvoll.

Mein Dank gilt auch meiner kleinen, aber feinen Runde an Testleser:innen, die mir wichtige Hinweise und stets konstruktive Rückmeldungen gegeben haben. Ohne Euch wäre Rosalie beinahe von der falschen Frau verlassen worden und das Schicksal der Yogaschule wäre einfach unter den Tisch gefallen.

Danke auch an Silke, Lars und einen weiteren guten Freund, der an dieser Stelle nicht namentlich erwähnt werden möchte. Eure fachliche Unterstützung war im Rahmen meiner Recherche unerlässlich. Silkes Klangschalenmassage kann ich jedem nur empfehlen und die Behandlung mit der Stimmgabel hat meiner lädierten Schulter sehr geholfen. Ich verstehe einfach nicht, warum Wim Schneider da so skeptisch war.

Lars hat mich sehr kompetent davon überzeugt, dass Versicherungsbetrug keine lohnende Option ist, wenn man Geldnöte hat, auch nicht, wenn man wie Shakuntala die Möglichkeit hat, mit seinem Vor- und Nachnamen zu jonglieren. Am Ende fliegt man immer auf.

Mein guter (namenloser) Freund hat mir erneut wichtige und wertvolle Einblicke in die Polizeiarbeit gewährt und unter anderem dafür gesorgt, dass die Wohnung von Berthold Maschke nach einem Anfangsverdacht am Ende professionell durchsucht wurde. Die Gespräche mit ihm vergegenwärtigen mir immer wieder, was die Polizei tagein, tagaus wirklich leistet. Respekt und Anerkennung hierfür.

In Zeiten von Social Media und der wirklich positiven Resonanz auf meinen Instagram-Account @mario_schreibt gilt mein Dank auch meiner großartigen Community. Was habt ihr mich unterstützt und gepusht! Es ist und bleibt der Wahnsinn!

Michaela, ohne Dich gäbe es unser Instagram-Live-Format nicht, und wir sind der lebende Beweis dafür, dass aus Internetbekanntschaften echte Autoren-Freundschaften entstehen können.

Kerstin, Dein Support zum Thema »Lokalkolorit meets diversity« hat mir viele wertvolle Impulse für dieses Buch geliefert. Wir stehen einfach für die gleichen Werte ein und das bedeutet mir sehr viel.

Und natürlich Sandra, ohne Deine »Autorenträume« und Dich gäbe es keinen fantastischen Buchtrailer.

Friederike danke ich an dieser Stelle, dass sie dank ihrer Fotokunst auch bei meinem zweiten Krimi das perfekte Motiv für das Cover gefunden und in Szene gesetzt hat.

Ausdrücklich danken möchte ich auch den Mitarbeiter:innen des Gmeiner-Verlags für die tatkräftige und kompetente Unterstützung und Zusammenarbeit auf dem Weg zur Buchveröffentlichung. Ob Lektorat, Marketing oder Vertrieb, ich fühle mich stets wertgeschätzt und sehr professionell betreut. Besonders danke ich meiner Lektorin Teresa Storkenmaier, mit der ich bereits das zweite Mal an meinem Manuskript gearbeitet habe und die auch diesem Buch den finalen Feinschliff gegeben hat.

Zu guter Letzt danke ich ganz besonders Patrick, meiner Familie und meinen Freunden. Ihr werdet sehr geliebt.

Kriminalhauptkommissar Wim Schneider ermittelt:

1. Fall: Gaußberg
ISBN 978-3-8392-0136-7

2. Fall: Hinter Liebfrauen
ISBN 978-3-8392-0358-3